# OS CINCO SOBREVIVENTES

# OS CINCO SOBREVIVENTES

## HOLLY JACKSON

Tradução de Karoline Melo

Copyright do texto © 2022 by Holly Jackson
Todos os direitos reservados, incluindo o direito de reprodução no todo ou em partes, em quaisquer meios.
Publicado mediante acordo com Random House Children's Books, divisão da Penguin Random House LLC.

TÍTULO ORIGINAL
Five Survive

PREPARAÇÃO
Ulisses Teixeira

REVISÃO
Theo Araújo

DIAGRAMAÇÃO
Ilustrarte Design e Produção Editorial

MAPAS
© 2022 by Mike Hall

ADAPTAÇÃO DE IMAGEM DA P. 9
Henrique Diniz

ARTE DE CAPA
© 2022 by Christine Blackburne

DESIGN DE CAPA
Casey Moses

CIP-BRASIL. CATALOGAÇÃO NA PUBLICAÇÃO
SINDICATO NACIONAL DOS EDITORES DE LIVROS, RJ

J15c

    Jackson, Holly, 1992-

        Os cinco sobreviventes / Holly Jackson ; tradução Karoline Melo. - 1. ed. - Rio de Janeiro : Intrínseca, 2023.
        448 p. ; 21 cm.

        Tradução de: Five survive
        ISBN 978-65-5560-695-9

        1. Ficção inglesa. I. Melo, Karoline. II. Título.

23-83997                                 CDD: 823
                                       CDU: 82-3(410.1)

Meri Gleice Rodrigues de Souza - Bibliotecária - CRB-7/6439

[2023]
*Todos os direitos desta edição reservados à*
EDITORA INTRÍNSECA LTDA.
Av. das Américas, 500, bloco 12, sala 303
22640-904 – Barra da Tijuca
Rio de Janeiro – RJ
Tel./Fax: (21) 3206-7400
www.intrinseca.com.br

*Para Harry Collis, que, aos cem anos, é provavelmente o leitor de livros YA mais velho do mundo...*

# PLANTA DO TRAILER GETAWAY VISTA 31B 2017

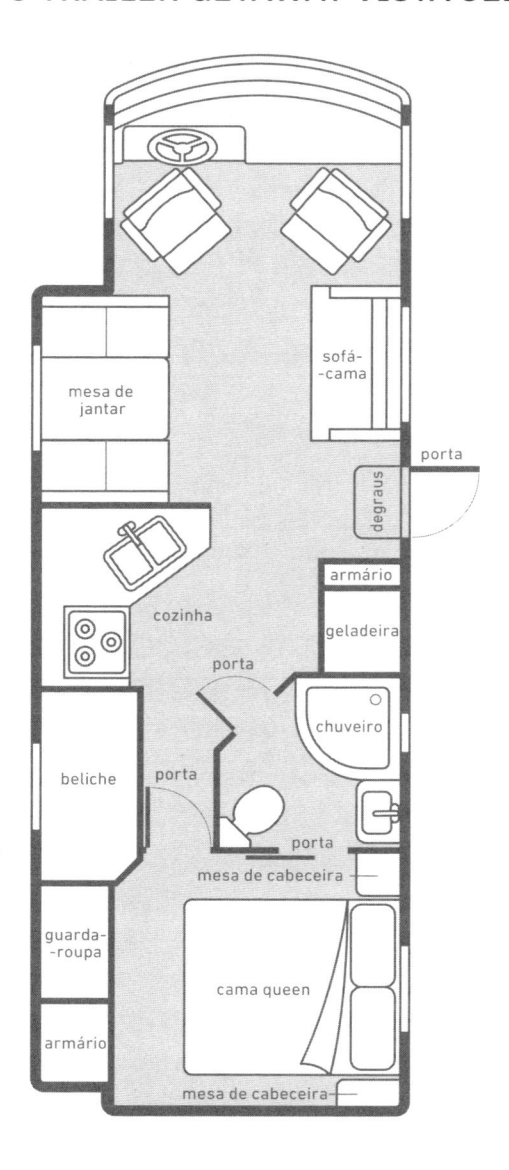

- mesa de jantar
- sofá-cama
- porta
- degraus
- armário
- geladeira
- cozinha
- porta
- chuveiro
- beliche
- porta
- porta
- mesa de cabeceira
- guarda-roupa
- cama queen
- armário
- mesa de cabeceira

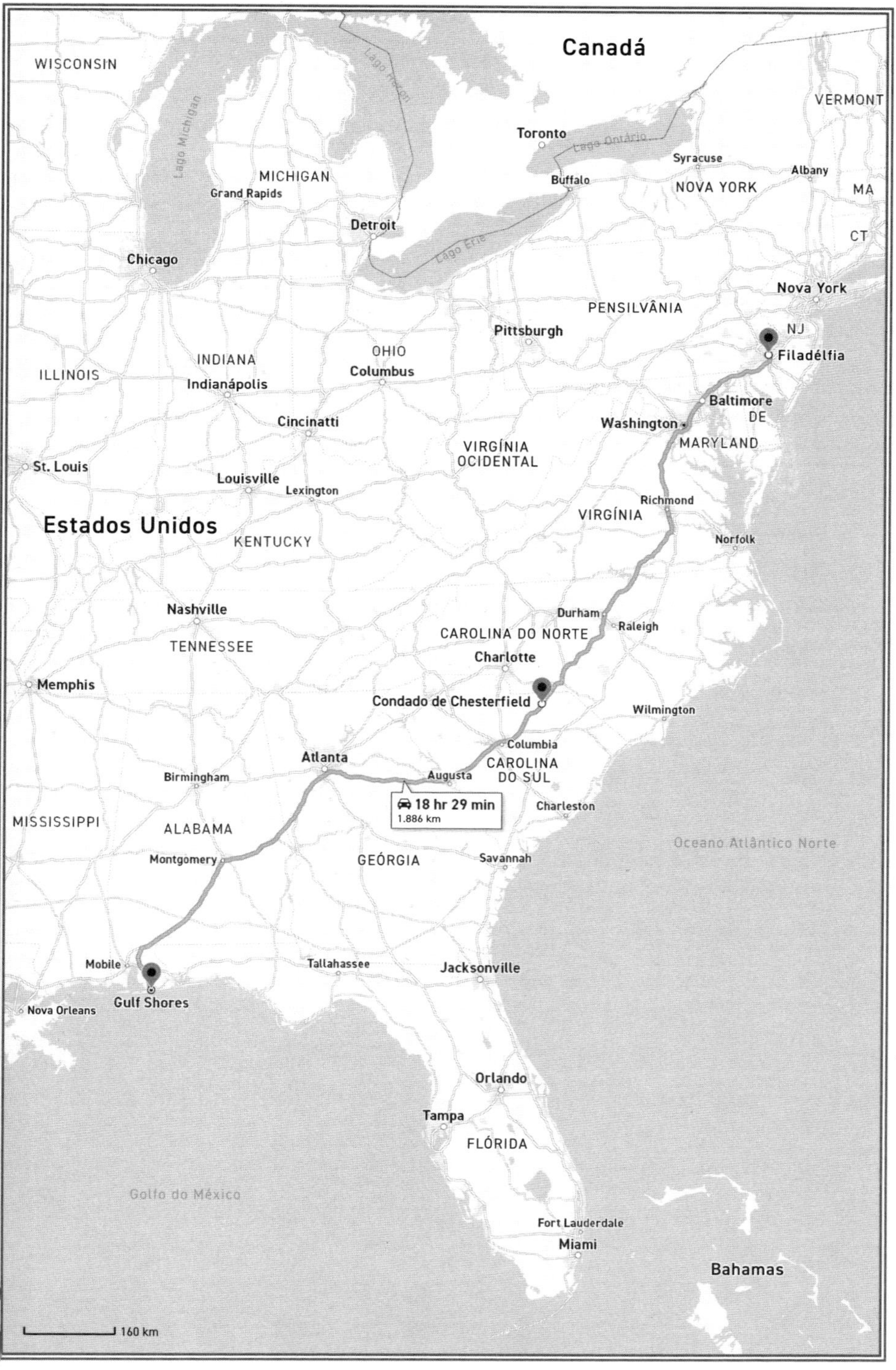

Canadá
WISCONSIN
VERMONT
Lago Michigan
Lago Huron
Toronto
Lago Ontário
Syracuse
Albany
MICHIGAN
Grand Rapids
Buffalo
NOVA YORK
MA
Detroit
Lago Erie
CT
Chicago
Nova York
PENSILVÂNIA
Pittsburgh
NJ
Filadélfia
INDIANA
OHIO
ILLINOIS
Columbus
Indianápolis
Baltimore
DE
Cincinnati
Washington
MARYLAND
VIRGÍNIA
OCIDENTAL
St. Louis
Louisville
Lexington
Richmond
Estados Unidos
VIRGÍNIA
KENTUCKY
Norfolk
Nashville
Durham
Raleigh
CAROLINA DO NORTE
TENNESSEE
Charlotte
Memphis
Condado de Chesterfield
Wilmington
Columbia
Atlanta
CAROLINA
DO SUL
Birmingham
Augusta
18 hr 29 min
1.886 km
Charleston
MISSISSIPPI
ALABAMA
Oceano Atlântico Norte
Montgomery
GEÓRGIA
Savannah
Mobile
Tallahassee
Jacksonville
Gulf Shores
Nova Orleans
Orlando
Tampa
FLÓRIDA
Golfo do México
Fort Lauderdale
Miami
Bahamas
160 km

22:00

# UM

Perto e distante. Vermelho e preto. Em um momento estava lá, no outro não. O rosto dela no vidro, desaparecendo na luz dos faróis que se aproximavam, reaparecendo na escuridão do lado de fora. Sumindo de novo. A janela roubou o rosto da garota. Ótimo, que ficasse com ele. Mas então o devolveu: também não o queria.

O reflexo de Red a encarava, mas o vidro e a escuridão não copiavam seus traços perfeitamente, borrando os detalhes. Apesar disso, viu suas principais características: o brilho pálido demais da pele e os grandes olhos azul-escuros que não eram só seus. *Vocês se parecem tanto*, costumavam dizer a ela, mais vezes do que Red gostaria. Agora, não gostava nem um pouco de ouvir aquilo, nem sequer de pensar no assunto. Portanto, desviou o olhar de seu rosto, do rosto delas, ignorando os dois. No entanto, era mais difícil ignorar algo quando se tentava fazer exatamente isso.

Red olhou para outra direção, encarando de cima os automóveis na pista lateral. Havia algo de errado; os carros pareciam pequenos demais da janela, mas ela não se sentia nem um pouco maior. Observou um sedã azul acelerando e o ajudou com os olhos, empurrando-o para a frente. Pronto, cara. O sedã ultrapassou a caixa de metal de dez metros e vinte centímetros de comprimento que descia pela autoestrada. O que era estranho quando se parava para pensar, descer uma "altoestrada".

— Red? — A voz à frente interrompeu seus pensamentos. Maddy a observava sob a fraca iluminação interna, a pele franzida ao redor dos olhos castanho-claros. Ela deu um pequeno pontapé por baixo da mesa, acertando a canela da amiga. — Esqueceu que estamos no meio de um jogo?

— Não — respondeu Red, mas, sim, havia esquecido.

O que estavam jogando mesmo?

— Vinte Perguntas — disse Maddy, lendo a mente de Red.

Bem, elas se conheciam desde sempre; Red só tivera sete meses de vantagem, e não fizera muita coisa com aquele tempo. Talvez Maddy tivesse aprendido a ler sua mente durante todos aqueles mais de dezessete anos. Red torcia muito para que não fosse o caso. Havia coisas em sua mente que ninguém jamais poderia ver. Ninguém. Nem mesmo Maddy. Muito menos Maddy.

— É, eu sei — disse Red, os olhos vagando para o lado oposto do trailer, para a porta externa e o sofá-cama, fechado na posição de sofá, onde ela e Maddy dormiriam aquela noite.

Red não conseguia lembrar; de que lado da cama Maddy gostava mesmo? Porque ela própria não conseguia dormir se não estivesse do lado esquerdo. Enquanto Red tentava ler a mente da amiga, seus olhos se fixaram em uma placa verde do lado de fora, passando por cima do para-brisa.

— A placa diz Rockingham. A gente vai sair da estrada logo, não é? — perguntou ela, mas não alto o suficiente para alguém na parte da frente do trailer ouvir, o que teria sido mais útil.

De qualquer forma, Red provavelmente estava errada, então era melhor não falar nada. Estavam naquela estrada havia uma hora: a I73, que havia se tornado a I74 e, em seguida, a US 220 sem muito alarde.

— Red Kenny, foco. — Maddy estalou os dedos, com o esboço de um sorriso no rosto.

Apesar disso, o rosto de Maddy nunca enrugava, nem mesmo com o maior dos sorrisos. A pele era como chantili, macia e mais clara do que deveria ser possível. Isso fazia com que as sardas no rosto de Red se destacassem ainda mais nas fotos que tiravam juntas. Elas tinham quase a mesma altura, até o mais alto dos fios de cabelo, embora os de Red fossem loiro-escuros, enquanto os de Maddy eram de um castanho-claro, com um ou dois tons de diferença. Red sempre usava o cabelo preso, deixando na frente a franja que ela mesma cortava com a tesoura da cozinha. Já Maddy vivia com o cabelo solto e arrumado, as pontas macias de uma forma que as de Red nunca ficavam.

— Eu estou fazendo as perguntas, você pensou na pessoa, no lugar ou na coisa — explicou Maddy.

Red assentiu devagar. Bem, mesmo que Maddy também gostasse de dormir do lado esquerdo, pelo menos não ficariam nos beliches.

— Já fiz sete perguntas.

— Ótimo.

Red não conseguia se lembrar da pessoa, do lugar ou da coisa que havia escolhido. Mas, falando sério, elas passaram o dia todo na estrada, tinham saído de casa havia cerca de doze horas, já não tinham jogado o suficiente? Red mal podia esperar para aquilo terminar e ela enfim poder dormir, fosse do lado esquerdo ou do direito. Só queria que acabasse logo. Deveriam chegar em Gulf Shores àquela hora no dia seguinte e se encontrar com o restante de seus amigos. Esse era o plano, afinal.

Maddy pigarreou.

— E que respostas eu dei mesmo? — perguntou Red.

Maddy expirou, mas era difícil saber se foi um quase suspiro ou uma quase risada.

— É uma pessoa, uma mulher que existe na vida real — disse ela, contando nos dedos. — Alguém que eu conheço, mas não a Kim Kardashian ou você.

Red olhou para cima, procurando pela memória nos cantos remotos da sua mente.

— Não lembro, desculpa.

— Tudo bem, a gente começa do zero — falou Maddy.

Porém, naquele momento, Simon saiu cambaleando do pequeno banheiro, salvando Red de mais Diversão Organizada™.

A porta bateu nele quando o trailer acelerou.

— Simon Yoo, você ficou aí dentro esse tempo todo? — perguntou Maddy, enojada. — A gente jogou duas rodadas inteiras.

Simon jogou os cabelos pretos e levemente ondulados para trás e levou um dedo instável aos lábios, dizendo:

— Shh, uma dama nunca revela os seus segredos.

— Então fecha a porta, caramba.

Ele o fez, mas com o pé, para provar algum ponto, quase se desequilibrando enquanto o trailer disparava pela rodovia, trocando de faixa ao ultrapassar alguém. Teriam que pegar a saída em breve, não é? Talvez Red devesse dizer algo, mas observou Simon avançando, apoiando-se no pequeno balcão da cozinha atrás dela. Em um movimento desajeitado, ele deslizou no banco ao seu lado, batendo o joelho na mesa.

Red o analisou: as pupilas estavam muito grandes nos olhos escuros e redondos, e havia uma mancha de líquido incriminadora na frente da camisa azul-petróleo dos Eagles.

— Você já está bêbado — observou Red, quase impressionada. — Achei que só tinha tomado, tipo, três cervejas.

Simon se aproximou para sussurrar no seu ouvido, e Red conseguiu sentir o forte cheiro metálico no hálito dele. Não dava para passar batido; era assim que a garota sabia quando o pai mentia para ela: *Não, juro que não bebi hoje, Red.*

— Shh — disse Simon —, o Oliver trouxe tequila.

— E você já bebeu? — perguntou Maddy a ele, ao ouvir a conversa.

Em resposta, Simon cerrou os dois punhos e os ergueu no ar, gritando:

— Férias, bebê!

Red riu. E, de qualquer forma, se ela simplesmente pedisse, talvez Maddy não se importasse de dormir do lado direito aquela noite, ou pelo resto da semana. Ela podia pedir, simples assim.

— Oliver não gosta que peguem as coisas dele — sussurrou Maddy, olhando por cima do ombro para o irmão, sentado a apenas alguns metros de distância, no banco do passageiro lá na frente, mexendo no rádio enquanto conversava com Reyna, que dirigia.

Arthur estava parado logo atrás de Oliver e Reyna, lançando um sorriso para Red sem mostrar os dentes ou encontrar os olhos dela. Ou talvez estivesse sorrindo para Simon.

— Ei, o trailer é meu, tenho direito a tudo que está nele — retrucou Simon, soluçando.

— O trailer é do seu tio. — Maddy sentiu a necessidade de corrigi-lo.

— Você não deveria revezar no volante hoje também? — perguntou Red para Simon.

O plano era dividir a quantidade de horas de direção igualmente entre os seis. Ela tinha dirigido nas primeiras duas horas para acabar logo com aquilo, levando o trailer da Filadélfia à I95 até pararem para almoçar. Arthur ficou sentado ao seu lado o tempo todo, guiando-a com calma, como se soubesse quando Red estava se dispersando ou prestando atenção, ou quando estava com medo do tamanho do veículo e de como tudo parecia pequeno lá de cima. Havia leitores de mente em todo lugar, aparentemente. Mas ela só conhecia Arthur há seis ou sete meses; não era justo.

— Troquei com Reyna — disse Simon — por causa das cervejas que já bebi.

Ele abriu um sorriso perverso. Simon sempre conseguia se livrar de qualquer coisa; ele era muito engraçado, nunca falhava em dar um jeitinho. Era impossível ficar com raiva dele. Bem, Maddy conseguia, se estivesse focada.

— Aliás, ela é bem legal — sussurrou Simon para Maddy, como se a garota fosse responsável pelo fato de a namorada do seu irmão ser divertida.

Mas Maddy sorriu e aceitou o elogio, lançando um olhar para o casal: uma imagem perfeita, mesmo com os dois de costas.

Uma pausa na conversa; agora era hora de Red perguntar, antes que esquecesse.

— Ei, Maddy, sobre o sofá-cama...

— Droga! — gritou Oliver lá da frente, um som feio. — Nossa saída é bem aqui. Vira, Reyna. Agora! AGORA!

— Não dá — disse ela, afobada, dando uma olhada nos retrovisores e ligando a seta.

— Vão dar passagem, o trailer é maior, só entra — falou Oliver, estendendo a mão como se fosse agarrar o volante.

Um som estridente veio não do trailer, mas de Reyna, ao jogar o veículo pesado para a outra pista. Um Chevrolet raivoso buzinou, e o motorista mostrou o dedo do meio pela janela.

Red fingiu pegá-lo e colocá-lo no bolso do peito da camisa xadrez azul e amarela, guardando-o com carinho para sempre.

— Vai, vai, vai! — berrou Oliver, e Reyna desviou para a direita novamente, entrando na saída a tempo.

Outra buzina, dessa vez de um Tesla furioso que ficou para trás na autoestrada.

— Poderíamos ter pegado a próxima saída e dado um jeito. É para isso que serve o Google Maps — disse Reyna, desacelerando, a voz estranha e contida, como se estivesse abrindo caminho por dentes cerrados.

Red nunca havia visto Reyna nervosa ou brava, só com um sorriso que se abria um pouco mais sempre que seus olhos encontravam os de Oliver. Como era aquilo, se apaixonar por alguém? Ela não conseguia imaginar; por isso os observava às vezes, para aprender com o exemplo. Mas Red devia ter dito algo sobre a saída mais cedo, não é? Por pouco, não tinham passado o dia todo sem levantar a voz. Era culpa dela.

— Desculpa — disse Oliver, colocando o cabelo preto e grosso de Reyna atrás da orelha para que pudesse apertar o ombro da namorada. — Só quero chegar ao acampamento o quanto antes. Todo mundo está cansado.

Red desviou o olhar, deixando-os a sós. Bem, tão a sós quanto era possível em um trailer de dez metros e vinte centímetros com seis pessoas dentro. Aparentemente, aqueles vinte centímetros eram tão importantes que não podiam ser arredondados.

O mundo do lado de fora do trailer estava escuro outra vez. Árvores margeavam a estrada, mas Red mal conseguia vê-las, não enxergava nada além do próprio reflexo e do outro rosto escondido dentro dele. A garota teve que desviar o olhar, antes que pensasse muito a respeito. Não aqui, não agora.

O caminhão na frente do trailer diminuiu a velocidade ao passar por uma placa indicando um limite de sessenta quilômetros por hora, as luzes de freio manchando a rodovia de vermelho. A cor que acompanhava Red aonde quer que ela fosse e que nunca significava algo bom. Mas a estrada seguia em frente, assim como eles.

Ah, espera, o que ela precisava perguntar para Maddy mesmo?

## DOIS

Um ronco estranho na barriga de Red, encoberto pelo barulho dos pneus na estrada. Ela não podia estar com fome, podia? Haviam parado para jantar em um posto de gasolina poucas horas antes. Mas a sensação aumentou, e o estômago se contorceu outra vez, então ela estendeu a mão para o saco de salgadinhos na frente de Maddy. Pegou um punhado, colocando as batatas com cuidado na boca, um pó sabor queijo cobrindo a ponta dos dedos.

— Ah, é — disse Simon, levantando-se e saindo do banco, em direção ao beliche atrás da minicozinha. — Vocês todos me devem sete dólares pelos salgadinhos que comprei no posto.

Red olhou para os salgadinhos que restavam nas suas mãos.

— Ei. — Maddy se inclinou sobre a mesa. — Eu pago a sua parte, relaxa.

Red engoliu em seco. Olhou ainda mais para baixo, a fim de esconder seu rosto de Maddy. Relaxar não era uma opção, pelo menos não para Red. Nos seus momentos mais sombrios, nas noites de inverno em que precisava vestir o casaco por cima dos dois pijamas e usar cinco meias para dormir — e ainda assim continuar tremendo de frio —, Red às vezes desejava ser

Maddy Lavoy. Viver naquela casa quentinha como se fosse sua, ter tudo que eles tinham e tudo que ela não tinha mais.

*Para com isso.* Red sentiu as bochechas corarem. Vergonha era um sentimento vermelho, quente, como a culpa e a raiva. Por que os Kenny não conseguiam aquecer sua casa com a culpa e a vergonha? Mas as coisas melhorariam em breve, não é? Em um estalar de dedos, esse era o plano, tudo que fazia tinha essa finalidade. E então a situação mudaria. Seria libertador fazer algo sem ter que pensar duas ou três vezes antes ou dizer *Não, obrigada, talvez na próxima.* Parar de implorar para pegar mais turnos no trabalho e, conseguindo ou não, ficar sem dormir. Comer mais um pouco de salgadinhos só porque ela queria.

Red percebeu que ainda não havia dito nada.

— Valeu — murmurou, escondendo os olhos, mas não pegou mais salgadinhos, não parecia certo.

Teria que conviver com a sensação no estômago. E talvez não fosse fome, afinal.

— Tranquilo — disse Maddy.

Viu, ela podia ficar tranquila. Maddy não precisava se preocupar. Era uma daquelas pessoas que era boa em tudo desde a primeira tentativa.

Bem, exceto da vez que insistiu em aprender a tocar harpa. A não ser que Red fosse uma das preocupações de Maddy. De vez em quando, era o que parecia.

— Já chegamos na Carolina do Sul? — perguntou Red, mudando de assunto, uma das coisas em que *ela* era boa.

— Ainda não! — gritou Oliver lá da frente, embora a pergunta não tivesse sido direcionada para aquele membro da família Lavoy. — Daqui a pouco. Acho que chegaremos ao acampamento em uns quarenta minutos.

— Uhuuul, férias! — gritou Simon outra vez, a voz estridente, e de alguma forma havia outra garrafa de cerveja na sua mão, a porta da geladeira aberta atrás dele.

— Eu fecho — disse Arthur, passando por um Simon cambaleante no espaço estreito entre o sofá-cama e a mesa de jantar, dando-lhe um tapinha nas costas.

Arthur disparou para a frente a fim de alcançar a porta da geladeira e então a fechou com um empurrão, as luzes fracas do teto refletindo nos seus óculos de armação dourada quando o garoto se virou. Red gostava dos óculos dele, que se destacavam na pele bronzeada e nos cabelos castanho-escuros encaracolados. Ela se perguntou se também precisava de óculos; nos últimos tempos, as coisas ao longe pareciam estar mais distantes e embaçadas. Outra preocupação para acrescentar à lista, porque não podia fazer nada a respeito. Ainda não. Arthur a pegou encarando-o e abriu um sorriso enquanto passava um dedo no queixo, sobre a barba por fazer.

— Desistiram de jogar Vinte Perguntas? — indagou ele às garotas.

— Red esqueceu a pessoa, o lugar ou a coisa que tinha escolhido — explicou Maddy.

Aquilo fez Red pensar: não havia outra coisa que tinha esquecido, algo que queria perguntar a Maddy?

— Salgadinhos? — Maddy ofereceu o pacote para Arthur.

— Ah, não estou com fome, valeu.

Ele se afastou do pacote, quase tropeçando na quina do sofá-cama. Seus olhos ficaram turvos, e agora que Red estava observando melhor, parecia ter um leve brilho de suor na sua testa. Em geral, ela não percebia essas coisas, mas dessa vez reparou. Será que aquilo significava que Red olhava para Arthur com muita frequência?

— O que foi? — perguntou ela. — Alergia mortal a pozinho sabor queijo?

— Não, ainda bem — respondeu Arthur, tateando para se sentar no sofá-cama.

Ah, é, Red precisava perguntar para Maddy em qual lado ela dormia. Droga, Arthur tinha dito alguma coisa, e ela não ouviu. Era melhor lançar um simples:

— Hã?

— Eu falei que pelo menos não devo estar tão tonto quanto Simon.

— Enjoo? — perguntou Red. — Por causa da viagem?

— Não, não é isso. — Arthur balançou a cabeça. — Acho que demorei demais para contar isso a vocês, mas não me dou bem com espaços pequenos. — Ele olhou em volta, vendo os móveis abarrotados e a cozinha compacta. — Achei que seria maior...

— Foi o que ela disse! — interrompeu Simon.

— Meu Deus do céu, Simon, chega de referências a *The Office* — reclamou Maddy. — Ele faz isso desde o fundamental, antes mesmo de entender a piada.

— Estou bem aqui, Mads, não precisa falar de mim como se eu não estivesse presente.

— Será que dá para vocês calarem a boca por um segundo? — disse Oliver, falando por cima da resposta de Maddy. — Estamos tentando achar o caminho aqui.

Red se voltou para Arthur.

— Bem, sorte sua que você não vai passar uma semana inteira nesse trailer apertado. Ah... calma aí.

Red lançou um sorriso a ele.

— Pois é.

Arthur era amigo de Simon, mas agora fazia parte do grupinho deles. Ele não estudou na mesma escola que os outros, frequentou uma no bairro de South Philadelphia, mas jogava no mesmo time de basquete que Simon — os dois entraram durante o ano anterior. Red achava que Arthur não gostava muito dos colegas da escola, porque foi a todas as festas e rolês com seu grupo de amigos desde o começo do último ano do ensino médio. E não tinha problema, porque ela gostava de tê-lo por perto. Arthur sempre perguntava como ela estava e como tinha sido seu dia, embora Red normalmente respondesse com mentiras ou histórias exageradas contendo apenas leves rastros da verdade. Ele mostrava interesse quando Red não era nem um pouco interessante. E teve a vez que ele a levou para casa depois da festa de *réveillon* e deixou que ficasse no carro, se esquentando no ar seco do aquecedor antes de entrar na casa fria e encontrar a bagunça que seu pai devia ter deixado para ela resolver. Arthur não sabia disso, achou que estavam apenas conversando, fazendo companhia um para o outro às duas da manhã em frente à casa de Red. Uma pequena gentileza que ele nunca soube que tinha feito. Ela retribuiria aquele ato de bondade.

— Já, já a gente chega no acampamento — disse Red. — Aí você vai poder sair e esticar as pernas no espaço enorme lá fora. Eu vou com você.

— Beleza. — Arthur sorriu. — Vai ficar tudo bem. — Seu olhar foi do rosto dela para a mesa, onde a garota descansava uma das mãos. — Eu queria perguntar mais cedo, mas não queria te distrair quando estava dirigindo. O que está escrito na sua mão?

— Ah. — Red corou, erguendo a mão e esfregando-a, envergonhada, percebendo que havia algo escrito na outra mão também. Listas de afazeres em todos os lugares, até no seu corpo. Listas de coisas para fazer e de coisas que nunca seriam feitas. — Tenho um especial de dois em um pra você. Na mão esquerda, está escrito: *Ligar pra operadora*.

— Ah, entendi. Fascinante. Para quê? — perguntou ele.

— Você sabe — disse Red. — Para ver como eles estão, se tiveram um bom dia.

Arthur assentiu, abrindo um sorriso torto para combinar com o dela.

— E você ligou?

Red comprimiu os lábios, encarando o quadrado vazio que desenhou perto do nó dos dedos.

— Não. Fiquei sem tempo.

— E na mão direita?

— Na mão direita — disse Red, prolongando o suspense —, temos uma instrução muito elaborada e detalhada: *Malas*.

— Isso você deve ter feito — comentou Arthur.

— Sim, mas foi por pouco — respondeu ela, como se fosse uma piada, mas dessa vez estava dizendo a verdade.

Red fez as malas literalmente pouco antes de sair de casa pela manhã, sem tempo de conferir se tinha pegado tudo. Ficou ocupada demais conferindo se havia comida o suficiente em casa para o pai enquanto estivesse fora.

— Bem, se você fez, por que não marcou? — indagou Arthur, apontando para o quadrado vazio na pele clara da mão dela. — Aqui.

Ele se levantou e pegou uma das canetas de Maddy da mesa, que fora usada em um jogo de forca. Então, destampou a caneta e se inclinou na direção de Red, pressionando a ponta de feltro na pele dela. Com gentileza, desenhou duas linhas: um sinal de visto.

— Pronto — disse Arthur, se afastando para admirar o próprio trabalho.

Red observou a própria mão. Parecia idiota admitir para si mesma, mas olhar para aquele pequeno visto mudou algo nela. Pequeno, minúsculo, um diminuto fogo de artifício explodindo na sua mente, mas era legal. Sempre dava uma sensação boa marcar esses quadradinhos. Ela estendeu a mão orgulhosamente para Maddy examinar e obteve o aceno de cabeça em aprovação que estava procurando.

Arthur ainda a observava, com um olhar diferente que Red não conseguia decifrar.

— Castanha-do-pará — disse Red.

O rosto do garoto se contorceu.

— O quê?

— Eu era alérgica quando criança, mas não sou mais. Não é estranho uma pessoa simplesmente mudar assim? — indagou Red, mexendo no bolso frontal da calça jeans azul-clara. Ela estava sentada naquele canto havia muito tempo. Tempo demais. — Minha mã… Meus pais tinham que escrever na minha mão para eu não esquecer. Aliás, essa estampa da cortina lembra vocês de alguma coisa? — Ela tocou a cortina branca e azul pendurada ao seu lado, correndo os dedos entre as pregas. — Está me incomodando o dia inteiro, mas não consigo descobrir o que é. Um desenho animado ou algo assim.

— É só uma estampa aleatória — falou Maddy.

— Não, é alguma coisa. Tenho certeza.

Red tracejou o desenho com o dedo. Parecia a silhueta de um personagem que ela não conseguia identificar. De um livro que liam para ela antes de dormir ou de um programa de TV? De qualquer forma, era melhor não pensar naquela época, quando era pequena, por conta de quem poderia estar nas suas lembranças.

— Tomate — disse Arthur, salvando-a dos seus pensamentos. — Dá erupção cutânea ao redor da minha boca. Mas só quando está cru. — Ele se endireitou, e os vincos da sua camisa branca de beisebol, com mangas azul-marinhas, se ajeitaram. — Enfim, acho que é melhor eu ajudar com o mapa. Estou sentindo que Simon está dificultando as coisas.

— Estou fazendo um excelente trabalho, obrigado por perguntar — disse Simon, olhando por cima do ombro de Oliver para um iPhone com uma capinha laranja que imitava mármore; devia ser de Reyna.

Havia um mapa na tela do celular, um pontinho azul se movendo ao longo de uma estrada destacada. Eles eram o pontinho azul, todos os seis dentro dos dez metros e vinte centímetros do trailer. Graças a Deus não era um pontinho vermelho. Azul era mais seguro.

Arthur se esgueirou para a frente, bloqueando a visão de Red da tela. O olhar da garota recaiu em Maddy, que lhe lançou uma piscadela não tão sutil.

— Que foi?

Maddy fez sinal de silêncio discretamente, indicando Arthur de leve com a cabeça.

— Ele é a lista completa, hein? — sussurrou.

— Para com isso — advertiu Red.

— Para com isso você.

As duas pararam, porque nesse momento o celular de Maddy tocou, zumbindo como uma vespa nervosa em cima da mesa. A tela se iluminou com a visão da câmera frontal: o teto *off-white* e um pedaço do queixo de Maddy. Na tela estavam as palavras *Mãe* e *Chamada de vídeo*, o botão *Deslize para atender* esperando pacientemente na parte inferior.

A reação de Maddy foi instantânea. Rápida demais. Ela ficou tensa, os ossos se afiando sob a pele. Sua mão disparou para pegar o celular, afastando-o da amiga.

Red sabia o que Maddy estava fazendo, sempre soube, embora a outra não tivesse consciência disso.

— Ligo para ela quando a gente chegar no acampamento — disse Maddy, quase baixo demais para se ouvir em meio ao barulho das rodas, apertando o botão lateral para rejeitar a ligação. Olhando para qualquer lugar, menos para Red.

*Mãe.*

Como se Maddy pensasse que Red ia rachar ao meio e começar a sangrar só de ver a palavra.

Há anos as coisas eram assim. No primeiro ano do ensino médio, Maddy costumava chamar os colegas num canto e repreendê-los por contarem piadinhas sobre a *mãe* dos outros na frente de Red. Ela não achava que Red descobriria. Era uma palavra proibida, suja. Evitava falar qualquer termo que se parecesse minimamente com *mãe* na frente de Red.

Ridículo.

Mas tinha um porém: Maddy não estava errada.

Red sangrava mesmo só de ver a palavra, de ouvi-la, de pensar nela, de se lembrar dela, a culpa abrindo uma cratera no seu peito. Sangue, vermelho como o significado do seu nome e como a vergonha que sentia. Então, Red não pensava nela nem se lembrava dela, e não olharia para o lado para ver o rosto da mãe no seu reflexo na janela. Não, ela não olharia. Aqueles olhos eram só seus.

# TRÊS

Red se concentrou em olhar para a frente. Queria examinar a estampa das cortinas de novo, mas não se atrevia a virar o rosto para aquele lado. Portanto, observou o sinal de visto desenhado na mão, os olhos traçando as linhas, tentando invocar de volta aquele minúsculo fogo de artifício.

Maddy colocou o celular na mesa com a tela virada para baixo.

— Vamos brincar de outra coisa?

Se Red tivesse que ficar sentada ali por mais tempo, talvez enlouquecesse. Até mesmo dar umas voltas no trailer poderia ajudar. Dez metros e *vinte centímetros*, sabe, não apenas dez metros. Um GetAway Vista 31B de 2017, o mesmo ano em que... *não, para.*

Red estava prestes a se levantar quando o grasnado de um pato, mecânico e insistente, fez com que congelasse.

— Ah, é o meu celular — disse Oliver, saindo do banco do passageiro e encolhendo os ombros largos para passar por Arthur e Simon. — É a minha mãe.

Red prendeu o ar.

— Como você sabe que é a sua mãe sem nem olhar? — perguntou Simon, confusão genuína no rosto.

— Toque personalizado — respondeu o garoto, passando pela mesa de jantar até a pequena cozinha, correndo as mãos pelo cabelo castanho-dourado, exatamente do mesmo tom dos seus olhos. A mochila dele estava em cima do balcão. Oliver abriu o zíper. — Foi a minha mãe quem começou; colocou toques personalizados para a família toda — explicou, enfiando a mão lá dentro. — Todo ano ela come pato ao molho de laranja no aniversário. Por isso os grasnados. — Ele encontrou o celular que tocava. — Arthur, pode indicar o caminho lá na frente, por favor?

— Deixa comigo — respondeu Arthur, se sentando no banco vazio.

— Fala, mãe — disse Oliver, atendendo a chamada de vídeo e segurando o celular para pegar bem o seu rosto.

Ele deu um passo à frente e deslizou para o banco ao lado de Red. O rosto de Catherine Lavoy preencheu a tela. Tinha os cabelos da mesma cor que os de Oliver, arrumados e enrolados. Linhas tênues ao redor dos olhos ao sorrir pelo celular. Ela parecia cansada, o rosto cheio de sombras.

— Oi, querido — cumprimentou ela, com uma rouquidão incomum na voz. Pigarreou. — Tentei ligar para Madeline, mas ela não atendeu.

— Estou aqui, mãe — cumprimentou Maddy, lançando um olhar estranho para Red, que fingiu não notar.

Era uma coisa idiota, de qualquer maneira, porque Red gostava de Catherine. Era até mais do que gostar. Desde o início, Catherine fizera parte da sua vida. Era gentil, carinhosa e sabia sempre como ajudá-la. E o mais importante: cortava os sanduíches em triângulos. Oliver ativou a câmera traseira para que Maddy pudesse acenar para a mãe.

— Desculpa, não ouvi o celular tocando.

— Tudo bem — falou Catherine. — Só estou ligando para ver como vocês estão. Já chegaram no acampamento?

Oliver voltou para a câmera frontal, e Red pôde ver, pela direção do seu olhar, que ele observava o próprio rosto, mudando os ângulos para que a luz encontrasse as suas maçãs do rosto.

— Não, ainda não, mas acho que estamos perto. Ei, onde a gente está? — gritou ele para o pessoal lá na frente.

Arthur olhou por cima do ombro e respondeu:

— Passando por uma tal de Morven Township. Vai demorar uns vinte e cinco minutos.

— Quem disse isso? — perguntou Catherine, olhando para os cantos da tela, tentando enxergá-lo.

— Foi o Arthur, mãe, amigo da Maddy — disse Oliver.

— E quem está dirigindo?

— No momento, a Reyna.

— Oi, sra. Lavoy! — gritou Reyna do banco do motorista, sem tirar os olhos da rua escura.

— Oi, Reyna! — gritou Catherine de volta, alto demais, a voz estalando no telefone. — Bem, então estão quase chegando?

— Isso mesmo.

— Ótimo. Ah, e a Red está aí? — perguntou Catherine, se aproximando da tela.

Oliver inclinou o celular, colocando Red na mira da câmera. Ela abriu um sorriso.

— Ah, aí está! Oi, querida, como vai?

— Tudo bem. Nenhuma queixa para fazer.

Catherine riu.

— E os meus filhos, estão se comportando? Você sabe que é a pessoa em quem mais…

Catherine congelou na tela, os pixels distorcendo seu rosto.

— Mais...

Sua mão passou pela tela, misturando-se à confusão do seu rosto. Não era mais uma pessoa, eram blocos de cores apagadas.

— Mãe? — perguntou Oliver.

— Ma... ma...

Suas palavras saíam de forma robótica e estranha.

A imagem de Red também estava congelada, os olhos arregalados, com medo de ficar presa no celular de Oliver para sempre.

— Mãe, está me ouvindo? — perguntou Oliver. — Mãe?

— Vo... cês es... tão me ouvindo? Alô? — A voz de Catherine surgiu, mas o rosto não estava sincronizado, pronunciando palavras que já tinham sido ditas, a voz soando antes de a boca se mexer.

— Agora voltou — falou Oliver. — Quer dizer, mais ou menos. Acho que o sinal não deve ser bom por aqui.

— Ah, está bem. — O rosto de Catherine se apressou, mexendo-se em alta velocidade para alcançar o presente. — Vou deixar vocês continuarem... Aquilo é uma garrafa de cerveja? — Os olhos de Catherine se moveram para a câmera outra vez, encarando uma forma no balcão atrás do ombro de Oliver.

— Sim, é minha — disse Oliver tranquilamente, sem hesitar. Ele mentia melhor do que Red.

— Você não vai beber nessa viagem, não é, Maddy? — Catherine ergueu a voz para fazê-la chegar até a filha.

— Não, mãe — respondeu Maddy. — Eu sei...

— Você tem dezessete anos, não quero ouvir por aí que andou bebendo. Dá para se divertir sem álcool.

O que fez Red se lembrar: Maddy faria dezoito anos em algumas semanas. Ela já estava se preocupando em como conseguir um presente de aniversário para a amiga.

— Sim, eu sei, eu sei. Não vou beber — falou Maddy, inclinando-se para que a mãe pudesse ouvi-la melhor.

— Oliver?

— Beleza, mãe. Vou ficar de olho nela. A gente vai supervisionar direitinho, não é, Reyna?

— Sim, senhora! — gritou Reyna.

— Então tudo bem. — Catherine se afastou da câmera. — Vou deixar vocês em paz. Tenho umas coisas para fazer. Mandem mensagem de manhã antes de pegarem a estrada de novo.

— Pode deixar, mãe — disse Oliver.

— Certo. Tchau, pessoal. Tchau, Red.

Todos deram tchau, uma voz atropelando a outra, a de Simon ficando alta e estridente por algum motivo.

— Oliver, Maddy, amo vocês.

— Te amo, mãe — disseram eles na perfeita sincronia dos Lavoy, e Oliver apertou o botão vermelho na tela, levando Catherine de volta para sua casa quentinha na Filadélfia.

— Ufa. — Maddy soltou um suspiro. — O que mais a minha mãe quer? Meu irmão e a namorada dele já estão me acompanhando na viagem de férias por insistência dela. É tão irritante.

Maddy só podia estar se dirigindo a Red, porque naquele momento seus olhos se arregalaram, e ela os desviou, percebendo que reclamava da mãe com a garota que não tinha mãe. Mas tudo bem, porque Red estava pensando em *Phineas e Ferb*; eles não combinavam com a estampa das cortinas, mas agora a música da abertura tocava na sua cabeça.

— Fica tranquila — disse Oliver para a irmã. — Reyna e eu vamos alugar um apartamento. Você nem vai ver a gente; vamos deixar você e todos os seus amigos à vontade. Até parece que vou ficar enfiado em um trailer por uma semana com um bando de adolescentes.

— É — retrucou Maddy, agora para o irmão —, mas a mamãe não sabe dessa parte.

— E o que os olhos não veem, o coração não sente. Ela só anda estressada com o trabalho ultimamente — disse Oliver, defendendo Catherine. Ele fazia muito isso.

Red queria mesmo se levantar agora, fugir daquela conversa, ficar perto de Arthur lá na frente, mas Oliver e os seus ombros largos a prendiam ali. Simon se aproximou e se sentou ao lado de Maddy também, só para piorar a situação. Ele enfiou a mão no saco de batatinhas e colocou um punhado inteiro na boca.

— É, eu sei — disse Maddy, as bochechas ainda coradas. — Mas ela não tem que descontar em mim.

— A mamãe só quer proteger você — argumentou Oliver.

— Do que estão falando? — perguntou Simon, cuspindo migalhas cor de laranja enquanto falava.

— Da minha mãe — explicou Oliver. — Ela está estressada porque tem um caso grande.

— Ah, é. Ela é advogada, não é? — indagou Simon, pegando mais salgadinhos.

Oliver não pareceu contente.

— Ela é assistente da promotoria — disse ele, e era fácil notar o orgulho na sua voz, o jeito como o rapaz pronunciou aquelas três palavras. Red deduziu que elas significavam *Não, Simon, seu idiota, ela não é só uma advogada*.

— Qual é o caso? — perguntou Simon, alheio ao desdém no rosto de Oliver.

— Você deve ter visto nos jornais — respondeu ele, incisivo. — É muito sério.

*Sério demais*, pensou Red.

— Um homicídio; um assassinato envolvendo dois membros da maior gangue de crime organizado da cidade — falou

Oliver, decepção passando pelos seus olhos por não obter a reação que esperava de Simon. Ele continuou: — Literalmente, a máfia da Filadélfia.

— Ah, maneiro — disse Simon entre uma mordida e outra.

— Não sabia que a máfia ainda existia, amo *O poderoso chefão*. "A vingança é um prato melhor servido frio" — citou ele em um sotaque ítalo-americano terrível.

— Com certeza ainda existe — comentou Oliver, começando a história agora que tinha a atenção de Simon.

Será que Red conseguiria deslizar por baixo da mesa para sair? Ah, não: pernas demais.

— Teve uma disputa de liderança na família criminosa, não vou encher o seu saco com os detalhes. Mas, no fim de agosto do ano passado, um dos líderes, Joseph Mannino, foi morto por outro líder, Francesco Gotti. Supostamente, devo dizer. Atiraram duas vezes na nuca dele.

Red tentou não imaginar a cena e voltou a analisar as cortinas. Ela tinha ouvido tudo aquilo tantas vezes; provavelmente sabia de mais detalhes do que Oliver. Não que fosse dizer isso, óbvio.

— Estamos oficialmente na Carolina do Sul! — gritou Arthur, apontando para uma placa verde iluminada pelos faróis do trailer.

Oliver continuou a falar:

— Minha mãe será a principal promotora no julgamento de Frank Gotti pelo assassinato. A conferência pré-julgamento vai ser em algumas semanas...

*No dia 25 de abril, para ser mais exata*, pensou Red, surpresa por se lembrar desse detalhe em particular. Não costumava fazer isso.

— ... e depois vai ter a seleção do júri e o julgamento em si.

— Maneiro — disse Simon outra vez. — A sra. Lavoy enfrentando a máfia.

Oliver pareceu inchar de orgulho, se aprumando, apertando Red ainda mais.

— Mas não só isso. Ela teve que lutar até para colocar as mãos no caso. Normalmente, um crime como esse seria considerado um caso federal e seria julgado pelo Ministério Público dos Estados Unidos. Já tentaram processar Frank Gotti diversas vezes, sob várias acusações, como tráfico de drogas e crime organizado, e nunca conseguiram condená-lo. Mas a minha mãe argumentou que esse assassinato estava sob a jurisdição do promotor, porque não era especificamente relacionado ao tráfico de drogas e porque o próprio Frank Gotti matou Mannino; não foi um assassinato de aluguel, como o pessoal da máfia costuma fazer.

Simon bocejou; Oliver estava perdendo seu público, mas não percebeu.

— E nós sabemos disso — falou Oliver — porque houve uma testemunha ocular. Alguém viu Frank Gotti depois de matar Mannino a tiros. Por isso a minha mãe anda tão estressada... tudo se baseia no depoimento dessa testemunha. E, como dá para imaginar, em casos contra a máfia, as testemunhas frequentemente são intimidadas ou mortas. Então a minha mãe teve que garantir que a testemunha fosse mantida em anonimato total em todos os documentos legais. *Testemunha A*, é como a imprensa a chama.

— Entendi — disse Simon.

Será que ele se arrependia de ter perguntado? Red certamente se arrependia de ouvir tudo de novo.

— No entanto, se sair vitoriosa — disse Oliver, os olhos brilhando como se essa fosse a parte mais importante da história, então era melhor Simon continuar prestando atenção —, a carreira da minha mãe vai ganhar um novo rumo. A promotora atual vai se aposentar após esse mandato, e, se a minha mãe conseguir essa condenação, é quase certo que vai levar as eleições desse ano e ser escolhida como promotora.

— Melhor nem mencionar isso para não dar azar. — Maddy entrou na conversa, e foi bom Red ouvir outra pessoa falando além de Oliver e da voz na sua cabeça.

— É — concordou Oliver —, mas, se o Frank Gotti for condenado, a nossa mãe tem grandes chances de se tornar promotora. — Ele se virou para Simon. Pobre coitado. — No momento, o maior concorrente dela é Mo Frazer, outro assistente da promotoria. Ele é muito popular, especialmente entre a população afro-americana, mas, se a minha mãe conseguir essa condenação, acho que isso vai fazer com que tenha uma vantagem.

Oliver enfim se calou, inclinando a cabeça como se esperasse que alguém lhe congratulasse.

— Parabéns — disse Red, resistindo ao impulso de bater palmas sarcásticas.

Simon aproveitou a deixa para sair de perto.

— Ah, cala essa boca, Red — retrucou Oliver, tentando fazer uma piada da situação.

Em alguns momentos, Red via Oliver como um irmão mais velho emprestado; ela o conhecia desde sempre, a mais tempo do que Maddy, se fosse contar os meses. Outras vezes, porém, Red nem tinha certeza de que Oliver se lembrava do nome dela. Não que fosse um nome difícil: era só pensar na cor vermelha em inglês.

— Ela tem trilhado um ótimo caminho no trabalho. Promotora antes dos cinquenta. Óbvio que, até lá, eu já serei procurador-geral dos Estados Unidos. — Mais uma vez, ele falou como se fosse brincadeira, mas, no fundo, não era.

Oliver conseguia transformar tudo em uma competição para ver quem tinha o maior pau. Red riu baixinho, parabenizando a voz na sua cabeça.

— O que foi? — Oliver se virou para ela, os ombros largos ficando ainda mais largos, uma barricada de cada lado do pescoço. — O que *você* está fazendo com a sua vida? Na real, nem me lembro para que faculdade você vai esse ano. Qual é mesmo?

Um nó surgiu na garganta de Red.

— Harvard — disse ela, sem pestanejar. — Bolsa de estudos integral.

Os olhos de Oliver se arregalaram, o queixo caiu. Ela tinha acabado de superar a admissão dele em direito na Dartmouth com uma namorada que faria medicina. Como Red se atrevia? A garota aproveitou o momento enquanto pôde.

— O q...? S-sério? — perguntou ele.

— Sim — respondeu Red. — Fui aceita logo na primeira chamada.

— Red — disse Maddy em tom de advertência pela brincadeira, os olhos a repreendendo em silêncio. Ela costumava gostar de irritar o irmão também.

— O quê? — Oliver olhou de uma para a outra.

— Não vou para a faculdade esse ano — disse Red, cedendo. Foi divertido enquanto durou, viver aquela outra vida.

Oliver riu, um suspiro de alívio saindo também.

— Eu ia dizer: bolsa de estudos integral em Harvard, rá! Até parece.

Ah, ia dizer mesmo?

— Você não vai para nenhuma faculdade? — questionou ele, totalmente recuperado do choque.

— Red perdeu o prazo de inscrição — explicou Maddy no lugar da amiga.

O que não era verdade, mas era uma boa mentira, e bastante conveniente por ser tão a *cara* de Red.

— Você me conhece — disse ela, só para enfatizar.

— Como conseguiu perder o prazo?

Oliver se virou para ela com um olhar de preocupação fria, e Red não gostou do rumo da conversa, mas estava presa naquela droga de banco para sempre.

A garota deu de ombros, torcendo para que isso o calasse.

Mas não calou. Oliver abriu a boca para falar outra vez.

— Não dá para entender, você costumava ser uma criança tão inteligente.

*Não diga isso, por favor, não diga isso.*

— É uma pena — falou Oliver. — Você tinha tanto potencial.

E lá estava. A frase que partia Red ao meio. Já havia perdido a conta de quantas vezes ouvira aquilo, mas apenas uma delas realmente fora importante. Red tinha treze anos, e sua mãe estava viva; elas trocavam gritos, uma de cada lado da cozinha, quando a casa ainda era quente.

— Red — chamou Maddy.

Estava quente demais ali.

Red se levantou, batendo os joelhos na mesa, cambaleando quando o trailer fez uma curva.

— Preciso ir...

Mas foi salva por Arthur, que disse:

— Droga, acho que pegamos o caminho errado.

# QUATRO

— Como assim?

Oliver se levantou — graças a Deus, Red estava livre — e deu quatro passos para a frente, tirando Simon do caminho.

— Deixa eu ver — pediu Oliver para Arthur, estendendo a mão para o celular com o mapa na tela.

Red estava livre e não iria mais ficar sentada àquela mesa. Ela se esgueirou e saiu, indo em direção à aglomeração e empoleirando-se no canto do sofá-cama. Ah, é, agora lembrou de perguntar.

— Maddy, de que lado…?

— … Não, tudo bem. — Oliver falou por cima dela, mexendo na tela do telefone. — Já redirecionou. Só continua seguindo por essa estrada, ela vai nos levar até uma cidadezinha chamada Ruby. Aí é só pegar uma curva à esquerda e a gente vai um pouco para o sul, em direção ao Refúgio Nacional de Vida Silvestre Carolina Sandhills. — Oliver leu no celular. — O acampamento fica por ali. Vai demorar mais uns dez minutos, galera.

— Perfeito — disse Reyna, tirando uma das mãos do volante para esfregar os olhos.

— Está cansada? — perguntou Oliver. — Quer que eu dirija?

A voz dele soava diferente quando falava com Reyna. Ficava mais suave.

— Não, tudo bem — disse ela, lançando-lhe um sorriso rápido que esticou sua pele marrom-clara.

Red pensou que parecia um desperdício que um sorriso tão bonito fosse direcionado a Oliver, mas se sentiu um tanto mesquinha. Ele tinha boas intenções. Todos sempre tinham boas intenções.

— Tudo bem? — perguntou Arthur para Red ao desocupar o banco do passageiro para que Oliver pudesse se sentar.

Red assentiu.

— O trailer parece menor quando ficamos mais de dez horas dentro dele.

— Concordo. Mas daqui a pouco a gente chega. Ou nós dois podemos nos embebedar que nem o Simon, e aí não vamos mais ligar.

— Não estou bêbado — disse Simon. — Só estou num nível ok de bebedeira.

— Não sei se o Simon de Amanhã de Manhã vai concordar — comentou Red.

— Também não sei se a Maddy de Agora concorda — disse Maddy, virando-se e empoleirando-se no banco para enxergar todo mundo. — É melhor não atingir o seu máximo tão rápido. Ainda tem uma semana inteira pela frente.

Simon terminou a cerveja com um grande gole, encarando Maddy enquanto virava a garrafa.

— É essa curva aqui? — perguntou Reyna, desacelerando. — Oliver?

— Desculpa, hã… — Ele olhou para o celular em mãos. — O GPS ficou esquisito. Acho que perdi o sinal. Não sei bem onde estamos.

— Preciso de uma resposta — disse Reyna, parando um pouco antes do cruzamento, a mão hesitando sobre o botão de dar a seta.

A buzina de um carro soou atrás deles. Mais de uma vez.

— Oliver? — vociferou a garota, a voz aumentando, os nós dos dedos se sobressaindo ao segurar o volante com força.

— Hã, sim, acho que sim. À esquerda aqui — disse ele, incerto.

Era tudo que Reyna precisava ouvir; ela deu a seta e fez a curva, o carro de trás deixando evidente sua insatisfação ao disparar pelo cruzamento.

— Filho da mãe — sussurrou ela.

— Desculpa — disse Oliver. — Seu celular não está funcionando direito.

— Não você, o outro carro — explicou ela.

— Não consigo fazer o mapa funcionar. — Oliver pressionou o dedo na tela, fechou o aplicativo e o abriu de novo. Estava em branco; um fundo amarelo e linhas perpendiculares vazias, nada mais. — Parece que não sabe onde a gente está. Não tem nem uma barrinha de sinal. Ei, alguém aí tem sinal?

Red deixara o celular em cima da mesa. Mas, se não tivesse nem uma barrinha, podia significar tanto que ela estava sem sinal quanto que a operadora havia finalmente cortado seu plano depois de a última fatura não ter sido paga.

— Tem uma barrinha aqui — disse Arthur, o celular em mãos.

— Qual é a sua operadora? — perguntou Oliver.

— Verizon. Espera aí, vou abrir o mapa. — Ele tocou na tela. — Já tinha baixado quando estava guiando a Red. Ok, então, a gente fez a curva certa. Continue nessa estrada por três quilômetros e depois vire à direita na Bo Melton Loop.

— Meu celular também não está funcionando direito — disse Maddy, sacudindo o aparelho, como se isso pudesse dar um pouco de vida a ele.

— Agora a gente está no interior de verdade, pessoal — observou Simon, arrastando as palavras em um sotaque sulista tenebroso, misturado com um toque de *velho maluco*.

Em geral, a versão sóbria de Simon era bem boa em imitar sotaques. Aliás, ele se orgulhava muito deles, pois isso sempre lhe garantia um papel nas peças da escola. A imitação dele de um aristocrata britânico era impressionante.

Red observou o amplo para-brisa, uma visão panorâmica da escuridão, os dois faróis esculpindo a noite, dando-lhe forma. Não havia mais nada, apenas o trailer, os seis jovens e seja lá o que a escuridão lhes trouxesse.

Arthur emitiu um pequeno ruído, um gemido no fundo da garganta ao encarar a tela. Red se levantou, olhando por cima do seu ombro para ver o que era. O garoto lançou um olhar para ela e pigarreou. Talvez Red tivesse se aproximado demais.

— Acho que acabei de perder o sinal também — disse ele, bem quando os olhos de Red perceberam a falta de barrinhas no topo da tela.

— Bosta — sussurrou Oliver, batendo outra vez no celular de Reyna, como se fosse funcionar por pura força de vontade.

Se alguém pudesse fazer aquilo, seria um Lavoy.

— Tudo bem — disse Arthur para Oliver —, ainda tenho o mapa, só não consigo ver onde a gente está. Vamos ter que procurar nas placas.

— Viagem à moda antiga — comentou Reyna.

— Deixa eu ajudar — disse Simon, arrastando os pés até Arthur e Red. — Sou bom em ler mapas.

— Você diz que é bom em tudo — observou Red.

— Eu *sou* bom em tudo — retrucou Simon. — Menos em ser humilde.

Não havia mais ninguém na estrada. Nenhum farol vindo do outro lado, nenhum brilho vermelho de luzes de freio à frente. Red olhou pelo para-brisa, concentrada.

— Quando é a curva? — perguntou Reyna.

— Ainda não chegou — respondeu Red, os olhos seguindo a estrada na tela de Arthur, sem nenhum ponto azul para guiá-los, tentando simular o mesmo ritmo da escuridão lá fora.

— Eu não confiaria na Red para ser a nossa guia — disse Maddy.

— Ei!

— Bem, quer dizer, não é como se você fosse muito pontual.

Red se recostou para olhar para a amiga, empoleirada no banco, a cabeça apoiada nos nós dos dedos.

— Para sua informação, fui a primeira a chegar hoje de manhã. Cheguei uns dez minutos antes de todo mundo.

Maddy pareceu envergonhada e mordeu o lábio.

— O quê? — perguntou Red.

— Nada.

Ela sabia que era mentira.

— Maddy, o que foi?

— Eu... hum... disse para você que a gente se encontraria na minha casa às nove. Mas falei para o restante do pessoal que a gente se encontraria às dez.

— Você falou para eu chegar uma hora antes? — questionou Red. Por que doía tanto saber disso?

Era uma mentira, sim, mas era uma mentira atenciosa. Maddy sabia que Red se atrasaria — não sabia todos os motivos para isso, mas, no fim das contas, dava na mesma, não é?

— Então, tecnicamente, você estava cinquenta minutos atrasada e todo mundo chegou na hora.

— Eu perdi o ônibus — explicou Red, o que não era verdade. Ela gastou os últimos centavos que tinha com o cereal favorito do pai e depois andou o caminho todo, a mala fazendo barulho atrás dela.

— Rá, olha só, essa estrada se chama Wagon Wheel Road. — Simon soltou o ar pelo nariz, apontando para a tela.

— É nela que tenho que virar? — perguntou Reyna, a mão disparando para a seta, embora não houvesse para quem sinalizar.

Não, não era.

— Não, não, não — disse Arthur rápido. — É na próxima. Eu acho.

Reyna acelerou de novo, seguindo a estrada curva.

— Wagon Wheel. — Simon ainda ria consigo mesmo.

— Aqui, à direita — disse Oliver, assumindo o controle. — Vira, Reyna.

— Estou virando — disse ela, um leve traço de irritação na voz.

Havia chefs demais naquela cozinha, por assim dizer. Reyna era o quê, então? Um talher? Os Lavoy tinham talheres chiques em casa, com cabos perolados e sem manchas.

Um novo barulho se juntou ao vento que batia nas laterais do trailer: um ruído áspero embaixo deles. A estrada tinha ficado mais irregular, cheia de cascalhos; o trailer balançou ao seguir em frente. Não havia mais faixas amarelas, a divisão entre *a sua pista* e *a minha pista*. À luz dos faróis altos, Red conseguia ver fileiras e mais fileiras de árvores de cada lado, sentinelas silenciosas na estrada escura.

Ela se sentia observada, o que era idiota; árvores não tinham olhos. Mas portas também não, embora sua mãe colasse olhos de plástico na porta do quarto de Red para que ela se sentisse segura na escurid... *Não, para*. Ela precisava se concentrar em aonde estavam indo.

— Parece que a gente está no meio do nada — comentou Maddy lá do banco da mesa de jantar, colocando as mãos em concha ao redor dos olhos para poder olhar pela janela lateral e ver melhor o que havia lá fora.

— O acampamento também fica no meio do nada, então tudo certo — replicou Oliver.

O trailer sacudiu ao passar por um buraco.

Arthur estava mordendo o lábio, os olhos semicerrados atrás dos óculos.

— Acho que é à esquerda aqui — disse ele, incerto, mas não alto o bastante para chegar aos ouvidos de Reyna.

— Esquerda, à esquerda aqui! — Simon não teve o mesmo problema.

Mas Reyna não deu bola, desconfiada do bêbado.

— É à esquerda — disse Red.

— Tem certeza? — perguntou Oliver, mas Reyna já havia feito a curva, e essa estrada não era sequer pavimentada, era apenas terra e pedrinhas, a poeira se erguendo sob a luz dos faróis. — Não é possível que isso esteja certo, deixa eu ver o mapa. — Oliver estalou os dedos para Arthur passar o celular para ele. — Reyna, dá a volta.

— Não posso! — disse ela com mais do que um pingo de irritação na voz, talvez um balde inteiro. — Essa rua é muito estreita, e o trailer é muito grande.

— Onde a gente está? — perguntou Red para Arthur, se inclinando para ver o mapa, como se fizesse alguma diferença.

— Acho que estamos aqui em algum lugar. — Ele apontou para a tela. — Estrada McNair Cemetery Road. Talvez.

— Isso com certeza está errado — disse Oliver. — A gente tem que volt...

— Não dá! — Reyna lançou um olhar fulminante para ele.

— Tem um retorno? — Red cutucou Arthur.

— Espera, acho que tem uma curva à esquerda ali na frente — disse ele, ampliando a pequena rua no celular. — Talvez nos leve de volta até onde estávamos.

Ele olhou para Red, que assentiu.

— Pelo amor de Deus, hein — reclamou Oliver, um dos joelhos batendo no painel. — A gente não teria pegado o caminho errado se eu estivesse guiando.

— Que estresse — disse Maddy, as mãos enfiadas no cabelo solto. — A gente devia ter ido de avião e alugado um apartamento, igual a todo mundo da escola.

Um rubor surgiu nas bochechas dela quando percebeu o que tinha dito, seus olhos se encontrando com os de Red por meio segundo. Red era o motivo de eles não terem pegado um avião e alugado um apartamento igual a todo mundo. Foi por isso que Maddy teve a ideia do trailer. "Bem mais barato, só a gasolina e o dinheiro para o dia a dia. Qual é, vai ser legal." Era tudo culpa de Red.

— Só segue em frente — disse Red para Reyna, ignorando os demais.

— Não estou vendo uma curva à esquerda. — Reyna se aproximou do volante, esforçando-se para enxergar.

Enquanto seguiam a estrada, os faróis se perderam na floresta, recuando ao encontrar um corpo d'água: um riacho escondido atrás das árvores.

— Cadê a rua à esquerda? — indagou Reyna.

— Ali! — Simon apontou para o para-brisa. — É ali. Vire à esquerda.

— Certeza?

Red olhou para o mapa nas mãos de Arthur. Era lá.

— Sim — respondeu ela. — Ali mesmo.

— Não parece nem uma estrada de verdade — disse Oliver enquanto seguiam por ela, terra e cascalho fazendo barulho debaixo das rodas.

Era mais estreita, as árvores comprimindo o veículo nas laterais, galhos baixos que raspavam o topo do trailer bloqueando o caminho.

— Segue em frente — disse Red.

Era culpa dela que todos estivessem ali e não em um belo avião no dia seguinte, com todos os outros amigos.

— O mapa sumiu — disse Arthur, as linhas perpendiculares em branco tomando conta da tela.

— Continue em frente — disse Red para Reyna.

— Não é como se a gente tivesse escolha — retrucou Oliver.

As árvores se afastaram da estrada, dando lugar a matagais baixos e grama alta de ambos os lados.

— É uma estrada sem saída? — perguntou Oliver, olhando para a frente.

— Pode seguir — disse Red.

— Tenho quase certeza de que não tem saída — afirmou Oliver, embora nenhum deles conseguisse enxergar. — Reyna, tem bastante espaço aqui, dá para fazer o retorno e voltar para onde a gente estava.

— Ok. — Reyna cedeu, pisando fundo no freio.

O trailer diminuiu a velocidade, chacoalhando na estrada que quase não era uma estrada.

Um som mais agudo, como um estalo, partiu a noite ao meio.

— O que foi isso? — perguntou Simon.

O trailer pendeu para o lado esquerdo, fazendo com que Red esbarrasse em Arthur.

— Porra — xingou Oliver, olhando para Reyna no lado afundado, e bateu o punho no painel. — Acho que um pneu acabou de furar.

23:00

# CINCO

Reyna desligou o motor, e a noite ficou silenciosa demais. Conseguiam ouvir apenas os sons dos seus próprios corpos; a respiração de Red estava presa na garganta.

— Eu vou primeiro — anunciou Oliver.

Ele se levantou, passando pelos outros ao caminhar até a porta do trailer, logo depois do sofá-cama. Seus passos eram pesados, sacudindo o chão. Ele abriu a porta e deixou o lado de fora entrar.

Uma lufada de ar frio da noite atingiu Red no rosto enquanto ela observava Oliver descer os quatro degraus para o mundo exterior.

Maddy foi em seguida, saindo do banco para seguir o irmão.

— Tudo bem? — perguntou Arthur para Reyna, que estava saindo de trás do volante e esticando o pescoço.

— Tudo — respondeu ela, o menor dos tremores na voz. — Não faço ideia do que a gente pode ter atingido. Não tinha nada na estrada.

— Vamos lá ver.

Arthur ofereceu-lhe um sorriso gentil e então saiu, Simon indo logo atrás dele, um pouco menos firme nos degraus íngremes.

— Pode ir — disse Red, com um gesto para Reyna ir na sua frente. — Tenho certeza de que vai dar tudo certo.

— Vai ser tudo culpa minha, de qualquer forma — comentou Reyna, um lampejo secreto nos seus olhos castanho-escuros. — Você vai ver.

Ela estava se referindo a Oliver? Red se sentia assim, mas não sabia que Reyna sentia o mesmo. As duas eram adjacentes aos Lavoy, mas não eram Lavoy e sabiam disso. No entanto, muitas coisas eram, na verdade, culpa de Red. Inclusive aquilo.

— Não, vai ficar tudo bem — disse Red ao pegar o celular na mesa.

Oliver não iria culpar Reyna; eles eram felizes, perfeitos, trocavam toques gentis e se falavam com vozes suaves.

Os sapatos de Reyna deram baques leves na escada ao descê-la. Em seguida, foi a vez de Red, as pernas doendo a cada passo por ter ficado tanto tempo sentada. Um, dois, três, quatro; no fim da descida, quando seus tênis rasparam na estrada de terra, ela se perguntou se Reyna já teria visto um cadáver como parte dos estudos. Talvez Red pudesse perguntar se eles ainda se pareciam com as pessoas que haviam sido. Ou se era verdade que o sangue às vezes era azul, nem sempre vermelho.

Red seguiu Reyna, que foi atrás de Simon, contornando a frente do trailer sob a luz bem forte dos faróis altos, a poeira da estrada flutuando na frente deles.

— Ah, merda! — vociferou Oliver. Ele já estava agachado ao lado do pneu, iluminando-o com o celular de Reyna. — Definitivamente furado.

— Certeza? — perguntou Arthur ao sair da frente do farol alto e ofuscante.

— Absoluta. Na verdade, tem um buraco enorme e um rasgo gigante no pneu.

— Causado pelo quê? — questionou Maddy, agachando-se ao lado de Oliver.

Red deu a volta no trailer e viu o pneu por si mesma.

Havia um grande rasgo na borracha, mais ou menos do tamanho da mão dela, os lados se afastando um do outro. Sem ar lá dentro, arriado com o peso do trailer. Dez metros e vinte centímetros de comprimento, mas qual seria o peso?

— Não sei — respondeu Oliver, procurando algo ao redor com a lanterna, passando a mão com cuidado pela estrada. — Talvez tivesse algum vidro ou uma pedra afiada. Talvez um prego. Reyna? — Ele deu meia-volta para olhar para ela, refletindo a luz da lanterna nos olhos da garota. — Você não viu nada?

— Não, não vi — respondeu Reyna, trocando um rápido olhar com Red.

— Bem, você deve ter passado por cima de alguma coisa. Por que não prestou atenção? — Oliver voltou à busca, a voz com um tom mais severo.

Reyna estava certa. Bem, ela conhecia Oliver melhor do que Red.

— Nenhum de nós viu nada. Está um breu danado aqui fora — disse Red, tentando ajudar. O sorrisinho no canto da boca de Reyna mostrava que ela agradecia a tentativa.

— Não consigo encontrar nada. Talvez a roda tenha jogado para longe. Ou, às vezes, é só um pneu de bosta que estourou por nada. — Oliver se levantou, iluminando Simon agora. — Seu tio já fez manutenção nesse trailer?

— Como diabos eu vou saber disso? — retrucou Simon, soluçando.

Mas, sério, como é que ele saberia? Ainda mais naquele estado.

— Bem, há quanto tempo o seu tio tem esse trailer? — pressionou Oliver.

— Sei lá.

— Como você não sabe? — A voz de Oliver ficou mais aguda.

— Ele está bêbado — respondeu Maddy, lançando um olhar de desculpas para Simon, que trocava o peso de um pé para o outro.

— Olha só, a gente dirigiu mais de oitocentos quilômetros com o pneu hoje sem problemas — disse Arthur, se em defesa do pneu ou de Simon, Red não tinha certeza.

— Não importa como ele furou — falou Reyna, dando um passo à frente. — O importante é o que a gente vai fazer a respeito disso.

— Alguém liga para o seguro — sugeriu Maddy.

— Estamos sem sinal, lembra? — Oliver olhou para ela, erguendo o celular de Reyna na mão.

— Para a polícia? — Maddy tentou outra vez.

— Infelizmente, ainda precisamos de sinal para ligar para a polícia. — Foi Arthur quem respondeu dessa vez, de um jeito bem mais suave do que Oliver.

— Alguém aqui tem alguma barrinha de sinal? — Oliver se virou para o grupo. — Deem uma olhada nos seus celulares.

Red pegou o dela do bolso da calça jeans, a tela iluminando a parte de baixo do seu rosto. Nem uma barrinha. Nada de 3G, nem 4G, nem GPRS. Nada. Só os 67% de bateria, o que era muito bom para os padrões dela.

— Nada — anunciou Red.

— Qual é a sua operadora? — perguntou Oliver, de um jeito que soava como se Red só pudesse lhe dar respostas erradas.

— AT&T. — Ela olhou para o quadradinho desmarcado na mão.

— Droga — reclamou Oliver. É, só respostas erradas. — Eu, Reyna e Maddy usamos essa também. Arthur, algum sinal da Verizon?

— Nenhum — respondeu o garoto, mostrando para Oliver sua tela inicial.

— Ninguém com sinal? Simon?

— Mesma coisa. Minha operadora é a T-Mobile. E nada.

— A gente deve estar em uma zona sem antenas — afirmou Red.

— Certo, então sem chance de ligar para pedir ajuda. — Reyna olhou para todos. — A gente...

— Talvez sim. — Oliver a interrompeu. — Podemos andar de volta para a última cidadezinha, Ruby. Encontrar um telefone fixo por lá e ligar para pedir ajuda, se ainda não tiver sinal. São só uns quilômetros de distância.

— Oito quilômetros — reclamou Reyna. — É longe demais.

— Bem, talvez a gente ache uma casa, ou uma fazenda, ou algum lugar com um telefone fixo no caminho — argumentou Oliver.

— Está muito escuro — disse Maddy em voz baixa. — E estamos no meio do nada.

— Nem todo mundo precisa ir — falou Oliver.

Então nenhum dos Lavoy estava se oferecendo para andar no escuro. Red teve outra ideia.

— Por que a gente não dorme aqui hoje à noite? Aposto que ninguém mais vai passar nesse lugar até amanhã de manhã, e aí a gente pede ajuda para alguém quando amanhecer.

— Não — replicou Maddy, e Red ficou surpresa. Ela pensava que Oliver seria o primeiro a recusar a sugestão. — Se esperarmos até amanhã para trocar o pneu, não vamos sair a tempo e chegaremos atrasados em Gulf Shores. Todo mundo da escola já vai estar lá, e vamos perder a primeira noite de diversão.

— Não quero dar uma de sabichão e aparecer para salvar o dia, mas vou fazer exatamente isso — comentou Simon, apoiando o cotovelo no ombro de Red. — Não dá para acreditar que eu sou o mais observador do grupo, mas tem um pneu reserva na traseira do trailer.

A expressão de Maddy mudou, seu alívio era óbvio mesmo na escuridão. Ela lançou um sorriso divertido para Simon, e Arthur lhe deu tapinhas nas costas, a vibração passando por Red também.

— É — concordou Oliver. — Eu ia mesmo perguntar se tinha um estepe.

Óbvio que ia.

— Tem um macaco em algum lugar? — perguntou Oliver.

— Na Amazônia tem um monte... — respondeu Simon, com um sorriso torto que Oliver evidentemente não notou.

— Estou falando da ferramenta para levantar o...

— Ah, tá, um *macaco* — disse Simon em tom exagerado, fingindo dar um tapa na própria testa. Ele realmente pertencia aos palcos. — Acho que deve estar em um daqueles espaços de armazenamento que ficam embaixo do veículo.

— Certo, beleza. — Oliver bateu palmas alto demais, e o som ecoou pelo matagal silencioso, a grama se eriçando por aquela intrusão. — Vamos fazer isso o mais rápido possível e voltar para a estrada.

A escuridão prendeu a respiração, ouvindo eles fazerem seus planos. Então o vento passou, dançando no cabelo de Red; a grama trepidou e as árvores sussurraram, e Red se perguntou o que estariam dizendo umas às outras.

# SEIS

Será que era um momento ruim para Red dizer que precisava fazer xixi?

— Reyna. — Oliver se virou para a namorada e anunciou: — Você e Maddy vão com Simon achar o macaco. Vamos precisar de alguma coisa para tirar as porcas. Uma chave inglesa. Bem grande.

— Foi o que ela disse — sussurrou Simon, baixo o bastante só para Red ouvir.

— Arthur. — Oliver apontou para o garoto. — Você e eu vamos pegar o estepe.

— Beleza.

— E eu? — perguntou Red enquanto os outros começavam a seguir para suas funções.

— Acho que estamos todos indo na mesma direção — disse Arthur, acenando para que ela o seguisse.

Agrupados, todos se encaminharam para a parte de trás do trailer, e Maddy ligou a lanterna do celular. Ela apontou para o automóvel, a luz brilhando nas laterais *off-white* e nas listras vermelha e azul na horizontal do veículo. O trailer parecia maior do lado de fora e um leve brilho amarelado passava pelas janelas. Maddy apontou o feixe de luz mais para baixo, e a lanterna revelou três grandes unidades de armazenamento ao redor da roda traseira, do lado que estava inclinado.

Maddy abriu a última portinha, e Reyna se ajoelhou para dar uma olhada.

— Não, é o gerador — disse ela. — Próxima.

Red passou por elas, indo atrás de Arthur e Oliver, contornando a traseira do trailer. Uma escada preta que ia até o teto do veículo fora anexada ali. E ao lado, em uma capa de lona, estava o estepe.

Oliver deu um tapinha nele.

— Deixa só eu ver uma coisa — disse Arthur, enganchando um pé no último degrau da escada.

Ele subiu rapidamente, o celular fazendo volume no bolso traseiro da calça jeans. Não que Red estivesse olhando para lá.

— O que você está fazendo? — perguntou Oliver quando Arthur subiu no teto do trailer.

Ele poderia ser confundido com o céu escuro se não fosse pelo moletom branco, tão brilhante quanto a lua. Red olhou ainda mais para cima e, veja só, dava para ver a lua de verdade.

— Só queria saber se dava para ver alguma luz por perto — respondeu Arthur, desaparecendo de vista ao caminhar pelo teto do automóvel.

Seus sapatos faziam um barulho ritmado. Red e Oliver esperaram por uma resposta.

— Viu alguma coisa? — perguntou Oliver. — Arthur?

— Hã, deixa eu dar uma olhada aqui... — Arthur grunhiu. — Não, não dá para ver nada. — Ele voltou, pairando sobre eles enquanto se virava e guiava cuidadosamente os pés de volta à escada. — Nenhum sinal de civilização por perto.

— Não importa — disse Oliver enquanto Arthur descia. — Vamos trocar esse pneu para voltarmos logo à estrada.

Arthur pulou para o chão e limpou os joelhos da calça enquanto Oliver abria a capa de lona do pneu reserva. Ele o puxou, mas o estepe não saiu.

— Ei, encontraram uma chave inglesa ou algo do tipo? — gritou Oliver para os outros. — Precisamos de uma para tirar o pneu.

— Sim, espera um segundo — respondeu Reyna.

Ela precisou de dois segundos, na verdade, e então uma chave de roda com quatro bocas surgiu da lateral do veículo, antes mesmo de a garota aparecer. Reyna estendeu a ferramenta para Oliver.

— Aqui. E encontramos um macaco no mesmo lugar, com alguns blocos de madeira, acho que para deixar ele alto o bastante debaixo do trailer.

— Perfeito — disse Oliver, devolvendo o celular para Reyna. O rapaz prendeu a chave na primeira porca. — Conseguem levar tudo para a roda lá da frente?

— Pode deixar — respondeu ela, desaparecendo outra vez atrás do trailer.

— Quer uma mãozinha? — ofereceu Arthur, enquanto Oliver apoiava seu peso na chave de roda.

A porca começou a ceder, e Oliver se virou com ela.

— Não precisa, eu consigo — disse ele, afrouxando e removendo a porca. Faltavam três. — Na verdade, será que pode acender uma lanterna aqui, por favor?

— É pra já — disse Arthur, tirando o celular do bolso da frente e acendendo a lanterna.

Red era uma inútil, não era? Parada, olhando para a lua.

— Está bem grande hoje — comentou Arthur, seguindo os olhos da garota até o céu.

— *Foi o que ela disse!* — A voz baixa de Simon veio da frente do trailer.

Red bufou, desviando o olhar ao perceber um rubor nas bochechas de Arthur, e falou:

— Ei, pelo menos a gente está do lado de fora do trailer. — Ela gesticulou para o nada ao redor deles, a paisagem envolta em escuridão. Terra, arbustos baixos, trechos com grama alta e espaço. Muito espaço. Para cima e para baixo, de um lado e do outro. — Preciso dizer que explodir o pneu com a sua mente foi uma medida um pouco drástica.

Arthur deu um muxoxo.

— Era uma situação desesperadora.

— Falando sério, o que você acha que aconteceu?

Ele deu de ombros.

— Provavelmente uma pedra afiada ou vidro, como o Oliver disse.

Era coisa da cabeça de Red ou, às vezes, a voz dele ficava mais suave ao falar com ela? Não, Arthur era legal com todo mundo, só isso.

— A gente nunca devia ter vindo por aqui — disse Oliver, invocado ao proferirem seu nome. Ele removeu a terceira porca. — Sabia que tinha alguma coisa errada.

— Não é culpa de ninguém. — Arthur fungou. — É difícil dirigir sem um mapa.

O silêncio de Oliver disse tudo: era culpa de todo mundo, menos dele.

— Pelo menos é só tomate cru — disse Red —, então você ainda pode comer pizza.

— Do que ela está falando? — perguntou Oliver, quase tirando a última porca.

— Ah, da minha alergia. — Arthur sorriu, ainda prestando atenção nela. Aquilo era raro. A maioria das pessoas parava de prestar atenção em Red pelo menos algumas vezes por dia, ou até algumas vezes por conversa. — Pois é, não sei se a vida valeria a pena sem pizza. Eu teria que conviver com erupção cutânea para sempre.

— É só deixar a barba crescer que ninguém notaria — comentou a garota.

Aliás, uma barba provavelmente cairia bem nele.

— Não sei do que diabos vocês estão falando, mas terminei — disse Oliver, endireitando-se. — Aqui, Red, dá uma corridinha lá na frente para levar isso. — Ele colocou a chave de roda na mão dela. O metal estava quente nas partes que Oliver tinha segurado. — Podem começar a afrouxar as porcas do pneu furado antes de colocar o macaco.

— Sim, senhor. É pra já, senhor.

Mas ela obedeceu, deu até uma corridinha, como ele pediu, contornando o trailer pela lateral, as pedrinhas se espalhando sob seus pés.

Diminuiu a velocidade, estendendo a chave para Reyna, que estava agachada na frente da roda. A tampa metálica já tinha sido removida e um macaco de metal vermelho-vivo estava ao seu lado, com a alavanca levantada e pronta. Uma pilha de blocos largos de madeira também aguardava.

— O Oliver disse para...

— É, eu ouvi — disse Reyna, pegando a chave de roda e a posicionando sobre a primeira porca. — Ele tem uma daquelas vozes que reverberam.

Reyna fez força nos braços, empurrando a porca até ela ceder. Precisou dar algumas voltas para afrouxá-la antes de passar para a próxima.

— Seu tio usa muito o trailer? — perguntou Maddy para Simon, mordendo o canto do lábio.

Ele deu de ombros e quase perdeu o equilíbrio.

— Sei lá. Ele é meio estranho. — E então, explicou: — É o meu tio branco.

— Ah.

Maddy girou sobre os calcanhares ao ouvir passos. Oliver e Arthur se aproximavam, o estepe aninhado nos braços de Arthur. Oliver o deixou ajudar, afinal.

Ele largou o pneu, que quicou até encontrar sua mão outra vez, antes de o garoto colocá-lo de lado.

— Como estão as coisas aí? — perguntou Oliver para Reyna, inclinando-se sobre ela.

— É a última — disse ela com um grunhido quando a porca cedeu. Então Reyna girou a chave algumas vezes. — Todas soltas.

— Perfeito. — Oliver pousou uma das mãos no ombro dela. Um toque gentil. — Vamos colocar o macaco no lugar.

*Macaco hidráulico tipo garrafa de doze toneladas* — era o que dizia na lateral da ferramenta em letras grandes e pretas contra o metal vermelho. Oliver se abaixou, desparafusando a tampa preta do macaco, que ficava mais alto a cada volta.

— Esse é o limite de altura. Alguém me passa uns blocos.

Simon os empurrou com o pé.

Oliver empilhou os quatro blocos sob a estrutura de metal externa do trailer, logo atrás da roda. Em seguida, colocou o fundo de aço do macaco em cima do bloco mais alto, balançando-o para garantir que estava firme o suficiente. Ao que tudo indicava, daria certo, porque Oliver voltou sua atenção para a alavanca. Ele a puxou para cima e para baixo, depois mais uma vez. Aos poucos, a parte superior da ferramenta começou a emergir da base, em direção à parte de baixo do trailer. O braço de Oliver bombeava várias vezes. Ele se ajoelhou; levaria um tempinho.

O que era bom, porque Red tinha acabado de se lembrar...

— Ei, Maddy, em que lado da cama você costuma dormir? Porque eu...

— No esquerdo, geralmente — respondeu Maddy, observando o macaco se expandir, metálico e rígido. — Mas, por mim, tanto faz.

— Ah, tudo bem, eu gosto do lado direito — mentiu Red.

Por que ela sentiu necessidade de mentir? Maddy tinha acabado de dizer que não se importava.

A parte superior do macaco encontrou a base do trailer, metal contra metal, brilhando em um branco fantasmagórico. Maddy iluminava o momento com o celular. Houve um rangido quando Oliver mexeu a alavanca para cima, para baixo e para cima outra vez. Devagar, o trailer começou a subir. O pneu furado se soltou no chão.

— Senhoras e senhores, estamos decolando! — berrou Simon, e o matagal engoliu sua voz, ecoando-a, tirando dela qualquer traço de humanidade. Um grito sobrenatural no meio da noite.

Red observou o trailer, que ficava cada vez mais alto, aliviando a pressão no pneu furado.

— Tenho que fazer xixi. — Ela se lembrou de repente, expressando o pensamento em voz alta.

— Sempre uma dama — comentou Simon.

— Bem, não dá para entrar no trailer agora — disse Oliver, ligeiramente sem fôlego e irritado, ainda bombeando a alavanca. — Vai ter que encontrar um arbusto.

— Talvez eu encontre algo melhor, tipo uma árvore — disse Red, virando-se para a parte de trás do trailer e para as árvores grossas pelas quais haviam passado.

Ela não podia ir para algum lugar na frente do trailer; não sabia qual era o alcance dos faróis. Imagine só: Arthur vendo sua bunda branca flutuando na escuridão. Red evitou os olhos do garoto.

— Você não pode ir sozinha — advertiu Maddy, agarrando seu braço. — Está um breu aqui.

— Estou com o celular.

— Não, mas, tipo, pode ser perigoso. — Ela suspirou. — E se tiver um maníaco da machadinha ou algo assim?

— Não tem maníacos da machadinha na Carolina do Sul — disse Simon. — Só na Carolina do Norte. Você precisa tomar cuidado com serras elétricas. E com vampiros.

— Serras elétricas. Vampiros. Saquei — disse Red. — Vou ficar de olhos abertos.

— Vampiros *amam* olhos abertos.

— Red — chamou Maddy.

— Eu posso... — Arthur se pronunciou.

— Tá tudo bem, só vou ali no canto. Já volto.

Red continuou indo na direção traseira do trailer, apertando o passo quando Oliver gritou:

— Vai logo, daqui a pouco a gente termina aqui!

Ela faria xixi no seu próprio tempo. Mas agora estava dando uma corridinha lenta, tinha mesmo acelerado, os sapatos se arrastando na estrada áspera. As vozes dos outros desapareceram às suas costas, e só restaram ela, a lua e o farfalhar da grama. Red diminuiu a velocidade para pegar o celular — 23h21 e 65% de bateria, ainda estava ótimo para ela — e deslizar o dedo para cima a fim de ligar a lanterna. As sombras se esticavam e se encolhiam enquanto ela balançava a luz ao redor, procurando um lugar. Havia um sem-número de plantas e arbustos, mas eram pequenos, não tinha muito como se esconder atrás deles. E ela ainda não estava distante do grupo.

Red foi cada vez mais longe, usando a luz para esculpir um caminho através da escuridão. Seus olhos pousaram em uma árvore logo à frente, sozinha, afastada das outras. Exatamente como ela. Os galhos cheios de folhas estremeceram com sua aproximação. Será que a árvore tinha sido afastada por ação das outras, ou havia se separado delas por conta própria? De qualquer forma, Red deu a volta para ficar atrás da árvore, verificando se o tronco a cobria. Tudo certo.

Ela colocou o celular na grama, uma aura branca ao redor do aparelho enquanto o resto do mundo caía na escuridão. A garota procurou desajeitadamente o botão da calça jeans, abriu o zíper e puxou-a para baixo junto com a calcinha, até os tornozelos.

Agachou-se.

Às vezes, quando pensava muito a respeito, era difícil fazer xixi. Então pensou em outra coisa, em como seria bom quando aquela noite enfim terminasse. Imaginou se o pai havia conseguido encontrar uma das refeições prontas que ela deixara para ele comer ou se desmaiou antes disso. Não era o bastante. Nada que fizesse por ele era o bastante. Havia um fantasma na casa de Red, e não era o da sua mãe. Seu pai precisava de ajuda, ajuda de verdade, e para isso era necessário dinheiro. E em breve Red conseguiria; esse era o plano. Ela só tinha que ficar de olho em tudo. Não que conseguisse enxergar algo além do contorno do celular.

Um estalo nas árvores. Os olhos de Red se voltaram para cima. Estava escuro, escuro demais, apenas formas sombrias em meio a outras formas sombrias. Mas ali, logo ali, algo se moveu entre as árvores.

# SETE

— Tem alguém aí? — perguntou Red, a voz cavernosa, os olhos em alerta passando pelas sombras.

Perfeito.

Simplesmente perfeito.

Aquela era com toda a certeza a pior maneira de morrer. No meio de uma mijada atrás de uma árvore enquanto o maníaco da machadinha avançava até ela. Digna até o último suspiro. Não, a pior forma de morrer devia ser sufocada. Não, não, na verdade, a pior era de joelhos, dois tiros na n... Tá, tá bom, vamos parar por aqui.

Não havia ninguém nas árvores. Red sabia disso. Ela sabia. As únicas pessoas ali eram as que a garota conhecia, e estavam atrás dela no matagal. Devia ser só um rato, ou um morcego, ou um guaxinim, ou talvez um vampiro. Mas não importava, porque ela tinha terminado.

Suas pernas tremeram quando ela se endireitou, puxou a calcinha e a calça jeans para cima e fechou o zíper rápido. Apressou-se para pegar o celular e o ergueu, usando a lanterna como arma contra a noite.

— Ahá!

Viu, falei que não havia ninguém nas árvores.

Mas, mesmo assim, Red decidiu correr de volta até os outros. Oliver provavelmente diria que ela já tinha demorado demais. Seu rabo de cavalo balançava na nuca, e dava para sentir o coração batendo nos seus ouvidos; era por causa da corrida ou do maníaco da machadinha? A luz se movia de um lado para o outro na sua mão, iluminando uma parte da estrada de cada vez. Red tropeçou em uma pedra, praguejando quando seu tornozelo se dobrou debaixo dela, tentando derrubá-la.

— Red?

Ela ergueu o celular. Arthur estava a apenas três metros de distância, indo na sua direção, os óculos refletindo a luz.

— Você está bem? — gritou ele. — A gente achou que tinha ouvido um grito.

— Ah, é, era eu — disse ela, em pânico, dando uma olhada rápida para ver se tinha mesmo fechado a braguilha antes que Arthur pudesse ver qualquer coisa. — Só estava falando com o maníaco da machadinha.

— Bem, espero que ele esteja tendo uma boa noite — comentou Arthur quando enfim se juntaram na estrada.

O garoto deu meia-volta para andarem juntos até o trailer.

— Ele está se divertindo muito se esgueirando pelas árvores, vendo garotas fazendo xixi…

Arthur soltou uma risadinha. Empurrou os óculos mais para cima, um constrangimento súbito no movimento dos seus braços.

— Falando nisso, eu ia cobrir os olhos e gritar antes de chegar mais perto — disse ele, como se fosse importante que Red soubesse. — Para não…

— … me ver fazendo xixi? — perguntou ela.

— Exatamente. Acho que ainda não chegamos nesse nível de intimidade.

O que ele queria dizer com aquilo? Em que *nível* estavam? Até onde Red sabia, só estavam flertando de um jeito meio estranho, pois nenhum dos dois era muito bom nisso. Além disso, em alguns meses, ele seguiria em frente, assim como todo mundo. Provavelmente arranjaria uma boa namorada na faculdade, alguém que pudesse apresentar aos pais no Dia de Ação de Graças.

— Red?

Merda, ela não estava prestando atenção. Ele tinha dito alguma coisa?

— Oi?

— Sabe, nesse tempo todo, nunca perguntei. Por que os seus pais decidiram te dar esse nome?

— Ah, bem, essa é fácil. Por causa do vermelho-vivo natural do meu cabelo. — Ela estendeu a mão para trás para puxar uma mecha do cabelo loiro opaco.

Arthur sorriu e balançou a cabeça.

— E o motivo verdadeiro? — perguntou ele.

— Não é Red, é Redford — explicou ela, os olhos no trailer enquanto os dois se aproximavam. Era coisa da cabeça de Red ou o veículo estava aos poucos abaixando de um lado? Deviam ter trocado o pneu. — Me batizaram em homenagem ao meu avô. Redford Foster.

— É um nome e tanto. — O garoto riu.

— Não é?

— Muito sério.

— Bem, ele era mesmo — disse Red. — Era comandante da polícia.

Uma pausa.

— Igual à sua mãe?

A palavra perfurou o peito de Red, um buraco deixado para trás, sangrando. Ela diminuiu a velocidade para recuperar o fôlego. Sim, igual à mãe dela. Grace Kenny, comandante da Delegacia da Filadélfia, Terceiro Distrito. Red não sabia que Arthur sabia de tudo aquilo.

Arthur parou de andar e segurou o braço dela, o trailer a seis metros deles.

— Sabe, bem no começo, a Maddy me puxou de lado e disse para nunca perguntar sobre a sua mãe — disse ele. — Nem mencionar mães em geral na sua frente. E se for isso que você quiser, tudo bem, mas, se não consegue falar com a sua melhor amiga sobre ela, eu estava pensando que talvez queira conversar com outra pessoa. E pode ser comigo. Se quiser.

Não. Red não queria. Não podia falar dela, não pensava nela. Arthur não conhecia Red há tanto tempo, ele era novo, não devia saber a respeito da sua mãe. Talvez essa fosse a característica que Red mais gostasse nele. O garoto era imaculado por não saber. Só que ele sabia, Maddy havia contado. Isso mudava tudo. Era por isso ele era sempre legal com ela, por isso suavizava a voz? Red olhou para baixo. Já chega. Ela se recusou a pensar no fato de que Arthur sabia e sentia pena dela, ou na própria mãe. Afastou a ideia da cabeça, passando para o próximo pensamento. O anterior havia desaparecido.

— O que você vai fazer quando terminar o ensino médio? — Aquela era uma pergunta que Red nunca fazia, porque odiava quando as pessoas lhe perguntavam isso. Arthur se incomodou com a mudança de assunto, abaixando os olhos. — Vai para a faculdade?

— Hum, na verdade, não — respondeu ele ao se recuperar. — Não, no meu caso, vou trabalhar direto com a minha família. — Ele fez uma careta.

O que a família dele fazia, maltratava cachorrinhos?

— Fazendo o quê? — perguntou ela.

— Em resumo, reformas de casas. Mas vou ficar no escritório.
— Não é tão ruim assim.
— Não mesmo — concordou ele. — Mas isso significa passar o dia inteiro, todos os dias, dentro de uma sala.
— Ah, a velha claustrofobia — comentou Red.
Ele ergueu um dedo.
— Exatamente.
Red fungou.
— O que foi, você ficou trancado em um armário quando era criança ou algo do tipo?

Era uma piada, mas Arthur não sorriu. Seu olhar ficou mais sério, direcionado para a estrada, os ombros levantados até as orelhas.

— É — desabafou ele categoricamente. — Era só uma brincadeira, mas... o meu irmão às vezes passa dos limites.

Nossa, caramba. Tinha sido a vez de Red falar algo impróprio. Os olhos de Arthur ainda estavam turvos, uma torção estranha na sua boca. Talvez ele não gostasse de falar sobre o irmão, assim como Red não gostava de conversar a respeito da mãe. Ela fez um acordo tácito com o garoto; e Arthur concordou, mesmo sem saber. Havia coisas mais importantes para se pensar naquela noite, de qualquer forma. Agora ela só tinha que mudar de assunto, rápido, para distrair os dois.

— Então você tem que achar outro emprego, um ao ar livre — disse ela. — Passeador de cães?

Arthur mudou de expressão, recuperando-se ao se virar para ela.

— Agricultor? — ponderou ele.
— Ecologista? — sugeriu ela.
— Ah, bacana.
Red teve outra ideia:

— Maníaco da machadinha?

— Ouvi dizer que essa vaga já foi preenchida.

Red quase se esqueceu do que estavam falando e por quê, mas antes que pudesse dar outra ideia, um som irrompeu na ampla clareira. Palmas. Comemoração. Outro grito alto de Simon.

— Devem ter terminado. Vamos — disse Arthur, conduzindo Red até o trailer.

E ela podia estar enganada, mas houve um momento em que pareceu que Arthur tinha estendido a mão para segurar a dela.

Eles se aproximaram dos outros lá na frente, o pneu rasgado no meio da estrada, o trailer no chão com o pneu novo. Simon segurava o macaco como se fosse um velho amigo. Havia sorrisos no rosto de todos quando a lanterna pousou sobre eles.

— Aí está você — disse Maddy para Red. — Já estava ficando preocupada.

— Valeu pela ajuda, Red — acrescentou Oliver, de braços dados com Reyna.

Red tinha quase certeza de que Reyna fizera a maior parte do trabalho.

— Não precisa agradecer — respondeu ela.

— Ah, aliás, fui conferir. — Oliver continuou a falar, dessa vez com Red e Arthur. — Essa estrada *não* tem saída. Bem, avança pelo meio de umas árvores ali, mas o espaço é tão apertado que o trailer não passaria.

— Tá bom, desculpa — disse Arthur.

Mas pelo que ele estava se desculpando? Todos estavam perdidos. E foi Red quem disse para seguirem em frente, ela os levara até ali.

— Não tem problema — disse Red. — A gente faz o retorno.

— Certo, vamos colocar essa belezinha na estrada. — Oliver bateu palmas de novo. — Red, você pode pegar o pneu velho e guardar no espaço de armazenamento? Maddy, pega os blocos de madeira e a chave de roda.

Red pegou o pneu murcho, que ficou estranho nos seus braços. Olhou para o rasgo, traçando as bordas desgastadas. Completamente destruído.

— Por aqui — chamou Simon, gesticulando com o macaco.

Arthur, Reyna e Oliver seguiram em direção aos faróis altos, que os iluminavam no caminho de volta para a porta.

— Então… — falou Maddy, os blocos e a chave de roda precariamente reunidos nos seus braços. — Arthur foi procurar você. Ficou preocupado que tivesse se perdido no escuro.

— E ele me achou — disse Red. — Fim da história.

— Ah, o que é isso? — perguntou Simon, abrindo o compartimento de armazenamento mais próximo e enfiando o macaco lá dentro. — Fofoca de garotas?

— Nada — falou Red, passando por ele para jogar o pneu lá dentro, que fez um *bum* alto ao aterrissar no chão do compartimento.

— Ah, qual é? Me conta. — Ele fez biquinho e puxou a manga de Red.

— Não tem nada para contar.

— Arthur foi atrás da Red — disse Maddy, os blocos e a chave de roda caindo dos seus braços dentro do compartimento com um estampido.

Ela fechou a porta com um baque e então a trancou com a alavanca.

— Uh, que sexy — disse Simon com um estalo de língua e uma piscadela exagerada.

— A gente sumiu por, tipo, três minutos — argumentou Red, andando em direção à parte de trás do trailer, os outros logo atrás.

— Tempo suficiente — disse Simon, e Maddy riu.

— Será que vocês podem…?

— … ir se danar? — sugeriu Simon.

— … calar a boca? — Foi a vez de Maddy.

— … se pegar? — falou Red.

— Eca, o Simon? — O rosto de Maddy se contorceu de desgosto.

— Ah, como se você fosse recusar — disse ele, ultrapassando Red e se virando para elas. — Eu sou bonitão. Olha essas bochechas. A câmera ama essas bochechas.

— Não é o que a câmera diz pelas suas costas. — Red o empurrou para a frente.

— Hum, traição!

Eles seguiram para a lateral do trailer.

— Bem, enfim. Eu aprovo o casal — sussurrou Simon para Red.

— Você aprova todos os casais — observou Maddy.

— Não é verdade. — Simon fez outra pausa, dessa vez em frente à porta, o pé no degrau mais baixo. — Acho estranho o novo namorado da Jess T ter 22 anos, e eles só estarem juntos há dois meses e ele ir na viagem. *E* o nome dele é Marco. Sinais de perigo em todos os cantos.

Com outro empurrão, Red finalmente o enfiou no trailer, se arrastando para dentro atrás de Simon. Todos estavam na frente, Reyna acomodada atrás do volante.

— Sério, posso trocar com você — dizia Oliver. — Só tomei uma cerveja.

— Tudo bem, eu dirijo — garantiu Reyna.

— Consegue fazer a curva?

— Sim, consigo fazer a curva.

— Certo, beleza — disse Maddy, fechando a porta. — Tudo pronto. Vamos dar o fora daqui.

— Finalmente. — Oliver olhou para todo mundo, um largo sorriso se abrindo no seu rosto. — Muito bem, galera. Superando adversidades.

Devia ter sido a maior adversidade que Oliver Lavoy já tinha enfrentado na vida.

— Pelo menos isso dá uma boa história — disse Maddy. — Bem mais emocionante do que o voo do pessoal amanhã.

— É. — Simon assentiu. — A menos que o *Marco* mate todos no avião.

Reyna girou a chave na ignição, e o trailer ganhou vida com um rugido, pronto para partir.

Simon gritou de felicidade outra vez, Arthur bateu palmas e Maddy comemorou.

— Ah, espera — disse ela, procurando o celular. — Vamos tirar uma selfie da vitória. Vem, gente, se junta.

Maddy estendeu o braço, tentando enquadrar todos na foto.

— Red, chega mais perto. Reyna, dá uma viradinha.

Red se aproximou de Arthur e Simon. Ela estava sorrindo havia tempo demais, suas bochechas doíam. Maddy ergueu dois dedos da mão livre.

— Ok, todos digam: *Grupo do Trailer!*

— Grupo do Trailer! — gritaram, as vozes descompassadas e desafinadas.

Maddy apertou o botão, e Red conseguiu ver os dentes de todos os amigos na foto.

— Perfeito — disse Maddy, abaixando o braço para analisar a imagem.

— Grupo do Trailer! — gritou Simon outra vez, entoando as palavras. — Grupo do Trailer! Grupo do Trailer!

Parou quando ninguém se juntou a ele.

Comemorações tinham limite, afinal.

Reyna soltou o freio de mão, e o trailer avançou, consistente. Puxou o volante para a esquerda, saindo devagar da estrada e entrando na grama ao redor, os faróis afastando as sombras. Contudo, havia sempre mais sombras por trás. Na expectativa, no aguardo. Reyna girou o volante o máximo que pôde, deixando o trailer quase paralelo à estrada.

— Beleza, agora ré. Ré — falou Oliver.

— Eu sei.

Reyna engatou a ré, e a tela do console central acendeu: uma imagem granulada em preto e branco da câmera instalada na traseira do veículo. Red observou a tela enquanto o trailer voltava para a estrada, Reyna puxando o volante totalmente para a direita. O cascalho áspero e a terra deram lugar a um trecho de grama alta, que estava acenando para eles com o vento. Ou dando adeus. Mas havia algo a mais na imagem agora, escondido atrás da grama. Agachado, escuro e imóvel.

— Tem uma pedra — alertou Oliver, inclinando-se para perto da tela. — Cuidado, tem uma pedra gigante atrás da gente.

— Estou vendo — disse Reyna, ríspida, recuando mais alguns metros antes de parar e engatar a marcha. Ela avançou devagar, endireitando o volante enquanto o trailer cambaleava de volta para a estrada, de frente para a direção por onde haviam entrado. — Vamos nessa. — A garota pisou fundo no acelerador.

Red pensou que nunca fossem sair dali. Ela apertou as mãos, as unhas cravadas na pele do pulso.

— Grupo do Trailer! — gritou Simon outra vez, agora mais frenético, e Maddy deu uma leve salva de palmas para Reyna e suas habilidades de direção.

Talvez por isso não tenham ouvido, mas Red escutou. Um novo estalo atravessou a noite, e o trailer afundou atrás dela, raspando no cascalho.

Outro estalo e um assobio, e a frente do trailer se entortou, desequilibrando-os.

— Mas que p...? — falou Simon, caindo em cima de Red.

Outro.

A traseira esquerda estourou, fazendo o trailer desabar.

E outro. O último.

O trailer rangeu na estrada, guinchando até parar.

Todos os quatro pneus. Furados.

# OITO

Ninguém disse nada por um segundo. Um momento se passou. E depois dois. Red os encarava, a respiração acelerada no peito.

Oliver foi o primeiro a quebrar o silêncio:

— Caramba, Reyna, o que foi isso? — Ele se virou para a namorada. — Você passou por cima do quê?

— Eu não fiz nada! — Ela perdeu a paciência, gritando com Oliver. — Não foi culpa minha. Deve ter alguma coisa errada com os pneus.

— Não é possível. — Oliver passou a mão pelo cabelo, deixando-o espetado na frente. — A gente devia ter dado uma olhada na pista para ver se tinha vidro ou pedras afiadas antes de sair. Não é possível — repetiu, disparando em direção à saída, o ombro batendo com força em Red ao passar.

Ele escancarou a porta, os pés descendo os degraus.

Reyna desligou o motor, pegou as chaves e se levantou do banco para seguir Oliver até o lado de fora.

— O que aconteceu? — perguntou Maddy, a primeira nota de medo na voz.

— Vamos dar uma olhada — chamou Simon, já na metade do caminho para fora do trailer, pulando os últimos degraus.

Maddy seguiu no encalço do garoto, com o celular em mãos, a selfie do Grupo do Trailer ainda na tela.

— Você está bem? — perguntou Arthur para Red, chamando sua atenção.

A garota esfregou o ombro.

— Estou.

Ela se virou para os degraus e desceu.

Olhou para a esquerda. A roda da frente estava com um furo, um rasgo atravessando-a como uma boca triste em um grito silencioso.

Olhou para a direita. Não dava para ver o furo no pneu traseiro, mas ele estava murcho, a borracha plana espalhada pelo chão. Até alguns pedaços haviam se soltado.

Arthur desceu os degraus, parando atrás dela, um polegar enfiado no bolso da calça jeans.

— Será que a gente nunca vai sair daqui? — perguntou Red.

— Não sei — respondeu Arthur.

Ele andou para a frente do trailer em direção à voz de Oliver.

— E esse! — berrou o rapaz do outro lado. — E, deixa eu ver... É, o de trás também. Todos furados. Os quatro pneus. Como é que isso aconteceu?!

Red conseguia ouvi-lo com nitidez, mesmo com a largura do trailer entre os dois, a voz preenchendo o matagal vazio.

— Como é que você furou os quatro pneus?

— Oliver, não foi culpa minha. A gente mal estava andando!

Parecia que Reyna tinha razão. Red se perguntou de quem seria a culpa se Oliver estivesse dirigindo.

Maddy estava parada na frente dos faróis, mordendo o polegar, uma aura iluminando sua silhueta como se a luz viesse de dentro dela. Ela fazia isso quando estava nervosa. Morder o polegar, não o lance da aura.

Red não sabia onde Simon estava. O garoto devia estar do outro lado também, quieto pela primeira vez na noite.

Ela olhou para a roda traseira daquele lado, procurando o furo, o rasgo, o ponto de origem. Se algo tinha sido destruído, ela precisava saber como. Conhecia sua própria origem. Aquele dia. A última ligação. Mas talvez o pneu não tivesse um ponto de origem, ou talvez estivesse bem embaixo dele, escondido, assim como ela escondia o seu.

— Não é culpa de ninguém, galera. — A voz de Simon flutuou até Red.

— Mas o que vamos fazer agora?! — questionou Oliver.

— Para de gritar que a gente resolve! — berrou Reyna.

E então, uma coisa nova. Um brilho na visão periférica de Red chamou sua atenção. Ela se virou para olhar. Havia um pontinho vermelho, bem ali na lateral *off-white* do trailer, perto da porta aberta. Não tinha notado antes. Estava baixo demais para fazer parte das listras horizontais azul e vermelha que contornavam o veículo. E não era só um pontinho, era? Estava brilhando. Era uma luzinha vermelha, presa ao trailer. Do tamanho de uma unha.

— Pessoal! — chamou ela.

Mais alguém precisava ver aquilo.

Mas, espera... o pontinho vermelho estava se movendo agora, estremecendo ao descer pela lateral do trailer. Red o observou partir, piscando quando parou a alguns centímetros antes do fim do veículo.

— Pessoal!

Mais alguém precisava ver aquilo.

O pontinho vermelho se mexeu outra vez, na direção da roda. Na direção de Red.

Ela recuou, e o ponto desapareceu, ressurgindo do outro lado, movendo-se para além da roda traseira.

— Pessoal!

Um estalo na escuridão, mais alto agora que ela estava do lado de fora. Red se encolheu, as mãos cobrindo as orelhas, e o ponto vermelho não estava mais lá. Mas havia outra coisa.

Um buraco no trailer.

Não do tamanho de uma unha.

Do tamanho de uma bala.

Foi assim que ela soube.

— É uma arma! — gritou Red para os outros.

— Como é? — indagou a voz de Oliver, rápida e nervosa.

— Uma arma — respondeu Red, virando-se para encarar a escuridão.

Havia alguém lá fora, naquele descampado cheio de sombras, no meio daquele nada, com uma arma na mão. Um rifle.

— Tem uma pessoa atirando na gente! — berrou Oliver, enfim entendendo. — Vai, Reyna, dá a volta na frente. Entra no trailer.

— Oliver! — chamou Maddy.

— Maddy, entra. *Corre!*

Red não conseguia se mexer. Por que não? As vozes dos outros formavam um zumbido agudo na cabeça dela. Arthur passou correndo por Red no silêncio retumbante, tentando puxar seu braço, mas ela não se movia.

— Red! — gritou ele dos degraus.

Ela sentiu um cheiro amargo, forte e...

— Vai, Arthur, entra! — vociferou Oliver, empurrando Reyna na frente dele para cima. — Vem, Simon, anda logo! Segura a minha mão! Beleza, está todo mundo dentro? Red? Cadê a Red?

Red encarou a escuridão, a respiração presa na garganta. Por que ela não estava se movendo? Era só se mexer. E então a voz não era mais dela, mas da sua mãe. Houve um tiroteio na cidade, no centro. E sua mãe queria que ela soubesse como agir. "Você tem que correr, Red. Se tiver alguém atirando. Corra, não se esconda. Vai ser mais difícil de te acertar se você estiver em movimento, então corra! Corra agora, querida. Corra!"

*Corra, Red.* Ela deveria correr. Precisava correr para a escuridão a céu aberto.

— *Red!* Entra no trailer agora!

Mas a voz de Oliver soou mais alta que a da sua mãe, e Red deu ouvidos ao garoto.

Ela fez uma escolha.

Seus sapatos empurraram a terra e ela voou. Foi para os degraus e subiu, agarrando a mão estendida de Oliver enquanto ele a puxava para dentro.

A porta se fechou com um baque atrás dela.

# NOVE

— Todo mundo se abaixa!

Red caiu de joelhos, o peito apertando em torno do coração acelerado. Ela não conseguia respirar, sentia que estava sem ar.

— Maddy, sai de perto da janela — disse Oliver, o pânico entrecortando sua voz. — Vem pra cá.

Simon estava encolhido na frente da geladeira. Maddy rastejou para ficar ao lado de Oliver, sob a mesa de jantar. E Arthur estava agachado ao lado de Red.

— Tentei puxar você — disse ele baixinho. — Desculpa.

— O que você viu, Red? — perguntou Reyna, os olhos castanho-escuros muito arregalados, os ombros erguidos enquanto falava. — Viu alguém?

Red balançou a cabeça, engolindo em seco.

— Não. Não vi ninguém. Só um pontinho — explicou ela. — Um pontinho vermelho no trailer. Antes de a gente ouvir o tiro. Alguém deu um tiro no trailer.

— Um ponto vermelho? — Simon a encarou. — Tipo uma mira?

— Acho que sim.

Simon franziu o cenho.

— Não pode ser — disse ele, inclinando a cabeça. — Não, não pode ser verdade. Tem certeza de que era mesmo uma arma? Não podia ser só alguém com um laser fazendo barulho para assustar a gente?

— Do que você está falando? — perguntou Arthur.

— Só estou dizendo para a gente não entrar em pânico. — As palavras de Simon saíram arrastadas. — Talvez isso não seja o que parece. Pode ser só uma pegadinha. A galera da escola sabia que a gente ia parar aqui por perto. Podem ter nos seguido e estarem nos assustando.

— Por que fariam isso? — A voz de Maddy tremeu.

— Sei lá. Rob e Taylor estão sempre fazendo esse tipo de coisa. Sádicos do caramba. E eles não gostam de mim. Você sabe que...

— Não é mentira, Simon — afirmou Red. — Eu vi o buraco da bala na lateral do trailer. Estava bem do lado.

A expressão dele mudou, um medo frio tomando conta dos seus olhos. De alguma forma, ver a mudança súbita em Simon piorou tudo.

— Ai, meu Deus — disse Maddy, tentando não chorar. Red conhecia bem aquela expressão. — Atiraram em você, Red?

Na verdade, não, mas tinha sido bem perto. Uns sessenta centímetros. O pontinho vermelho devia ter passado por ela. Red não gostava muito daquela ideia.

— Fique calma. — Oliver apertou a mão de Maddy. — Alguém atirou na gente, mas tenho certeza de que é só um mal-entendido, ok?

Simon zombou:

— Ah, tá, é só um mal-entendido. Tem um atirador lá fora com um rifle de alto calibre e uma mira a laser que decidiu nos usar como alvo. Mas, óbvio, isso tudo é só um mal-entendido.

Simon tinha mudado de ideia.

— Talvez tenha sido um tiro de advertência — falou Oliver.

— Seis — corrigiu Arthur. — Seis tiros. Ele atirou nos pneus.

— É. Mas talvez a gente tenha invadido a propriedade dele ou algo do tipo.

— Oliver... — disse Reyna, duvidando.

— O quê? A gente está no Sul. — Ele se arrastou para a frente, saindo de baixo da mesa, deixando Maddy para trás. A garota parecia tão pequena ali embaixo. — Tenho uma ideia — disse ele, agachando-se enquanto avançava em direção ao sofá-cama, os olhos na janela acima do móvel.

— Oliver, o que você está fazendo? — sibilou Reyna.

— Só vou explicar para ele o que a gente vai fazer. Tenho certeza de que é tudo um mal-entendido.

Mas não tinha certeza o bastante para se levantar. Era evidente que Oliver nunca estivera em uma situação que não pudesse ser resolvida com uma conversa. Red achava que esta não seria uma delas.

Mantendo a cabeça baixa, atrás do sofá, Oliver estendeu a mão devagar e destrancou a janela, abrindo-a alguns centímetros, deixando a escuridão entrar.

— Olá! — gritou ele na direção da janela aberta. — Perdão se invadimos o seu terreno, nós estamos perdidos!

Red devia dizer a ele que era inútil. O atirador estava usando uma mira a laser, o que significava que provavelmente estava a mais do que um grito de distância, lá fora, no nada a céu aberto. Mas Oliver não lhe daria ouvidos, de qualquer forma.

— Só estamos tentando ir embora! — berrou Oliver, ainda mais alto. — Não vamos dizer nada para ninguém se deixar a gente ir! Tenho certeza de que você tem uma licença para essa arma!

Red olhou para Arthur. Ele estava inquieto, batendo na própria coxa de nervosismo. E Red percebeu que também estava, ao se ver mexendo nas costuras do bolso da frente. Ela lançou um olhar para Maddy, que estava do outro lado, meio debaixo da mesa, estranhas sombras no seu rosto.

Então Simon tomou um susto. Ele apontou, e Red virou a cabeça, seguindo a direção do seu dedo. Na frente do trailer, atrás do banco do motorista. Bem ali, no topo do encosto de cabeça, estava o pontinho vermelho.

— Está do lado de dentro — sussurrou Simon, o terror remodelando sua expressão.

— O quê? — Reyna não conseguiu ver.

Red desviou o olhar do pontinho, rastreando-o de volta ao lugar de origem.

— Está vindo daquela janela. Oliver, cuidad...

Ela nem terminou a frase, pois a janela explodiu acima dele, quebrando-se em muitos pedacinhos que despencaram enquanto o rapaz protegia a cabeça com os braços. Cacos brilharam ao cair, espalhando-se também ao redor de Red e Arthur.

Maddy gritou.

— Oliver! — chamou Reyna. — Você está bem?

Ele ergueu a cabeça com cuidado, examinando os braços, tocando o rosto como se temesse que não estivesse mais ali.

— Sim — disse Oliver, a voz oca de choque. — Estou bem.

Ele balançou os ombros, os cacos presos na camisa brilhando. Ele tirou os pozinhos de vidro dos braços e do seu cabelo. Por sorte, não parecia ter se cortado. Sorte típica dos Lavoy.

— É, só um tiro de advertência — disse Simon, um tremor na mão ao jogar para longe um pedaço de vidro.

Será que Red já o tinha visto assustado antes? Alguma vez na vida? Simon Yoo era destemido.

— Bem, você achou que era uma pegadinha — rosnou Oliver de repente, saindo do estado de choque. — Dane-se. Obviamente há um maníaco lá fora. Precisamos sair daqui agora. Primeiro de tudo, temos que cobrir as janelas. Diminuir as luzes para que ele não nos enxergue aqui dentro. Simon, faz isso, por favor?

Simon estava mais próximo dos interruptores. Ele olhou para Oliver.

— É só estender a mão e girar. Você não está perto da janela. Vai ficar tudo bem.

As pernas de Simon tremeram quando o garoto se levantou do chão, usando o puxador da geladeira para se equilibrar. Ele estendeu a mão para o painel de interruptores ao lado da geladeira e girou rapidamente os botões, mas sem apagar as luzes. A iluminação da área de estar do trailer diminuiu para a configuração mais escura, um amarelo fraco.

— Ótimo. Beleza. — Oliver acenou com a cabeça para o restante do grupo, tirando um pequeno caco de vidro do colarinho. — Certo, agora a gente precisa fechar todas as cortinas e persianas.

Red assentiu. Tinham que impedir a entrada daquele pontinho vermelho mortal.

Oliver olhou para ela.

— Ok. Red, fecha a cortina da janela quebrada.

Por quê? Oliver estava bem ao lado dela.

— Arthur, você fica com a cortina da janela da frente à direita.

— Entendi — disse Arthur para Red. — A gente fica com o lado do atirador.

Oliver o ignorou.

— Maddy e eu vamos fechar as cortinas da mesa de jantar.

É, do lado mais seguro, como Arthur dissera.

— Reyna, você fica com a cortina da frente, do lado esquerdo, perto do volante, assim que o Arthur fechar a dele. Vamos deixar o para-brisa aberto para a gente poder dirigir. E Simon, você fica com a do beliche.

Então Simon também tinha ficado com o lado que não era o do atirador.

— Ah, e fecha a porta do quarto quando for pra lá; tem uma janela grande lá atrás também.

— E a janela da porta? — questionou Simon, indicando com a cabeça.

— Ah, sim. Red, fica com essa também, por favor?

Era justo.

— Certo, gente. — Oliver bateu palmas, e todos se encolheram com o som muito semelhante ao que criou o buraco no trailer. — Vamos nessa. Vamos, vamos, vamos!

Red se agachou, os sapatos esmagando o vidro brilhante enquanto avançava, passando por Oliver. Respirou fundo e se levantou devagar, a perna batendo no pequeno extintor de incêndio preso à parede. Ela se virou e se enfiou de lado no espaço estreito entre a janela quebrada e a porta, tentando não pensar no pontinho vermelho, mas é óbvio que estava fazendo exatamente isso. Estendeu a mão esquerda em direção à cordinha perto da janela, que tremia com a brisa que entrava. Red puxou, e a persiana cor de creme começou a descer. Devagar demais.

— *Qual é?!*

Ela desejou que a persiana descesse mais rápido e olhou de soslaio para ver Arthur fechando a cortina preta na frente do trailer, e Reyna deslizando para o outro lado.

Red puxou com muita força, as sombras tremeluzindo.

— Filha da mãe — praguejou.

Deu algumas voltas na cordinha para ajustá-la e, em seguida, puxou-a para baixo até o fim. O vento ria dela, brincando com a parte inferior da persiana, empurrando-a alguns centímetros para dentro do trailer e depois sugando-a para trás.

Red virou a cabeça para o outro lado e viu Simon fechando a porta do quarto nos fundos. Ela estendeu a mão direita em direção à cortina no alto da janela da porta. Prendeu a respiração e puxou-a para baixo em um movimento rápido, a cortina escura travando na posição fechada.

Só então Oliver se levantou, gesticulando para Maddy fazer o mesmo. Eles se inclinaram nos bancos da mesa de jantar, soltando os prendedores e puxando os dois lados da cortina. Red ainda não tinha conseguido descobrir do que a estampa daquela cortina a lembrava. Estava na ponta da língua. Era tão irritante. Não era aquele cara do *Bob Esponja*, era? O mal-humorado com a clarineta. Ai, droga, qual era mesmo o nome dele? E que odor era aquele que a seguia, agridoce e enjoativo? Estava vindo dela? Red olhou para baixo e ergueu o sapato. A sola estava suja e molhada com alguma coisa. Cheirou melhor. Era gasolina?

— Beleza. Bom trabalho, pessoal — disse Oliver, sem fôlego, como se tivesse feito algo difícil. Um *obrigado* seria bom. — Certo, vamos embora. Reyna, cadê as chaves? — Ele estendeu a palma da mão para a namorada.

— Como vamos sair daqui? — perguntou Maddy. — Todos os pneus estouraram.

— O trailer ainda pode andar — explicou Oliver. — Devagar, e provavelmente vai causar danos irreparáveis às rodas, mas acho que temos problemas mais graves agora.

Por que havia gasolina nos tênis de Red?

— Reyna, as chaves! — Oliver estalou os dedos, impaciente.

Sua namorada deu tapinhas nos bolsos do moletom e na parte de trás da calça jeans, uma expressão de horror surgindo no rosto.

— Não estão comigo. Não sei onde estão.

Red tinha visto a garota pegar o chaveiro depois dos tiros nos quatro pneus.

— Como assim? — Oliver se virou para ela. — Você estava com as chaves. Estava dirigindo!

— Eu sei, eu sei. — Ela passou as mãos pelo cabelo preto, nervosa. — Talvez eu tenha deixado cair quando estava correndo, sei lá.

— Lá fora?! — Oliver voltou a gritar.

— Talvez, sei lá. Desculpa!

— Bem, quem é que vai lá pegar as chaves, hein, Reyna?!

— Ninguém vai lá fora — interveio Simon.

— Estão aqui — disse Arthur. Mas ninguém além de Red ouviu. — Estão aqui! — gritou ele por cima dos outros, apontando para a cozinha, atrás do balcão onde Reyna havia se escondido. Arthur deu um passo à frente e pegou as chaves, sacudindo-as no ar. — Toma! — falou ele, jogando-as para Oliver, que quase não as pegou.

— Ok, certo — disse Oliver, disparando desculpas rápidas na direção de Reyna.

Red não pôde deixar de se perguntar: quem Oliver teria obrigado a sair do trailer para pegar as chaves?

— Eu dirijo — disse ele, passando pela irmã e pela namorada a caminho do banco do motorista.

E Red não tinha percebido, mas agora havia um buraco do tamanho de uma bala no encosto de cabeça, o enchimento escapando do plástico rasgado. Imagine se aquele buraco tivesse sido feito em um deles. Não, não imagine, porque isso a faria pensar em duas balas na nuca... E, enfim, ela precisava se concentrar em por que seus sapatos estavam com cheiro de gasolina e tudo o mais.

Oliver se acomodou no assento, estalando os ossos do pescoço. Pigarreou.

— Vou tirar a gente daqui — disse ele, como uma promessa. Ou uma ameaça.

O rapaz enfiou a chave na ignição e a girou.

O motor tossiu, estalos vazios um após o outro. Aquele barulho que ninguém quer ouvir.

— O quê? Não! — exclamou Oliver, olhando para as chaves sem acreditar.

Ele tentou de novo.

O motor tossiu e crepitou, soltando o último suspiro.

— Não! — vociferou Oliver. Ele balançou a cabeça para verificar o medidor de combustível. — Estamos sem gasolina. Não faz sentido. A última vez que a gente abasteceu foi às nove horas da noite. Deveríamos estar com o tanque quase cheio. Como está vazio?

Ele deu um soco no volante. Mais um. E um terceiro. Um som desumano saiu da sua garganta.

— Foi nisso que o atirador mirou — disse Red, olhando para os próprios sapatos e entendendo tudo. — Não em mim. Ele mirou no tanque de gasolina.

— Como assim? — Oliver se virou para ela, o rosto vermelho.

— Ele atirou no tanque de gasolina — disse Red.

— Por quê? — questionou Maddy.

Red tinha uma resposta. Os outros provavelmente também tinham, mas foi Simon quem falou em voz alta:

— Pra gente não ir embora.

O trailer não iria a lugar algum. E ali estavam eles seis, presos lá dentro, o descampado imenso e o pontinho vermelho esperando por eles lá fora.

00:00

# DEZ

Encurralados.

Trancados.

Apenas dez metros e vinte centímetros para compartilharem, aqueles centímetros extras importantes o suficiente para não serem arredondados para baixo.

— Por que iriam querer nos prender aqui? — perguntou Maddy, as pupilas bem dilatadas, como poças escuras corroendo a cor dos seus olhos. — O que querem com a gente?

— Não sei — respondeu Oliver, levantando-se do banco do motorista com mais um soco no volante para dar sorte. — Ele deve morar por perto, e viemos para o lugar errado na hora errada. Eu falei que a gente nunca devia ter vindo por esse caminho. *Eu avisei.*

— Então você previu o que ia acontecer? — questionou Simon, com um tom de raiva surpreendente na voz e uma instabilidade nos passos.

Red deveria pegar um pouco de água para ele. Simon precisava ficar sóbrio, e rápido. Seus instintos estavam entorpecidos, assim como suas reações, e ele precisaria deles afiados naquela noite.

— Eu disse que era o caminho errado e ninguém me ouviu!

Na cozinha, Red abriu o armário acima do micro-ondas. Pegou um copo e foi até a pia limpa e brilhante, abrindo a torneira e enchendo-o quase completamente.

— Estávamos sem sinal. Perdidos — explicou Arthur, com uma calma forçada na voz que ninguém mais tinha naquele momento.

— Aqui. — Red entregou o copo para Simon, dizendo com os olhos para ele beber.

Pelo menos ela não precisava segurar o copo para ele, como, às vezes, tinha que fazer com o pai.

— Foi a Red — falou Oliver, sem olhar para ela. — Ela que insistiu para a gente vir por aqui. E vocês dois. — Oliver apontou para Arthur e Simon. — Os três estavam guiando. A culpa é de vocês.

Simon deu um passo à frente, espirrando um pouco de água na camisa. A outra mancha enfim tinha secado. Ele disse:

— Pela mesma lógica, eu poderia dizer que é culpa da Reyna a gente estar aqui. Porque ela estava dirigindo e se recusou a dar a volta.

— Era impossível dar a volta! — exclamou Reyna.

— Gente, calma aí! — Maddy bateu três vezes na mesa de jantar. — Isso não está ajudando. Não é culpa de ninguém estarmos aqui. Mas estamos, ok? E precisamos pensar juntos para decidir o que fazer.

— Não dá para fazer nada — disse Simon, quase histérico. — A menos que alguém também tenha trazido um rifle para a viagem de férias e a gente possa atacar de volta.

Red fez mímica para ele beber.

— Todo mundo ainda está sem sinal? — perguntou Maddy, respondendo à própria pergunta ao olhar para a tela de bloqueio do seu celular. — Droga. Nada.

— Não dá para ligar para algum serviço de emergência sem sinal? — perguntou Simon, ainda sem beber a água. — Juro que já vi isso em um filme antes.

Não funcionava assim, Red sabia. Ela tinha feito a mesma pergunta anos atrás, durante uma viagem em família para o Yellowstone.

— Dá, porque às vezes aparece escrito *Sem sinal, apenas chamadas de emergência* — disse Reyna.

— Só funciona se o seu celular consegue pegar carona em outra rede — explicou Red, a resposta da mãe agora se tornando a dela. — Obviamente não tem sinal de nenhuma rede aqui.

— Tenta — disse Oliver, ignorando-a. — Tenta, Maddy.

Maddy desbloqueou o celular, a língua entre os dentes enquanto se concentrava. Ela abriu o teclado e digitou cuidadosamente o número de emergência.

Após a confirmação de Oliver, pressionou o botão verde e levou o celular ao ouvido.

Eles esperaram. Os segundos se estenderam até a eternidade enquanto Maddy fechava os olhos para se concentrar mais. Era uma daquelas coisas que faziam Maddy ser Maddy. Como quando tinham dez anos e ela achava que precisava tocar a campainha toda vez que saía ou voltava para casa, mesmo que não houvesse ninguém lá e ela tivesse a chave. A nota aguda e insistente da campainha do lado de fora da casa dos Lavoy. Era engraçado como Red se lembrava de coisas como essa, mas não conseguia se lembrar de ligar para a operadora de celular. Ela se perguntou quais eram as coisas que Maddy achava que faziam Red ser Red.

Maddy soltou o ar, o peito afundando.

— Nada — disse ela baixinho, abaixando a mão que segurava o telefone.

Oliver puxou o braço dela, pegando o celular.

— *Sem conexão de rede* — falou, lendo em voz alta o alerta na tela. — Caramba.

O garoto deixou o celular cair de volta na mão de Maddy, inútil para ele. Bem, Red tinha avisado.

— Talvez alguém tenha chamado a polícia — disse Maddy. Ela ainda não estava pronta para desistir. — Sei que é tarde. — A garota encarou o celular. — Já é 00h04, e a maioria das pessoas deve estar dormindo. Mas alguém pode ter ouvido os tiros e chamado a polícia, não é? Tem fazendas e casas não muito longe daqui.

— Os tiros não foram altos — observou Red. — Nem a gente percebeu no começo. Só deu para ouvir o barulho dos pneus estourando.

— É um rifle? — Maddy quis confirmar.

Red já havia ouvido aquela arma antes, uma lembrança que tentava afastar. A salva de tiros no funeral. Uma fileira de policiais uniformizados mirando por cima do caixão coberto por uma bandeira. A rua atrás do cemitério bloqueada com quase todas as viaturas da cidade, as sirenes ligadas, pintando o mundo de vermelho e azul. *Atenção. Fogo.* Três vezes. Um estalo como um trovão, cavalgando pelo céu, sacudindo os ossos dela. E isso porque tinham sido tiros de festim. Tão altos. Inconfundíveis. Atrapalhando as gaitas de foles que tocavam "Amazing Grace", o que era engraçado, de certa forma, porque o nome dela era Grace. Os Lavoy sabiam como era; estavam todos lá também. Catherine com uma das mãos no ombro de Red, apertando quando os rifles dispararam. O pai de Red, do seu outro lado, nem chorou. Não, ele guardou toda a tristeza para que acabasse com ele depois.

— Red — chamou Arthur.

Ah, não, eles estavam conversando sem ela.

— Acho que Red está certa — disse Simon, o copo nas suas mãos apenas meio cheio agora. — Não foi alto o suficiente para a gente saber se foi um tiro. Ele pode estar usando um silenciador.

— Um o quê? — perguntou Reyna.

— Um silenciador — repetiu Simon. — E, sim, todo o meu conhecimento de mundo vem de filmes, mas isso não tira o mérito.

— Então vocês acham que ninguém ouviu? — Maddy murchou ainda mais, se é que era possível. — Ninguém ligou para a polícia?

Simon deu de ombros.

— Acho que não podemos contar com isso.

— Não, não podemos contar com isso — concordou Oliver, captando a mensagem, tomado por um pensamento silencioso. — Nós fazemos a nossa própria sorte — disse ele apenas para Maddy, uma expressão que os Lavoy repetiam muitas vezes.

O que devia significar que Red era terrível em fazer sua própria sorte.

Maddy olhou para o irmão com um novo brilho nos olhos.

— Fazemos a nossa própria sorte — disse ela. — Bem, se ninguém ouviu os tiros, então talvez escutem isso.

Antes que pudessem dizer qualquer coisa, Maddy correu para a frente do trailer, inclinou-se sobre o banco do motorista e apertou o polegar no volante.

A buzina soou, rompendo o silêncio da madrugada. Uma nota longa, depois quatro curtas.

— Maddy! — chamou Red.

Ela não gostava do fato de a amiga estar tão perto do buraco de bala no banco do motorista. Do outro lado, a persiana da janela quebrada balançava com o vento, como uma ameaça silenciosa do mundo exterior. Não, não, a Maddy não.

Maddy apoiou a palma da mão na buzina, como se pudesse deixá-la mais alta assim.

— Maddy — chamou Arthur, o maxilar tensionado ao olhar para a janela quebrada. — Talvez a gente não devesse...

Três buzinadas altas o interromperam.

— Alguém vai ouvir! — gritou Maddy, determinada. — Alguém vai...

Red sentiu mais do que ouviu. Uma lufada de ar à direita. Uma persiana estremecendo, balançando no suporte, um novo buraco se abrindo.

Maddy gritou.

— Não, Maddy! — gritou Red, ainda mais alto.

# ONZE

A pequena janela ao lado do volante devia ter explodido, o vidro quebrado tilintando ao cair na estrada, fora de vista.

Havia um buraco na cortina preta, o estrago cerca de trinta centímetros acima da cabeça de Maddy. Mas ela ainda tinha uma cabeça, os olhos piscando para todos eles. A garota não havia sido atingida.

— Pegou em você? — Oliver saltou adiante, arrastando a irmã para longe dali.

— Não, eu... não — respondeu Maddy, balançando a cabeça, que ainda estava lá.

Red segurou firme a mão da amiga. Se Maddy tivesse ficado em pé ou alguns centímetros mais atrás... Bem, não dava para ficar pensando nisso. E Red era boa em não pensar em coisas do tipo.

— Ele não gostou mesmo de você ter feito aquilo — disse Simon, com outra mancha molhada na camiseta, colocando o copo vazio de volta no balcão.

— Não, nem um pouco — concordou Red.

— Certo, gente, vamos lá — disse Oliver, empurrando Maddy, fazendo-a se sentar no banco da mesa de jantar. — Nova regra. Ninguém faz nada sem me consultar antes. Não tomem qualquer atitude sem falar com o grupo, combinado?

Ele olhou para cada um deles em busca de confirmação. Red assentiu.

— Não vou nem mijar sem falar com vocês antes — disse Simon, erguendo as mãos.

Red deveria colocar mais água no copo para ele. Ela achava que provavelmente não havia um momento pior para se estar bêbado do que aquele.

— Perfeito. — Oliver se levantou, meio que se sentando na mesa enquanto os outros se reuniam ao redor. O maxilar cerrado em determinação, como se soubesse que era o único líder possível dentre eles. Vinte e um anos, iria cursar direito, tinha uma irmã e uma namorada para proteger, uma mãe que em breve se tornaria promotora. — Já perdemos duas janelas, o que não é bom. Então, a primeira coisa que devemos fazer é cobrir essas janelas com algo sólido para nos protegermos.

— Como o quê? — perguntou Reyna, encolhendo os braços vazios.

— Deve ter alguma coisa por aqui. Vamos dar uma olhada no trailer, nas malas e nas mochilas. Procurem qualquer recurso e coloquem aqui na mesa.

— Recurso? — perguntou Arthur.

— Coisas para ajudar a gente a sobreviver. Algo para cobrir as janelas. Qualquer coisa que possa ser usada como primeiros socorros. Ou como arma.

— Como arma? — Simon bufou. — É, aquele atirador nunca vai saber o que o atingiu quando eu me aproximar sorrateiramente por trás dele com a minha Gillette.

Oliver o ignorou.

— Agora. Cinco minutos, gente.

Ninguém protestou, todos afastando-se da mesa em várias direções, os joelhos dobrados, mantendo as cabeças baixas. Simon e Arthur se dirigiram para o beliche — Simon para a cama de baixo, Arthur para a de cima — e pegaram suas mochilas, que tinham sido deixadas lá naquela manhã. Oliver e Reyna passaram por eles, parando em frente à porta fechada do quarto. A cama queen do outro lado, onde os dois deveriam dormir aquela noite. Red não tinha mais certeza de que qualquer um dormiria aquela noite.

— A janela da parte de trás ainda está exposta — disse Oliver para Reyna. — Você vai ter que rastejar para dentro do quarto, se proteger na parede e abaixar a persiana. Vou apagar as luzes e fechar a porta para o atirador não ver nada.

Ele não usava mais uma voz suave para falar com ela. Mas aquela era a primeira regra da liderança: delegar. Ainda assim, Red não conseguia acreditar que Oliver não tinha pedido para ela, Arthur ou Simon fechar a janela no lugar deles, nem se oferecido para dar uma de herói. Reyna olhou para Oliver como se também não conseguisse acreditar.

— Tá. — Ela engoliu em seco.

— Ok. Três, dois, um…

Oliver abriu a porta, e Reyna entrou engatinhando. Ela desapareceu quando Oliver estendeu a mão para apagar a luz, fechando a porta logo depois.

Ele flagrou os olhos de Red o observando e lançou a ela um aceno de cabeça sombrio.

Alguns segundos depois, ouviram a voz de Reyna:

— Pronto, terminei!

Oliver entrou no quarto, acendendo a luz, indo em direção ao guarda-roupa e para longe do olhar de Red.

— Vamos, Red — disse Maddy, puxando a camiseta da amiga na parte de trás, sacudindo o tecido.

Maddy parou perto do sofá-cama, os olhos fixos nos grandes armários suspensos, onde as duas tinham guardado as malas. Pegá-las significaria ficar bem na frente da janela quebrada. A persiana ainda ia e vinha, o vento assobiando pelo buraco criado pela bala, um leve aroma de gasolina encontrando o caminho para dentro do trailer. A mão de Maddy tremia enquanto ela analisava o buraco, traçando com o olhar a trajetória até o local onde estava na hora do tiro, a fim de recriar o percurso da bala. Ou pelo menos era o que Red imaginava que ela estava fazendo; conhecia Maddy, e Maddy a conhecia.

— Vou pegar as malas — disse Red, e empurrou Maddy para o lado, na segurança da mesa.

Deu alguns passos para a frente, esmagando os cacos de vidro no chão, então ergueu um pé e se equilibrou em cima do sofá-cama. O couro falso rangeu sob seu sapato quando ela se impulsionou para cima, a outra perna pairando atrás de si. Ela abriu o primeiro armário, agarrou a alça roxa-escura da bolsa nova de Maddy e puxou-a para fora, os músculos dos braços tensionando.

— Quanta roupa você colocou aqui? — indagou ela, largando a bolsa pesada no sofá, o que fez com que mais vidro se espalhasse.

Maddy correu para pegar a mala, segurando-a com os dois braços, quase como um escudo.

Red abriu o outro armário e pegou sua bagagem, notando só agora que as costuras estavam se desfazendo nas laterais, fios pretos soltos pinicando na sua pele quando ela a agarrou. Seu pai não ficaria feliz; aquela era a antiga mala da sua mãe, os dizeres *Grace Kenny — Filadélfia* ainda rabiscados na etiqueta na parte de cima. Um dos últimos registros de caligrafia que tinham dela. Mas não era hora de pensar nisso. Nunca era hora.

Red desceu com a mala em mãos, virando-se para Maddy, que ainda estava sentada de pernas cruzadas no chão entre a porta e o balcão da cozinha, abrindo o zíper da sua mala rígida e nova.

Red afastou alguns cacos de vidro com o pé e se acomodou ao lado de Maddy; arqueou as costas ao se encostar na porta e apoiou a lateral da própria mala na da amiga.

Abriu o zíper, empurrando a aba superior para que batesse no chão do trailer.

— Para de fazer barulho — disse Simon por cima do ombro, irritado.

— Foi mal — falou Red de volta.

Ela parou; Maddy a encarava.

— Isso é loucura — disse a amiga baixinho, balançando a cabeça, parando para morder o lábio inferior. — Não consigo acreditar que isso está acontecendo.

Red também não conseguia. Por razões diferentes, provavelmente, porque ela meio que sempre esperava que o pior acontecesse. Maddy via o copo meio cheio, e Red, meio vazio, o que a lembrou: precisava pegar mais água para Simon.

— A gente vai ficar bem? — perguntou Maddy, e, de repente, seus olhos se encheram de lágrimas e uma escorreu, deixando um rastro na bochecha.

Red enxugou a lágrima quando ela alcançou o queixo da amiga.

— Sim, a gente vai ficar bem, prometo — disse Red, uma promessa que esperava poder cumprir. Tentou dizer isso para Maddy com os olhos e nada mais, uma piscadela lenta.

— E se algum de nós levar um tiro? — indagou Maddy, o lábio inferior ameaçando formar um biquinho, pronto para fazer seu rosto todo se entristecer de uma vez.

— Ninguém vai levar um tiro. — Red manteve os olhos fixos nos dela. — Vamos sair vivas dessa, você e eu.

Era sempre *você e eu* com Red e Maddy, desde antes de começarem a andar, a falar, a pensar. Desde que suas mães viraram melhores amigas, o *você e eu* delas surgindo no primeiro dia em que se conheceram na faculdade. Uma Lavoy e uma Kenny, com a exceção de que as mães tinham sobrenomes diferentes na época. Maddy não era só sua melhor amiga, era parte da sua família.

— Vem, vamos procurar *recursos* — disse Red em uma imitação de Oliver que normalmente fazia Maddy rir. Não funcionou, então Red tentou outra coisa: — Quem sabe aqueles seis coletes à prova de balas que eu trouxe sejam úteis.

Maddy bufou, limpando o nariz.

— Quem sabe a torre de celular com sinal que eu coloquei na mala também seja.

Agora sim, era pelo menos um quase sorriso. Maddy abriu sua mala, e estava tão cheia que talvez houvesse mesmo uma torre de celular lá dentro. Pilhas altas de roupas, cuidadosamente dobradas e separadas em seções: roupas íntimas ali, shorts daquele lado, várias calças jeans, três sacolas de lavagem separadas, sapatos em pares dividindo as seções, como linhas quadriculadas. A viagem duraria sete dias, mas Maddy devia ter trazido roupa suficiente para passar semanas fora.

Red olhou para a própria mala. Sem roupas dobradas e empilhadas, sem organização. Estava tudo jogado de qualquer maneira. Roupas íntimas enroladas e soterradas em todos os cantos, um rímel aguado e uma base que não era do tom de pele dela jogados em algum lugar por ali, perdidos para sempre. Uma poça de gosma rosa-mármore — o que só podia significar que seu xampu tinha vazado — escorrendo de uma meia solitária. A escova de dentes estava bem no centro, sua blusa bonita presa nas cerdas. Imaginou que poderia pegar a pasta de dente de Maddy emprestada, não que importasse agora.

— Red — disse Maddy, com desaprovação, olhando para a bagunça na mala da amiga. Ela enfiou a mão, revirando as roupas para ver o que havia embaixo. — Você se esqueceu até de trazer um biquíni? — perguntou, procurando no resto da bagagem.

Red tinha um biquíni, azul e branco, e Maddy estava certa: ele não estava ali.

— Acho que devo ter esquecido — explicou Red, tentando lembrar se tinha mesmo esquecido.

Maddy se virou para ela.

— E o que ia fazer sem um biquíni em uma viagem para a praia?

Red deu de ombros.

— Pegar um dos meus emprestado, imagino — falou Maddy.

Ela estava irritada, mas pelo menos assim não ficava assustada. Era melhor.

— Acho que não faz diferença agora — disse Red. — A gente não vai chegar na praia.

Maddy ficou calada.

— Não tenho nada de útil — anunciou Red, fechando o zíper da mala e chutando-a para longe.

— Deixa eu ver — murmurou Maddy, voltando-se para a própria bolsa. Ela pegou um dos sacos de lavagem, um plástico brilhante com estampa de zebra, e o abriu. — É, foi o que pensei — disse ela, enfiando a mão dentro do saco e tirando uma tesoura de cabelo de lá.

— Desde quando você corta o próprio cabelo…?

— Não corto, mas sempre levo a tesoura na mala quando vou viajar. Nunca se sabe quando vamos precisar de uma. Tive que transformar a minha legging em um short uma vez quando errei como estaria o clima.

— Vai para a lista de primeiros socorros ou de armas? — Red lançou um olhar para a tesoura.

— Para as duas, acho — respondeu Maddy, tirando um pequeno rolo de durex do mesmo saco de lavagem. Colocou os dois itens ao seu lado, dando um tapinha rápido neles. — Ah, é. — Ela estendeu a mão para a frente da mala, no compartimento com zíper. — Trouxe uma lanterna de verdade para o caso de a gente estar na praia e os celulares ficarem sem bateria ou algo do tipo. — Ela puxou uma lanterna preta com uma faixa amarela fluorescente, do tamanho da sua mão. — Trouxe uma bola de praia também. Acho que foi inútil. O que está acontecendo, Red?

— Já sei! — exclamou Arthur de repente, alto o bastante para os outros ouvirem. — Podemos usar um colchão do beliche para tampar a janela grande atrás do sofá.

— É uma boa ideia — disseram em uníssono Red e Oliver, que saía do quarto com Reyna no seu encalço.

Havia algo nas suas mãos, e Oliver segurou os itens ao passar por Simon no corredor estreito. Chegou ao lado da mesa e parou para observar os amigos com olhos atentos e rigorosos.

— Beleza, acabou o tempo — anunciou ele. — O que encontraram para nos ajudar a sobreviver a esta noite?

# DOZE

Oliver foi o primeiro a mostrar serviço, óbvio, colocando no chão um pequeno kit de primeiros socorros — Red achava que era Reyna quem o havia trazido — e uma lanterna de cabeça com duas pilhas reserva. Maddy se aproximou e acrescentou a tesoura e o durex à coleção.

Simon voltou para a cozinha sem nada em mãos, como Red. Mas parou e abriu uma das gavetas.

— Sabia que teria uma aqui em algum lugar — disse ele, os talheres chacoalhando e emitindo um som de metal raspando em metal quando puxou o cabo preto de uma faca de cozinha.

A faca era afiada, o gume serrilhado refletindo as luzes fracas do teto.

— A faca de Chekhov — anunciou Simon com um sorriso sombrio, enquanto colocava o item junto aos outros na mesa de jantar.

— Hã? — indagou Oliver.

— Não importa, é coisa de teatro.

Houve um barulho e um grunhido mais atrás. Arthur lutava contra o colchão do beliche, puxando-o e enfiando-o debaixo do braço, os óculos tortos no rosto.

Red fez um joinha para ele, que retribuiu com a mão livre.

— Quem abriu a minha tequila? — perguntou Oliver, vasculhando sua mochila no balcão.

— Outro mistério a ser resolvido — disse Simon, próximo à geladeira. — Logo depois de descobrirmos por que tem um cara atirando na gente. O que me lembra... — Ele abriu a geladeira e pegou uma garrafa de vodca fechada, acrescentando-a à pilha de coisas na mesa de jantar. Red o questionou com o olhar. — Para desinfetar feridas — explicou. — Ou para ganhar coragem.

— Ahá! — exclamou Oliver, a mão ressurgindo do fundo da mochila segurando um isqueiro prateado e brilhante.

Havia uma gravação nele. Com certeza tinha sido caro. O objeto se juntou aos outros.

— Tem uma caixa de ferramentas aqui — disse Reyna, a voz abafada, com a cabeça enterrada no armário ao lado da porta do trailer. — Mas acho que não vamos precisar de uma fita métrica.

— Não, só se a gente quiser medir o comprimento do trailer para se distrair enquanto estivermos presos aqui — comentou Simon.

— Tem dez metros e vinte centímetros — disse Red. — Não só dez metros.

Simon devia saber, pois foi ele quem disse isso a ela, e agora Red não conseguia tirar a maldita informação da cabeça.

Reyna se afastou do armário e, nas suas mãos, havia um pequeno martelo, uma chave de fenda e um rolo de silver tape.

— Tem um esfregão, uma pá e uma vassourinha também — disse ela, acrescentando os novos itens à coleção.

— Ótimo. — Os olhos de Oliver contornaram o trailer, passando por Arthur, cujas mãos estavam ocupadas, e parando em Simon e Red. — Simon — chamou. Que azar o dele. Provavelmente porque estava mais perto. E porque todo mundo sabia que foi ele quem bebeu a tequila. — Pega a pá e varre o vidro, por favor?

— Sério? — O olhar de Simon ficou severo.

— Não queremos que ninguém se corte — disse Oliver, encaminhando-o na direção do armário aberto, o movimento disfarçado de tapinhas nas costas. — Vai ser rapidinho.

Simon murmurou algo bem baixo, mas Red só captou as sílabas mais fortes. Imaginou que não seria algo que valeria a pena repetir. Simon pegou a pá e a vassourinha, se esforçando por um momento para desvencilhar os dois, e então se abaixou, recolhendo montes de vidro que reluziam durante o processo.

— Licença — pediu ele, contornando os sapatos de Maddy e sua mala ainda aberta.

— Certo, está ótimo — disse Oliver, examinando os *recursos* que conseguiram reunir.

Red deu uma olhada também: uma tesoura, um isqueiro, uma lanterna de cabeça, uma lanterna normal, pilhas reserva, um martelo, uma chave de fenda, silver tape, durex, vodca e uma faca de cozinha. Cada objeto desaparecia da sua cabeça assim que ela passava o olhar para o próximo, como em um daqueles jogos da memória que Red sempre perdia.

— Posso colocar isso no lugar? — perguntou Arthur, levantando um pouco mais o colchão.

— Claro, vá em frente — respondeu Oliver. — Sai daí, gente.

Arthur caminhou devagar, guiando o colchão ao redor dos cantos e pessoas. A maçaneta da porta do banheiro tentou agarrar sua roupa e puxá-lo para trás. Reyna a desenganchou para ele, e o garoto acenou com a cabeça em agradecimento. Virou-se sem jeito para desviar de Simon no chão, mas a parte de trás do colchão bateu na cabeça do amigo, e Simon murmurou algo que ninguém conseguiu ouvir.

— Deve caber aqui atrás das almofadas do encosto — disse Oliver, pegando a parte de trás do colchão e ajudando Arthur a guiá-lo para cima e para a frente, a fim de cobrir a janela quebrada. Eles o empurraram, deslizando-o para o espaço entre o encosto do sofá e a parede, enfiando-o sob os armários suspensos. — Calma aí, está na frente da porta — avisou Oliver, empurrando mais o colchão, dobrando a ponta ao lado do banco do passageiro lá na frente. — Agora sim — comentou, agarrando-o e sacudindo-o para conferir. — Está bem encaixado.

Podia até estar bem encaixado, mas será que um colchão impediria uma bala de um rifle de precisão? Red não tinha certeza, mas pelo menos podiam fingir que estavam seguros ali dentro, agora que o ar externo não estava mais entrando pela janela. Fingir era importante, ela sabia. Sua vida dependia disso.

— Certo, uma janela a menos para se preocupar. — Oliver deu um passo para trás. — Ainda precisamos cobrir a do banco do motorista. Red? — O rapaz se virou para ela. — Encontrou alguma coisa que a gente possa usar?

Não, ela tinha sido a única que havia falhado na missão. Encarava a mala inútil, as bordas desfiando como se quisessem se partir. Ei, isso deu a ela uma boa ideia, já que era tão importante assim cobrir a janela.

— Encontrei — respondeu Red, surpreendendo a si mesma. — Minha mala. A gente pode cortá-la e usar para tampar a janela. Está quebrando, de qualquer forma.

— Boa ideia — disse Reyna, antes de Oliver. — E podemos usar a silver tape para prender.

Oliver não tinha dito que era uma boa ideia. Red ficou esperando, mas ele pegou a faca e estendeu o cabo para ela.

— Faça as honras — disse ele enquanto ela agarrava a faca. — Mas, antes disso, vamos colocar as suas coisas em algum lugar. Melhor a sua tralha ficar fora do caminho.

— Podemos colocar na minha mala. — Maddy suspirou. — Tenho certeza de que vai caber, Red não trouxe muita coisa.

Maddy agarrou a mala de Red e a virou, o conteúdo caindo em cima dos seus pertences cuidadosamente guardados. Ela suspirou outra vez, retirou o frasco de xampu que vazava e pressionou tudo, para conseguir fechar o zíper.

Red torcia para que Arthur não tivesse olhado para suas roupas íntimas emboladas. Ela sabia que uma das calcinhas tinha unicórnios; o Papai Noel comprara para ela no Natal. Red não acreditava no Papai Noel desde os oito anos, óbvio, mas era tradição que o Papai Noel desse meias e roupas íntimas feias para os Kenny no Natal. Só que o Papai Noel deve ter morrido quando a mãe dela morreu.

— Oli, me ajuda a colocar a minha mala de volta no armário para tirar ela do caminho, por favor? — pediu Maddy.

Só sua irmã mais nova tinha permissão para chamá-lo de Oli. Red havia aprendido da maneira mais difícil.

— Sim, claro.

Ele grunhiu ao levantar a bagagem com as roupas das duas, e Arthur abriu o armário superior quando ele se aproximou, ajudando-o a colocar a mala lá dentro.

Simon estava terminando de limpar os últimos cacos de vidro do sofá. O chão estava limpo agora. Ele levou a pá cheia para a cozinha — Red respirou fundo quando ele cambaleou, tropeçando no nada —, mas, de alguma forma, suas mãos continuaram firmes. Ele abriu o armário em que ficava a lata de lixo e jogou o vidro lá dentro, batendo a pá na borda para se livrar do resto do pó cintilante.

— Vai lá, Red. — Oliver havia retornado e parado ao lado dela, enquanto a garota se agachava ao lado da casca vazia que sua mala se tornara. — Vamos acabar logo com isso.

Red apertou a faca com força, posicionando-a no canto da mala que estava mais próximo dela. Tentou não olhar para a etiqueta de bagagem pendurada no topo, mas seus olhos a traíram. Não importava. Sua mãe não estava na etiqueta de bagagem, estava morta. E precisavam de algo para tampar a janela; Red precisava ser útil, assim como todos os outros. Ela pressionou a faca no canto, cortando com o gume serrilhado, passando pelo zíper, e então pelo tecido e pelo papelão que ficava embaixo. A faca mastigou o material com os dentes. Red foi para o próximo canto, o cabo da faca esquentando nas suas mãos. Por que ela achava a palavra *recursos* engraçada? Em vez disso, deveria estar pensando naquele pontinho vermelho lá fora e na pessoa encarregada dele. Observando. Aguardando, talvez?

— O chão ficou ótimo, Simon — disse Oliver.

Era um *bom trabalho* atrasado, mas, ainda assim, um *bom trabalho*. Um líder eficiente motiva a equipe. Delegação. Motivação. Será que Oliver diria *ficou ótimo* para ela quando terminasse de destruir a mala velha da mãe?

— Pronto — disse Red, sentando-se, o último canto cortado, os lados da mala caídos no chão.

— Beleza, pode colocar no lugar, então.

Foi o mais próximo que ela conseguiu de um *bom trabalho*. Oliver Lavoy não era tão liberal com sua aprovação quanto Maddy ou Catherine. Elas diziam *bom trabalho* para Red o tempo todo, se a garota merecesse.

— Eu ajudo — ofereceu-se Arthur, dando um passo à frente para pegar a silver tape e a tesoura da mesa.

Três *recursos* já tinham sido usados. Qual é, para de pensar em *recursos*. Era só usar outra palavra. *Coisas. Trecos. Bagulhos.*

Red se levantou, pegando os restos da mala e levando para a dianteira do trailer, alguns passos atrás de Arthur. Ele puxou a borda da cortina alguns centímetros e se inclinou para dar uma olhada rápida.

— Só quebrou uma das vidraças — observou. — Essa aqui. — Ele indicou a da frente. — Quer segurar enquanto eu coloco?

— Foi o que ela disse!

— Simon, sério, na moral — resmungou Maddy. — Agora não é a hora nem o lugar para isso. Se essa for a última coisa que eu ouvir antes de morrer, juro por Deus...

Ela deixou a ameaça pairando no ar.

Mais uma vez, havia um rubor no rosto de Arthur, um rosa fervente. Ele esfregou as bochechas como se pudesse limpar a vergonha, escondê-la de Red. Bem, tudo bem ele estar envergonhado; Arthur provavelmente tinha visto sua velha calcinha de unicórnio.

O garoto se ocupou puxando um pedaço da fita adesiva cinza e cortando-o com a tesoura de Maddy. Red posicionou a mala aberta na frente da cortina, em cima do buraco aberto para o grande nada lá fora. Para o escuro, onde o pontinho vermelho vivia.

Arthur apoiou um joelho no banco do motorista e pressionou a fita ao longo da borda da mala, cortando mais pedaços para segurá-la.

— Você está bem? — perguntou ele para Red, passando para o próximo lado, a mão roçando acidentalmente na dela.

Um pequeno fogo de artifício explodiu na cabeça da garota. Que droga de fogo de artifício. Maddy deveria dizer para *ela* que não era a hora nem o lugar para isso.

— Vai ficar tudo bem — disse Red, olhando para a frente, focada nos mínimos detalhes do tecido da mala, que se cruzava para cima e para baixo, então ela não pensou em quão perto o rosto de Arthur estava do seu naquele momento, os dois inclinados sobre o banco.

— Não foi o que eu perguntei.

— Sei lá — respondeu ela, sendo sincera para variar. — Dá para ficar bem quando tem alguém tentando te matar?

— Acho que isso é um não.

E, de alguma forma, a voz de Arthur suavizou as sílabas fortes, fazendo com que deslizassem uma após a outra. Outra pessoa poderia chamar aquilo de resmungo, mas Red não era outra pessoa. Arthur apertou um longo pedaço de silver tape na mala e na parte da janela que havia sobrevivido, retirando a mão rapidamente da cortina e voltando para a segurança do trailer.

Um barulho os interrompeu. A descarga do vaso sanitário. Red olhou por cima do ombro e viu Oliver fechando a porta do banheiro.

— Certo, venham aqui — chamou ele, batendo palmas.

Red se encolheu. Alguém deveria pedir para ele parar de fazer isso.

— Pode ir — disse Arthur para Red. Será que o menino percebeu sua hesitação? Contanto que não tivesse reparado no fogo de artifício... — Eu termino aqui.

Ele espalmou a mão na mala, tirando o peso que se apoiava nela, e cortou os últimos pedaços de fita adesiva.

— Obrigada — disse Red.

Ela recuou e pegou a tesoura e o rolo de silver tape, levando-os de volta para a mesa de jantar. Alguém já havia devolvido a faca para a mesa.

Maddy estava encostada na geladeira, e Red foi se recostar na amiga.

— Parece que Arthur já está terminando de tampar a janela — disse Oliver, e Arthur logo terminou, limpando as mãos na frente da calça jeans e caminhando até os outros.

Os seis estavam reunidos na pequena cozinha.

— Ok, já protegemos o trailer — falou Oliver, embora ninguém soubesse o quão seguros realmente estavam contra aquele rifle.

Não dava mais para ver do lado de fora, o trailer era o mundinho exclusivo deles, mas uma bala podia entrar de qualquer canto, passar pelas paredes e por qualquer um deles, alcançando o outro lado antes que pudessem sequer ter a chance de gritar. Isso não parecia muito seguro, não para Red.

— Agora, temos que decidir qual é o nosso plano — continuou Oliver.

— Plano? — perguntou Maddy.

— É, para a gente poder sair daqui. Com vida — respondeu Oliver, e com essa única palavra, o ar ficou pesado, um zumbido estranho nos ouvidos de Red quando ela tentou imaginar como seria não estar viva.

Reyna limpou a garganta, e Red agradeceu pela distração.

— Bem, escutem só. — Reyna olhou para a hora no seu celular. — Já faz uns vinte e cinco minutos desde que ele atirou no trailer pela última vez. Talvez ele... sei lá, talvez ele tenha ido embora? — Sua voz subiu no fim, transformando o palpite em uma pergunta.

— Você acha que ele ficou entediado e foi para casa se masturbar? — questionou Simon.

— Talvez.

— Ou quem sabe esteja esperando — sugeriu Maddy.

— Esperando o quê? — indagou Reyna.

— A gente achar que ele foi embora e sair pela porta bem na direção da mira dele — respondeu Maddy de um jeito sombrio.

— Faz sentido — disse Oliver, mas Red não sabia com quem ele estava concordando até o garoto se aproximar da namorada. — Como a gente vai saber se ele está lá fora?

Oliver não faria um deles ir conferir, não é? E quais as chances de que Red, Arthur ou Simon receberiam a ordem? Os dispensáveis.

— Eu não vou me oferecer para ir lá fora — disse Simon.

Ele devia ter tido um pensamento semelhante, ainda incomodado por ter limpado o vidro.

Havia um zumbido nos ouvidos de Red outra vez. Mais alguém conseguia ouvir?

— Bem, olha por esse lado — falou Oliver. — O trailer não vai a lugar algum. Não podemos pedir ajuda. Então, a única forma de sairmos daqui é saindo do trailer. E Reyna tem razão; já faz um tempo desde o último tiro. Talvez ele tenha ido embora.

— Por que ele atiraria em todos os pneus e no tanque de gasolina para nos prender aqui se iria embora logo em seguida? — questionou Maddy.

Parecia que ninguém sabia como responder àquela pergunta. Todo mundo continuou calado por um momento, os olhos passando pelo grupo, Red mexendo nos bolsos, Simon encarando o teto.

Até que uma voz ousou quebrar o silêncio.

— Olá.

Red olhou para Simon e depois para Arthur. Um deles tinha falado? A voz soara estranha, metálica e abafada. Não, não podia ter sido um deles, porque todos estavam olhando ao redor, procurando por quem havia falado. Arthur encontrou os olhos de Red, e ela balançou a cabeça. Não tinha sido ela.

— Tem alguém aqui...? — indagou Reyna.

Oliver ergueu um dedo, fazendo sinal para que ela ficasse quieta.

— Mas eu... — Agora tinha sido Simon.

— Cala a boca! — gritou Oliver, levantando as duas mãos para comandar silêncio.

Mas não ficou tudo em silêncio; aquele barulho crepitante ecoou de novo.

Parou e...

— Olá — disse a voz outra vez, grave e sem locutor.

Maddy se assustou, e Oliver deu um tapinha no braço dela para mantê-la quieta, brandindo o dedo para o restante deles.

— Olá?

Uma voz, mas ninguém para reivindicá-la. Red deu uma olhada por cima do ombro. A voz vinha da parte dianteira do trailer, assim como o zumbido que não havia sido sua imaginação.

— Olá. Venham aqui.

# TREZE

— Ninguém se mexe!

Os olhos de Oliver estavam frenéticos, girando enquanto ele analisava a frente do trailer e a escuridão além do para-brisa descoberto. O rapaz recuou, procurando a faca na mesa.

— Ele disse "venham aqui" — sussurrou Maddy, o medo aumentando na voz, as mãos se movendo instintivamente para proteger a cabeça. — Ele está lá fora? Ai, meu Deus, ele vai matar todo mundo.

— Olá.

A voz sumiu com um clique, sendo substituída por aquele zumbido, mas, dessa vez, Red sabia exatamente o que era. O som a atravessou, reunindo trechos de memórias. Memórias que ela em geral afastava, boas e ruins. Correndo ao redor da casa, que ainda era quente, um walkie-talkie em mãos enquanto brincava de Polícia e Polícia com a mãe. Elas inventaram essa brincadeira porque nenhuma das duas queria ser o ladrão. A pequena Red gritava no rádio em códigos policiais inventados, às vezes animada demais para se lembrar de apertar o botão para falar, mas sempre se lembrando de terminar a frase com "Câmbio!". Corriam para quartos separados, exigindo relatórios a respeito dos *Caras Maus*. Os *Caras Maus* eram invisíveis, mas, de alguma forma, ela e a mãe sempre conseguiam salvar o dia e a cidade. Juntas. Elas eram as heroínas, pelo menos na brincadeira.

Aquele barulho era estática, e surgia entre a voz dela e a da mãe enquanto corriam, rindo, se protegendo. Mas tudo estava arruinado agora, porque era exatamente o mesmo som que ouvira no funeral, a estática entre a última chamada no rádio da polícia. *Central para policial 819.* Estática. *Policial 819 sem resposta.* Estática. *Policial 819, Capitã Grace Kenny, o seu turno acabou. Ela se foi, mas nunca será esquecida.* Estática.

Ela se foi, aquilo era verdade. Mas Red tentava esquecer na maior parte do tempo.

— Olá? — A voz veio de Oliver dessa vez, agachado no chão, os olhos fixos na dianteira do trailer, a faca nas mãos.

— Ele não está lá — disse Red. — É um rádio bidirecional. — Oliver estreitou os olhos para ela. — Um walkie-talkie.

O garoto se endireitou, o aperto na faca afrouxando.

— Cadê? — perguntou ele.

— Em algum lugar por ali. — Simon apontou para o banco do motorista, o buraco de bala brilhando para eles.

— Dentro ou fora? — perguntou Reyna, dando um passo hesitante à frente.

— Como ele teria entrado? — indagou Oliver. — Estamos dentro do trailer, que está seguro agora.

— Venham aqui — disse a voz, falhando de leve.

— Acho que ele quer que a gente vá pegar — disse Maddy.

— Não ligo para o que ele quer — resmungou Oliver. — Deixa eu pensar por um segundo.

— Ele quer falar com a gente? — perguntou Simon, trocando um olhar com Maddy.

— Olá.

— Ele está esperando — disse Reyna. — Melhor não deixá-lo irritado, Oliver.

— Por que a demora? — perguntou Simon. Ele deu um passo à frente, sem esperar a permissão de Oliver. — Vamos. — Gesticulou, não tão corajoso a ponto de ir sozinho.

Red se aproximou, e Arthur também, caminhando cuidadosamente em direção à frente do trailer atrás de Simon, mantendo as cabeças baixas. Red estava pronta para cair de joelhos ao menor barulho ou lufada de ar, a respiração presa no peito.

A estática ficou mais alta, mais densa, tentando trazer à tona memórias cada vez mais antigas, mas Red as afastou. Ela precisava que sua cabeça focasse no aqui e no agora. E, de qualquer forma, Simon estava certo, a estática vinha de algum lugar próximo ao banco do motorista. Além dele.

— Com licença — disse Oliver, tirando Red do caminho com o cotovelo. Ele evidentemente já tinha usado seu segundo para pensar, então. — Cadê?

— Não consigo ver — respondeu Simon, agachando-se para procurar nos pedais. — Não está aqui.

— Está do lado de fora — disse Red, seguindo sua audição. — Do lado de fora daquela janela.

Ela gesticulou para a janela que Arthur e ela tinham acabado de fechar com a mala cortada. Parecia que o rádio estava um pouco além dela, pairando na escuridão, onde as regras eram diferentes, esperando que eles o deixassem entrar.

— Vocês ouviram alguma coisa quando estavam cobrindo a janela? — perguntou Oliver.

— Não, nada. — Arthur engoliu em seco.

— Ele deve ter colocado lá depois que a gente terminou — sugeriu Red.

Ela teria reconhecido aquele som imediatamente se estivesse a apenas alguns centímetros da sua cabeça.

— Temos que ir lá pegar — disse Simon. — Ele quer falar com a gente. — O garoto tirou alguns pedaços de silver tape que prendiam a tampa da mala no lugar. — Alguém quer dar uma olhada? Oliver, você está no comando, não é?

— Não vou enfiar a minha cara nesse buraco.

— Olá. — A voz estava bem ali, fraca, mas nítida.

Um arrepio percorreu a espinha de Red, subindo até a parte de trás do seu pescoço exposto.

— Bem, eu também não vou enfiar a minha — sussurrou Simon. — Não dá para entrar na Broadway sem um rosto.

— Ei, ei, alguém pega o celular — disse Reyna, parada com Maddy logo atrás da aglomeração. — E aí faz um vídeo para ver do lado de fora da janela.

— Boa ideia — falou Arthur para ela, já pegando o telefone no bolso da frente.

Ele passou o dedo na tela para encontrar o aplicativo da câmera, deslizou para a opção de vídeo e clicou no raiozinho para ativar o flash. O brilho agressivo criou um contraste com o amarelo opaco das luzes do teto.

— Toma cuidado — disse Red.

Arthur apertou o botão vermelho de gravar, e o bipe que o aparelho emitiu a atravessou, juntando-se ao arrepio nas suas costas.

Arthur assentiu para Simon, que se ajeitou no assento para dar espaço a ele, puxando para trás o canto da mala. O buraco era pequeno, mas o suficiente para Arthur passar o celular. O garoto estendeu a mão, perdendo metade do braço para o mundo exterior, o além desconhecido.

— Olá.

Simon respirou fundo, nervoso, e Arthur se encolheu, rangendo os dentes. A manga da sua camisa enrugou ao redor da dobra do cotovelo quando ele moveu o pulso mais para a frente, registrando um arco completo do lado de fora. Red observou seu rosto, a tensão no lábio superior, o foco nos olhos, e imaginou que, se ela não pensasse no pontinho vermelho, ele não poderia atingir o braço de Arthur nem qualquer parte dele. Mas isso não contava como pensar no pontinho vermelho?

— Pronto — disse Arthur, o rosto franzido ao puxar o braço de volta para dentro do trailer, rápido e sem jeito.

Ele bateu com o polegar na tela para interromper a gravação. Simon apertou a fita adesiva de volta no lugar, e Red se inclinou nas costas do assento para ver o vídeo no celular de Arthur. Oliver fez o mesmo, observando por cima do ombro do garoto.

O vídeo começou com uma visão trêmula do painel, cortando o final da voz de Red, que dizia para ele tomar cuidado. O celular se moveu, filmando Simon quando ele tirou as pernas do caminho, olhando para trás, para um ponto acima da câmera. Focou nos dedos de Simon, que se dobravam, puxando o pedaço da mala para trás. A tela entrou em um buraco escuro, quebrando aquela barreira entre o lá fora e o aqui dentro ao se mover para a escuridão total, o ar iluminado pelo brilho fantasmagórico do celular. Não havia nada lá, nada que conseguissem ver, até que o ângulo mudou para baixo e o flash atingiu a estrada, destacando pedras e cacos de vidro.

— Olá — repetiu a voz de noventa segundos atrás na gravação.

A câmera tremeu e então continuou, girando para a direita. A luz branca se refletiu no retrovisor do lado esquerdo.

— Ali! — Simon apontou para a tela.

Arthur pausou o vídeo. Pendurado na parte inferior do retrovisor do lado do motorista, havia uma pequena silhueta preta com uma antena no topo. O walkie-talkie os encarou através da escuridão com seu olho verde brilhante: uma pequena tela retangular.

— Onde está? — perguntou Maddy lá de trás.

— Pendurado no retrovisor — respondeu Oliver, endireitando-se. — Ok, Arthur, estende a mão e pega.

— Por que o Arthur tem que fazer isso? — questionou Simon.

— Porque ele já fez uma vez.

— Tudo bem — disse Arthur, arregaçando a manga do braço direito, abrindo e fechando o punho como se estivesse praticando, os tendões se projetando sob a pele bronzeada.

Havia uma pequena cicatriz enrugada perto da base do seu dedo indicador que Red não havia notado antes. Agora definitivamente não era a hora de perguntar o que tinha acontecido.

— Ele quer que a gente pegue o walkie-talkie, não vai atirar, pelo menos não agora — explicou Arthur em um sussurro, mais para si mesmo do que para os outros.

Ele estalou os ossos do pescoço e então ficou pronto, dando um aceno de cabeça para Simon.

Simon puxou a mala para trás, deixando um buraco maior dessa vez, e Arthur se inclinou na direção dele. Cerrou o punho e avançou, o braço desaparecendo do lado de fora de novo. Sua respiração estava muito acelerada, embaçando os óculos, o nariz pressionado na mala enquanto ele estendia a mão cegamente.

— Estou sentindo — disse Arthur, os músculos do pescoço tensos.

— Pega — mandou Oliver, inclinando-se para a frente.

— Não dá, está preso. — Arthur soltou um suspiro e fechou os olhos por trás dos óculos. Como Maddy fazia às vezes, para melhorar o foco. Será que Red já tinha tentado aquele truque? — Tá, acho que dá para soltar... calma...

— Não deixa cair — ordenou Oliver, como se Arthur já não estivesse pensando a mesma coisa. Provavelmente. Red não conseguia ler pensamentos.

— Peguei — anunciou Arthur.

Ele expirou, abrindo os olhos e piscando devagar enquanto girava cuidadosamente o braço de volta pela abertura, o cotovelo e depois o pulso, a antena do walkie-talkie prendendo na mala quando o garoto enfim o puxou para dentro. A estática sibilou, atravessando a janela, e Arthur também sibilou, observando Red, seus olhos castanho-esverdeados dançando enquanto se reajustavam à luz.

— Aqui — disse ele, passando o braço por Simon para entregar o walkie-talkie para Red, deixando-o cair na sua mão.

O objeto estava frio.

— Olá. — O aparelho estalou.

Ela estava segurando a voz dele, do atirador, do pontinho vermelho, mas não a queria, e seu coração batia alto demais, alcançando seus ouvidos e o fundo da sua garganta. Red encarou o aparelho, os números no visor, os botões abaixo da tela, os orifícios circulares do alto-falante e do microfone na parte inferior do dispositivo, tão parecido com os que ela usava para brincar. Todo preto, exceto a telinha verde e um botão vermelho na lateral.

— O que a gente...? — Red começou a perguntar, mas Oliver se aproximou e pegou o walkie-talkie da mão dela.

Ele o analisou, estreitando os olhos.

— O que vamos dizer? — perguntou Reyna. — Talvez a gente devesse planejar com antecedência a melhor forma de entrar no jogo para ele nos deixar em paz.

— Como eu…? — Oliver balançou o aparelho, lançando um olhar para Red.

Ele nunca havia brincado com um desses antes, nem quando era criança? Red só se lembrava dele fazendo o dever de casa ou dizendo para ela e Maddy falarem baixo. Oliver Lavoy, um futuro estudante de direito desde que nasceu, não tinha tempo para brincar, assim como sua mãe prestes-a-se-tornar-promotora--distrital.

— Segura o botão vermelho para falar. — Red mostrou para ele, da mesma forma que a mãe uma vez lhe mostrara.

Agora não, sai da cabeça dela, seu lugar não é aqui.

— Claro — disse ele, como se fosse óbvio.

Oliver respirou fundo.

— Oliver — disse Reyna —, a gente não deveria…?

O garoto apertou o botão, e a estática cessou na hora. Ele levou o walkie-talkie até o rosto.

— Quem está falando? — perguntou ele, a voz saindo tão forte que pareceu um rosnado.

A estática voltou assim que Oliver soltou o botão, olhando para trás, para os outros, os olhos arregalados.

Eles aguardaram.

A estática crepitou.

— Ah, vocês finalmente me encontraram — disse o walkie--talkie, frio e metálico.

— Quem está falando?

— O botão — lembrou Red.

— Quem está falando? — repetiu Oliver, segurando o botão dessa vez.

Estática.

— Você sabe quem é.

Estática.

— Não, não sei — respondeu Oliver.

— Eu sou a pessoa que está do lado de fora com um rifle.

Red engoliu em seco, forçando o ar para baixo na sua garganta apertada.

— O que você quer da gente? — perguntou Oliver, afastando-se da dianteira do trailer, indo mais para trás. Os outros o seguiram. — Se é dinheiro, acho que não temos muito agora. Mas pode ficar com tudo. E com o meu cartão de crédito. Eu dou a senha. Pega o quanto você quiser. É seu. Só deixa a gente ir.

Clique.

Estática.

— Não quero o seu dinheiro — disse a voz.

Uma sombra cruzou o rosto do garoto, a confusão estampada no formato das suas sobrancelhas. Quem dera fosse tão fácil, Oliver. Só jogar dinheiro no problema.

— O que você quer, então? — Oliver caminhou de um lado para outro. — Desculpe se invadimos a sua propriedade. Não queríamos cometer nenhum crime. Ficamos perdidos. Nunca deveríamos ter passado por aqui. Só acabamos no lugar errado, na hora errada.

Estática.

O walkie-talkie crepitou, um som estranho, travado. O atirador estava rindo deles?

— E se eu dissesse que vocês são as pessoas certas, no lugar certo, exatamente na hora certa?

Oliver abaixou o walkie-talkie, encarando os demais com os olhos arregalados. Sua boca tremeu silenciosamente, as palavras morrendo antes que o garoto conseguisse dar vida a elas.

O braço de Maddy ficou tenso, pressionando Red. Simon, do outro lado, agarrou a manga do casaco dela. Red não se moveu, encarando o rádio na mão de Oliver, moldando a estática em palavras sussurradas na sua cabeça. *Pessoas certas, lugar certo, hora certa.*

— Do que ele está falando? — perguntou Arthur, a voz áspera e baixa, presa nas laterais da sua garganta.

Seus olhos encontraram os de Red, mas ela não conseguia lhe dar nenhuma resposta.

Oliver deu uma inspiração trêmula e levou o walkie-talkie aos lábios. Apertou o botão. O único barulho no trailer, no mundo, era a respiração de Red, pesada demais no seu peito.

— Do que você está falando? — perguntou Oliver ao homem lá fora, no nada descampado.

Estática.

— Vou dizer do que estou falando.

Estática.

— Oliver Charles Lavoy. Madeline Joy Lavoy. Reyna Flores-Serrano. Arthur Grant Moore. Simon Jinsun Yoo. Redford Kenny.

## CATORZE

Caos.

Em que momento Maddy tinha começado a gritar? Red não conseguia mais lembrar. Era como se o som estivesse em sua cabeça desde sempre, junto com a estática.

Os ombros de Simon arquearam enquanto o garoto se engasgava.

Oliver abaixou o walkie-talkie, caos em seus olhos dourados, movendo-se rápido demais para ser em tempo real.

Arthur gaguejava. Reyna xingava.

Red escutava, o caos invadindo seu cérebro ao perceber que algo novo estava começando, uma mudança no ar e um aperto no peito.

— Como ele sabe os nossos nomes? — perguntou Simon. — Como diabos ele sabe os nossos nomes?!

— Não, não, não. — Maddy deu palavras ao seu grito. — Ele está aqui para nos matar. Ele vai matar todos nós!

— N-não dá para entender... — Arthur balançou a cabeça. — C-como...?

— Porra! — Reyna segurou o próprio rosto, mechas de cabelo preto grudadas na pele. — Isso foi planejado. Foi tudo planejado. Ele estava esperando a gente aqui.

Não havia sido aleatório. Não era o lugar errado na hora errada. Foi planejado. Foi tudo planejado. E por que o grito de Maddy ainda estava na sua cabeça?

Os olhos de Oliver continuaram se movendo, como se estivessem quebrados, rodopiando para fora do crânio.

— Oliver, faz alguma coisa! — berrou Reyna. — Diz alguma coisa. Ele sabe quem a gente é!

O garoto voltou à vida com um baque.

— O que eu posso falar, Reyna? O que posso fazer? Estou tentando pensar no que isso significa!

— Significa que ele nos encurralou aqui de propósito. Sabia que estávamos vindo.

— Como diabos ele saberia? — perguntou Simon, os olhos lacrimejando ao tossir as palavras. — A gente errou o caminho e parou aqui por acaso.

— Por quê? *Por quê?* — lamentou Maddy.

— Gente, deixa eu pensar! — rugiu Oliver no meio do caos, manchas vermelhas subindo pelo pescoço, ameaçando avançar até o rosto.

Maddy chorava.

Simon tossia.

Arthur encarava a todos. Reyna balançava a cabeça.

Red escutava, deixando seu corpo ser tomado pela estática para abafar o grito.

Mas a estática foi interrompida e, no lugar dela, surgiu aquela vozinha grave e metálica.

— Posso dizer a data de nascimento e o endereço de vocês também, se quiserem.

Oliver se afastou do walkie-talkie que tinha em mãos, colocando-o em cima da mesa. Distante, ele o analisou de braços cruzados.

— Será que o atirador pesquisou a placa do trailer depois de atirar nos pneus? — perguntou Oliver aos outros. — E isso o levou até o tio do Simon, depois até Simon e até a gente?

Red soube pela expressão de Oliver que nem ele acreditava naquilo, que uma resposta não era necessária porque já tinha sido dada no momento que fez a pergunta.

— Ele sabia quem a gente era antes de chegarmos aqui — disse Reyna, juntando-se a Oliver para encarar o walkie-talkie. — O assassino nos trouxe pra cá, preparou uma armadilha.

— Por quê? — Maddy enxugou o rosto.

— Ele vai nos matar — disse Simon, a voz sem combinar com as palavras, vazia e uniforme.

— Eu não quero morrer. — Maddy chorava, uma nova lágrima percorrendo seu rosto até a ponta do nariz. Então se soltou, respingando no chão.

Red segurou a mão de Maddy outra vez, dando um aperto. Não era exatamente um *vai ficar tudo bem*, mas um *estou com você*.

Oliver assentiu para si mesmo, uma, duas vezes; em seguida, cambaleou para a mesa a fim de recuperar o walkie--talkie.

— Já chamamos a polícia — disse ele. — Um tempo atrás. Disseram que vão chegar a qualquer momento.

Estática.

Um som crepitante, frio e desumano. O homem estava rindo de novo.

Oliver esperou a estática voltar, e aí segurou o botão.

— É. Hilariante, não? Vão chegar aqui em menos de cinco minutos, então você deveria pegar as suas coisas e começar a correr se quiser ter alguma vantagem.

— A polícia não vai aparecer. Ninguém vai vir ajudar vocês.

Um músculo se contraiu na bochecha de Oliver.

— Vão vir, sim. Ligamos para eles — reiterou, um novo tom de desespero na voz.

Estática.

— Vocês não ligaram para ninguém. Não tem sinal. Eu me certifiquei disso.

Oliver abaixou o walkie-talkie, o polegar se afastando do botão.

— *Bosta!* — gritou ele, sustentando a palavra enquanto ela rasgava sua garganta. Gotas de saliva respingaram no ar.

— Ele acabou com o sinal de telefone? — indagou Reyna, a mão se movendo para a nuca de Oliver ao passo que o garoto se inclinava para a frente, cotovelos nos joelhos, a cabeça nas mãos. Derrotado.

— Como faria isso? — perguntou Simon, virando-se para direcionar a dúvida para cada uma das pessoas do grupo.

Nada.

— A questão mais importante é por quê — respondeu Reyna. — O que esse homem quer? Se entregarmos o que for preciso, talvez ele nos deixe ir.

— Ele quer nos matar — disse Maddy, apertando a mão de Red com tanta força que a garota sentiu os ossos quase se partindo.

Oliver fungou, endireitando-se. Ele limpou a boca com as costas da mão e apertou o botão do rádio.

— Por favor, não mata a gente — suplicou ele.

Oliver Lavoy não estava pronto para morrer. Algum deles estava?

Um estalo no walkie-talkie.

— Isso depende de vocês — disse a voz. — Quero uma coisa. E vou conseguir antes de a noite acabar.

— Já disse que pode pegar o meu cartão de crédito. Todos os cartões de crédito que temos. Pega o que a gente tiver.

Red não tinha nada.

Estática.

— Já falei que não quero dinheiro.

— Pergunta o que ele quer — disse Simon, agitando a mão para chamar a atenção de Oliver. — Pergunta.

Oliver apertou o botão.

— O que você quer?

Estática.

— Um de vocês tem uma informação. Um segredo. A pessoa sabe quem é e sabe o que é.

A visão de Red ficou turva, e ela imaginou que podia ver o som da estática, manchando o ar de um cinza salpicado, fechando-se ao seu redor. Os ombros de Maddy despencaram, sua mão ficando cada vez mais pegajosa e desconfortável na de Red. Arthur piscava rápido demais, virando-se para observar Simon enquanto o menino tossia e se engasgava. Os olhos de Reyna foram para o chão, e Oliver mordeu o interior da bochecha. Ninguém olhava para Red, mas ela olhava para todos.

Oliver levou o walkie-talkie até a boca outra vez. Esperou um, dois segundos.

— Que segredo? — perguntou ele, soltando o botão.

Estática.

— Cabe a vocês seis descobrirem. E lembrem-se: vocês não conseguem me ver, mas eu consigo ver vocês. Se tentarem fugir, eu atiro.

# QUINZE

O ar estava denso demais — melado com o cheiro de gasolina, com a respiração acelerada dos seis jovens —, tampando o nariz e os ouvidos de Red. Ela conseguia fechar os olhos e fingir que não estava ali, forçando-se a pensar na estampa das cortinas. *Vocês não conseguem me ver, mas eu consigo ver vocês.* Red não conseguia ver nada com os olhos fechados.

— Ele vai atirar se a gente sair do trailer — disse Oliver, como se ninguém tivesse escutado, como se não tivessem acabado de ouvir aquilo juntos.

Red abriu os olhos, torcendo a mão para se livrar do aperto de Maddy. Ela viu quando Oliver deixou o walkie-talkie cair na mesa, fazendo um baque mais forte do que deveria. O aparelho caiu virado para cima, a telinha LCD verde observando-os.

— Nunca vamos sair desse trailer. — Simon fungou, passando a mão pelo rosto e puxando a pele para baixo, revelando o vermelho sob os olhos. — Se vamos morrer aqui, então que se dane, vou tomar mais tequila.

— Não, Simon — resmungou Red, a voz áspera após tanto tempo inutilizada.

— Dane-se! — berrou ele, caminhando até o balcão da cozinha. — Qual é, gente? Vamos tomar umas doses no escuro.

Reyna deu um passo para o lado, bloqueando o caminho de Simon até o balcão, onde estava a mochila de Oliver.

— Não — disse ela, severa. — Precisamos nos manter racionais.

— E você é o quê, a guardiã da tequila? — Simon apontou para ela.

— Ah, só porque sou mexicana?

— Não, porque está na minha frente. — Ele soluçou. — Se eu quiser morrer bêbado, vou morrer bêbado. Obrigado e boa noite.

— A gente não vai morrer — disse Arthur, avançando para puxar Simon de volta, a mão no ombro do amigo. — Só precisamos dar ao atirador o que ele quer. De que segredo ele estava falando?

— E de quem? — completou Maddy rapidamente, cutucando as unhas.

Red olhou para a frente, piscou devagar e desanuviou os olhos, como alguém que não tinha segredos. Alguém que não estava pensando neles naquele instante. Mas todos tinham segredos, não? Mais alguém devia ter. Por acaso os dela eram piores, maiores? Provavelmente sim, pelo menos o que ela estava guardando no momento. O plano. Mas ninguém podia saber disso, essa era a questão. Ah, e havia o fato de que sua mãe estava morta e provavelmente era culpa dela, tudo culpa d... Será que a estampa das cortinas era o Bart Simpson?

— Não sou eu — declarou Simon, desistindo da tequila. Ele empurrou Red e Maddy ao passar e caiu de costas no sofá, a cabeça apoiada no colchão preso ali atrás. — Meu único segredo é que não contei para os meus pais que quero estudar atuação, não finanças. Não acho que alguém ameaçaria me matar por ser parte da galera do teatro em segredo. Quer dizer, além do meu pai — disse, acrescentando em um sussurro teatral exagerado: — Ele é coreano.

— Não consigo pensar em nada — comentou Arthur, parando para coçar o olho. — Nada grande o bastante para isso.

— Nem eu — disse Maddy, quase rápido demais, Red notou. Também notou a forma como ela não olhava para cima nem sustentava o olhar de ninguém.

Oliver deu um passo para a frente, pigarreando.

— Eu sei quem é. E sei do que se trata.

Red olhou para ele. Maddy olhou para ele. Arthur e Simon olharam para ele. Reyna não.

— Somos Maddy e eu — explicou.

Maddy enrijeceu.

— Eu não... — Ela começou a falar.

— É óbvio, não é? — interrompeu Oliver. — É por causa da nossa mãe.

Agora Reyna passou a olhar para ele.

— Como assim? — perguntou ela.

— Deve ser por causa do caso importante. O do Frank Gotti.

— Que caso? — perguntou Arthur.

— Nossa mãe é assistente da promotoria, e é a principal promotora em um caso de homicídio que vai a julgamento.

— Da máfia — disse Simon, gesticulando com uma garrafa de cerveja.

Espera, de onde ele tinha tirado aquela cerveja?

— É, isso aí. — Oliver estalou os dedos para ele. — Essa coisa toda parece algo que eles fariam.

— Por quê? Qual o caso? — Arthur cometeu o erro de perguntar.

Será que Red aguentaria ouvir aquilo tudo mais uma vez? Oliver lançou um olhar para ela, e a garota manteve o rosto sério.

— Então, cerca de um ano atrás — disse Oliver, recostando-se na mesa —, o chefe de uma organização criminosa...

— A máfia — comentou Simon.

— Sim, a máfia. — O maxilar de Oliver se contraiu, evidentemente irritado com a interrupção. — O chefe da família, um homem chamado John D'Amico, morreu de câncer na garganta no hospital. Ele deixou para trás uma grande lacuna de poder, e três membros da família começaram a disputar o cargo mais importante, para substituí-lo.

*Sim*, pensou Red. *O primeiro era...*

— Tommy D'Amico — disse Oliver, erguendo um dedo. — O filho mais velho de John.

O segundo:

— Joseph Mannino, o *sottocapo* de John, que é tipo o segundo no comando.

E, por fim:

— Francesco Gotti, que era o *consigliere* de John, uma espécie de conselheiro principal.

Oliver recolheu os dedos, e Frank Gotti foi quem apareceu na mente de Red, aquela foto do seu rosto que ela havia visto várias vezes, um cacho de cabelo escuro cobrindo o olho esquerdo do homem.

— Os três dividiram a família em facções, por assim dizer — falou Oliver, lançando um olhar ao redor para garantir que todos estavam ouvindo. — Eles brigaram, mas ninguém se feriu gravemente. Não até agosto passado, quando Frank Gotti matou Joseph Mannino com as próprias mãos. Dois tiros na nuca. E a minha mãe... a nossa mãe... está processando o Frank. O julgamento vai acontecer em algumas semanas, e ele será condenado. Sabemos disso. Eles com certeza sabem.

Arthur olhou para baixo, piscando como se estivesse analisando tudo que Oliver acabara de dizer.

— Então você acha que isso... — ele gesticulou para o trailer, para o nada do outro lado das janelas bloqueadas — ... nós estarmos aqui e ter um atirador lá fora... é por causa de um caso de assassinato?

— Sim, é óbvio que é isso que está acontecendo — respondeu Oliver, os olhos inabaláveis. — É tudo por causa da minha mãe. Estão tentando atingi-la através da Maddy e de mim.

— Quer dizer, tipo, fazendo a gente de refém? — perguntou Maddy, incerta.

— De certa forma. — Oliver assentiu. — Provavelmente já entraram em contato com ela e disseram que estão nos mantendo reféns em algum lugar.

— Mas por quê? — Reyna entrou na conversa. — O que querem dela?

— Se o caso for a julgamento, minha mãe vai colocar o Frank na cadeia pelo resto da vida. Não podem deixar isso acontecer; é o líder deles. Bem, de alguns deles. Provavelmente estão exigindo que ela encontre uma forma de retirar as acusações para impedir que o caso vá a julgamento. Ou...
— Ele parou.

— Ou vão n-nos matar — disse Maddy, tropeçando nas palavras.

Oliver não falou nada, mas seu silêncio foi resposta o bastante, a estática do walkie-talkie ocupando o lugar da sua fala. Então comentou:

— E agora, pensando bem, talvez esse segredo de que ele está falando, o segredo que quer... talvez seja a identidade da testemunha ocular. A pessoa em quem o caso se baseia. E querem que a minha mãe fale para eles.

— Para matarem a testemunha e impedir o julgamento? — perguntou Reyna, estreitando os olhos, linhas se formando na testa.

Red olhou para Oliver, esperando uma resposta.

— É — disse ele. — Não seria a primeira testemunha de acusação a ser morta por esse tipo de gente pouco antes do julgamento. Por isso a minha mãe tentou tanto proteger o anonimato da testemunha. Essa coisa toda tem cheiro de crime organizado.

— E ela vai ceder? — perguntou Red, então, tentando acompanhar o raciocínio dos outros a fim de ver o cenário completo e o lugar que ocupava nele. — Vai falar quem é a testemunha?

Oliver olhou para ela e pestanejou.

— Se for uma escolha entre Maddy e eu ou a testemunha, nossa mãe vai falar quem é. Vida ou morte. Ela vai ter que falar.

Red assentiu. Um aperto no seu peito, desconfortável e quente, quando as palavras de Oliver se tornaram reais. Caramba. De uma forma ou de outra, alguém morreria. Quer dizer, se Oliver estivesse certo. E, pelo visto, ele em geral estava.

— Não podemos deixar isso acontecer — afirmou Oliver, tornando o olhar mais severo, encarando os amigos. — Temos que detê-los. Temos que escapar. Não podemos deixar a minha mãe revelar o nome. O julgamento é muito importante. Seria o fim da sua carreira.

— E alguém morreria — disse Maddy. — A nossa mãe estaria matando a testemunha.

— Pois é. Eu já disse isso — reclamou Oliver, sem notar a importância daquilo.

Mas Red notou, feliz por Maddy estar ali para compensar a atitude do irmão. Entre salvar uma vida e a carreira da mãe, estava evidente o que era mais importante para Oliver. Provavelmente, por consequência, aquilo tinha a ver com sua própria carreira. Red mordeu o lábio para não dizer nada, não que isso fosse fazer com que mudassem de ideia.

— Tem certeza que é por causa disso? — perguntou Reyna para Oliver.

Havia algo nos olhos dela, um brilho que Red não conseguia desvendar. Uma conversa silenciosa em meio segundo.

Oliver desviou o olhar.

— Sim, só pode ser. Quer dizer, se pensarmos de forma lógica, Maddy e eu somos os alvos de maior valor. Tem que ser por nossa causa.

Red não podia discordar.

— Algum motivo para outra pessoa aqui ser mantida como refém por um atirador? — perguntou ele para os outros.

Todos balançaram a cabeça. Red também.

— Ninguém me ama — disse ela, com uma fungada.

Pelo menos não como Catherine amava Maddy e Oliver. Machucava pensar naquilo, causava um nó na sua garganta e um buraco no seu coração.

— Certo, beleza. Estamos todos de acordo? — perguntou Oliver, sem esperar por uma resposta. — Então agora temos que descobrir como escapar.

# DEZESSEIS

*Escapar* era uma palavra estranha, não? Uma daquelas que faziam Red tropeçar. Engraçada como *recursos*, mas não da mesma forma. Uma palavra que, se repetisse demais, ficava pontiaguda e sem sentido na sua cabeça. Alguém fala outra coisa, por favor. *Escapar. Eeescapar.* ÈSCAPAR.

— Só para sugerir uma alternativa — disse Simon do sofá, a cabeça batendo no colchão. Obrigada, Simon. — Por que a gente não fica aqui no trailer? Saca só, o sol vai nascer umas seis da manhã, não é? E quando estiver claro, o atirador vai perder a vantagem, porque a gente vai conseguir ver onde ele está. E aí podemos escapar. — Lá estava aquela palavra de novo. — E como vai estar de dia, é mais provável que a gente consiga pedir ajuda.

Ele se recostou, as mãos levantadas como se sua sugestão estivesse em cima delas, estendida como uma oferenda.

— Minha mãe vai revelar o nome antes de o sol nascer. — Oliver balançou a cabeça, descartando o plano.

— E a testemunha vai ser assassinada — comentou Maddy, o maxilar marcado. — Alguém morreria, e a nossa mãe seria a responsável.

*Alguém morreria*. O peito de Red se apertou de novo.

— Certo. — Simon assentiu, erguendo as mãos ainda mais alto. — E isso seria muito triste para a testemunha, óbvio. Coitada. Mas não seria bem culpa nossa. E eu preferiria que nós seis sobrevivêssemos. Estamos mais seguros no trailer. Quer dizer… qual é?! — Simon olhou ao redor. — Arthur? Red? — chamou, procurando concordância nos olhos deles.

Mas Red não concordava, não podia concordar. Olhou para baixo.

— Acho que devemos fazer o que o Oliver sugeriu — respondeu ela, mantendo a voz imparcial.

Que outra opção tinha? Oliver estava no comando: o líder nato, de mais alto valor. Era uma questão de sobrevivência, e o trailer não era seguro, independente do quanto fingissem que fosse.

Simon deixou as mãos caírem, um lampejo de traição no rosto ao lançar um olhar para Red. Ele deu de ombros e voltou a atenção para a cerveja.

— A maioria decidiu. — Oliver bateu palmas, voltando ao plano. — Vamos começar a pensar em como podemos escapar, então.

ÊSCÄPÁR.

— Ou em como pedir ajuda — acrescentou Maddy.

Arthur suspirou, tirando os óculos para limpá-los no moletom.

— As duas coisas parecem impossíveis agora — disse o garoto. — Sem sinal de celular. Sem ninguém por perto. Um rifle. E a gente não sabe onde o atirador está, lá fora no escuro. — Uma pausa. — Ele está com todas as cartas na manga.

Oliver soltou um suspiro, aceitando o fato, e Red apostava que ele não gostava de ser a pessoa sem cartas na manga. Cartas. Cartas de Pokémon? Era essa a estampa das cortinas?

Se pensasse nisso, talvez parasse de pensar em coisas piores, como o que estava acontecendo.

A estática preencheu o cômodo novamente, na ausência de vozes, e Oliver lançou um olhar para o walkie-talkie.

— Talvez ele não esteja com *todas* as cartas na manga — disse ele, pegando o aparelho e segurando-o entre as mãos como se fosse de vidro. — Temos isso. Ele ignorou uma coisa: nos deu um dispositivo de comunicação! — Sua voz ganhou velocidade, a boca tentando acompanhar a mente, assim como Red. — Não podemos usar o walkie-talkie para entrar em contato com alguém? Quer dizer, é óbvio, walkie-talkies não precisam de sinal de celular. E serviços de emergência não usam esses rádios? Não dá para a gente conectar isso ao rádio da polícia e pedir ajuda?

— Como a gente não pensou nisso antes? — Simon sentou-se mais para a frente. — Nesse plano, pode contar comigo.

Não funcionava assim. Nada disso funcionava assim.

— Como a gente...? — Oliver parou de falar, analisando a telinha com display de cristal líquido.

— O que foi, Red? — Arthur a observava, devia ter lido nos seus olhos.

Ela achava que era boa em manter o rosto neutro; tinha praticado bastante.

— Desculpa. — Red olhou para Maddy em vez de Oliver, a mais tranquila dos Lavoy. — É que rádios bidirecionais não funcionam assim. As frequências são reguladas. Os serviços de emergência, como o da polícia, têm uma frequência específica para não sofrerem interferência de outros sinais, como você está sugerindo.

— É, eu sei — disse Oliver. Será que sabia mesmo? — Mas, em uma emergência, não podemos mudar a frequência?

Havia uma resposta simples para essa pergunta, uma que Oliver não queria ouvir. Mas ele estava perguntando, então:

— Não — disse Red, desviando o rosto ao proferir a palavra, assim os olhos de Oliver não a intimidariam a dizer algo diferente. — Não, é fisicamente impossível fazer esse rádio transmitir nas frequências de emergência que a polícia usa.

— Bosta. — Foi a resposta de Oliver.

— Como você sabe? — Reyna se virou para Red, mas Oliver respondeu no seu lugar:

— A mãe dela era policial.

O verbo no passado doía. Sempre doía. Mas era por isso que ela sabia tanto sobre walkie-talkies. Bem, não exatamente. Sua mãe era policial, mas Red também era policial quando as duas brincavam juntas. Foi assim que aprendeu. Quatro dias depois do enterro, Red encontrou uma caixa no sótão, em que havia coisas antigas da mãe. E ali, aninhados entre velhos casacos e sapatos, estavam os walkie-talkies. Um pedaço de fita crepe na parte de trás de cada um, em um deles escrito MÃE e, no outro, RED. Não estava procurando por eles, não de propósito, só estava olhando por olhar, para preservar a mãe por mais um dia, e depois outro. Red deixou o aparelho dela lá, e levou o que estava escrito MÃE para o quarto. Roubou uma chave de fenda do pai — ele já estava praticamente perdido àquela altura, mas ainda conseguia fingir que funcionava, ainda ia trabalhar — e, no silêncio do seu quarto depois da meia-noite, desmontou o walkie-talkie. Peça por peça, fio por fio, mas nunca encontrou a voz da mãe escondida lá dentro.

— Deve ser um rádio FRS — disse ela.

Aproximou-se de Oliver, estendeu a mão e esperou que ele entregasse o walkie-talkie. O garoto colocou o dispositivo na mão dela, e Red sentiu o peso familiar. Ela o conhecia, por dentro e por fora.

— FRS? — perguntou Oliver, sem recuar, como se não pudesse ficar muito longe do walkie-talkie, como se não confiasse em Red nem para segurá-lo.

— *Family Radio Service*, o Serviço de Rádio Familiar — explicou ela. — É o tipo de frequência de rádio que a maioria dos dispositivos amadores como este usa. Se eu lembro bem — e ela lembrava, como poderia esquecer? —, tem vinte e dois canais.

Ela sabia mais do que isso. Sabia, por exemplo, que aqueles vinte e dois canais se encontravam entre 462 e 467 mega-hertz e que o alto-falante também funcionava como microfone, construído a partir dos mesmos materiais: um ímã, uma bobina de fio, um cone de plástico. Havia aprendido tudo aquilo ao montar o walkie-talkie da mãe de novo, até ligar e sibilar para ela. Por dias, foi tudo que ela fez, desmontou, remontou, repetiu no aniversário da mãe no ano seguinte, e no ano depois daquele. Mas não dava para remontar mães mortas. Elas continuavam mortas.

— Então, não dá para usar isso para entrar em contato com outra pessoa? — perguntou Oliver, ainda muito próximo a ela.

Red deu um passo para trás.

— Sim, até dá — respondeu ela, e a luz voltou aos olhos de Oliver. — Na teoria, se outra pessoa estiver usando outro rádio bidirecional no mesmo canal de frequência dentro do alcance, podemos falar com ela. O atirador está usando o canal três.

Red e a mãe sempre usavam o seis, por algum motivo. Dava sorte, até não dar mais.

— Qual o alcance? — perguntou Reyna, olhando para Red como se mal pudesse esperar pela resposta.

Red soltou um suspiro, incapaz de dar a eles o que queriam.

— Não é muito bom com um aparelho desse tipo. Tudo depende do terreno, do tempo, de quantas árvores e construções estão no caminho, mas... — Ela pensou no assunto. — Alguns quilômetros, talvez. No máximo cinco.

Uma vez, Red e a mãe receberam a interferência de um cerimonialista gritando ordens no walkie-talkie. Deve ter sido em algum lugar próximo. O noivo estava atrasado, aparentemente, mas Red fingiu que era uma missão de vigilância, e elas fizeram anotações. Rindo. O tipo de risada que fazia a barriga doer durante e depois do riso.

— Ah — disse Reyna em resposta.

Não, não era uma boa notícia, não para eles. Estavam no meio do nada, um alcance de cinco quilômetros continuaria em lugar nenhum. Mas havia casas e fazendas naquele lugar nenhum.

Reyna pegou o celular para olhar as horas.

— É quase uma da manhã — anunciou ela, murchando. — Acho improvável que alguém esteja usando um walkie-talkie.

Houve uma concordância silenciosa no grupo, o rádio rindo deles na mão de Red.

— Improvável, mas quem sabe? — arriscou Red. — Talvez alguém esteja com uma babá eletrônica por perto. Podemos ficar passando pelos canais para ver se captamos alguma interferência, o que acham?

Red não tinha encontrado a voz da mãe no canal seis nem em nenhum dos outros que tentara. Mas era mais difícil quando a pessoa que você estava procurando não estava mais viva.

— Perfeito. — Oliver estalou os dedos para ela, um sorriso surgindo no rosto. — É disso que eu estou falando! Uma iniciativa. Ok, Red, você cuida do walkie-talkie. Passa pelos canais, só se lembra de sempre voltar no três mais ou menos a cada dois minutos. Para não perder o atirador tentando falar com a gente. Não queremos que ele saiba o que estamos fazendo.

Red ficou radiante contra sua vontade ao aceitar o pedido de Oliver. Então ela era *útil*? Que reviravolta. Maddy também abriu um sorriso para Red, que agora havia conquistado todos os Lavoy. Ela apostaria que Arthur também estava secretamente impressionado; olha só para ela, sabendo das coisas.

Certo, foco. Havia um cara com um rifle do lado de fora, e Red estava tentando ser útil. Não queria morrer, não desse jeito. Embora achasse que não levaria dois tiros na nuca — só um e em qualquer parte do corpo. Red pressionou o botão de menu e depois o sinal de + à direita, mudando para o canal quatro. Ela podia fingir que o som da estática mudava a cada canal, como uma nova música. Mas não mudava, era sempre igual. Um silvo vazio. Agora para o cinco, e então para o seis. Red esperou mais um tempo nele, só por garantia.

— Beleza — disse Oliver, olhando para o grupo. Foi até o sofá e, em um movimento rápido, tirou a garrafa de cerveja da mão de Simon e se dirigiu ao balcão da cozinha. — Red está na primeira parte do plano; tentando pedir ajuda para alguém de fora. Mas precisamos da parte dois. Uma forma de escapar.

E̞Ṣ́C̣AP̣A̧R̤.

Pare com isso. Vá para o canal oito. Será que ela deveria voltar para o três para ver se o atirador estava tentando falar com eles?

— Como a nossa mãe sempre diz — Oliver se voltou para Maddy —, um plano precisa ter duas partes, para garantir que vai funcionar a seu favor de um jeito ou de outro.

— É ganhar ou ganhar — disse Maddy, completando a explicação.

Sim, Catherine Lavoy sempre tinha um plano, Red sabia disso. Presentes de aniversário e reservas. Dois sabores diferentes de sorvete. A própria Red preferia o sistema de perder ou perder: absolutamente nenhum tipo de plano. Ela apertou o botão de volta para o canal três para checar se o atirador falava alguma coisa. Nada. De volta para o onze. Clique, estática, clique.

— E qual é o plano? — questionou Simon, as palavras mais arrastadas agora, mas Red não sabia se ele estava fingindo para irritar Oliver. — Você é o líder, a pessoa de maior valor aqui. Qual o seu plano brilhante para escapar lá fora, no breu, do assassino que pode ver a gente, mas que a gente não consegue ver?

A boca de Oliver se abriu enquanto seus olhos giravam outra vez.

— É isso. — Ele deu risada, batendo a mão no quadril. — É a única vantagem dele, não sabemos onde ele está.

— Eu diria que a vantagem dele é a porcaria de um rifle gigante com mira a laser — murmurou Simon.

Oliver ou não escutou, ou não deu bola.

— Este é o plano, é o que todos devemos fazer. Descobrir exatamente onde ele está. Encontrem o atirador.

01:00

# DEZESSETE

— Encontrar ele? — indagaram Arthur e Reyna ao mesmo tempo, as vozes conflitando, cada um enfatizando uma palavra diferente.

Encontrar um atirador no breu total da imensidão descampada. *É como achar agulha no palheiro*, pensou Red, *ou dar um tiro no escuro*. Literalmente. Ela percorreu os canais no walkie-talkie, mas a oscilação da estática não era silenciosa o bastante para ser um barulho de fundo. Nada. Mais um nada.

— Sim — disse Oliver, os olhos bem arregalados e a voz alta demais. — Vocês não entendem? Se descobrirmos exatamente onde ele está, podemos usar o trailer para nos proteger enquanto corremos para o outro lado. Ele nunca vai saber.

Oliver girou os ombros largos, a cabeça acompanhando um segundo depois. Olhou para o colchão que cobria a janela quebrada como se imaginasse a bala, trazendo-a de volta à vida na sua mente.

— Pelo posicionamento dos tiros nas duas janelas, e pelo primeiro pneu em que ele atirou, com certeza está desse lado. — O garoto gesticulou para além da porta do trailer. — Mas acho que um pouco na diagonal, se conseguiu atirar nos pneus do outro lado, provavelmente mirando por baixo do trailer. Então devia estar em algum lugar por ali, de bruços no chão, escondido na grama alta.

Oliver estendeu o braço na diagonal, apontando o dedo entre o lado direito e a traseira do trailer.

— Certo. — Reyna engoliu em seco, deixando a mão roçar na de Oliver ao ir para o lado dele. — Isso limita um pouco o espaço.

Oliver afastou a mão, balançando a cabeça.

— Não, ele *estava* ali. Mas então veio até o trailer para deixar o rádio no retrovisor do lado esquerdo. Pode ter mudado de posição depois disso, sabendo que a gente chegaria a essa conclusão. — Suspirou. — Sendo realista, o atirador pode estar em qualquer lugar agora.

Arthur concordou com a cabeça, os olhos disparando para os cantos do trailer, como se o automóvel estivesse começando a se encolher cada vez mais ao seu redor. Pelo menos tinha aqueles vinte centímetros extras, dez metros e vinte centímetros, em vez de só dez metros.

— Então como vamos encontrá-lo agora? — perguntou Arthur.

Oliver franziu o cenho, considerando a pergunta. E, como se isso não bastasse, acrescentou:

— Estou pensando.

Como encontrar um atirador na escuridão? Red deveria fazer outra piada para animar Maddy, falar sobre os óculos de visão noturna que colocou na mala.

— Será que agora é uma boa hora para mencionar que eu trouxe os meus óculos de visão térmica? — anunciou Simon, levantando-se do sofá.

Ei, essa piada era dela. Um pouco melhorada, na verdade. Podia ficar com Simon.

— Shh — sibilou Oliver, pressionando os dedos nas têmporas para pensar ainda mais forte. — Red? — chamou de repente, voltando a atenção para ela.

A estática zumbiu quando ela olhou para ele.

— Quando alguém dispara um rifle, acontece alguma coisa além do barulho? Emite alguma luz, um clarão?

Red deu de ombros. Por que ele estava perguntando isso para *ela*? Ah, óbvio, porque sua mãe era comandante da polícia, ela devia saber a resposta. Oliver parecia estar esperando por mais.

— Eu não... — Red começou a dizer.

— Sim, dá para ver um flash de disparo — respondeu Simon, o braço batendo no de Red ao se juntar ao grupo.

Arthur estava certo: o trailer era pequeno demais, e agora também estava ficando quente ali dentro.

Todos se viraram para encarar Simon.

— É tipo uma pequena explosão de luz que aparece quando atira — explicou ele, enfim olhando para os amigos, reparando na expressão deles. — Por que estão todos me encarando? Qual é, vocês não veem filmes? Quer dizer, o flash de disparo não aparece na hora, geralmente colocam na pós-produção. Mas, sim, quando a arma dispara sai uma luz.

Então Simon *também* era útil. Quem teria imaginado: eles dois, Red e Simon, sendo úteis? Com certeza não Oliver, a julgar pelo olhar espantado, as pupilas muito grandes entre todo aquele castanho-dourado.

Oliver deu um passo à frente, batendo duas vezes com força nas costas de Simon. Esse devia ser o melhor *bom trabalho* que se poderia ganhar de Oliver, melhor do que palavras.

— Certo, beleza — disse Oliver, falando consigo mesmo. — A arma dispara, tem um clarão. É isso, esse é o nosso plano.

— Como? — perguntou Maddy, e Red não sabia que parte ela não havia entendido.

Não parecia um plano completo; pelo menos, nem chegava aos pés dos planos normais de Catherine Lavoy.

— Vamos nos posicionar em cada janela do trailer. Alguém na frente, alguém atrás, alguém de um lado e alguém do outro. Para termos a visão de todos os ângulos. Ficamos de olho, e depois de atrairmos um tiro...

— Parece seguro — comentou Simon.

— ... um de nós vai ver o flash. Aí saberemos exatamente onde ele está. E depois — os olhos de Oliver brilharam —, corremos na direção oposta, usando o trailer como cobertura. Nós vamos sair daqui.

Aquilo se parecia mais com um plano completo. Faltava só uma parte.

— Como vamos atrair um tiro dele? — perguntou Arthur, percebendo a lacuna também. — Sem matar um de nós?

Red foi para o canal um, então para o dois, de volta para o três. Estática vazia, em todos eles.

— Nós...

— Olá? — A voz estalou nas suas mãos, o aparelho voltando à vida. Era o atirador. — Olá. Tem alguém vivo aí dentro? — perguntou ele.

Red prendeu a respiração, o coração batendo forte no peito. Ela examinou o rosto dos outros rapidamente. O que deveria fazer?

Oliver se aproximou antes que ela pudesse perguntar. Pegou o walkie-talkie da mão da garota e apertou o botão.

— Estamos aqui — disse ele, tentando disfarçar o tremor na voz. — Tentando descobrir o segredo que você quer.

Estática.

— Ótimo — respondeu a voz. — Continuem assim. O tempo está acabando.

Estática.

— A gente não pode só pedir para ele dar um tiro? — sugeriu Reyna.

Oliver se virou para ela.

— Por que a gente pediria para ele fazer isso, Reyna? Pensa um pouco. Não podemos deixar evidente que estamos tentando escapar.

Ele deixou o rádio cair de volta nas mãos de Red.

— Desculpa, só estava tentando ajudar. — Reyna se encolheu, deslizando para o banco da mesa de jantar.

— Por que ele atirou das outras vezes? — perguntou Oliver, sem se dirigir aos outros de fato. — Atirou nos pneus e no tanque de gasolina para nos prender aqui. Depois na janela, talvez para nos assustar. E então…

— A buzina! — disse Maddy, os olhos brilhando. Ela apontou para o volante. — Ele atirou na gente quando eu estava buzinando.

Oliver estalou os dedos.

— Bingo.

# DEZOITO

Eles iriam mesmo fazer aquilo? Pedir para levar um tiro? Convidar o pontinho vermelho para entrar?

Red apertou o botão, passando pelos canais do walkie--talkie, trocando uma estática por outra enquanto esperava, de olho em Oliver.

— Tá, vamos pensar nos nossos ângulos, então — disse ele.

Sim, vamos.

— Janelas. Tem uma grande na parte de trás do trailer. À esquerda, tem uma pequena do lado do beliche e duas na mesa de jantar. — Ele acenou com a cabeça para cada uma, os olhos de Red fixos nas cortinas. — As janelas laterais na frente e o para-brisa. — O para-brisa era a única janela que eles não tinham coberto, a única visão que tinham da escuridão total lá fora. — Aí, à direita, tem uma grande atrás do sofá e a pequenininha que fica na porta. E acabou, não é? Não tem janela no banheiro.

— Tem a câmera de ré também — comentou Reyna baixinho. Ela estava sentada à mesa, cutucando o polegar. — A imagem deve aparecer se a gente colocar o trailer em marcha à ré, acho.

— Sim, ok, ótimo — disse Oliver, virando-se para mostrar um sorriso para a namorada. Reyna não retribuiu. — Isso quer dizer que talvez não precisemos de alguém lá atrás. Quem estiver apertando a buzina pode usar a câmera para ver aquele ângulo. Beleza.

Oliver analisou todos eles, que esperavam para serem designados às suas respectivas janelas, Red voltando para o canal três.

— Vou apertar a buzina e olhar a câmera de ré. — Ele engoliu em seco, como se seu trabalho fosse o mais difícil, mas Oliver não teria que colocar o rosto em uma janela com um atirador observando do lado de fora. — Reyna, você vai ficar comigo, vai olhar para a frente, pelo para-brisa. Maddy, fica na frente, do lado esquerdo, olhando pela janela da mesa de jantar. Simon, atrás, lado esquerdo, pela janela do beliche. Arthur, você fica na frente, do lado direito, na janela atrás do sofá. E Red, você fica atrás, à direita, na janela da porta.

Red assentiu. Pelo menos sua janela ainda tinha vidro. Ela lançou um olhar para Arthur, o estômago se embrulhando. Ele estava com azar; nas duas últimas vezes que o homem atirou neles, tinha vindo por aquela janela. Apesar disso, ele parecia bem. Nervoso, não assustado. Pelo menos ainda não. O garoto lançou um olhar para Red, e ela lhe lançou um breve meio sorriso. Ele foi contagiado pelo sorriso dela, estendendo-o para o lado oposto em seu rosto. Juntos, formaram um sorriso inteiro, apertado e tenso.

— Vou ficar com o trabalho mais arriscado — disse Oliver. Será mesmo? — Ele vai atirar em quem estiver no volante, como aconteceu com Maddy. Então vou precisar de alguma proteção.

— Você não vai pedir pra um de nós ser o seu escudo humano, vai? — provocou Simon, recuando com as mãos erguidas.

Red bufou, embora nada daquilo fosse engraçado. Eles poderiam morrer aquela noite, todos eles, alguns deles, ela. Uma bala poderia surgir a qualquer hora, de qualquer lugar. Será que era isso que tornava aqueles pequenos momentos mais engraçados, porque poderiam ser os finais? Últimas chances de sorrir, de rir, de dizer para Arthur que gostava dele e que tudo bem ele não gostar dela de volta, porque era impossível gostar dela em alguns momentos, Red sabia disso. Dizer para Simon que, sim, as maçãs do rosto dele eram incríveis e seria uma pena se ele não acabasse em um palco ou na frente de uma câmera. Agradecer Maddy por sempre ter ficado ao lado dela, por terem compartilhado grandes e pequenos momentos, alguns tão pequenos que Red provavelmente já tinha se esquecido deles. Dizer para Reyna que talvez ela pudesse encontrar uma pessoa melhor. Dizer para Oliver que... bem, Red não tinha certeza do que diria para Oliver. E aquilo não importava, porque ela não falaria nada, de qualquer forma. Red não era boa com últimas chances, com momentos finais. *Eu te odeio.*

Ela nunca repetiu essas palavras desde então.

Uma nuvem de culpa surgiu no seu estômago quando ela voltou para a sala, se transformando em vergonha enquanto observava Oliver analisar a pilha de *recursos* na mesa. Nada grande o suficiente para protegê-lo ali.

— Ah, já sei — disse ele, correndo para pegar a chave de fenda. — Com licença.

Ele saiu em disparada, passando por Red e Simon, batendo o cotovelo no dela, e foi até o pequeno armário ao lado da porta do trailer.

Ele o abriu.

— Tem só um esfregão, uma pá de lixo e uma vassourinha aí — avisou Simon.

— Eu sei — replicou Oliver, curvando-se para olhar as dobradiças dentro da porta. — Arthur, me ajuda aqui? Segura a porta enquanto eu tiro as dobradiças.

— Claro. — Arthur assentiu, arregaçando as mangas.

Ele passou por Red e Simon, gentilmente descansando a mão nas costas dela. Os dedos quentes, e então o vazio, deixando para trás aquele fogo de artifício patético e idiota outra vez, no fundo dos seus olhos. Ela não sabia que tinha um sujeito com uma arma lá fora?

Arthur enroscou a mão nos cantos superiores da porta do armário enquanto Oliver guiava a chave de fenda, encaixando-a no primeiro parafuso.

Os olhos de Red se voltaram para o walkie-talkie. Seu trabalho. Sua responsabilidade. Seu plano. Em parte, de qualquer forma. Ela clicou outra vez, moldando a estática com o ouvido, fazendo com que dissesse o que ela queria ouvir. De vez em quando, dava para fazer isso com memórias também. Mentir para si mesma, ter pensamentos falsos para encobrir os que não queria ter. Como aquela vez que Catherine Lavoy levou Red para o shopping, porque ela havia crescido demais e sua última calça jeans já não cabia mais. Foi o primeiro dia bom de Red desde que tudo aconteceu. Ela até sorriu. Mas às vezes Red mudava a memória, e, em vez de Catherine, era *sua mãe*, não morta, não brava. Uma mentira. Impossível. Mas era melhor do que a verdade.

— Então, gente, antes de nos posicionarmos — disse Oliver, um parafuso removido, voltando-se para o próximo —, vamos ter que desligar todas as luzes do trailer para enxergarmos melhor pelas janelas. Desligar os faróis também para Reyna conseguir enxergar na frente. Então peguem uma lanterna ou usem a luz do celular para se posicionarem.

Simon avançou, pegando a lanterna de cabeça da mesa de jantar com um "sim" sussurrado. Puxou o elástico sobre a cabeça e colocou a lanterna como um tapa-olho.

Red balançou a cabeça. Ela achava que a adrenalina já o tinha deixado sóbrio. Pelo visto, estava enganada. Foi até a cozinha e abriu a torneira, enchendo outro copo de água para Simon, empurrando-o no seu peito.

— Tá bom, *mãe*. — Simon cambaleou, tomando um gole.

— *Simon* — sussurrou Maddy para ele, rugas de raiva cruzando sua testa.

Ele havia dito a palavra proibida.

Oliver grunhiu ao remover uma das dobradiças do armário, os músculos dos braços de Arthur se alongando enquanto os dois seguravam o peso da porta. Oliver se abaixou para tirar a dobradiça da parte de baixo.

Girando a chave de fenda, ele disse:

— Cada um de vocês é responsável pelo seu campo de visão. Então precisam estar prontos quando eu disser que vou buzinar. Sem piscar, sem espirrar, nada. Não podemos perder o flash do cano. Pronto, Simon?

— Estamos, capitão.

Não, Red já havia pensado nisso e não era ninguém do *Bob Esponja* nas cortinas. Ela iria morrer antes de descobrir aquilo. Seus olhos pararam em Reyna no caminho até as cortinas; a garota estava sentada, olhando para a frente. Mordia a língua e estava com algum pensamento silencioso na cabeça, um olhar distante. Será que estava pensando no plano, no que estavam prestes a fazer, ou em outra coisa?

Simon também percebeu. Ele se aproximou e sussurrou no ouvido de Red:

— Você viu o jeito que Reyna olhou para o Oliver quando falaram do segredo? Tem alguma coisa estranha aí.

Red não disse nada, mas piscou, e Simon pareceu pensar que essa era sua resposta. Ele assentiu, forte demais, e agora

Red não conseguia parar de pensar que Simon estava tentando desviar sua atenção de alguma coisa.

— Tá. — Oliver colocou a segunda dobradiça dentro do armário e se endireitou, os joelhos estalando. Pegou a porta solta do armário das mãos de Arthur e a balançou de lado, colocando-a debaixo do braço. — Vamos nessa. Reyna, acorda!

Ela se levantou, passando a mão pelo rosto, tirando a expressão distante durante o movimento.

— Lanternas acesas, pessoal.

Red colocou o walkie-talkie sobre a mesa de jantar, deixando-o no canal três, pronto para o atirador. Então, enfiou a mão no bolso para pegar o celular. Estava sem sinal, óbvio, mas, ei, 51% de bateria, ainda estava ótimo para ela. Red sabia que Maddy entrava em pânico sempre que a sua ficava abaixo de 50%, se recusava até a sair de casa.

Ela deslizou o dedo para baixo na tela e clicou na lanterna.

— Arthur, apaga as luzes. Reyna, os faróis — ordenou Oliver.

Reyna se inclinou sobre o volante, e os faróis se apagaram. Arthur estendeu a mão para o painel de controle perto da geladeira e apagou todas as luzes. A escuridão do lado de fora invadiu o trailer, fazendo-os desaparecer, iluminados apenas pelos feixes brancos oscilantes das luzes dos celulares. Um brilho amarelo surgiu na cabeça de Simon quando ele reajustou a lanterna na testa. Red iluminou Maddy quando ela foi se juntar à amiga, pronta para se posicionar na sua janela. Seu rosto estava pálido como um fantasma, quase azul, pontos brancos nas pupilas.

— Galera, entrem em posição — disse Oliver.

— *Foi o que ela disse* — sussurrou Simon, passando por Red em direção à janela do beliche inferior.

Red se virou, esbarrando em Arthur.

— Desculpa, pode passar.

Arthur se aproximou da janela dele, apoiando um joelho no sofá. Red ocupou seu lugar na porta do trailer, esperando atrás da persiana fechada. Lançou um olhar por cima do ombro quando Oliver girou a porta do armário de forma desajeitada para ficar de pé e se agachou ao lado do volante. Ele engatou a marcha à ré, e a imagem da câmera traseira ganhou vida no console central. A estrada era de um branco assustador na parte inferior da tela, o céu moldado em tons de preto e cinza.

Oliver puxou a porta do armário para cima do seu corpo. Um escudo. Uma barricada. Mas será que uma madeira tão fina conseguiria impedir a bala de um rifle de alta potência?

Red se voltou para a própria janela. A garota engoliu em seco, avançando para os próximos segundos, colocando o rosto e os olhos na parte de baixo do vidro para analisar a escuridão à frente. Imaginou o pontinho vermelho flutuando bem ali, no seu rosto, juntando-se às sardas do seu nariz, subindo pela testa ou descendo até os dentes, e ela nunca saberia. Talvez ouvisse o estalo no último segundo, mas não saberia quando acertasse o alvo, não é? Morta rápido demais para sentir medo. Como imaginou que sua mãe tivesse morrido, naqueles primeiros dias, quando o pai e os outros policiais falavam em círculos a respeito disso. *Morreu cumprindo o seu dever*, foi tudo o que alguns disseram para ela. *Sua mãe foi uma heroína*, disseram outros.

Na cabeça de Red, sua mãe não teve tempo de ter medo, não teve tempo de pensar em se despedir, não sabia que seria seu fim, não sabia e, em um piscar de olhos, se foi. Mas ela não tinha ficado com medo, e isso era uma coisa boa enquanto o mundo desmoronava. Só que não foi assim que aconteceu. Não mesmo. Red pesquisou na noite antes do enterro. Diversas notícias a respeito do fatídico assassinato da Comandante Policial Grace Kenny da Delegacia da Filadélfia, Terceiro Distrito. Não devia ter feito isso, seria melhor não saber. Mas era tarde demais. E a imagem em sua cabeça mudou. A mãe de joelhos. Implorando pela vida — as notícias não mencionavam essa parte, mas Red preenchia as lacunas. De joelhos, aterrorizada, ciente do que estava prestes a acontecer. E então aconteceu: dois tiros na nuca. Morta com a própria arma de trabalho. Ela teve tempo de ter medo, todo o tempo do mundo, vidas se passando em segundos, ali, de joelhos. *Executada* era outra palavra que os jornais usavam, um termo quase grande demais para a Red de treze anos entender. Não cabia na sua cabeça, não na mesma frase que sua mãe.

Mas agora ela entendia, pensando em colocar o rosto naquela janela. Pensando a respeito do pontinho vermelho que procurava por ela na escuridão. Uma pequena fração do medo que a sua mãe sentiu, bem ali, no fim de tudo.

— Red, está me ouvindo? — Oliver aumentou a voz. — Eu disse para desligar as lanternas!

— D-desculpa — murmurou ela, apertando o botão, e o breu reivindicou o trailer.

Os outros não eram mais pessoas completas, apenas sombras, silhuetas de pesadelo numa noite de pesadelo. Não havia nem a luz do luar, pois Reyna havia abaixado a persiana do para-brisa.

— Agora — disse Oliver, pigarreando —, puxem só um pouquinho as cortinas ou persianas, no canto inferior, para poder olhar lá para fora.

— A gente precisa mesmo colocar a droga da nossa cara na janela? — perguntou a voz de Simon atrás de Red. — Eu acho que isso é pedir pra morrer.

— Precisa — respondeu Oliver. — Porque esse é o plano.

*Seguir o plano*, pensou Red. Sempre. Como ela estava fazendo agora. Só tinha que sobreviver pelo restante da noite, pelo restante do plano.

— Ah, já sei! — gritou Maddy, bem atrás de Red. Sempre lado a lado. — Podemos usar os nossos celulares, como o Arthur fez naquela hora. Gravar um vídeo do lado de fora, assim a gente com certeza não vai perder o flash.

— Tá, se vocês preferirem — cedeu Oliver.

— Sim, óbvio que prefiro — disse Simon, o barulho de um farfalhar desajeitado vindo do seu canto.

— Beleza, peguem os celulares! — gritou Oliver.

Red observou a forma escura de Arthur pegar o seu, mexendo no bolso da frente da calça jeans. Perto o bastante para estenderem a mão e se encostarem. Até para darem as mãos, se não precisassem das duas para o plano.

— Posicionem as câmeras nas janelas agora e vejam se estão pegando o ângulo certo.

Red soltou a trava da persiana, os dedos agarrando com força o fecho. *Não solta*. Ela ergueu alguns centímetros na parte de baixo e, com a outra mão, pressionou a câmera do celular no vidro. Mexeu o corpo para não ficar diretamente atrás do aparelho, na linha de visão, e observou a tela. Não havia nada lá fora. Só a escuridão.

Ela olhou por cima do ombro na direção de Arthur. A mão dele havia desaparecido no canto inferior do colchão, na noite lá fora, e a outra ainda estava mexendo de forma nervosa na calça.

— Ok, comecem a gravar agora! — gritou Oliver, e o trailer escuro foi preenchido por um coro de bipes agudos, cantando uns para os outros, quando todos apertaram o botão de gravar.

Um segundo. Dois segundos. Três segundos de gravação.

— Prontos? — perguntou Oliver, a sombra de um braço se estendendo por trás do escudo.

A respiração de Red tremeu, as batidas do seu coração altas e rápidas demais. E então o órgão se perdeu em um grito, o grito da buzina que perfurou a noite e os seus ouvidos. Uma nota longa, depois quatro curtas.

— *Vamos lá.* — A voz de Oliver ficou tensa quando ele apertou a buzina outra vez.

Três notas curtas.

Uma longa.

O trailer lamentava na escuridão.

E mais uma vez.

Nada. Nem o *crec* que os ouvidos de Red esperavam, nem o *pow* da arma. A tela do seu celular estava escura e vazia.

— Qual é! — Oliver tentou de novo, dez buzinadas, mais fortes, mais curtas.

O trailer gritou repetidas vezes.

— Por que ele não atira?!

Nada.

A gritaria parou, o fantasma do barulho ecoando nos ouvidos de Red no silêncio que se seguiu.

# DEZENOVE

O formato escuro da cabeça de Oliver emergiu por trás da porta do armário.

— Por que ele não atirou, caramba? — berrou ele.

Os olhos de Red se ajustaram à escuridão, construindo um lar ali.

— Sei lá — disse Arthur, sem fôlego, puxando a mão de volta para dentro do trailer e interrompendo a gravação no celular. Um bipe duplo sinalizou o fim.

Red fez o mesmo, puxando a persiana de volta para baixo.

Bipes de dois tons soaram dos celulares dos outros enquanto se afastavam da janela.

O zumbido nos ouvidos de Red desapareceu, substituído pela estática sempre presente.

— Não entendi — disse Maddy, frustrada, caindo no banco da mesa de jantar. — Ele atirou da outra vez.

O walkie-talkie estalou sobre a mesa, e Maddy se encolheu, pulando para longe.

— Isso foi para mim? — A voz veio em um silvo baixo. — Vocês sabem que já têm toda a minha atenção.

Um novo barulho pelo alto-falante, metal raspando em metal, o som do rifle sendo engatilhado. E então parou, a estática retornando. Ela preencheu o espaço e a cabeça de Red. No entanto, a arma sendo engatilhada permaneceu, de alguma forma, abrindo caminho até seus ossos.

Ela conseguia sentir na curva do seu cotovelo e na dobra do seu joelho.

— Bosta. — A silhueta de Oliver se levantou, apoiando a porta do armário no banco do motorista. — Devia ter funcionado. Isso não… O plano devia ter funcionado.

Reyna suspirou, porque Red conhecia os suspiros de Maddy e não tinha sido ela. A silhueta de Reyna flutuou para longe do para-brisa.

— Ele só vai atirar se vir algum de nós tentando sair do trailer, não é? — indagou ela, mas Red não conseguia ver seus olhos e, portanto, não sabia com quem ela estava falando.

— Vou repetir — disse Simon, a voz se aproximando na escuridão por trás de Red. — Eu que não vou me oferecer como sacrifício.

Ele não parecia mais estar bêbado.

— Talvez você tenha razão — respondeu Oliver, agora perto o bastante para Red enxergar seu rosto. Bem, só o brilho dos olhos e dentes. — Talvez aqueles primeiros tiros no trailer tenham sido só para nos assustar, mas agora que sabemos do que se trata, sabemos o que ele quer, o sujeito só vai atirar para impedir que um de nós saia.

A maneira prolixa de dizer exatamente o que Reyna tinha acabado de falar… Red se perguntou se ele fazia muito isso.

— Então talvez… — disse Maddy, incerta, e Red pôde imaginar sua expressão, o exato semicerrar dos seus olhos e a curva da sua boca. — Talvez a gente consiga fazer parecer que um de nós *está* saindo do trailer. Assim a gente atrai o tiro.

Oliver assentiu.

— Exatamente o que eu ia dizer. Vamos fazer ele pensar que um de nós está saindo pela porta, só o bastante para ele atirar.

— Como, sem alguém levar um tiro de verdade? — perguntou Simon. — A gente vai construir um humano falso ou algo do tipo?

— É exatamente isso que vamos fazer, Simon. — O esboço de um sorriso na voz de Oliver. Red podia apostar que ele achava que tinha sido tudo ideia dele, mesmo que Reyna, Maddy e Simon tivessem pensado no plano. — Red — disse ele, por fim, como se estivesse lendo seus pensamentos. — Acende a luz?

Ela deu um passo em direção à geladeira e estendeu a mão para reacender as luzes. Mesmo na configuração mais baixa, o brilho fraco das luzes do teto fez seus olhos lacrimejarem, tirando o trailer e eles seis da escuridão.

Maddy apertou os olhos na direção de Red, um aceno de cabeça para perguntar se ela estava bem. Red assentiu.

— E vamos construir um humano falso com o quê? — perguntou Reyna, sem disfarçar a dúvida na voz.

— Bem, a gente já tem a porta do armário. — Oliver gesticulou de volta para o escudo. — Pode servir de corpo, se a gente colocar um dos meus moletons nele.

— O esfregão! — exclamou Simon, mais alto que o necessário. — Dá para quebrar no meio e fazer de braço, colocando dentro das mangas.

Oliver assentiu, ponderando.

— Ah — interveio Maddy. — Tenho uma bola de praia na mala. Dá para servir de cabeça antes de ele atirar nela, não é?

— Pode dar certo — disse Oliver.

Não, não podia. Do que eles estavam falando? Nem nos seus piores dias Red parecia uma porta de armário com braços de esfregão e uma cabeça gigante de bola de praia. O atirador nunca acreditaria naquilo; ele tinha uma mira telescópica em cima do rifle. Mas a garota não disse nada. Como poderia? Era parte *do plano*. Red olhou para Arthur e Reyna. Os dois estavam quietos, assim como ela.

Oliver bateu palmas e, meu Deus, ele tinha que parar de fazer isso.

— Certo, Maddy, você pode pegar um dos meus moletons? O verde. Reyna, pega o esfregão. Simon, traz a silver tape para cá.

— Red, vem comigo — disse Maddy, puxando a manga da amiga.

Ela não queria entrar no quarto dos fundos sozinha. E Red topou porque, apesar de o trailer ter dez metros e vinte centímetros, ela estava nos mesmos três metros havia tempo demais.

Ela seguiu a amiga, passando pela cozinha e pelo beliche até a porta aberta para o quarto dos fundos. Maddy acendeu a luz.

O lençol estampado preto e branco estava amassado sob o peso de uma mala azul em cima da cama.

— Deve ser da Reyna — comentou Maddy, indo até o grande guarda-roupa na parte de trás à direita.

— Não vai funcionar — disse Red, agora que estavam só as duas e Oliver não conseguia ouvir. — O plano. O atirador nunca vai acreditar que é uma pessoa.

— Talvez acredite — replicou Maddy, estendendo a mão para a maçaneta e abrindo o armário.

Havia um longo espelho do lado de dentro da porta. Red não sabia que havia um espelho ali. Ela se encolheu quando ele mostrou o dobro de pessoas no quarto, encarando seus próprios olhos por cima do ombro de Maddy.

— Você pensaria que um homem-armário-bola-de-praia é real se o visse por aí? — perguntou Red, olhando para o reflexo de Maddy.

— Talvez sim, se olhasse rápido.

— Por que não chama ele para sair quando o vir? Seus filhos seriam lindos.

Red fez uma careta para si mesma pelo espelho, olhos arregalados e narinas dilatadas, as rugas desaparecendo das sardas no nariz. Sua mãe fazia aquela mesma cara para ela, no espelho em frente à mesa da cozinha, fazendo Red rir com a boca cheia de cereal. Red afastou a memória. Não era sua mãe no espelho, só ela e Maddy, e isso não ajudava ninguém. Nunca ajudou. Esqueça. Red precisava focar naquela noite, nas pessoas que ainda estavam vivas, não nas que se foram e nunca mais voltariam.

Maddy se curvou, de costas para ela, bloqueando sua visão. Mas, no espelho, Red conseguia ver a cópia de Maddy, vasculhando a mala aberta de Oliver no chão do armário.

Duas Maddy, duas Red.

Espere um segundo.

— O espelho — disse Red baixinho, ainda indecisa, a ideia se formando aos poucos. — Não podemos usar o espelho para fazer uma cópia de um de nós? Um reflexo. — Ela tentou imaginar a cena, colocando o espelho na porta do trailer, recriando os ângulos. Não conseguiria bolar o plano inteiro sozinha. — Na porta. Não dá para…? — Parou de falar, mas o reflexo de Maddy havia se endireitado e agora a encarava, olho no olho.

— Essa é uma ideia genial — afirmou Maddy.

# VINTE

*Genial.* Não era uma palavra que as pessoas costumavam usar para falar de Red e das ideias dela. A garota sentiu um calor se espalhar pelas bochechas, mas não era uma sensação ruim como costumava ser.

— Bom trabalho, Red. — Maddy pareceu muito com a mãe ao dizer isso. — Gente! — gritou ela, virando-se de costas para o espelho, de forma que Red conseguisse ver seu rosto de verdade, e não o reflexo. — Esquece o plano do cara de mentira, o atirador nunca vai acreditar nisso. Temos uma ideia melhor!

— Qual? — gritaram as vozes de Oliver e Reyna em uníssono.

— Mas a gente já começou a montar o Larry! — disse Simon em seguida.

— Podemos usar o espelho de corpo inteiro daqui! — gritou Maddy ao se aproximar de Oliver no fim do corredor. — Colocamos ele na porta, no ângulo certo, e o cara vai achar que está atirando em um de nós, mas vai ser só o nosso reflexo.

Maddy explicou de uma forma melhor do que Red jamais conseguiria.

Oliver se viu no espelho, por cima da cabeça de Red. Ela se virou para ver o rapaz de verdade, uma luz crescendo nos seus olhos.

O garoto sorriu.

— Sim. É, pode funcionar. Vai funcionar. Esse é o novo plano. — Ele deu um passou à frente, passando por Red e estreitando os olhos enquanto analisava o espelho, estudando rapidamente a moldura preta em cada canto. — Está preso com o quê? Só esses parafusos? Vamos tirar isso daí, fácil. Simon, passa a chave de fenda, por favor!

Um barulho vindo da frente do trailer, a voz de Simon exclamando:

— Estou indo, chefe!

Oliver olhou para a irmã.

— Parabéns, Maddy. Uma ideia muito boa mesmo.

— Bem, na verdade... — Maddy começou a explicar.

— Nossa mãe ficaria orgulhosa de você — disse Oliver, dando tapinhas no ombro dela. — Quando sairmos daqui, ela vai ficar tão orgulhosa. Se tem um plano que é a cara dos Lavoy, é esse.

Maddy abaixou os olhos, mordendo o lábio inferior. Red a observou, um aperto no peito.

— Valeu — disse Maddy baixinho.

E nada mais.

Red não ligava, ou talvez ligasse. O que era aquela sensação de traição no fundo da sua garganta? Ou aquele buraco no seu estômago? Sem problema. Maddy podia ficar com o plano, se isso deixaria a mãe dela orgulhosa. Red tinha seu próprio plano.

— Entrega especial — anunciou Simon, correndo ao longo do trailer, a chave de fenda estendida na frente dele.

— Com licença — pediu Red, passando por Simon quando ele chegou ao quarto, Reyna entrando logo atrás dele.

Os olhares de Reyna e Red se cruzaram. Red não tinha certeza do que aquele olhar significava, mas retribuiu.

— Tudo bem, Red? — perguntou Arthur, parado na cozinha.

A garota se juntou a ele, recostando-se no balcão, os braços em volta das costelas para protegê-las.

— Tudo ótimo — respondeu a garota.

— Então — disse ele, acenando com a cabeça para o lugar de onde ela havia acabado de sair. — Usar um espelho para refletir um de nós como isca — resumiu, mais uma vez melhor do que Red jamais conseguiria. — Que inteligente.

— Os Lavoy são muito inteligentes — disse Red.

— Quer saber um segredo? — perguntou Arthur, a voz mergulhando em sussurros, olhos brilhando por trás dos óculos. — Acho você ainda mais inteligente.

Red sorriu, sem conseguir se controlar. Ele a ouviu com Maddy no quarto? Ou só estava tentando ser legal? *Inteligente.* Outra palavra que não era usada na mesma frase que Red. Mas ela tinha *potencial*, lembre-se disso. Tinha, mas não usou, e era por isso que as pessoas falavam aquilo para ela.

— Acho que você está errado — disse ela, a voz inexpressiva, erguendo uma barricada.

— Acho que você está mentindo — retorquiu Arthur, derrubando a barricada.

Red olhou para ele, aquela mesma sensação de embriaguez de novo. Por que Arthur era tão gentil com ela? E por que isso fazia com que ela quisesse ser desagradável em resposta? Porque Red não merecia gentileza, era por isso. Ela era só a Red. Só a Red e só o Arthur, e provavelmente deveriam continuar assim, porque ela não sabia como ser a pessoa de alguém.

— Tudo bem — disse Arthur, como se pudesse ler os pensamentos da garota. Mas não podia, não sabia o que vivia lá dentro, na sua cabeça. — Seu segredo está seguro comigo. Sempre está.

— Não tenho segredos. — Ela se escondeu atrás de um sorriso outra vez. Pare com isso, você está sorrindo feito uma idiota.

— Espiã internacional? — perguntou Arthur.

— Quem me dera.

— Seu nome de verdade é Agatha?

— Só se o seu for Edgar.

— Campeã secreta de uma corrida de sapos?

— Tá bom, acertou — disse ela.

— Legal. — Ele sorriu também, mas não como um idiota. Seu sorriso era melhor. — Não vou contar para ninguém, prometo.

— Não vai contar o que para ninguém? — inquiriu Simon, andando pelo corredor, batendo na parede de um lado e no beliche do outro.

Como ele parecia ainda mais bêbado?

— O grande segredo da Red — respondeu Arthur.

— Tá, sai todo mundo, sai, sai! — Oliver ergueu a voz enquanto caminhava de costas, segurando uma ponta do espelho, com Reyna do outro lado.

Eles se espalharam para sair do caminho. Red foi em direção ao sofá e se jogou. Foi bom se sentar, as pernas mortas de cansaço. Mas ela sabia que não duraria muito. O esfregão roxo de plástico estava na frente dela, já partido ao meio, a ponta separada do cabo.

Oliver e Reyna gentilmente abaixaram o espelho perto da porta do trailer, Oliver envolvendo um braço ao redor dele para aguentar o peso.

— Vamos pensar direito nisso — disse ele, gesticulando com a cabeça para que todos se reunissem.

Viu, durou pouquíssimo tempo. Red se levantou, Simon de um lado, Maddy do outro, os três refletidos no espelho.

— Ok, então se alguém ficar parado ali — Oliver apontou para a abertura na frente do armário, agora sem a porta —, não vai ficar na linha de fogo por causa da proteção da parede do trailer. E se o espelho ficar na frente da porta, inclinado desse jeito, o atirador vai ver o reflexo, não é?

— Ciência, porra! — exclamou Simon.

— *Simon* — advertiu Maddy.

— Desculpa. — Ele fungou. — Mas a gente está em um trailer. Eu teria que dizer isso em algum momento. Mas acho que preferiria estar fazendo metanfetamina. Menos arriscado.

Oliver lançou um olhar severo a ele.

— Desculpa — repetiu Simon.

— É, funciona — disse Reyna, caminhando para a frente do espelho. — Mas só se o atirador estiver em algum lugar naquela direção. — Ela estendeu os dois braços formando um ângulo de noventa graus, um braço apontando para a porta, o outro para a parte de trás do trailer. — Se ele estiver para lá — ela apontou para a frente do trailer, à direita —, não vai ver o reflexo. Isso se estiver mesmo desse lado.

— Bem, óbvio que só vai funcionar se ele estiver desse lado — interveio Oliver. — Se não funcionar, vamos ter que repetir em uma das janelas do lado oposto.

Reyna não o escutou, continuando sua linha de raciocínio.

— Se tivesse um jeito de girar o espelho bem rápido, e alguém ficasse parado aqui — ela apontou para o espaço entre o sofá e a porta do trailer —, o reflexo poderia ser visto desse lado também. — Reyna estendeu os braços mais uma vez, outro ângulo de noventa graus. — Aí a gente saberia se ele está na direita.

— Tá, ok. — Oliver assentiu. — Mas como vamos girar o espelho? E, por falar nisso, como vamos segurá-lo? Ninguém pode ficar atrás nem do lado; a pessoa seria atingida.

Simon disparou para a frente, pegando o esfregão quebrado no chão, segurando os braços de Larry.

— Dá para usar isso como suporte? Temos um rolo inteiro de silver tape.

Oliver estalou os dedos para ele.

— Dá. Começa a fazer isso. Coloca um de cada lado, nos cantos superiores. Enrola a fita em volta dele várias vezes para ficar firme. E usa um pouco mais para alongar os suportes; precisamos que fiquem o mais longos possível para ninguém ter que ficar na linha de fogo. Reyna, você pode ajudar — falou, observando Simon lutando para encontrar a ponta da fita.

Reyna pegou os cabos do esfregão quebrado que estavam debaixo do braço de Simon, e Maddy deu um passo à frente para ajudá-lo com a fita. Eles tinham trabalho a fazer, a silver tape zumbindo como uma vespa furiosa sempre que Maddy puxava pedaços e mais pedaços do rolo.

— Não precisaríamos deslizar o espelho também, Reyna? — perguntou Oliver. — Uns trinta centímetros, mais ou menos, para ficar no ângulo certo.

Reyna olhou para baixo, analisando o chão por um instante enquanto levantava um dos suportes para Maddy grudar.

— Sim — respondeu ela. — Porque na primeira posição o espelho tem que ficar um pouco para a esquerda, refletindo a pessoa que estiver ali.

— Foi o que pensei. — Oliver assentiu para si mesmo. — Precisamos colocar o espelho em alguma coisa, então, algo que deslize fácil. Ah. — Ele gesticulou para Arthur segurar o espelho, afastando-se até a parte da frente do trailer e alcançando a porta do armário abandonada, ainda recostada no painel. — Isso — sussurrou, trazendo-a de volta.

*Isso não vai deslizar fácil*, pensou Red.

— Isso não vai deslizar fácil — disse Arthur.

— Mais fácil do que com o espelho no chão — rebateu Oliver.

— Precisamos de uma coisa redonda embaixo. — Arthur abraçava o espelho. — Para rolar. Tipo um skate.

— Boa ideia — disse Reyna, testando a firmeza do primeiro suporte.

Todos tinham ideias boas — menos Red. Ela ficou para trás, inútil, sem propósito. Torcia para que os outros não pensassem que ela estava se isentando de propósito. Não conseguia pensar em nada redondo que estivesse por perto, tudo que passava pela sua cabeça era cheio de pontas. Incluindo aquela porcaria de estampa do diabo da cortina.

— Já sei! — exclamou Simon, alto demais, correndo atrás do espelho para chegar até a geladeira.

Ele a abriu e voltou com as mãos cheias, uma lata de cerveja em cada punho. Estendeu-as para Oliver.

— Isso serve — disse Oliver. — Pega mais quatro.

Simon deu um sorrisinho, desaparecendo atrás da porta da geladeira de novo.

— Viu — murmurou o garoto —, é por isso que proibir adolescentes de beberem é uma ideia idiota. Beber salva vidas.

Só que não funcionou com o pai de Red, não é? Tirou dele a pouca vida que restava sem a mãe dela.

Simon entregou o resto para Oliver, que colocou as latas de cerveja no chão, de lado, alguns centímetros na frente da porta, separando-as com espaços iguais. Pegou a porta do armário novamente e colocou-a em cima das latas, paralela à porta do trailer. Após deslizar para um lado e para o outro a fim de ver se funcionava, Oliver assentiu para si mesmo.

— Terminamos também — disse Reyna, sem segurar o espelho, só o suporte lateral, Maddy segurando o outro para testar.

Camadas e camadas de silver tape foram grudadas no topo do espelho e no plástico roxo, unindo-os. Ficou feio, mas funcionaria. — É, vai ficar de pé — afirmou, sem necessidade.

— Tudo bem, vamos colocar na porta, então. Na primeira posição — instruiu Oliver.

Ele pegou o espelho pelo meio. Girou nos calcanhares e mexeu os braços, equilibrando-o com cuidado no meio da porta do armário, direcionado para a diagonal, para o espaço entre o armário e a porta do trailer.

— Simon, fica aí, beleza? — pediu ele.

E Simon o fez, comentando ao encarar o próprio reflexo:

— Lindo como sempre.

— Reyna, segura do outro lado? — disse Oliver, pegando o suporte roxo da direita enquanto a namorada pegava o da esquerda.

Os dois mexeram o espelho por um momento, certificando-se de que continuava reto.

— Maddy, fica na porta rapidinho — falou Oliver.

Ela obedeceu, contornando Red no seu percurso. Encostada na porta, ficou o mais para trás possível.

— O que você está vendo? — perguntou Oliver.

— O Simon — respondeu Maddy, tentando não reagir às piscadelas dele pelo espelho.

— Ok. Arthur, agora você fica ali, perto do sofá.

Arthur se arrastou para o lado, no espaço disponível.

— Tá, vamos ver, então. — Oliver usou o pé, empurrando a porta do armário vários centímetros na direção de Reyna, o espelho se movendo junto, uma lata de cerveja rolando solta. — Reyna, empurra seu suporte para a frente quando eu puxar o meu. — A parte de baixo do espelho protestou, raspando na porta, mas mudou de ângulo. — E agora, Maddy, o que você está vendo?

— O Arthur — respondeu ela, o que, a julgar pela reação do irmão, era a resposta certa.

— Beleza — disse ele. — É meio atrapalhado, mas dá para o gasto. Arthur, vem aqui segurar isso, por favor?

O garoto pegou o suporte de Oliver, o espelho se inclinando para a frente ao passar para a outra mão.

— O único problema é... — falou Oliver, as duas mãos livres agora, uma delas indo em direção ao queixo. — Acho que as duas pessoas que vão ser o reflexo também terão que controlar o espelho. Não tem espaço para mais ninguém, e o restante de nós precisa estar nas janelas, filmando para descobrir de onde o clarão do disparo virá quando ele atirar. Então, quem vão ser as pessoas refletidas?

O trailer ficou silencioso, apenas o zumbido da estática marcando a passagem dos segundos.

— Bem, não pode ser nem a Maddy, nem eu — disse Oliver, olhando para todos. — Nós somos as pessoas que ele está fazendo de refém. Não vai atirar em nenhum de nós.

Arthur pigarreou, lembrando:

— Na verdade, o atirador nunca disse isso.

— Sim, mas ele não faria isso, não é?

Arthur não parecia ter uma resposta para aquela pergunta. Bem, então caberia aos que não fossem Lavoy. O que mais Red esperava?

— Simon, Arthur, tem que ser vocês dois — anunciou Oliver, franzindo o cenho, os olhos se escurecendo nas sombras.

— Por que eu? — Simon o encarou. — Quem falou que você está no comando?

— Quer mesmo que Reyna e Red façam isso? — retrucou Oliver. — Além disso, você é o ator daqui, não é?

Simon deu de ombros.

— Atua, então — insistiu Oliver.

Oliver olhou por cima do ombro para Arthur, verificando se ele tinha alguma reclamação. Arthur assentiu apenas uma vez, mordendo a parte interna da bochecha. Ele seria uma das iscas.

— Tá, ok, Simon, você fica perto do armário, e Arthur, perto do sofá. Pega o suporte, Simon, isso aí, vamos praticar o movimento algumas vezes. Então, Arthur, acho que você vai ter que abrir a porta, empurrar com força para abrir tudo. E quando terminar, Simon, você vai ter que fechá-la.

Simon tossiu.

— Como vou fechar a porta sem descer os degraus e entrar na linha de tiro dele?

Oliver hesitou; aquela era uma boa pergunta.

— Corda — disse Red baixinho, uma sugestão realmente idiota, porque eles não tinham corda.

— Dá para fazer com roupas — acrescentou Maddy, dando sentido à ideia.

— Tem alguns moletons na parte de cima da minha mala — avisou Arthur. — Pode usar. Está na minha cama do beliche.

— Ok — concordou Red, recebendo um olhar de *vai em frente* de Maddy.

Ela contornou a geringonça onde o espelho estava, passou pela cozinha e chegou ao beliche. Ergueu o pé para se apoiar na cama de baixo e alcançar a mala de Arthur, jogada no estrado de plástico da cama de cima.

— Certo — começou Oliver atrás dela. — Vamos recolocar o espelho na posição inicial e girar algumas vezes para vocês saberem o que estão fazendo.

Red abriu o zíper da bolsa de tecido. Arthur havia dobrado suas roupas, mas não de forma tão arrumada quanto Maddy, e havia um pouco mais de espaço sobrando.

— Aí a porta se abre — disse Oliver. — Deixamos o reflexo alguns segundos no Simon. Arthur, acho que você pode segurar o espelho sozinho agora, para o Simon aparecer. Simon, finge que você está descendo os degraus, não fica aí parado.

— Andando, andando — replicou Simon, com raiva, o barulho dos tênis batendo no chão.

Havia algumas blusas de beisebol no topo de uma das pilhas de Arthur. Red pegou três delas, analisou o comprimento das mangas e então pegou mais uma por garantia.

Desceu da cama, as blusas seguras nos braços. Estavam com cheiro de limpas, mas, de alguma forma, ainda tinham o cheiro dele. O mesmo cheiro do moletom que ele emprestou para ela após a virada de Ano-Novo, quando ele a deixou em casa. Ela havia dormido com a peça naquela noite, debaixo do seu casaco, e de manhã só estava com o cheiro dela. Arthur nunca pediu o moletom de volta. Talvez estivesse acostumado a perder coisas também.

Red caminhou até a mesa de jantar, e Maddy se juntou a ela, pegando a primeira blusa.

— Agora, Arthur, chuta a porta — instruiu Oliver. — Uns vinte centímetros, acho. Aí, para, isso.

Red pegou duas blusas de Arthur pelas mangas, amarrando-as nas pontas e apertando-as.

— Arthur, puxa o seu suporte para trás; Simon, pega o seu e empurra para a frente. Isso. Agora, Arthur, volta para a posição. Simon, pode segurar o espelho agora.

Maddy pegou as blusas de Red, amarrando-as às duas que estavam consigo e esticando tudo para conferir o tamanho.

— Corda — disse Maddy, uma tensão no canto dos seus olhos, a expressão que ela fazia ao pedir desculpas. Não era por causa da corda, Red sabia, era pelo plano do espelho.

— Tudo bem — garantiu Red. — Eu não ligo.

— Como ficou, Reyna? — perguntou Oliver.

Red ergueu os olhos e viu Reyna levantando o polegar da porta do trailer.

— Terminaram a corda? — Os olhos de Oliver estavam nelas.

Maddy pulou, segurando as blusas, e correu para amarrá-las na maçaneta de metal do lado de dentro da porta. Um nó duplo. Em seguida, passou a outra ponta para Simon, que estava balançando a cabeça por algum motivo.

— Ok, vamos acabar com isso — falou Oliver. — Precisamos deixar as luzes acesas dessa vez, assim o atirador vai conseguir ver o reflexo. Red, fica na janela atrás do sofá, nesse canto, e coloca o celular na diagonal, virando para a parte de trás do trailer.

Red seguiu a ordem, o celular em mãos, o joelho apoiado no sofá, apenas alguns centímetros atrás de Arthur.

— Maddy, fica na mesma janela, do outro lado, mas aponta o celular para a frente.

O sofá afundou quando Maddy colocou os dois joelhos na outra ponta, olhando para Red.

— Reyna, fica na janela do lado do passageiro e aponta o celular na diagonal para a frente. Vou ficar de olho na câmera de ré de novo.

Ele caminhou até o painel atrás de Reyna, ficando de joelhos, a cabeça abaixada para ver a tela. Red o observou, e alguma coisa se mexeu na mente dela, substituindo Oliver por outra pessoa. Será que o rapaz não sabia que, às vezes, as pessoas morriam assim, de joelhos?

— Comecem a gravar — disse ele.

Red apertou o botão vermelho na tela. Os bipes agudos como cantos de pássaros soaram no seu celular, recebendo respostas dos de Maddy e de Reyna.

— Fiquem a postos — pediu Oliver.

Red levantou a ponta inferior do colchão, deslizando a mão com o celular para o desconhecido lá fora, seu pulso pressionando um caco de vidro quebrado, mas não havia nada que pudesse fazer a respeito. Apontou o celular para a direção certa e desviou o olhar, se deparando com a nuca de Arthur.

Red prendeu a respiração, contando os segundos.

— Todo mundo pronto? — perguntou Oliver.

# VINTE E UM

— *Agora!*
— Espera! — gritou Arthur, mudando de posição e enxugando a mão livre na frente da calça jeans.
— Arthur, agora! — berrou Oliver. — Abre a porta!
— Droga!
Arthur estendeu a mão, bateu na maçaneta e empurrou com força.
A porta do trailer se abriu de uma vez, a escuridão, escancarada e lúgubre, esperando por eles. De fora, o trailer devia parecer um retângulo luminoso.
Simon ergueu os joelhos como se estivesse correndo, descendo os degraus, os dentes cerrados, os olhos selvagens e amedrontados e...
*Crec.*
O espelho quebrou.
— Eita! — exclamou Arthur quando o espelho saltou das suas mãos. O garoto foi para trás, caindo contra o balcão.
— Fecha a porta! — A voz frenética de Oliver preencheu os ouvidos de Red. — Simon, puxa a corda!
Simon teve dificuldade, as blusas amarradas quase escorregaram das suas mãos. Ele apoiou as costas no armário e puxou.

A porta se fechou com um baque, a fechadura travando com um clique, selando-os lá dentro mais uma vez.

— Caramba! — exclamou Simon, afundando no chão. Se estava rindo ou chorando, Red não sabia ao certo. — Conseguimos.

Arthur estava agachado, a respiração pesada. Suas mãos pressionavam as coxas, a cabeça para baixo. Ele estava bem?

— Quem filmou? — Oliver se levantou. — Ele deu um tiro! Quem gravou o clarão do disparo?

Red puxou o celular, reposicionando o colchão na frente da janela. Havia uma gota de sangue na pele translúcida do seu pulso, onde o vidro a havia perfurado. Seu próprio pontinho vermelho.

Ela parou a gravação, o aparelho piando para ela, e o mesmo som saiu dos celulares de Maddy e Reyna. Ela clicou no arquivo de vídeo e deu play.

"Fiquem..."

"... Fiquem a pos..."

"... Fiquem a postos", disse a voz de Oliver três vezes, sobrepondo-se.

O vídeo de Reyna estava tocando meio segundo antes do gravado por Red, e o de Maddy, logo em seguida.

O som da respiração de Red soava no alto-falante do seu celular, farfalhando enquanto a imagem na tela ia da luz ao breu, de dentro para fora.

"Todo mun..."

"... Todo mundo pr..."

"... Todo mundo pronto?"

Red aproximou a tela do rosto, analisando a escuridão pixelada.

"A..."

"... Ago..."

"… *Agora!*"

Red não piscou.

"Esp…"

"… Esper…"

"… Espera!"

As três camadas da voz de Arthur emendando-se em uma urgência frenética.

"Arthur…"

"… Arthur, agora…"

"… Arthur, agora! Abre a porta!"

"Ei…"

"… Eit…"

"… Eita!"

O Arthur de aqui e agora se virou; Red sentiu o olhar dele, mas não desviou da tela, porque estava perto, estava…

"*Cr…*"

"… *Cre…*"

"… *Crec.*"

Um disparo de luz minúsculo naquela escuridão toda quando os três tiros atravessaram o ar. Mas havia sido somente um tiro, e ela tinha filmado o clarão, bem ali. Estava com Red. A garota pausou o vídeo, voltando alguns segundos.

— Eu filmei — disse ela, levantando o olhar na direção de Arthur. Seus olhos pareciam abatidos, a boca apertada. — Eu filmei — repetiu, mais alto dessa vez.

— Deixa eu ver. — Oliver se apressou, inclinando-se para assistir por cima do ombro dela. — Passa de novo.

Red apertou o botão de play.

"Eita!", disse a voz de Arthur mais uma vez.

— Está aqui — disse Red. — Espera um segundo.

*Crec.*

Um flash pontiagudo de luz branca no fundo escuro da sua tela. Pequeno, minúsculo. Como o fogo de artifício na sua cabeça. Ela voltou alguns quadros para passar mais uma vez. Ali, uma rápida explosão de luz, bem no meio.

Os músculos da boca de Oliver se contraíram. Ele perguntou:

— Para que direção exatamente você estava apontando o celular, Red?

Os olhos de Oliver se fixaram nos dela, com tanta severidade que a garota precisou desviar o rosto, e ainda conseguia senti-los quando piscava, como se a tivessem marcado.

— Para essa. — Red apontou para a direita, na diagonal, em direção à parte de trás do trailer.

Oliver se endireitou, os olhos seguindo a direção do braço dela.

— Então ele ainda está lá — comentou o garoto. — Difícil dizer, mas talvez algumas centenas de metros naquela direção. Provavelmente onde estava quando atirou nos pneus e nas janelas da primeira vez. Ele deve ter voltado para o mesmo lugar depois de colocar o walkie-talkie no retrovisor.

O walkie-talkie zumbiu, sibilando em concordância silenciosa. Red estava surpresa, quase, pelo fato de o atirador não ter nada a dizer depois do que acabara de acontecer.

Os músculos da boca de Oliver estremeceram de novo, mas, dessa vez, se abriram em um sorriso largo.

— Conseguimos, gente — disse ele, olhando ao redor. Os outros não reagiram. — Eu falei que conseguimos, pessoal! — Oliver riu, dando um tapinha no ombro de Red, dirigindo-se a Arthur para fazer o mesmo.

Arthur ainda não parecia bem, os olhos desfocados, cutucando o bolso da calça jeans. Ele era inquieto como Red, mas talvez só quando ficava nervoso, assustado. Simon ainda não parecia bem também, encolhido no chão, as pernas estendidas entre os largos cacos do espelho quebrado; ele encarava o teto, a respiração pesada no peito.

— Qual é, gente?! Conseguimos, vamos sair daqui. Vivos! — Oliver puxou Reyna para um abraço, dando um beijo no seu cabelo preto grosso. Enroscou um braço ao redor de Maddy e então ofereceu a mão para Simon, a fim de puxá-lo do chão.

Agora Maddy sorria, abraçando o próprio corpo.

— Uhuuul, férias! — disse Simon outra vez, cambaleando.

Oliver ficou no meio, mostrando um sorrisinho para todos.

*Delegar. Motivar. Comemorar.* Todas as qualidades de um líder nato, o que fazia de Red o total oposto daquilo.

Oliver bateu palmas, algo entre um aplauso e uma chamada de atenção.

Todos se voltaram para ele.

— Tá, o atirador voltou para aquele lado. — Apontou. — Então, se pularmos a janela do banco do motorista e corrermos naquela direção — ele indicou exatamente a direção oposta com o outro braço —, ele não vai nos ver, porque o trailer vai proteger a gente. Ele nem vai saber que fomos embora. Não vai. E mesmo se souber, não vai conseguir nos alcançar. Teremos uma vantagem inicial, e ele está carregando um rifle.

— Não dá para atirar correndo com uma coisa daquelas — concordou Red.

— Conseguimos — disse Reyna dessa vez, assentindo, como se só pudesse acreditar se ouvisse da própria boca.

— Óbvio que conseguimos, caramba! — exclamou Simon, um punho erguido enquanto pedaços de espelho eram triturados debaixo dos seus sapatos. — Apesar de serem sete anos de azar, não é? Por quebrar um espelho.

— Bem, para a gente é sorte agora — replicou Maddy.

Atrás de Simon, havia um buraco estilhaçado no pé de madeira do banco da mesa de jantar, que a bala havia acertado depois de passar pelo espelho. O projétil provavelmente tinha saído do outro lado do veículo, de volta à noite escura. Vidro, madeira, madeira de novo, plástico e metal. Pele e osso não sobreviveriam no meio desse trajeto.

— Beleza, então. — Oliver esfregou as mãos, fazendo um som irritante. — Vamos sair daqui! Não tragam nada com vocês. Só o essencial. Só os celulares. Com sorte, vamos encontrar sinal em algum momento, aí a gente liga para a polícia e manda eles pegarem esse babaca antes de ele cair fora. E para a nossa mãe, para ela saber que a gente escapou.

*Será que a Catherine já entregou o nome que eles querem?*, pensava Red, a mente já deixando o trailer, pulando para a próxima parte.

Seus ouvidos zumbiram, mas será que era só a estática?

— Vamos levar o walkie-talkie? — perguntou ela, passando por cima do espelho quebrado para pegar o aparelho da mesa.

— Não, deixa aí — disse Oliver, olhando por cima do ombro. — Não precisamos disso. Não estamos mais no jogo dele.

Ele caminhou até o banco do motorista, inclinando-se para arrancar a silver tape que segurava a mala estripada de Red na janela. Com um puxão forte, fez a estrutura montada ceder, deixando-a cair perto dos pedais. Empurrou as cortinas para o lado, revelando o breu do lado de fora, que os esperava de braços abertos.

Uma vidraça já estava aberta, estilhaçada, mas Oliver abriu a trava e deslizou o outro lado da janela. Seria mais fácil sair por ali quando subisse no banco.

— Vai ficar meio apertado — observou Oliver, alongando os ombros. — Todo mundo pegou o celular? Sim? Ok. — Ele subiu no banco, atrás do volante, abaixando-se quando a cabeça roçou o teto. — Eu vou primeiro. Depois Maddy, aí Reyna, Red, Arthur e Simon. — Ele olhou para eles na ordem. — Formem uma fila e fiquem prontos. Não liguem as lanternas ainda, não queremos que ele veja nada. Desçam e corram o mais rápido que puderem nessa direção. — Ele apontou para além do retrovisor esquerdo. — Por entre aquelas árvores. Continuem em frente, não esperem por ninguém. Vamos nos reagrupar na estrada e aí damos o fora desse lugar. Entenderam?

Red assentiu, ocupando sua posição entre Reyna e Arthur, Maddy se espremendo para a frente da fila. Os Lavoy primeiro.

— Vou dizer uma coisa — resmungou Simon, no fim da fila. — Nunca mais quero ver outro trailer na vida.

— Nem me fale. — Reyna fungou, quase uma risada.

Os dois com uma energia nervosa e inquietante, na frente e atrás de Red.

— Vou sair — avisou Oliver, curvando-se e colocando uma perna para fora da janela.

Ele se sentou com metade do corpo para fora do trailer e metade para dentro. Mergulhou a cabeça pela abertura.

A estática foi cortada, o silêncio tomando seu lugar. Então:

— Olá. — A voz ganhou vida atrás deles.

Oliver parou, voltando o olhar para dentro do trailer, ouvindo.

— Truque legal com o espelho — falou a voz metálica e sombria, soltando uma grande gargalhada. — Mas tem uma coisa que preciso dizer antes de você cometer o erro de pular pela janela do lado do motorista, Oliver. Eu provavelmente devia ter contado antes, foi falha minha.

Estática.

O peito de Red se contraiu, as costelas se dobrando uma a uma como dedos, enquanto ela se virava para encarar o walkie-

-talkie, que os observava do lugar onde ela o havia deixado. Seus olhos ficaram desfocados, a telinha verde brilhante se multiplicando, preenchendo sua mente.

— Como ele...? — Reyna começou a perguntar.

— Oliver, para! — gritou Maddy quando ele se movimentou na janela, encarando a estrada logo abaixo de si.

Um silêncio espinhoso e pesado.

— Eu devia ter contado antes — disse a voz, de volta, crepitando nas extremidades. — Tem dois de nós.

# VINTE E DOIS

Um suspiro. Um grito. Um aperto no peito de Red.

Havia dois deles lá fora, no nada a céu aberto. Dois atiradores. Duas armas. Dois pontinhos vermelhos. Não, isso não podia estar acontecendo. Não deveria acontecer.

— Volta para dentro, Oliver! — gritou Reyna. — Entra!

Uma corrida entre sua voz e um dedo no gatilho.

Oliver abaixou a cabeça e rolou de volta para dentro do trailer, batendo em Maddy ao cair no banco do motorista e em Reyna logo atrás. Sua namorada cambaleou, empurrando Red. Ela tropeçou no pé de Arthur, que a segurou, os braços debaixo dos dela, firmes e fortes.

— Fechem as cortinas! — Reyna ainda gritava, o som atravessando Red. — Rápido!

Oliver se endireitou, estendeu a mão e agarrou as cortinas, levando uma para perto da outra. Sem frestas. Afastando o lado de fora, novamente criando dois mundos separados: dentro e fora do trailer. Apenas uma camada de tecido fino preto entre os dois.

— Não é justo — lamentou Maddy em um choro, a boca aberta, os olhos turvos. — A gente estava quase lá fora. Quase livre. — Lágrimas grossas se romperam, rolando até o queixo.

— *Bosta!* — rugiu Oliver, os tendões se projetando ao longo do seu pescoço, vermelho e bruto, como se fossem as cordas de marionete que guiavam sua cabeça. — Bosta, bosta, bosta! — Ele bateu com os punhos no volante e no painel repetidas vezes.

— Oliver, para com isso! — Reyna se inclinou para pegar as mãos dele, segurando-as no próprio peito. — Esse escândalo não vai ajudar em nada.

— Tem dois deles. — Simon andou de costas por cima de um grande caco do espelho, refletindo a sola do sapato antes de se quebrar. — Dois atiradores. Sabe do que a gente não precisava nessa noite? — perguntou ele. — De um segundo atirador!

Oliver se pôs de pé, empurrando Reyna para fora do caminho ao avançar. Um dos seus pés bateu em uma lata de cerveja, que girou no chão. Ele rugiu outra vez, um som áspero e feio, enquanto se abaixava e envolvia a porta do armário com as mãos. Ergueu-a e jogou-a para baixo, a madeira se fragmentando com um corte limpo, caindo com um baque em duas partes desiguais.

— Oliver, para, por favor! — Maddy chorava. — Você está me assustando!

— *Eu* estou assustando você?! — Ele se virou para a irmã, os olhos selvagens, uma gota de saliva espumando no canto da sua boca. — Não é de mim que deveria estar com medo, Madeline. É dos homens com as armas!

— Oliver, por favor. — Reyna o empurrou em direção ao banco da mesa de jantar, o lado não bloqueado pelo espelho quebrado. — Por favor, senta e se acalma.

— A gente ia sair — disse ele para si mesmo, deslizando as pernas por baixo da mesa, encarando o walkie-talkie. — A gente ia sair. Eu estava tão perto.

Red se voltou para Arthur quando ele se jogou no sofá, os olhos nela, mas nem um pouco no presente — vidrados, distantes. O garoto enterrou o rosto nas mãos, a pele ficando mais clara, como auras, nos lugares onde os dedos apertavam.

Red estendeu a mão, esticando os dedos, cada um muito consciente dos seus movimentos e do que ela os estava obrigando a fazer. A garota repousou a mão na cabeça de Arthur por um momento, perto da nuca. Sua mãe fazia a mesma coisa com ela quando Red estava triste, e a menina não havia percebido até então como sentia falta disso. Não devia pensar na mãe; por que estava pensando nela tantas vezes aquela noite?

Arthur ergueu o rosto, e a mão dela escorregou. O rapaz segurou a mão de Red e a apertou, os dedos quentes encontrando o gelo das juntas dela.

Era demais.

O braço de Red se afastou, desabando ao seu lado.

Ela olhou para todos ao redor, para seus rostos, e havia algo novo no ar do trailer. Não era medo nem confusão, eles já tiveram esses sentimentos. Era desespero, escancarado como Red nunca havia visto. E ela era especialista em desespero.

Reyna foi a primeira a voltar a si, ajoelhando-se para pegar as partes quebradas da porta do armário.

— O que você está fazendo? — perguntou Oliver bruscamente, o dedo equilibrado na antena do walkie-talkie.

— Limpando — respondeu Reyna, carregando os pedaços de madeira para o quarto dos fundos. — Parece que vamos ficar aqui por um tempo.

Red observou enquanto Reyna atravessava a soleira do quarto, jogando a porta quebrada no vão do outro lado da cama. A garota voltou e se concentrou no espelho.

— Maddy — chamou Reyna com gentileza. — Pode me ajudar com isso aqui, por favor? Pega esses cacos maiores e joga no lixo?

— Claro. — Maddy fungou, limpando o nariz na manga.

— A gente nunca vai sair daqui. — Simon deslizou no sofá, ao lado de Arthur. — Esse é o pior dia da minha vida.

Mas não era o de Red, era? Não, ela sabia que não, o seu nunca seria substituído. Dia 6 de fevereiro de 2017. Não bastava perder a mãe daquele jeito. Não, teve aquela última ligação também, ainda magoada pela discussão delas na cozinha no dia anterior, sobre Red não se concentrar na escola, sobre suas notas estarem caindo. A mãe ligou para o telefone fixo de casa às 19h06 para dizer que se atrasaria para o jantar. Foi Red quem atendeu. Ela não queria conversar com a mãe. *Tá*, respondeu, mas havia pensado *Que bom*. Talvez conseguisse ir para a cama sem sequer ver a cara da mãe naquela noite, sem recomeçar a briga. Mas a própria Red a recomeçou, não conseguiu evitar, irritada quando a mãe a chamou de *meu amor*.

"Não me chama assim. Achei que eu era uma decepção."

Sua mãe nunca havia dito aquilo, nunca teria dito uma coisa dessas. Red estava colocando palavras na sua boca. As duas conversariam quando a mãe chegasse em casa, foi o que ela disse. Mas sua voz não estava normal, e Red achou que talvez a mãe estivesse brava. Decepcionada. Será que parte dela desejava que Red nunca tivesse nascido? Alguma coisa as interrompeu, um barulho de dois tons, vibrando em algum lugar ao fundo, atrás da sua mãe. Uma campainha. Duas vezes.

"Olá", disse a mãe para outra pessoa, não para Red, porque ela nunca podia se concentrar em Red nem por um segundo, não é mesmo? Não dava para desligar o modo comandante da polícia e ser só mãe. Aquilo não era justo, mas Red não estava com vontade de ser justa. "Meu amor, antes de ir, preciso pedir um favor. Fala para o seu pai que..."

E então veio a pior parte.

"Não", disse Red. "Para de mandar em mim o tempo todo."

E pior ainda:

"Eu te odeio."

Red desligou o telefone, cortando a voz da mãe enquanto ela repetia seu nome.

E adivinha só? A mãe dela morreu dez minutos depois daquela ligação.

— Red — chamou Oliver, salvando-a da lembrança, mas não da culpa. A culpa sempre permanecia. A garota olhou para cima assim que Oliver a alcançou, colocando o walkie-talkie na sua mão. — Continua passando pelos canais, procurando por alguma coisa. É o único plano que nos resta agora — disse ele, de um jeito sombrio, virando-se.

Tinham voltado para a esperança de conseguir ajuda externa, já que o plano de fuga havia caído fora, o que era uma forma engraçada de se pensar a respeito, porque o plano tinha sido exatamente esse. Red apertou o botão de +, pulando para a estática vazia do canal quatro, e depois a do cinco.

Canal seis. Ela parou, esperando ali. O canal da sua mãe, do jogo de Polícia e Polícia. Pare, pare de pensar nela; Red não tinha o direito de estar pensando nela. Por culpa dela, a mãe estava morta, e nada consertaria isso, nem mesmo o plano. O que a mãe de Red precisava que ela dissesse ao pai? Nunca saberiam, mas talvez aquilo tivesse salvado a vida dela. Teria salvado a vida dela, e Red disse não. Ela desligou o telefone. Sua mãe foi morta, executada, e era culpa de Red. Só dela, porque a polícia nunca descobriu quem atirou na Grace. Duas vezes. Na nuca. De joelhos. Pensando no quanto sua filha a odiava e em como ela odiava sua filha na mesma intensidade.

Red avançava pelos canais, o walkie-talkie crepitando nas suas mãos, que seguravam o aparelho com muita força.

Reyna e Maddy haviam terminado de limpar o espelho quebrado, e agora Reyna estava na cozinha, pegando seis copos no armário. Ela os encheu de água, um depois do outro, a torneira aberta preenchendo o trailer com um novo tipo de melodia, bloqueando a estática por alguns momentos.

— Aqui. — Reyna entregou um copo para Maddy e outro para Oliver, deslizando-os na mesa. — Precisamos ficar hidratados, já foi uma noite longa o bastante.

Os próximos foram para Arthur e Simon, que precisava de um copo d'água mais do que ninguém. O último para Red, um sorriso derrotado no rosto de Reyna quando os dedos da garota pegaram o objeto.

— Obrigada — disse Red, tomando um gole pequeno, e em seguida um grande, erguendo o copo, os olhos nas luzes do teto.

Ela não havia percebido com quanta sede estava, e outra coisa também, uma sensação de vazio no estômago. Fome, de novo. Mas não podia comer. Engoliu o restante da água e parou para recuperar o fôlego.

Não tinha como escapar. O que fariam agora? Red não conseguia lembrar exatamente... O que o atirador dissera sobre o segredo? Eles simplesmente esperariam ali, presos, até Catherine Lavoy revelar o nome? Ela olhou para Oliver; ele deveria saber o que fazer, era o líder.

— A gente está ferrado — disse Oliver, falando no copo meio vazio, o que dava à sua voz um eco. — A gente está completamente ferrado.

Ou talvez não.

Arthur pegou o copo vazio de Red e o levou de volta ao balcão junto com o dele. Dois baques surdos ao colocá-los na superfície. Deveria ter algo de errado com os ouvidos de Red, porque agora ela escutou um eco desse barulho também, o que não podia ser real.

Arthur suspirou.

— Talvez a gente devesse pensar no se... — Ele começou a dizer.

— Shh — sibilou Oliver, erguendo os braços para silenciá-lo. — Estou ouvindo alguma coisa. É um barulho...

Parou de falar, inclinando a cabeça para levantar uma das orelhas.

Red ouvia também, um estalo baixo e estrondoso que aumentava sem parar, sobrepondo-se à estática.

— O que é...? — A voz de Maddy se dissipou ao receber um olhar afiado do seu irmão.

Red olhou para cima, as orelhas se esticando para além do teto. Estava vindo do céu.

— É um helicóptero — disse Oliver, pulando do banco. — É um helicóptero!

Aproximava-se cada vez mais, como uma tempestade mecânica. Eles não conseguiam ver, mas dava para ouvir.

— Está chegando perto! — gritou Oliver, os olhos brilhando, substituindo o desespero. — Temos que sinalizar de algum jeito. Fazer com quem saibam que precisamos de ajuda!

— A buzina! — exclamou Maddy.

— Não vão ouvir — replicou Reyna.

— As luzes! — Simon se pôs de pé. — Podemos sinalizar SOS, sei como fazer isso.

Ele deu um salto em direção ao painel de luz, desligando e ligando o interruptor principal três vezes.

— Não vão ver, as cortinas estão fechadas! — Reyna balançou a cabeça, olhando em volta de maneira frenética.

O helicóptero devia estar bem acima deles agora, o drone mecânico cortando o céu.

— Faróis — disse Red.

— Faróis! — gritou Maddy. — Simon, vai, vai, vai!

Simon correu para a frente do trailer, batendo no banco do motorista ao se sentar. Red ficou atrás dele, uma das mãos apertando o banco do passageiro, a outra segurando o walkie-talkie com força, as bordas espetando sua pele.

Simon alcançou a alavanca atrás do volante e acendeu os faróis.

Um brilho iluminou o para-brisa ao redor das bordas da persiana abaixada.

— Ponto-ponto-ponto — murmurou Simon para si mesmo, acionando a alavanca três vezes rapidamente. — Traço-traço-traço. — Ele girou a alavanca, deixando os faróis altos ligados por mais tempo na escuridão. — Ponto-ponto-ponto.

— Continua — ordenou Oliver, inclinando-se sobre o banco em que Simon estava para puxar a persiana, de forma que todos conseguiriam ver os faróis altos através do para-brisa, iluminando a noite.

O zumbido motorizado do helicóptero diminuía e se afastava deles, em direção a outros céus.

— Está indo embora — disse Reyna, a urgência praticamente sumindo da voz.

— Continua, Simon! — A urgência continuava bem viva na voz de Oliver, no entanto.

Os faróis se apagavam e acendiam, seguindo o padrão que Simon sussurrava para si mesmo.

—Ponto-ponto-ponto-traço-traço-traço-ponto-ponto-ponto.

*Salve nossas almas. Salve-nos. Por favor, salve-nos.*

Faróis acesos, faróis apagados.

Aquilo trouxe à tona outra memória. A mãe de Red costumava piscar os faróis na janela da sala quando chegava tarde do trabalho. Mas não o fez na noite que mais importava. Red esperou por isso; estava brava e magoada, mas esperou mesmo assim.

— Está indo embora, Oliver — disse Reyna, colocando a mão no ombro dele.

Ele a afastou com um dar de ombros, ordenando:

— Continua!

Simon girou a alavanca para a frente e para trás, o mundo diante deles aparecendo e desaparecendo conforme os faróis piscavam. E Red também, oscilando entre o presente e o passado.

Em segundos, o som se esvaiu, virando um ruído baixo, e então um zumbido leve, até que a noite o engoliu por completo, sem deixar rastros.

— Já era — sentenciou Red.

Simon deixou os faróis se apagarem, recostando-se no banco. Soltou o ar, uma expiração longa e forte.

— Talvez volte — disse Maddy, olhando para a parte de trás da cabeça de Oliver.

— Talvez — respondeu ele. — Se for um helicóptero de resgate para a gente.

Foi quando Red teve certeza de que ela e Oliver Lavoy não viviam no mesmo mundo. Ela nunca ouviria um helicóptero e pensaria que havia sido mandado para ela. Ninguém a amava o suficiente para fazer isso.

— Ninguém sabe que nós precisamos ser resgatados — disse Arthur, olhando para o teto como se pudesse invocar o helicóptero de volta.

— Minha mãe, talvez. — A voz de Oliver quase falhou.

— Acho que estava só de passagem — disse Reyna, a mão repousando no ombro de Oliver e permanecendo lá dessa vez.

— Talvez tenham visto. Talvez tenham visto os faróis — insistiu ele.

— Talvez — respondeu a namorada, gentilmente.

— Como você sabe código Morse? — Arthur estava se voltando para Simon.

— Então, eu não sei, óbvio — respondeu Simon. — Só sei SOS. Por causa de um filme. *O quarto do pânico*, acho.

— Red, continua. — Oliver se virou para ela, a boca tensa em uma linha desagradável.

Se ela era a única esperança deles, então estavam mesmo completamente ferrados. Red não iria tirá-los dali. Ela ergueu o walkie-talkie e começou a pular pelos canais vazios outra vez.

Oliver suspirou, se recompôs e sacudiu os ombros. Red o observava e viu o momento exato em que uma ideia lhe ocorreu, iluminando seus olhos.

— Talvez não tenha sido à toa — disse ele. — Talvez seja uma boa ideia, fazer algum tipo de sinal de luz. Aqui. — Ele disparou para a frente, pegando o isqueiro da pilha de recursos sobre a mesa. — O homem atirou no tanque, e a gasolina vazou pela estrada, não é?

— É — respondeu Maddy.

— Se eu ligar isso... — ele acendeu o isqueiro para demonstrar, o fogo dançando nos seus olhos muito arregalados — ... e jogar pela janela, a poça de gasolina vai pegar fogo. Um incêndio. Um sinal de fogo. E talvez alguém veja a fumaça. A luz viaja mais longe que o som, não é?

— Não no meio da noite. Ninguém vai ver a fumaça — comentou Reyna.

— E você atearia fogo no trailer — observou Arthur, enterrando os dedos no bolso, como se quisesse escondê-los de Oliver ao confrontá-lo. — Queimaria a gente aqui dentro.

O Lavoy mais velho estava ficando desesperado e descuidado agora. Talvez Maddy estivesse certa, e eles devessem sentir medo dele, afinal. Porém, Reyna podia controlá-lo, não? Acalmá-lo, fazer com que recuperasse o bom senso.

— O trailer é a nossa única proteção — disse Reyna. — Não podemos botar fogo nele.

Oliver a ignorou, encarando a chama por mais de um segundo antes de apagá-la, deixando o isqueiro cair sobre a mesa.

Simon foi até lá, estendendo a mão por cima das lanternas, da silver tape, da fita adesiva, da faca de cozinha, da tesoura e do isqueiro, passando pelo bloco de papel e as canetas que Maddy estava usando antes, até o saco de salgadinho ainda aberto, largado num canto.

Ele pegou um punhado e enfiou na boca.

— Como você consegue comer? — perguntou Maddy, mas não era bem uma pergunta.

— Assim. — Simon mostrou, abrindo a boca em uma mastigação exagerada para que ela pudesse ver o farelo molhado laranja que cobria sua língua.

Ela não reagiu.

— Qual é o nosso próximo plano? — Maddy se voltou para o irmão. — O que faremos agora?

Silêncio, nada além do som da estática quando Red voltou para o canal três e deixou lá. E um ruído abafado vindo da boca de Simon.

— Gen-te! — chamou Reyna, de forma estranha, a palavra sendo expelida em duas partes desiguais, como se tivesse precisado forçá-la a sair.

Red viu que Reyna olhava por cima do ombro, para a frente do trailer. Algo novo e desconhecido na sua expressão.

— Gente! — exclamou ela, dessa vez de uma tacada só. E então: — Tem alguém aqui.

Ela apontou, e Red se virou rapidamente, os olhos seguindo a linha do seu dedo trêmulo. Saindo pelo para-brisa, para o mundo exterior. E lá, dispersas pelos troncos escuros das árvores, havia duas pequenas luzes passando pela noite. Piscando, acesas e apagadas, conforme os galhos bloqueavam seu caminho.

As luzes fizeram uma curva na estrada, libertando-se das árvores, dois feixes brancos muito claros apontando diretamente para eles. Vindo na direção deles.

Faróis.

— Tem alguém aqui.

02:00

# VINTE E TRÊS

Oliver cambaleou para a frente, os feixes brancos refletidos na parte escura dos olhos dele aumentando ao se aproximarem, o som de trituração das rodas na estrada.

— Quem será? — sussurrou ele.

— Não podem ser mais atiradores, não é? — questionou Simon, a mão levantada para proteger os olhos.

— Talvez seja a polícia! — exclamou Maddy, as mãos agarradas ao peito.

Red observou sem piscar o para-brisa, iluminada pela luz branca, como se a noite tivesse criado olhos, que agora a encaravam.

— Acende os faróis, Reyna. — Oliver empurrou a namorada em direção à frente do veículo. — Para a gente poder ver quem é logo de uma vez.

Reyna tateou o painel, alcançando a alavanca sem desviar o olhar das luzes. Ela girou, e os faróis do trailer se acenderam, colidindo com os outros, frente a frente.

Conseguiam ver quem era agora. Não uma viatura, mas uma caminhonete branca salpicada de terra; o ronco baixo do motor enquanto avançava. Duas silhuetas obscurecidas atrás do para-brisa.

O automóvel embicou, devagar, para o trecho vago da estrada à direita deles, os faróis se separando, agora quatro fachos de luz distintos.

— Quem diabos...? — Arthur parou de falar, avançando para ficar ao lado de Reyna.

A caminhonete suspirou, parando bem na frente deles, um pouco para o lado, quase grudada ao trailer. O motor foi desligado, apagando as luzes.

Silêncio, estática e o barulho póstumo do motor.

Agora que os feixes de luz não a cegavam mais, Red conseguia ver que eram um homem e uma mulher, nos seus sessenta e tantos ou setenta e poucos anos, estimou, através da distância e dos dois para-brisas entre eles.

— Quem são...? — Ela começou a falar.

A estática foi cortada.

— Mandem eles embora. — A voz estalou nas mãos de Red. Ela se encolheu, encarando o walkie-talkie. — Livrem-se deles agora, ou vou matá-los.

Então não estavam com o atirador. Não eram parte do plano.

— Não digam nada a eles — mandou a voz sombria e grave. — Falem que estão bem, que o trailer quebrou. Se disserem qualquer coisa além disso ou mandarem algum sinal que seja, atiro nos dois.

Não eram mesmo parte do plano.

Red encontrou os olhos de Oliver, que a encaravam por ser a guardiã da voz.

— Não estão com ele — disse Oliver. — Podemos usá-los para pedir ajuda.

— Ele mandou não fazer isso. — Arthur se manifestou. — Acabou de falar...

— Vou matá-los — avisou o atirador, como se tivesse ouvido a conversa de alguma forma. — Se disserem que estão em apuros, se disserem qualquer coisa, vocês serão os responsáveis pela morte deles. Vou matar os dois.

Estática.

— Livrem-se deles, senão eles morrem.

Os olhos de Arthur se arregalaram, a boca se abriu em uma palavra silenciosa.

— Mas... — Maddy começou a dizer; no entanto, o resto não importava, porque eles ouviram o estalo de uma maçaneta cortando o silêncio profundo da noite.

Red se virou, observou a porta da caminhonete se abrir do lado do motorista e esperou o homem sair de trás dela. Ele usava uma jaqueta forrada de pele, fechada até o queixo, e tinha os cabelos grisalhos e as bochechas com pontinhos vermelhos.

— Olá! — gritou o homem, colocando as mãos em concha ao redor da boca a fim de protegê-la da noite. — Tudo bem aí com vocês?

Ele se inclinou para a porta da caminhonete, que se fechou assim que o outro lado se abriu. A mulher saiu do veículo, o cabelo preso em um rabo de cavalo bagunçado, os olhos à procura de algo, observando o para-brisa. Eles pousaram em Red, e a mulher sorriu e levantou a mão pálida em um aceno imóvel.

Red sorriu de volta, mostrando os dentes, e a voz nas suas mãos disse:

— Livrem-se deles ou os dois vão morrer. Abram a porta e digam que estão bem.

— A gente tem que mandar eles embora — disse Arthur, voltando os olhos para a porta do trailer.

Oliver o segurou, argumentando:

— Mas essa pode ser a nossa única chance de...

— Você ouviu o que o atirador disse — retrucou Arthur. — Quer que essas pessoas morram?

— Temos que seguir as ordens. — Reyna se aproximou, descansando a mão no peito de Oliver. — Entendeu? O atirador está apontando um rifle para aquele casal agora mesmo.

— Olá? — chamou o homem do lado de fora outra vez, as botas esmagando a estrada de terra enquanto caminhava em direção à porta.

— Tá bom — disse Oliver, soltando a blusa de Arthur. — Simon, você é o ator. Aja como se estivesse tudo bem.

— Eu não vou sair e ficar parado naquela porta. — O garoto balançou a cabeça. — Ele já atirou em mim uma vez.

— Ele deu permissão para a gente fazer isso — observou Arthur. — Não vai atirar se a gente sair para mandar o casal embora. Deixa que eu vou.

Em um movimento rápido, Arthur bateu na maçaneta e empurrou a porta do trailer, que se abriu por completo. O homem estava a apenas alguns metros de distância. Um sorriso enrugado se abriu no seu rosto, a pele fina como papel.

— Olá, pessoal — disse ele, os olhos se movendo rapidamente para Arthur, que descia o primeiro degrau, e, em seguida, para Simon e Reyna, e enfim para Red.

Ela recuou, segurando o walkie-talkie com muita força, como se pudesse impedir um tiro ao esconder o aparelho.

— Olá, senhor — respondeu Arthur, inclinando ligeiramente a cabeça, descendo mais um degrau.

— Vocês estão bem? — perguntou o homem. — Pensamos ter visto umas luzes piscando lá na estrada e demos a volta para ver se tinha alguém precisando de ajuda. — Ele gesticulou por cima do ombro com o polegar. — Parece que os pneus da frente estão murchos.

— É — disse Arthur, coçando a nuca. — Acho que a gente passou por cima de alguma coisa e eles furaram.

— Caramba, hein? — comentou o homem, dando um passo para trás e lançando um olhar para o pneu traseiro. — Acho que estourou outro também.

— E estou sentindo cheiro de gasolina. — A mulher deu um passo à frente, de modo que também se enquadrou na visão de Red pela porta aberta. Foi bloqueada pelos ombros em movimento de Arthur quando o garoto coçou um dos braços.

— Essa é a minha esposa, Joyce — disse o homem, indicando a mulher com a cabeça. — Eu sou Don.

— Prazer em conhecê-los — cumprimentou Arthur.

— De onde vocês são? — perguntou Joyce, um sorriso gentil no rosto ao ficar lado a lado com o marido.

Red tentou não imaginar o pontinho vermelho flutuando nas costas deles, alternando entre suas cabeças. Uni-duni-tê.

— Filadélfia — respondeu Arthur.

— Bem que achei que reconhecia o sotaque — comentou Don. — Estão longe de casa.

— É, estamos indo para Gulf Shores, de férias — disse Arthur.

— Ah, que bom — falou Joyce.

Então Oliver se moveu em direção à porta, o maxilar cerrado, evidentemente convencido de que era seguro, visto que Arthur ainda não havia sido morto. Ele passou pelo garoto e desceu para o último degrau.

— Olá — cumprimentou ele, a voz nítida, as costas retas, a exibição completa de Oliver Lavoy. — Muito prazer em conhecê-los. Meu nome é Oliver.

— Don. Joyce — repetiu Don. Ele pareceu reconhecer que Oliver era o líder deles. Como não perceberia, com aquelas costas retas e os ferozes olhos dourados? — Moramos em uma fazenda logo ali, naquela direção. Estávamos passando e vimos luzes piscando.

— O que vocês devem estar pensando de nós, voltando para casa depois das duas da manhã, não é mesmo? — Joyce riu, escondendo a boca com uma das mãos. Red reparou no esmalte azul descascado das unhas. — Estávamos com a nossa filha, ela mora em Jacksonville. Ela deu à luz esta tarde, nosso primeiro netinho.

As palavras saíram dela como uma explosão, tropeçando umas nas outras, como se não pudesse guardá-las para si, como se talvez tivesse sido por isso que haviam parado ali, afinal.

— Ah, parabéns para os dois — disse Oliver, e Red conseguia ouvir o sorriso perpassando sua voz. — Novos avós.

— Estamos tão animados! — comentou Joyce, lançando um olhar para o marido. — Não é, Don? Não poderíamos deixar de ir conhecer o bebê hoje mesmo, não é? Ela vai batizá-lo de Jacob, em homenagem ao meu pai, que faleceu no ano passado, e é a coisinha mais fofa do mundo. Não é, Don?

— Sim, querida.

— Mas — disse Joyce, os olhos passando rapidamente por Arthur, Oliver e Reyna enquanto contava a história —, sabem como é, filho recém-nascido, ninguém quer os pais por perto para dizer o que você está fazendo de errado na primeira noite. Por isso decidimos não passar a noite lá e voltar para casa, para deixar ela e o Thomas em paz, sabem?

— Entendi. — Oliver assentiu. — Bem, tenho certeza de que ela gostou do fato de vocês terem feito uma visita.

— Vamos voltar no próximo fim de semana, não vamos, Don?

— Joyce, pode se acalmar um instantinho? — pediu Don, um tom afetuoso na voz. — Tenho certeza de que essa gente não quer ficar ouvindo a nossa história de vida. — Ele olhou para baixo, batendo a bota na estrada e erguendo o calcanhar para analisá-la. — Ela tem razão, sabe. A gasolina está vazando. Acho que o tanque inteiro pode ter esvaziado.

*Por favor, não permita que eles vejam o buraco de bala que fez a gasolina do tanque vazar.*

— É, achamos que um galho pode ter ficado preso embaixo do trailer — disse Oliver, sem perder o ritmo. — Deve ter se arrastado por um tempo e furado os pneus, soltando alguma coisa na parte de baixo.

Don fez uma careta, cerrando os dentes.

— Vocês ligaram para o seguro? — perguntou ele.

— Sim — afirmou Arthur.

Ao mesmo tempo, Oliver respondeu:

— Não.

Um momento constrangedor; o olhar de Don se afastou de ambos. Ele devia ter notado a janela quebrada, os olhos se estreitando, a pele enrugada entre as sobrancelhas. A estática zumbiu, e Red segurou o walkie-talkie às suas costas.

— Não conseguimos sinal — explicou Oliver.

— Ah. — Joyce abriu um sorriso; ela não havia percebido a tensão na voz do garoto. — O sinal é péssimo por aqui. Temos sorte quando conseguimos uma barrinha lá em casa, e olha que, para isso, eu preciso ficar pendurada na janela do quarto dos fundos.

— Hoje está ainda pior — disse Don, os olhos de volta a Oliver, embora não parecesse tão seguro e tranquilo quanto estava trinta segundos antes. — Nosso vizinho nos contou que, hoje de manhã, um caminhão bateu na torre de celular ao sul de Ruby. Derrubou todas as redes. Aparentemente, o homem fugiu antes que a polícia conseguisse chegar lá. Acho que era um caminhão roubado, e ele estava dirigindo rápido demais, acabou perdendo o controle. Liguei pra AT&T hoje à tarde, e disseram que os engenheiros estavam cuidando do problema e que o sinal voltaria de manhã. Se é que dá para confiar neles — falou, com uma fungada.

Red engoliu em seco. *Eles* tinham feito aquilo. Enfiaram um caminhão na torre de celular para desativá-la. Tudo parte do plano para encurralá-los aqui. Mas o casal não era parte do plano. Don e Joyce não deveriam estar passando por ali àquela hora. Don e Joyce não deveriam tê-los encontrado presos naquele lugar, no nada a céu aberto, voltando tarde para casa depois de conhecerem o primeiro neto. Don e Joyce não deveriam ter aparecido.

— Isso explica tudo, então — disse Oliver. — Com licença, só um instantinho.

Oliver ergueu um dedo e então subiu os degraus, passando pela porta do trailer. Caminhou em direção à mesa de jantar, empurrando Red para fora do caminho, e acenou para Maddy, que estava escondida atrás do sofá.

— Se estivessem num carro — falou Don —, poderíamos rebocar vocês.

Ele olhou ao redor, examinando a forma gigantesca e desmedida do trailer. Red deu um passo à frente, esbarrando em Simon para chegar perto da porta.

— É um trailer e tanto, não? — comentou Don, batendo na lateral metálica do veículo.

— Dez metros e vinte centímetros — disse Red.

— É mesmo?! — exclamou Don, as rugas se formando ao redor dos olhos ao olhar para ela, franzindo os lábios para soltar um assobio baixo. — Caramba, hein?

— É do meu tio. — Simon também se aproximou da porta, lançando um sorriso ao casal.

Red viu o perfil de Simon, os músculos tensos na bochecha.

— Ah, é? — perguntou Don. — E quanto custa uma coisa dessas?

A estática estalou às costas de Red, interrompendo-os.

— Mandem eles embora — ameaçou a voz, baixa e crepitante.

Red prendeu o fôlego.

— Como é, rapaz? — Don ergueu o olhar para Simon.

— Eu disse que acho que é para pessoas com mais dinheiro do que bom senso. — Simon riu alto, encobrindo a estática. — Como o meu tio.

— Ah, sim. — Don riu educadamente.

— Bem, nós não temos nem bom senso, nem dinheiro. — Joyce juntou-se ao riso, os ombros sacudindo.

Foi quando os olhos de Red enfim o encontraram, deslizando pelo ombro de Joyce, escondendo-se nas mechas do seu cabelo preso. O pontinho vermelho. À espreita. Pronto para abrir um buraco nela.

Red engoliu em seco novamente, o sorriso elástico puxando a pele de um jeito desconfortável. Mantenha um rosto impassível, como foi ensinada. Não dê nenhum sinal com os olhos. Rosto sério, história alinhada, era tudo de que precisava se lembrar. *Consegue se lembrar de tudo isso, Red?*

— Dá para quantas pessoas dormirem aí? — perguntou Don. — Vocês são cinco, não é?

— Somos seis — corrigiu Reyna, um tremor na voz que fez Red pensar que ela havia visto o pontinho também.

Reyna estava no preparatório de medicina; conhecia todas as vísceras macias e delicadas aguardando sob a pele de Don e Joyce, todas as maneiras horríveis como elas poderiam se romper com o impacto de uma bala. Órgãos internos que continuariam lá dentro, porque eles conseguiriam mandar o casal embora. O sorriso devia ter saído do rosto de Red; Joyce olhava para ela de um jeito engraçado.

— Você está bem, querida? — perguntou a mulher.

Red piscou, trazendo o sorriso de volta ao rosto.

— Sim — respondeu ela —, e a senhora?

— Melhor impossível — disse Joyce. — Mas estou preocupada com vocês e em como vão fazer para voltar para a estrada.

— O que aconteceu com essa janela aqui? — perguntou Don.

Seus pés mudaram de posição, assim como seus olhos, que desviaram para o vidro quebrado.

— Galho de árvore — respondeu Reyna, quase rápido demais, como se a mentira de Oliver estivesse esperando na ponta da sua língua. Mas não parecia natural em sua boca. — O trailer era grande demais para seguir por uma estrada estreita como essa, mas seguimos em frente porque não dava para voltar, só vimos quando uma árvore atravessou a janela.

— Certo. — Don assentiu, piscando devagar, como se estivesse tentando imaginar a cena no breu das suas pálpebras fechadas.

Red ouviu um sussurro atrás de si. Não do walkie-talkie, mas de Maddy e Oliver, inclinados sobre a mesa, de costas para ela.

Ela se afastou da porta aberta enquanto Simon perguntava para Don e Joyce sobre seu primeiro neto e como havia sido o nascimento.

Red deu um passo para trás de Maddy e espiou por cima do seu ombro. Em um pedaço de papel, Maddy escrevia algo com a caneta hidrográfica, esperando Oliver lhe ditar a próxima palavra.

Red semicerrou os olhos para ler o bilhete.

*Socorro, chamem a polícia. Tem um...*

— Atirador — sussurrou Oliver para ela, Maddy transformando as palavras em letras pretas rabiscadas na página. — Estamos encurralados.

— Vocês não podem fazer isso — disse Red, dando um susto em Maddy, borrando a última palavra. Ela não percebera que a amiga estava às suas costas. — Ele disse que os mataria.

— Como o atirador vai saber se eu der esse bilhetinho para eles? — Oliver se virou para Red, um tom baixo de raiva aparecendo na voz. Como ousava questioná-lo? Ele era o líder, ela não sabia? — Ele está a centenas de metros naquela direção. Nunca vai descobrir.

— Talvez descubra — replicou Red, a respiração presa no peito.

Ela precisava ser mais convincente.

— Como, Red? *Como*? — Os olhos de Oliver cintilaram. — Vai, me explica como o atirador vai enxergar esse pedacinho de papel.

— Quando você entregar — disse ela, endireitando as costas e erguendo o queixo.

Desse jeito, ele só ficava alguns centímetros mais alto do que ela. E Red não podia deixá-lo fazer isso.

— Tenho um plano, óbvio — falou Oliver. — Maddy, dobra, dobra outra vez, e escreve: *Não leia até sair da estrada*. Agora, rápido.

Maddy dobrou o bilhete, seu cotovelo batendo em Red ao fazê-lo, a língua entre os dentes.

— Repete — pediu ela ao irmão, preparando a caneta, que tremia na sua mão.

— *Não leia até sair da estrada* — disse ele, com a voz baixa.

— Ele falou que vai matar os dois. — Red observou Oliver encarando a irmã enquanto ela rabiscava as palavras, as letras quadradas e grandes no papelzinho. — Ele vai matar Joyce e Don.

— Não vai, não — retrucou Oliver, arrancando o bilhete da mão de Maddy. — Vou apertar a mão do Don e passar para ele. Se eu acertar o ângulo, o atirador nem vai ver o cumprimento, só vai ver que estou tentando me livrar deles. O Don vai saber que tem alguma coisa errada e não vai reagir quando ler a parte de cima. Não vão ler o resto até estarem seguros, longe daqui, e então vão pedir ajuda. O atirador nunca vai saber, não tem como. Vai funcionar.

Ele virou o bilhete na mão, desdobrando-o para conferir as palavras lá dentro.

*Socorro, chamem a polícia. Tem um atirador. Estamos encurralados.*

Ele o dobrou novamente, pressionando com mais força do que Maddy, os olhos deslizando pelas palavras na parte de fora, um rabisco desesperado. *Não leia até sair da estrada.*

— E se não funcionar? — indagou Red, estendendo a mão para segurar a manga de Oliver, surpreendendo não apenas a ele, mas também a Maddy, que bufou atrás dela. — Ele vai matá-los. São a mãe e o pai de alguém. Acabaram de virar avós. Não faça isso. Não arraste eles para dentro dessa confusão.

— Red, fica quieta. Você não sabe do que está falando. — Oliver a afastou com um gesto.

Mas Red sabia melhor do que ninguém. Se algo acontecesse com Don e Joyce, a filha deles se culparia pelo resto da vida. Por que não havia insistido para eles passarem a noite lá? Por que não teve o bebê no dia seguinte? Ou no dia anterior? Seria tudo culpa sua, assassinados por sua causa.

Contudo, Red não conseguia colocar esse sentimento em palavras, não tinha como, era impossível. Então tentou com apenas duas:

— Por favor.

— O que foi? — perguntou Arthur, de volta ao trailer, a voz baixa, caminhando para ficar entre Red e Oliver. — O que você está fazendo?

— Vou passar um bilhete, pedindo para eles ligarem para a polícia, quando apertar a mão de Don para me despedir — contou Oliver, como se esperasse elogios pela ideia brilhante.

Arthur olhou para Red, que tentou falar com ele pelo olhar. *Por favor, entenda.*

— Você não pode fazer isso. — Arthur se voltou para Oliver, e Red soltou o fôlego, grata por Arthur ter voltado e estar bem ali ao seu lado, apoiando-a. — Eles vão morrer.

Oliver revirou os olhos, um músculo pulsando na sua mandíbula tensionada.

— Não vão, não, ele nunca vai descobrir. Não teve nenhum tiro em nenhum de nós até agora. Talvez ele esteja blefando, só tentando nos assustar para fazer o que ele quer; talvez não planeje matar ninguém. Nem nós, nem eles.

O garoto tentou passar, mas Arthur ficou no caminho.

— E se ele atirar? — sussurrou. — Você estaria matando um casal de velhinhos.

— Bem, acho que são quatro contra dois. Os outros concordariam comigo.

Oliver fez um gesto com a cabeça na direção de Reyna e Simon, que estavam na porta. Em seguida, seus olhos se voltaram para Red e Arthur; eles eram só dois, votos vencidos, em desvantagem numérica.

A menos que...

— Maddy — chamou Red.

A amiga sustentou o seu olhar.

— Vai ficar tudo bem — disse Maddy baixinho. — Não podemos perder essa oportunidade.

— Vai me agradecer quando a polícia aparecer e te salvar — falou Oliver, como se fosse uma ameaça.

A estática estalou.

— Vocês têm sessenta segundos para se livrar deles — avisou a voz, vibrando na mão de Red. Um clique duplo metálico no alto-falante quando ele engatilhou o rifle. — Cinquenta e nove, cinquenta e oito…

— Sai da frente. — Oliver empurrou Red, o bilhete dobrado apertado na sua mão.

— Não — sussurrou Arthur, mas não se mexeu para impedir Oliver.

Red tentou, agarrou sua blusa outra vez.

— Oliver, por favor, não…

Oliver se virou, os tendões furiosos no seu pescoço novamente. Sua mão livre disparou para a garganta de Red. Ele a empurrou, e ela caiu de costas no sofá.

— Cala a boca — sibilou ele, inclinando-se sobre ela. — Vai acabar matando todos nós.

Mas ele iria matar aquelas pessoas inocentes lá fora, e não se importava, não se importava porque não eram ele.

— Quarenta e sete, quarenta e seis. — O walkie-talkie crepitou.

Arthur estendeu a mão, e Red a puxou para se levantar, mas era tarde demais, Oliver já estava na porta, passando por Reyna para descer os degraus.

— Temos um telefone fixo em casa — disse Joyce. — Podemos dar carona para alguns de vocês, assim podem pedir ajuda da nossa casa.

Os dois caminharam até a porta, a mão de Red na de Arthur, e ela não conseguia se lembrar de como sua mão havia ido parar ali.

— Ah, não se preocupem — disse Oliver, a voz alta e alegre. — Estamos bem. Na verdade, íamos descansar um pouco agora; temos um longo dia pela frente amanhã. Você disse que o sinal deve voltar pela manhã, então vamos ligar para o seguro quando acordarmos, não precisam se preocupar.

— Certeza? Não vai ser incômodo algum.

— Absoluta. — A voz de Oliver explodiu. — Acho que todos nós só queremos uma boa noite de sono, e depois nos preocupamos em consertar o trailer de manhã. Certo, pessoal? — Oliver se virou para olhar para eles, todos os seis reunidos na porta, a respiração de Maddy na nuca de Red.

— Certo — disse Reyna com um sorriso, mas ela não sabia o que estava prestes a acontecer.

— Se vocês têm certeza... — Don voltou a sorrir, abaixando a cabeça. Será que ele sabia que havia algo de errado? — Então vamos, Jojo. Vamos voltar para casa.

— Antes de ir — acrescentou Oliver com um floreio —, queria dizer muito obrigado por pararem para nos ajudar e dar um enorme parabéns por terem se tornado avós.

Red observou Oliver dar um passo para a esquerda, fazendo Don mudar de ângulo, colocando-o de costas para a posição do atirador.

Onde estava o pontinho vermelho?

— Parabéns, senhor. — Oliver ofereceu a mão para Don na escuridão, o bilhete dobrado sob o polegar.

— Deus te abençoe. Você é um amor, sabia? — elogiou Joyce quando Don estendeu a mão e segurou a de Oliver, sacudindo-a para cima e para baixo apenas uma vez.

A mão de Oliver se retirou, vazia.

O rosto de Don ficou sombrio, suas sobrancelhas se abaixaram quando olhou para o pedaço de papel na sua mão.

Reyna também notou, a cabeça inclinando para o lado.

— Bem, foi ótimo conversar com todos vocês, de qualquer forma. O Don diz que eu falo até que a vaca tussa. — Joyce riu, o rosto virado para o céu, e foi demais, aquilo tudo era demais.

Será que Red deveria gritar para o casal entrar no trailer ou para eles correrem? Como ela deveria ter feito antes, se apenas tivesse ouvido seu instinto, e não o de Oliver.

Don não havia se movido. Seu olhar passou pelo bilhete e se ergueu, um músculo se contraindo, repuxando as linhas ao redor da boca. Olhou para a janela quebrada de novo.

— Obrigado — disse ele, assentindo para Oliver e fechando os dedos ao redor do bilhete. Assentiu outra vez. Agora devia saber que havia algo de errado ali. Mas não saberia o que era até que desdobrasse o bilhete amassado na mão. — Muito gentil da sua parte. — Don deu um riso nervoso.

Oliver riu com ele.

— Bem — disse o garoto —, vocês devem estar cansados depois de um dia tão corrido. Melhor irem embora.

— Claro. — Don cerrou os dentes quando suas botas giraram na estrada, as chaves tilintando nas mãos. Ele se virou para a esposa, mudando a expressão antes que ela visse. Não queria que a mulher soubesse. — Vamos lá, meu bem, melhor a gente sair daqui.

Talvez ficasse tudo bem. Talvez eles voltassem para a caminhonete e saíssem dali antes que o atirador percebesse que havia algo de errado.

Red não estava respirando, apenas encarava Joyce enquanto ela lhe lançava um último sorriso, um último aceno. A única que não sabia, os olhos gentis e enrugados, o esmalte azul descascando das unhas. A mulher se virou para ir embora, caminhando ao lado do marido. Red não piscou, não poderia, tinha que protegê-los com os olhos.

Dava para ouvir a respiração de Arthur titubeando no peito. Sua mão não estava mais segurando a dela, movimentos curtos dos seus ombros deslocavam o ar ao redor dela. Ele estava tremendo?

— Façam uma boa viagem — disse Oliver alegremente, erguendo a mão em adeus quando o casal se aproximou da caminhonete.

*Crec.*

Rápido demais.

Joyce caiu de lado no meio da estrada, um espaço onde antes estava o seu rosto.

— Joy... — chamou Don, ainda sem entrar em pânico, porque não sabia o que tinha acontecido, talvez ela só tivesse caído.

*Crec.*

Uma nuvem de sangue nos faróis.

Um buraco no rosto de Don, ao lado da boca, agora para sempre aberta. Ele tombou devagar, os joelhos dobrando primeiro, caindo para trás sobre as pernas de um jeito bizarro. Um olhar vazio para as estrelas, uma aura vermelha se acumulando na estrada.

# VINTE E QUATRO

Red não se movia.

Simon passou correndo por ela, de volta ao trailer, tropeçando nos pés da garota.

— Não, não, não! — gritava Reyna.

— Anda! — Oliver se virou e subiu os degraus, empurrando Reyna, na frente dele.

Aquele pontinho vermelho invisível os perseguia.

A porta do trailer se fechou com um baque. Red não viu quem a havia fechado, porque não conseguia se mexer, apesar de tudo se mover ao seu redor. Lampejos, e cotovelos, e olhos.

— Tenho que ajudá-los! — berrou Reyna, voltando para a porta. — Eles precisam de assistência médica.

— Eles estão mortos, Reyna! — exclamou a voz de Oliver. Ela parecia distante, embora o rapaz estivesse bem ali. Um zumbido nos ouvidos de Red, estática na sua mão. — O homem atirou na cabeça deles!

Dois tiros na nuca.

Agora Red conseguia se mexer; descolou os sapatos do chão e se afastou do grupo.

Maddy estava no chão, chorando, a cabeça nas mãos, que, por sua vez, estavam grudadas nos joelhos.

Joelhos. Don ainda estava vivo quando caiu de joelhos ou já havia partido?

Red se virou, o esforço de levantar os pés chegando muito perto do seu limite.

O rosto de Arthur também estava escondido, envolto nos próprios braços, que se apoiavam na porta da geladeira. As costas dele tremiam.

— Com licença — sussurrou Red com uma voz que não era sua.

Ninguém estava ouvindo. Reyna e Oliver gritavam atrás dela. Reyna e Simon só ficaram sabendo agora a respeito do bilhete, enquanto Oliver contava tudo em trechos ofegantes.

— Você devia ter comentado com a gente antes! — exclamou Reyna. — Deveríamos ter decidido juntos se faríamos isso ou não!

— Ah, é fácil falar agora, Reyna. Eu tive que agir rápido!

Red se desconectou, os gritos se tornando apenas um barulho que ela deixou para trás.

Caminhou, devagar, e passou por Arthur e pela cozinha, o coração a mil, perdendo um pedaço de si mesma a cada batida. Red estava surpresa por ter restado algo de si ao passar pelo beliche e pela porta aberta do quarto nos fundos. Com certeza havia só um buraco no peito agora, um eco vazio na jaula das suas costelas.

Ela colocou o walkie-talkie sobre a cama, deitando-o com cuidado como se o aparelho também sentisse dor. Com a outra mão, pegou um travesseiro, cravando os dedos nele, o tecido repuxando como teias de aranha ao redor do punho de Red. Levou o travesseiro até o rosto e o segurou ali com as duas mãos.

E então gritou.

Gritou, o calor do som abafado atingindo seu rosto, ardendo nos seus olhos. Gritou até a garganta ficar arranhada, e aí parou. Colocou o travesseiro de volta no lugar, afofando-o para não parecer que tinha sido amassado. Pegou o walkie-talkie, verificou se estava tudo certo e voltou para junto dos outros.

Oliver observou enquanto ela fazia o caminho de volta.

— Como você sabia? — A voz dele estava rouca. — Como sabia que ele faria aquilo?

Red não tinha certeza se conseguiria falar, mas as palavras estavam lá, esperando, feridas pelo grito silencioso.

— Porque ele disse. Disse que os mataria, e eu acreditei.

Ela não precisava falar mais nada, estava ali, assombrando o final da frase, encerrando o pensamento. *Eu acreditei, mas você não.*

— Mas não dá para entender como ele...

A estática parou, interrompendo Oliver.

— Foi culpa de vocês — disse a voz sombria e grave, se quebrando nas beiradas. — Avisei pra mandarem os dois embora.

Oliver surgiu na frente de Red e, antes que ela percebesse, pegou o walkie-talkie das suas mãos. Ei, o aparelho era dela. Sua responsabilidade.

Oliver apertou o botão.

— Não precisava ter matado eles! — berrou ele, os ossos dos seus dedos empurrando a pele como uma espinha dorsal pré-histórica. — Não falamos nada. Você viu, não dissemos nada. Eles estavam indo embora!

Estática.

— Vocês passaram um bilhete pedindo para eles ligarem para a polícia — retrucou a voz, afiada e nítida.

Oliver ficou boquiaberto.

— Achou que eu não fosse descobrir? — perguntou a voz. — Foi culpa de vocês, eu não queria fazer aquilo. Eles morreram por causa de vocês.

Ele parou. Uma respiração exaltada e metálica vazou do alto-falante antes que a estática assumisse o controle.

— Não fui eu que atirei neles — falou Oliver, a voz embargada, mas não apertou o botão, e Red não sabia se ele queria ou não ter apertado.

— Agora — avisou a voz, retornando —, antes que mais alguém precise morrer, me escutem. Parem de tentar fugir. É impossível. Tudo foi planejado para vocês não fugirem. Façam o que mandei. — Ele soltou o ar, quase um suspiro. — Um de vocês tem um segredo. Me digam quem é, e deixarei os outros viverem. Temos horas até o amanhecer. Não vou a lugar nenhum antes de conseguir a informação, e nem vocês.

As sobrancelhas de Oliver se abaixaram, uma sombra nos seus olhos.

Ele ergueu o walkie-talkie, lembrando-se de apertar o botão dessa vez.

— Um de *nós* tem um segredo? — perguntou ele, incerto, tropeçando nas palavras. — Você não está nos mantendo como reféns para obter informações de outra pessoa?

Aquilo tudo não era por causa dele e de Maddy, para pegar o nome da testemunha com Catherine Lavoy? O caso do Frank Gotti, que Red conhecia de cabo a rabo. Oliver tinha tanta certeza antes, e Red havia acreditado nele.

Estática.

— É por causa de um de vocês, dentro do trailer. Me diga o que eu quero, e os seus amigos não precisam morrer.

Oliver olhou para Red. Com um piscar de olhos, ela tentou esconder dele que havia entendido. Oliver estava enganado sobre o motivo da presença dos atiradores. E sobre o bilhete também. Agora duas pessoas haviam morrido, logo ali fora, e a culpa era toda deles.

— Não é por causa de você e da Maddy, para chegar até a sua mãe — disse Reyna, a voz mais firme agora, falando com a nuca de Oliver. — Alguém aqui tem um segredo, e a pessoa sabe do que se trata. É isso que ele está dizendo. Oliver, pode ser...

Oliver a interrompeu, levando o walkie-talkie aos lábios.

— Quem? — perguntou ele. — Qual de nós?

Um estalo na estática, seguido por uma gargalhada.

— Não é assim que funciona — disse a voz. — A pessoa sabe quem é. Vou ficar esperando.

Estática.

O walkie-talkie foi abaixado, os olhos de Oliver o acompanhando. Red olhou para trás dele, para Reyna e, então, Maddy, Arthur logo depois e Simon às suas costas. Era a respeito de um deles, a respeito de algo que alguém ali sabia.

Red tossiu e desviou o olhar. *A pessoa sabe quem é.* Ela tinha um segredo também, não tinha? Maior do que o da maioria. Mas não era sobre ela. Não podia ser. Ninguém sabia, e era assim que precisava ser. Ninguém nunca poderia descobrir, nem mesmo naquela noite. Aquele era o plano. Red precisava do plano, e não era a única. Mas havia conseguido sua resposta; não era sobre aquilo, sobre ela. E por falar em segredos, Red não era a única escondendo algo. Evidentemente, Reyna tinha um segredo, algo ruim o bastante para ela pensar que aquela noite poderia ser por causa dela, algo que Oliver devia saber também e não queria que se espalhasse. Red havia percebido. Ela tinha *potencial*, sabe? E antes, Maddy havia negado ter um segredo enfática e rapidamente, e Red a conhecia bem demais.

O que significava que havia algo de que Red não fazia ideia. Ela não gostava dessa sensação.

Simon foi o primeiro a falar, a voz cortando a estática:

— A caminhonete deles está bem ali, tipo, a uns seis metros da porta. — Ele fungou, virando-se para olhar o para-brisa. Então o garoto não tinha um segredo no qual estava pensando. Ou só era melhor em escondê-lo. — Com quatro pneus, um motor que funciona, sem buracos. Por enquanto. As portas ainda estão abertas. Prontas. Vai andar. Dá para dirigir.

— Não acho que a gente conseguiria — disse Maddy. — Pelo menos, não todos nós. Ele atirou nos dois tão rápido.

Simon continuou, como se não a tivesse ouvido:

— O velho estava com as chaves na mão... Não sei se já vi sangue desse jeito. Tem muito. Sei lá, não imaginava que fosse assim. — Suas mãos tremiam, pressionadas no vidro. — Não parece real.

Ele estava em estado de choque? Talvez Simon precisasse ir lá para trás e gritar no travesseiro também, prendendo seu grito junto ao dela. Red contornou os outros até a frente do trailer, parando ao lado de Simon, seu braço roçando no dele.

O garoto se encolheu, e agora Red podia ver por quê.

Através do para-brisa, brilhando sob os faróis brancos, estava Joyce. Bem na frente do capô da caminhonete. Ela quase havia chegado até a porta do passageiro. Quase. Simon estava certo, a mulher não parecia real, dobrada ali como um manequim inacabado, uma das mãos aberta e estendida. Sua cabeça estava com um buraco, o sangue vazando e encharcando a estrada. Não parecia vermelho dali, parecia quase preto.

A visão da mãe de Red devia ter sido assim, não é? Dentro daquela caixa de madeira envolta na bandeira dos Estados Unidos. Será que as balas tinham atravessado o seu rosto, como aconteceu com Joyce? Uma parte do seu rosto também foi arrancada?

O som da estática cresceu atrás dela quando Oliver se aproximou. Ele pousou o walkie-talkie no ombro de Red, passando-o de volta para ela sem dizer nada. Seu, sua responsabilidade, a guardiã da voz. Os dedos da garota se fecharam ao redor do aparelho.

Oliver olhou pelo para-brisa também.

— Maddy tem razão — disse ele. — Não conseguiríamos. Ele seria capaz de matar pelo menos dois ou três de nós antes de colocarmos a caminhonete em movimento.

E havia três pessoas com quem Oliver se importava naquele trailer, então era um risco grande demais.

— Ainda mais porque o atirador parece saber exatamente o que estamos fazendo todas as vezes — falou Oliver. — Não dá para entender como ele sabia do bilhete. Não tinha como ter visto, muito menos o que estava escrito. Ele...

A cabeça de Oliver girou, os olhos se arregalando, muito branco aparecendo nas partes de cima e de baixo. Abriu a boca como se fosse dizer alguma coisa, mas se conteve, cerrando os dentes.

— Que foi? — perguntou Red.

Ele gesticulou para ela se calar, a cabeça girando nos ombros largos enquanto olhava ao redor do trailer.

Avançou em direção à mesa de jantar, pegando seu celular. Desbloqueou e tocou na tela.

Red se aproximou, Simon nos seus calcanhares.

— O que você...? — Reyna começou a dizer, mas foi silenciada pelo olhar mortal de Oliver.

Todos se reuniram em torno dele, e Red se inclinou para ver o que o rapaz estava fazendo.

Na tela, em uma nova página do aplicativo de anotações, Oliver digitou:

*Só tem uma maneira de ele ter descoberto a respeito do…*

— Dane-se — xingou Oliver, irritado, fechando o bloco de notas, a culpa sendo do celular por demorar tanto, não dele.

Seu olhar se moveu para a parte inferior da tela, e o polegar pressionou o aplicativo de música.

— Oliver, o que você está fazendo? — perguntou Maddy.

— Espera — disse ele, rolando pela tela.

Parou em uma playlist aleatória. *Músicas de Natal*, era o que dizia. Oliver deu play na primeira música e arrastou a barra de volume até o máximo.

A música começou, vozes de coral cantando *ah*, um dedilhado agudo na guitarra. "Rockin' Around the Christmas Tree." Em abril. Ensurdecedor enquanto Oliver segurava o celular no meio do grupo, o alto-falante voltado para cima. Ele gesticulou para que todos se aproximassem.

Red deu um passo à frente, os ombros pressionando os de Reyna e Simon. Seu coração batia com o dobro da velocidade da música.

Oliver olhou para todos eles.

Começou a falar, não alto, apenas audível o suficiente por cima da música. Red teve que se concentrar, mas agora estava pensando na letra, dançando ao redor da árvore com a mãe antes de dois buracos se abrirem na sua cabeça.

— Só tem um jeito de ele saber sobre o bilhete — disse Oliver, olhando para cada um dos amigos. — O lance da janela, tá, beleza, esse cara do outro lado poderia ter visto a gente saindo e avisado para ele. Mas não o bilhete. Não tem como um deles ter percebido. Então, só tem um jeito de terem descoberto.

Ele fez uma pausa.

*Everyone dancing merrily in the new old-fashioned way.*

O saxofone explodiu, alto demais, berrando nos ouvidos de Red.

— Ele *ouviu* a gente conversando sobre isso — concluiu Oliver. — Porque o trailer está grampeado.

# VINTE E CINCO

A música continuou, o tom do saxofone subindo e descendo.
— Grampeado? — repetiu Reyna. Oliver sinalizou para ela abaixar a voz, para escondê-la sob a música. — Tipo, com um microfone?
— De que outra forma ele poderia saber tudo que parece saber? — indagou Oliver.
— Quando ele teria grampeado o trailer? — Reyna voltou a falar junto com o refrão, e Red teve que se esforçar para ouvir. — Não saímos daqui.
— Talvez quando a gente estava trocando o pneu? — sugeriu Simon com a música. — Estava todo mundo lá fora, do outro lado da porta. Red e Arthur estavam mais longe. Ele poderia ter entrado sem ninguém perceber?
Oliver balançou a cabeça.
— Não quando estávamos levantando o trailer. Teríamos sentido.
— Em que momento, então? — perguntou Reyna. — Quando a gente parou para almoçar ou para jantar no posto de gasolina? Mas a gente conferiu duas vezes que estava trancado.
— Talvez até antes — disse Oliver. — Talvez em outro dia. Vocês ouviram; eles planejaram tudo, começaram a planejar

há algum tempo. Talvez o atirador tenha grampeado o trailer antes mesmo de Simon pegá-lo emprestado. Talvez tenha algo a ver com o seu tio. — Oliver lançou um olhar para Simon ao dizer isso, uma suspeita nos seus olhos. Simon fungou. — Ou talvez esteja nas coisas que trouxemos para o trailer. Nossas malas. Precisamos procurar em todo canto e encontrar o microfone, para podermos recuperar a vantagem.

Seus olhos brilharam quando a música chegou ao fim. Ele arrastou a bolinha para a outra extremidade e reiniciou a canção.

— Vamos ter que desligar a música para ele não desconfiar, mas ninguém fala o que estamos fazendo. Só conversem normal. Beleza?

Sim, senhor, é pra já, senhor. Red piscou. Parecia que Oliver já havia se esquecido de que duas pessoas morreram menos de quinze minutos atrás e estavam sangrando na estrada lá fora, poças vermelhas ao redor do que certa vez foram suas cabeças. Já estava concentrado no plano seguinte. Movimentos e contra-ataques. Um turno do atirador, depois um turno deles. Soluções para ganhar ou ganhar, como Catherine Lavoy diria, mas até então eles não haviam ganhado nada. Parecia que Oliver queria evitar a outra solução, a mais óbvia: descobrir o segredo que a voz no walkie-talkie pediu. Ele não estava atrás de Red, não poderia ser. Mas agora Red estava começando a duvidar de si mesma, pensamentos sombrios se esgueirando pelas frestas na sua mente. Estaria ela fazendo exatamente a mesma coisa que Oliver, que o resto deles, talvez, guardando seu segredo porque não queria perdê-lo? Red precisava do plano. *Precisava* dele. Oliver Lavoy não precisava de nada, já tinha tudo.

— Red, continua passando pelos canais do rádio enquanto procura — ordenou o garoto. — Tá, vamos nessa.

Oliver pausou a música, levando o dedo aos lábios, certificando-se de que todos vissem. Ele apontou para si mesmo e para Reyna, e então para o quarto dos fundos e os beliches. Mandou Red para a cozinha. Simon, para o banheiro. Arthur, para a mesa de jantar e o sofá-cama. Maddy, para a cabine de direção. Eles assentiram e se dispersaram.

Red foi primeiro até a geladeira, abrindo-a, aproximando o corpo do ar frio que saía de lá. O trailer estava ficando quente e pegajoso, sem corrente de ar, com muitos corpos, muito movimento, muito medo, pavor e culpa. Quando o coração de Red ia parar de bater tão forte? Não dava para continuar dessa forma. Ele não queria que Red se esquecesse — queria? — de que Don e Joyce estavam mortos lá fora. Ela poderia ter feito mais. Deveria ter feito mais. Sabia o que aconteceria e deixou que acontecesse. Era a segunda vez que ela tinha escutado Oliver, escolhido o plano dele, e quando aprenderia? Ainda ia demorar um pouco, aparentemente, pois seguia os comandos do rapaz agora mesmo.

Red afastou um engradado de cerveja fechado para o lado, conferindo o que havia atrás dele. Fatias de queijo, salame, manteiga, cerveja, leite de aveia, *coolers* de vinho, chocolate. Nada fora do comum. Não que Red soubesse como era uma escuta, de qualquer forma, mas devia ser uma espécie de microfone preto pequeno, não é? Bem, não havia nada do tipo por ali. Ela fechou a porta da geladeira e se virou para o balcão, colocando o walkie-talkie em cima.

Abriu a gaveta de baixo e vasculhou as panelas e frigideiras, abrindo cada tampa e verificando o interior. Correu os dedos por todos os cantos da gaveta para ter certeza.

Próxima gaveta: tirou as pilhas de pratos e tigelas, colocando-as no balcão e separando cada item, as porcelanas em atrito, o rangido ecoando nos ossos do maxilar de Red. Nada ali também. Apenas cinco utensílios de cada, mas havia seis pessoas no trailer.

Gaveta de cima, talheres. Red vasculhou por entre facas, garfos e colheres, verificando também embaixo do porta-talheres. Nada. Um espaço vazio para a faca de cozinha afiada que agora estava sobre a mesa de jantar. Red deu uma olhada: Arthur estava embaixo da mesa, apenas a sola dos sapatos visível, saindo na ponta.

Nada ao redor da torneira ou do protetor de ralo na pia. Red queria lavar o suor seco do rosto, mas talvez fosse um desperdício de água. Quanto eles tinham naquele tanque? E por quanto tempo o gerador continuaria funcionando? Ela não conseguia se lembrar daqueles números, mas os dez metros e vinte centímetros estavam marcados no seu cérebro, surgindo quando não precisavam, como naquele momento.

O armário alto com os copos. Red ficou na ponta dos pés, empurrando-os cuidadosamente para o lado para checar, não que precisasse. Dava para ver através das fileiras de copos; nada preto nem parecido com uma escuta.

Foi até o forno e o abriu. Provavelmente nunca o teriam usado na viagem. Afinal, o que dava para cozinhar usando queijo, salame, cerveja, chocolate e leite de aveia? Nada de bom. Ela precisava parar de pensar em comida. Estava com fome durante a lenta queda de adrenalina. Na verdade, não; já estava com fome antes, não estava? Ou talvez aquela sensação de vazio no seu estômago significasse algo completamente diferente.

— Red? — A voz de Arthur interrompeu seu pensamento; o rapaz estava parado atrás dela.

A garota se endireitou e se virou.

Os olhos dele estavam cansados e tristes atrás dos óculos, os cílios grandes inclinados para baixo.

Arthur não disse nada, apenas levantou os olhos para encontrar os dela e ergueu a mão.

Ali, no dorso da sua mão, escritas com a mesma caneta preta com ponta de feltro sobre a pele bronzeada, estavam as palavras: *VOCÊ TÁ BEM?*

Também havia duas opções. *SIM*, com um quadradinho desenhado ao lado; e, abaixo, *NÃO*, com outro quadradinho vazio.

Arthur deu a caneta para ela, pressionando-a na sua mão, os dedos quentes nos dela enquanto se demoravam ali. Algo passou entre os olhos dos dois. Red segurou a caneta e a destampou. Ela estava sempre bem, quando as pessoas perguntavam. Óbvio que estava bem, valeu, sim, ela e o pai estavam ótimos, obrigada. Bem, legal, tudo certo. Uma grande mentira espremida nestas pequenas palavras, um presente para uma mentirosa como ela. Ninguém perguntava mais detalhes se você estava bem. Mas Arthur *realmente* estava perguntando, dava para perceber. E então Red respondeu com a verdade.

Ela estendeu a mão e segurou a dele com firmeza; agarrou a caneta e desenhou um sinal de visto no quadradinho ao lado de *NÃO*. Ela não estava bem. E talvez nem Arthur. Ele não tinha se esquecido de que haviam acabado de ver duas pessoas morrerem vinte minutos atrás. Joyce e Don eram importantes para alguém. Um para o outro. Tinham uma filha, um neto. Mas foi a filha quem ficou na mente de Red, junto com os dez metros e vinte centímetros e a estampa desconhecida das cortinas. Uma filha como ela.

— Você fez tudo que pôde — disse Arthur, a mão marcada caindo ao seu lado, combinando com a lista de afazeres dela.

— Tentou impedi-lo.

Não, não tinha tentado, não de verdade. Podia ter feito mais. Red deu de ombros, encarando o quadradinho na mão de Arthur. Ele havia soltado a mão dela quando Don e Joyce foram mortos. Estavam segurando as mãos e então não estavam, e Red não conseguia se lembrar de quando isso havia mudado. Talvez se ele não tivesse soltado a mão dela, eles não teriam morrido. Era um pensamento idiota, mas que surgiu na cabeça de Red mesmo assim. Às vezes, essas coisas pequenas e inconsequentes importavam, como desligar um telefone.

— Não é culpa sua — insistiu Arthur.

Será que ele não sabia? Tudo era culpa dela. Tudo aquilo.

— Preciso fazer xixi — disse Red, algo que só se tornou verdade quando ela falou em voz alta.

Foi a vez de Arthur dar de ombros, uma expressão de mágoa atravessando seu rosto. Ela sempre fazia isso, não é? Sempre que o garoto se aproximava demais, sempre que ficava muito real. Mas agora precisava mesmo ir ao banheiro.

Red pegou o walkie-talkie e caminhou em direção à porta do banheiro, que Simon havia deixado aberta. Fez uma pausa quando, naquele momento, Oliver e Reyna ressurgiram do quarto. Os olhos de Reyna estavam diferentes, vermelhos, e Red se perguntou se eles tinham brigado lá dentro, aos sussurros para os outros não conseguirem ouvir. Quão ruim era o segredo deles? Pior do que o dela? E Simon? Ele estava quieto demais, não? Ou aquilo era só porque achava que o atirador estava ouvindo? E, agora que Red tinha parado para pensar, Maddy não vinha conversar com ela havia um tempo, só Arthur o fizera.

Oliver bateu palmas para chamar a atenção de todos.

— Alguma coisa? — murmurou ele, os lábios e dentes se movendo de forma exagerada.

Red balançou a cabeça e viu os outros fazendo o mesmo, um polegar para baixo de Simon. Maddy voltou a procurar no porta-luvas. Arthur estava terminando de procurar na cozinha no lugar de Red, abrindo a porta do micro-ondas e verificando seu interior.

Red apertou o botão do walkie-talkie, passando pelos canais quatro e cinco, trocando uma estática vazia por outra, para que Oliver pudesse vê-la fazendo o trabalho dela.

Ele não estava prestando atenção, no entanto. Apenas encarava o teto com raiva.

— Nas lâmpadas? — sussurrou ele, a boca exagerando a pronúncia das palavras outra vez. — Arthur, me ajuda. E me passa aquela lanterna de cabeça? — A voz de Oliver voltou ao normal; evidentemente, ele achou que o pedido era indecifrável o suficiente caso alguém estivesse ouvindo.

Não precisavam dela, então Red entrou no banheiro, trazendo a estática consigo, e fechou a porta, travando a fechadura. Devia ter pedido para Oliver primeiro? Não, não precisava de permissão para fazer xixi; dane-se ele.

Ela colocou o walkie-talkie ao lado da pia, o canal nove sibilando, e abriu o botão da calça jeans. Seus dedos estavam muito quentes e emborrachados.

— Simon, apaga as luzes — disse Oliver.

Um segundo depois, o banheiro foi engolido pela escuridão. Eles realmente tinham que desligar as luzes dali também? Red abaixou a calça jeans e a calcinha, tateando às escuras em busca do vaso sanitário. Encontrou-o e se sentou.

— Cadê o balde do esfregão? — A voz de Oliver adentrou pela fresta sob a porta. — Preciso de algo para me apoiar.

Bem, agora ela não ia conseguir, com todos lá fora. Red vasculhou a escuridão em busca da torneira, abrindo-a para que os outros não conseguissem ouvi-la fazendo xixi.

Houve um grunhido lá fora, um som de metal se retorcendo.

— Nada. Próxima — disse Oliver. O barulho do balde caindo em outro lugar. — Reyna, dá uma olhadinha na bolsa da Maddy. Confere os bolsos.

As coisas de Red também estavam lá. Mas ela teria visto se houvesse um microfone escondido quando esvaziou tudo e estripou a mala. Se é que tinha mesmo um microfone em algum lugar para ser encontrado. Estava começando a parecer duvidoso. Por que Oliver tinha tanta certeza? O atirador sabia sobre o bilhete. Podia ter sido um palpite certeiro ao ver Oliver apertar a mão de Don. Mas será que ele havia visto isso de onde estava, com as costas da jaqueta de Don bloqueando a visão? E ele não sabia apenas que era um bilhete, também sabia que pedia para chamarem a polícia, disse isso como algo definitivo, e eram detalhes demais, não? Aconteceu tudo tão rápido.

Red remexeu na escuridão em busca do papel higiênico, rasgou um pedaço e o dobrou.

— Próxima — disse Oliver, o balde batendo outra vez.

Ela se levantou, puxando a calcinha para cima e fechando a calça. Deu descarga e mergulhou as mãos debaixo da água fria corrente na pia, fechou a torneira e secou as mãos nas roupas.

Red deu um passo à frente no breu, batendo o dedo do pé no canto do chuveiro ao procurar pela porta.

Destrancou-a e saiu, fechando-a.

Era mais fácil se guiar na escuridão dali de fora, iluminada por um facho de luz preso à cabeça de Oliver enquanto ele analisava as lâmpadas sob os armários da cozinha, tirando um dos seus invólucros e balançando a cabeça. Simon segurava a lanterna, e Arthur estava com a do celular ligada.

— Nada — anunciou Oliver, se afastando. — Tá, pode acender as luzes de novo.

Red estava mais próxima, as mãos livres. Ela ligou os interruptores, e o interior do trailer reapareceu. Maddy ainda estava lá na frente, os joelhos no banco do motorista, os olhos na altura do porta-luvas. Reyna estava de pé no sofá, colocando a mala de Maddy de volta no armário, conferindo o interior do móvel com a palma da mão.

— Alguma coisa? — repetiu Oliver, falando em voz alta dessa vez.

Um baixo coro de "não" vindo de Red, Arthur e Reyna.

Nenhuma escuta.

— Não dá para entender — disse Oliver, sentando-se no banco mais próximo. — Tem que ter algo.

— A gente vasculhou o trailer inteiro — retrucou Simon.

Oliver fez sinal para ele ficar quieto.

— Que foi? — Simon se encolheu. — Não tem nada. A gente conferiu.

— Maddy — chamou Oliver, a voz direcionada lá para a frente, onde Maddy estava segurando um pedacinho de papel retangular, os olhos pensativos enquanto o analisava. — O que você achou aí?

— Bem, não era o que a gente estava procurando — respondeu ela, segurando o objeto mais alto.

Era uma foto.

Ela veio para mais perto, estendendo-a para os outros. Havia uma família de cinco pessoas retratada lá, amontoadas na grama verde do verão, os braços entrelaçados uns nos outros, um golden retriever abanando o rabo. O homem tinha cabelos grisalhos e um sorriso brilhante, e a esposa e três filhas pareciam quase idênticas, com cabelos ruivos-escuros. Pareciam a mesma pessoa em quatro estágios diferentes da vida, mudadas apenas pelo tempo.

— Esse não é o seu tio, é? — perguntou ela para Simon. — Achei que ele não tinha família. Você disse que ele era sozinho.

Simon pegou a foto, um músculo se mexendo na sua bochecha quando ele mordeu a língua.

— Não, não é ele. Ele não é casado e não tem filhos.

O rosto de Maddy se contraiu, o olhar pensativo substituído por algo novo, inquietante. Uma pontada na sua voz ao perguntar:

— Então por que o seu tio tem uma foto da família de outra pessoa no porta-luvas?

# VINTE E SEIS

Simon devolveu a foto da família ruiva para Maddy, sem dar uma segunda olhada.

— Sei lá — disse ele, o tom de voz mais agudo, traindo-o.

Ele deveria ser capaz de mentir melhor.

— Simon? — insistiu Maddy.

— Sei lá — repetiu o garoto. — Você sabe de todas as coisas esquisitas que o seu tio faz?

— A gente não tem um tio bizarro — retrucou ela. — Ele persegue essas pessoas ou algo do tipo?

— Não — respondeu Simon, embora não tivesse pronunciado a palavra como se acreditasse totalmente nela. — Não, não, não. Olha, tenho certeza de que esse trailer é de segunda mão. Talvez ele tenha comprado dessa família, e ninguém deve ter esvaziado o porta-luvas.

— Faz sentido — admitiu Maddy. — Então por que você está agindo de um jeito estranho?

— Não estou agindo de um jeito estranho.

— Está, sim.

— Maddy! — advertiu Red.

Arthur fez o mesmo:

— Simon.

— Não é nada, sério. — Simon enxugou a testa com a mão, gotas de suor nas têmporas. — É só que... Bem, o meu tio é dono de uma concessionária de carros usados, tá bom? Por isso ele tinha um trailer que a gente podia usar. Mas assim, sabe, não é algo tão ruim quanto vai parecer... — Simon hesitou, pigarreando. — O que quero dizer é que não sei se o negócio dele é totalmente legal, se é que vocês...

— É roubado? — rugiu Oliver de repente. — Seu tio vende carros roubados?

— Talvez. — Simon ergueu as mãos em sinal de rendição, dando um passo para trás.

— Como assim "talvez"? — questionou Oliver, severo.

— Bem, s-sim, com certeza, na verdade — respondeu Simon, gaguejando. — Eu sei porque, bem, ajudei ele uma vez. Duas vezes. Algumas vezes. A dar uns golpes. Aparentemente, tenho um rosto confiável. Sou um bom mentiroso quando preciso ser. No fundo, atuar é só mentir, não é?

Maddy questionou, chocada:

— Simon, você já roubou carros?

— Não. — Ele balançou a cabeça, apontando os dedos indicadores para ela. — Eu ajudei. Tem uma diferença.

— Por que você fez isso? — Maddy o encarou, respirando com dificuldade.

— Ah, qual é, você acha que foi por qual razão? — retorquiu Simon. — Eu precisava do dinheiro.

— Por quê? — pressionou ela. — Seus pais têm dinheiro.

— Tá, mas não tanto quanto os Lavoy — replicou Simon. — Eu sei que você nunca tem que pensar em coisas assim, porque a sua mãe acha que você é a pessoa mais perfeita do mundo e daria apoio a qualquer coisa que quisesses fazer. Mas a minha situação é diferente. Preciso do dinheiro se quiser tirar um ano sabático e me inscrever em faculdades de teatro no ano que vem, para o caso dos meus pais surtarem e se recusarem a pagar. Ainda não contei para eles, ainda não decidi. Não é grande coisa, sério. Pensem nisso como uma prática para o meu primeiro grande papel. Meu tio foi para a cadeia algumas vezes, mas já faz séculos, e ele é um cara muito legal. Nem tudo é roubado, algumas coisas são legítimas.

— Espera, espera, espera, esquece isso tudo. — Oliver se levantou e esticou as pernas. — Você está me dizendo que existe a possibilidade de esse trailer ter sido roubado?

Simon engoliu em seco.

— É, tem uma pequena possibilidade.

— Porra! — Oliver deu um soco na mesa.

— Mas ele não disse que era quando pedi para pegar emprestado e tenho certeza de que me diria. Ele fez tudo parecer de acordo com a lei, disse que a gente poderia usar de graça, sem custos, antes de ele vender — explicou Simon. — Me mostrou todos os atributos.

*Dez metros e vinte centímetros de comprimento*, pensou Red.

— Você está me dizendo que existe a chance de eu ter atravessado a fronteira de vários estados em um veículo roubado? — Oliver se virou para Simon. — Você sabe o quanto isso é ruim para alguém como eu? — Ele mostrou os dentes. — Para mim e para Maddy, considerando quem é a nossa mãe?

— Não foi *a gente* que roubou — disse Simon, desesperado.

— Essa não é a questão! — retrucou Oliver. — Achei que você não tivesse nenhum segredo. Esse é um segredo enorme, Simon. Meu Deus do céu.

Maddy se colocou na frente do irmão e questionou:

— Por que os seus pais deixaram você usar esse trailer se conhecem a fama do seu tio?

— Eles não sabem disso, óbvio — respondeu Simon. — Não sabem que peguei emprestado dele. Minha mãe nem gosta do irmão dela, nem sabe que de vez em quando nós nos falamos. Eles acham que a gente alugou de uma empresa, que *você* organizou tudo.

— Simon!

— Que foi? Não é culpa minha, Maddy! — Ele voltou os olhos para ela. — Foi ideia sua, para início de conversa. Você que disse que a gente tinha que deixar tudo o mais barato possível para a Red poder vir!

Era estranho ouvir seu nome desse jeito. Red esqueceu que pertencia a ela, que não era só o nome de uma cor. Um segundo depois, as palavras de Simon a atingiram no estômago, deixando-a sem fôlego, apertando seu peito. *Deixar tudo o mais barato possível para a Red poder vir.* Sua culpa outra vez. Simon e Maddy, falando sobre ela pelas costas, tratando Red como um problema para eles resolverem. E por que doía tanto que todos soubessem? A pequena Red Kenny, pobre e com a mãe morta. Mas ela tinha *potencial*, não ficou sabendo? Todos estavam olhando para ela agora, todos menos Arthur. Os olhos de Red ficaram vidrados, mas ela piscou para afastar as lágrimas, forçando os olhos a se abrirem e se fecharem. *Não se atreva, não se atreva.* Ela não precisava da pena deles, tinha o seu próprio plano.

— Desculpa, Red — disse Simon, a voz suavizando. — Não foi o que quis dizer...

Mas foi o que disse, e tudo bem. Ela estava bem. Red sorriu e acenou com a mão na frente do rosto. Mas não olhou para Maddy. A traição era pior, de alguma forma. Não, não era justo. Maddy se importava, só isso. Maddy cuidava dela, zelava por ela. Maddy se importava.

— E desculpa por causa do trailer — falou Simon, olhando ao redor, para os outros. — Olha, provavelmente não é roubado. Não sei. Mas agora não importa. Não acho que alguém está ameaçando atirar na gente por causa de um trailer roubado. Ou que tenha matado aquele casal inocente lá fora por causa disso. — Ele deu um passo à frente, pressionando um dedo na foto que estava na mão de Maddy, bem no rosto do homem. — Não acho que ele seja o velhinho atirador número um nem o velhinho atirador número dois. — O garoto moveu o dedo para o rosto da mulher, o cabelo ruivo emoldurando a unha de Simon. — Uma equipe de marido-e-mulher assassinos? Acho que não. O trailer não é o motivo de estarmos aqui.

Ele terminou de falar, a respiração pesada no peito, os ombros se movendo no mesmo ritmo. Mas estava evitando os olhos de Red, não é? Pelo menos ele enfim parecia ter ficado sóbrio o bastante.

— Não — disse Oliver, caindo de volta no banco ao redor da mesa, esfregando a mão com que havia dado o soco. — Mas pode ter algo a ver com o seu tio. Um rolo por causa dos negócios. Alguém que ele tirou do sério. Ou que *você* tirou do sério.

Simon balançou a cabeça.

— Ele é um criminoso, mas não acho que seja *esse* tipo de criminoso. Além disso — ele tossiu —, matar todos nós, incluindo eu, não seria uma punição para o meu tio, não mesmo. Não tenho certeza de que ele se importa. Essa situação não é por causa dele.

— Óbvio que você falaria isso — disse Oliver. — Pessoas morreram.

— É, mas foi ideia de quem passar o bilhete? Isso está na sua conta, Oliver.

— E teria funcionado — sussurrou ele — se, de alguma forma, o atirador não estivesse ouvindo a gente, caramba!

— Ele não está ouvindo — rebateu Reyna, a voz rouca, há muito sem uso. — Demos uma olhada, não tem microfones em lugar nenhum.

—Vocês estavam nesta mesa — disse Red, olhando para Oliver e Maddy. — Falando baixo, para a Joyce e o Don não ouvirem. Se existe uma escuta, teria que estar por aqui. Ao redor da mesa.

— Talvez a gente não tenha olhado em todos os cantos — argumentou Oliver, analisando o móvel, piscando os olhos como se estivesse recuperando a memória, repetindo a cena. — Red, me dá o walkie-talkie.

Foi quando ela percebeu que o som da estática havia desaparecido. Deixado ela para trás.

Red olhou para baixo. Não estava na sua mão, onde deveria estar. Onde estava o aparelho? Ela devia ter deixado em algum lugar. Devia ter...

— Red? — Oliver estalou os dedos, impaciente.

— S-sumiu — gaguejou ela. — Não está comigo.

— Como assim não está com você? — A voz de Oliver ficou mais severa. — Cadê?

— D-devo ter deixado em algum lugar — disse Red, batendo nas laterais da sua blusa como se, de alguma forma, o aparelho pudesse ter escorregado para lá.

Ela perdeu o walkie-talkie. Óbvio, era o que Red fazia. Não podiam confiar nela para nada. Coisas se apagavam da sua memória assim que saíam de vista. Chaves, celulares, carteiras.

Por que não ouviam a estática? Red precisava daquele barulho de volta, qualquer coisa, menos a falta de som.

— Porra, Red. Onde você estava procurando? — Oliver se levantou. — Na cozinha? Reyna, dá uma olhada no armário.

— Por quais lugares você passou? — perguntou Maddy, mais paciente que o irmão. — Relembra os seus passos.

Red odiava quando as pessoas davam esse conselho. O problema era justamente aquele, ela já havia esquecido por onde passou, não havia rastros a serem seguidos. A lembrança se escondia na sua mente enquanto Red tentava se lembrar com mais afinco do que aconteceu. E, ótimo, agora a música de *Phineas e Ferb* estava tocando na sua cabeça novamente, palavra por palavra.

— Todo mundo fica quieto um segundo! — gritou Oliver, levando o dedo aos lábios, gesticulando para ouvirem, uma das mãos na orelha.

Red prendeu a respiração e parou para ouvir. Esforçou-se ainda mais. Onde ela o havia deixado? Estava em algum lugar, não poderia ter desaparecido, Red sabia disso. Mesmo que as coisas parecessem desaparecer ao seu redor — fones de ouvido, deveres de casa, mães.

Havia um leve silvo, quase imperceptível, não muito mais alto do que o zumbido do ar quando se está com medo ou em alerta. Mas estava lá, Red o reconhecia, vindo do outro lado da cozinha. Seus olhos o seguiram até a porta fechada.

— O banheiro! — exclamou ela. Era óbvio.

Red disparou até lá, batendo a mão na maçaneta e abrindo a porta. O som bem-vindo da estática preencheu seus ouvidos, e ali, esperando por ela ao lado da pia, estava o walkie-talkie. O olho verde piscando quando ela deu um passo à frente para pegá-lo, segurando-o contra o peito.

— Achei! — gritou ela para os outros.

Seu walkie-talkie. Sua responsabilidade. Oliver não o tiraria dela, não é?

— Traz pra cá.

Red se esgueirou pela porta do banheiro, pressionando o botão do rádio para pular do canal nove, em que ela o havia deixado, de volta ao três.

— ... o que eu digo — disse a voz, no meio da sentença.

Droga, o atirador estava falando com eles.

Os olhos de Red se arregalaram. Os outros cinco estavam mais distantes, longe demais. Só havia o walkie-talkie e ela, a guardiã da voz.

O homem não podia saber, Red não podia deixá-lo descobrir que eles não estavam ouvindo, que estavam procurando interferências em outros canais.

Red levou o aparelho aos lábios, apertando o botão para falar.

— Entendido — disse rapidamente.

Estática.

Óbvio que não haviam entendido, sequer ouviram o que ele disse. Mas aquela foi a única palavra que lhe passou pela cabeça, vaga o bastante para se encaixar na maioria dos contextos.

— Acho bom — replicou a voz. — Estou ficando sem paciência.

Estática.

— Por que você fez isso? — sussurrou Oliver.

— Para ele não saber que a gente não estava ouvindo — respondeu ela. — Acho que funcionou.

— Shh. Mas a gente não faz a menor ideia do que você acabou de concordar em fazer — disse Oliver, estendendo a mão para Red entregar o walkie-talkie.

Red hesitou, mas colocou o aparelho na mão aberta do garoto.

Oliver o enrolou na blusa, segurando-o o tecido entre as mãos em concha.

Sua voz voltou a ser apenas um sussurro.

— É o clássico cavalo de Troia — explicou ele. — Talvez a escuta esteja dentro do walkie-talkie, então ele está ouvindo mesmo quando a gente acha que não está. Ele está sempre por perto. E Red, você o trouxe quando eu e a Maddy estávamos escrevendo o bilhete. Talvez estivesse nos ouvindo o tempo todo.

— Ah, eles são espertos — disse Simon, balançando um dedo.

— Posso conferir? — ofereceu Red, a voz baixa. Não queria acreditar em Oliver, seguir seu instinto outra vez, embora fizesse todo sentido. — Sei como é o interior de um walkie-talkie, todas as partes. Posso dar uma olhada?

— Como você sabe tanto sobre walkie-talkies? — perguntou Oliver, sem desistir.

— Só sei.

Red estendeu a mão, aguardando que Oliver o devolvesse. As memórias dela não pertenciam ao garoto. Talvez ele fosse o líder nato, mas não sabia o que estava fazendo. Ao contrário de Red.

Oliver estreitou os olhos. Desenrolou o walkie-talkie e o passou para ela.

— Shh — disse ele enquanto entregava o dispositivo.

Ela se sentou do outro lado do banco, colocando o walkie-talkie virado para baixo. Teria que ser rápida, para que o atirador não soubesse que eles não estavam ouvindo novamente. *Concentre-se*. Os dedos de Red se moveram para o botão no topo, ao lado da antena. Ela desligou o aparelho, e a estática se esvaiu.

Silêncio, uma espécie de silêncio crepitante, interrompido pela respiração de Maddy quando ela se inclinou sobre Red. Era uma distração que ia e vinha, um assobio fraco.

Red empurrou a tampa traseira para baixo e deslizou para fora, revelando o compartimento da bateria. Não havia nada além das três baterias encaixadas no lugar. Em seguida, pegou a chave de fenda da mesa, inseriu-a no primeiro parafuso em um dos cantos traseiros e a girou o mais rápido possível. Colocou o pequeno parafuso na mesa, que ficou rodopiando em torno de si mesmo, e focou no próximo.

Todos os outros a encaravam; ela conseguia sentir seus olhares na sua nuca, nos seus dedos enquanto tirava o outro parafuso e o colocava na mesa. Ele quase rolou para o chão, mas Maddy o pegou.

— Obrigada — disse Red, desenroscando o parafuso seguinte.

Oliver fez sinal para ela ficar quieta. Era maldade Red querer que ele estivesse errado a respeito disso? Ele estar errado, e ela estar certa.

Red desparafusou o último e o deixou junto aos outros, puxando a peça de plástico para cima e para o lado, tomando cuidado com os fios vermelhos e pretos que se conectavam às baterias. Ela olhou para baixo, se aproximando do aparelho.

Havia a placa de circuito verde que esperava encontrar, com pequenas peças de metal soldadas. A conexão com a antena, os amplificadores e os moduladores em um circuito integrado. E como era o nome dessas pequenas partes mesm...? Ah, é, capacitores. O sintonizador, os transformadores. Ela se lembrava dos diagramas, dos tutoriais do YouTube. Palavras e formatos que havia aprendido muito tempo atrás, que ficaram na cabeça porque não eram importantes. No entanto, agora eram, e não havia nada ali que não devesse estar. Ela reconheceu tudo, as mesmas peças que ficavam dentro do walkie-talkie da mãe.

— Tem alguma coi...? — Oliver começou a perguntar.

— Shh. — Foi a vez de Red mandá-lo se calar. Estava concentrada.

Devagar, os dedos de Red ergueram a placa de circuito, só um pouquinho, para que pudesse abaixar os olhos para a abertura e ver as partes que compunham a frente do walkie-talkie. Ela não queria tirar nada do lugar, não confiava em si mesma para conseguir juntar tudo de volta. Não sabia se conseguiria reconstruí-lo se o aparelho desmoronasse nas suas mãos naquele momento. A última vez que tinha aberto o dela e montado de novo tinha sido há mais de um ano. No último dia 6 de fevereiro, para lembrar dos velhos tempos.

Red conseguia ver fios vermelhos e pretos conectados à parte redonda de plástico na frente, que funcionava como microfone e alto-falante, abaixo da grade de plástico.

Era isso. Não havia nada que não deveria estar ali. Nenhuma escuta que não pertencia ao dispositivo. Red colocou a placa de circuito na posição, com ainda mais cuidado do que antes, e encaixou de volta a tampa de plástico.

— Nenhuma escuta — anunciou ela, começando a colocar o primeiro parafuso, esquecendo-se de sussurrar.

Oliver lhe lançou um olhar zangado.

— Como você sabe?

— Porque tudo que está aqui precisa estar aqui — respondeu Red, apertando o parafuso e passando para o próximo. — Não tem nenhum dispositivo de escuta independente lá dentro porque não tem uma fonte de energia separada. E não tem nada conectado às baterias que não deveria estar conectado. Ele não está escutando. A não ser que a gente aperte o botão — acrescentou ela, encaixando o terceiro parafuso.

— E a gente tem que confiar em você, é isso? — perguntou Oliver, também se esquecendo de sussurrar.

— Oliver. — Foi Maddy quem chamou a atenção dele dessa vez.

— Ela pode estar errada — replicou ele. — Ou pode estar mentindo para a gente. Dá mesmo para confiar no que Red está dizendo?

Red não estava errada e nem mentindo, pelo menos não sobre o walkie-talkie. Ela deslizou o plástico que cobria o compartimento da bateria e apertou o botão para ligar o aparelho. O zumbido da estática a cumprimentou, dando-lhe as boas-vindas. Ela havia sentido falta daquele som. Não era bobo? Contudo, significava que o walkie-talkie estava funcionando, ela não o quebrou tentando ser útil. Mas agora ela não era útil, era uma mentirosa.

Como quando prestou depoimento à polícia há mais de cinco anos. Red estava tentando ajudar, ser útil, mesmo que o mundo estivesse ruindo ao seu redor. Ela descreveu o último telefonema com a mãe, cada parte abominável dele. Várias e várias vezes, cada mínimo detalhe que conseguia lembrar.

"Ouvi uma campainha tocar ao fundo. Minha mãe tocou a campainha da casa de alguém. Alguém atendeu, e ela disse: 'Olá.'"

Mas não podia ser verdade, foi o que explicaram para ela. Sua mãe não foi encontrada perto de uma rua residencial, perto de casas. Ela foi encontrada dentro da Usina Elétrica de Southwark, aquela usina velha e abandonada no píer. E foi morta dez minutos depois da ligação. Não a acusaram de estar mentindo, não como Oliver acabou de fazer, disseram que ela devia estar enganada, confusa, em choque, só tinha treze anos, afinal. Às vezes, Red não tinha muita certeza de que se lembrava disso. E agora, pensando bem, será que tinha certeza de que o walkie-talkie não estava grampeado?

— Como assim, Oliver? — Foi a vez de Reyna olhar para ele, quebrando o silêncio constrangedor que se seguiu às suas palavras.

— O atirador sabia a respeito do bilhete, Reyna. — O rosto de Oliver estava ficando vermelho de novo, o calor subindo pelo pescoço. — Sabia o que estava escrito nele. Também sabia onde a gente estava para nos prender aqui. Então, se não tem uma escuta em algum lugar do trailer, temos um problema ainda maior. Porque a única alternativa é...

Ele se afastou, os olhos percorrendo o grupo, enfim parando em Red.

— Um de nós está trabalhando com eles.

03:00

# VINTE E SETE

Red não conseguiu sustentar o olhar de Oliver por mais de dois segundos. Ele ganhou. Ela abaixou o rosto.

— Como é? — questionou Simon, a voz se esvaindo antes mesmo de ele terminar a última palavra.

— Não seja ridículo, Oliver — disse Reyna. — Ninguém aqui está trabalhando com o atirador.

— Por que é ridículo? — rebateu Oliver, os tendões do pescoço tensionados, fazendo sua cabeça girar. — Ele sabe de coisas que não deveria saber. Sobre o que estamos falando, quais são os nossos planos, aquela porcaria de bilhete. E não vamos nos esquecer de como viemos parar aqui, para início de conversa. — Ele fez uma pausa, os olhos brilhando sob as luzes do teto enquanto estalava o pescoço. — Essa estrada não estava na nossa rota. A gente se perdeu. Então ou o atirador de alguma forma previu exatamente quais curvas erradas a gente faria, ou estava ouvindo por uma escuta que implantou e nos seguiu, ou — engoliu em seco — alguém nesse trailer nos levou direto para ele.

Oliver olhou incisivamente para Simon, Arthur e Red, o punho cerrado ao seu lado. Abriu a mão, esticando os dedos longos e grossos ao analisar os três. Alguma coisa se apertou no estômago de Red, se contorcendo de forma desagradável enquanto ela observava a mão de Oliver se apertar e flexionar.

— De novo não. — Simon suspirou. — A gente se perdeu. Não tinha sinal. Nenhum de nós guiou o trailer por essa estrada de propósito.

— Não tenho mais certeza de que isso é verdade — disse Oliver. — Foram vocês três, vocês três que deram as direções no último trecho. O mapa no celular da Reyna sumiu, então não fui eu. A Maddy não falou nada.

— Mas a Reyna estava dirigindo — comentou Simon. — Então, pela sua lógica, ela poderia ser a espiã também, não é? Porque foi ela quem fisicamente trouxe a gente até aqui. Ou só nós três estamos sob suspeita?

— Ela só fez as curvas que vocês mandaram ela fazer — retorquiu Oliver, apontando um dedo para o peito de Simon. — E, se lembro bem, Simon, você foi um dos mais insistentes.

— Eu só queria ajudar! — gritou Simon de volta. — Estava bêbado!

— Hum — disse Oliver, com um sorriso perverso. — Engraçado que você só parece estar bêbado quando convém, não é? Fica bêbado e sóbrio. Pensei que você era o ator daqui.

— Vai se ferrar, Oliver — falou Simon. — Não tenho nada a ver com isso.

— Você é pilantra igual ao filho da mãe do seu tio.

— Parem, por favor! — gritou Arthur, avançando para se colocar entre Oliver e Simon, virando a cabeça para olhar para os dois. — Isso é idiota. A gente não pode se virar um contra o outro.

— E você, hein? — Oliver dirigiu a voz para Arthur agora. — Você estava guiando por último, o trajeto final veio do seu celular.

Red balançou a cabeça. Aquilo não era justo, Arthur perdeu o sinal por último pois usava uma operadora diferente. Ela deveria dizer algo. Deveria defendê-lo.

— Eu errei, sinto muito. — Arthur ergueu as mãos. — Só estava tentando seguir o mapa.

— Red. — Os olhos de Oliver pousaram nela agora. — Lembro que foi você quem nos disse para continuar. Eu queria que a Reyna desse a volta, e você disse para ela seguir em frente.

Red havia falado aquilo, ele não estava errado. Culpa sua.

— A Red não fez nada — disse Arthur.

Então, o sentimento era assim, ter alguém do seu lado, na sua equipe? Para defender você independente de qualquer coisa. Red soltou o fôlego, segurando o walkie-talkie com força, como se o aparelho fosse a mão de Arthur, e eles estivessem parados na porta, prestes a ver duas pessoas morrerem. Duas pessoas estavam mortas, lembre-se disso. Bem ali, do lado de fora. E o pontinho vermelho continuava lá, aguardando.

— Ela só queria encontrar o caminho até o acampamento — continuou Arthur. — Como o restante de nós.

— E, ao fazer isso, um de vocês nos trouxe para essa emboscada, para homens esperando com rifles! Não foi sem querer! — gritou Oliver.

Maddy não falava nada. Isso significava que ela concordava com Oliver, que estava do lado dele? Quantos lados havia? Nós contra eles. Simon, Arthur e Red contra Oliver, Maddy e Reyna, dividindo o trailer ao meio, e metade de dez metros e vinte centímetros era cinco metros e dez centímetros.

— Oliver, para! — Reyna agarrou o braço dele e o puxou para trás.

Não, não era nós contra eles, Reyna não havia tomado partido. Era adjacente aos Lavoy, mas não era uma Lavoy, e todos sabiam muito bem disso. Red certamente sabia agora, seu olhar se arrastando até Maddy.

— Isso não quer dizer que um de nós está envolvido — disse Reyna. — Se não tem nenhum tipo de escuta, talvez o atirador tenha colocado um rastreador do lado de fora do trailer, e por isso a gente não encontrou. Talvez tenha sido assim que ele nos seguiu até essa estrada.

— Navalha de Ockham, Reyna — replicou Oliver na mesma hora, balançando a cabeça. — A solução mais simples em geral é a correta.

— Isso não está ajudando em nada. — Maddy se pronunciou. E o que aquilo significava? Para qual lado pendia? — Por favor, a gente precisa trabalhar junto.

O nó no estômago de Red afrouxou um pouco. Ela não havia perdido Maddy para o outro lado. Porque eram melhores amigas, quase irmãs. Conheciam uma à outra até do avesso. Estava no sangue delas, porque as mães eram melhores amigas antes de elas nascerem. De colegas de quarto na faculdade a colegas de trabalho, uma promotora e uma comandante da polícia. Será que Red e Maddy algum dia teriam profissões que combinassem? Provavelmente não; Maddy iria para a Universidade da Pensilvânia, e Red não iria a lugar nenhum. Red não poderia ser adjacente aos Lavoy para sempre, e nem tinha certeza de que Maddy ia querer isso. Mas, por enquanto, estava valendo.

— Levanta a blusa, Red — disse Oliver, gesticulando para cima com os dedos. — Você também, Arthur.

— Como assim? — questionou Maddy, encolhendo-se quando Oliver a olhou.

— Preciso conferir se nenhum deles está usando uma escuta — respondeu ele.

— Ah, qual é?! — interveio Simon. — Isso está virando *O senhor da porra das moscas*. Vamos acabar matando uns aos outros e esquecendo o atirador.

— Não estou usando uma escuta — disse Red, cruzando os braços sobre o peito para protegê-lo, o walkie-talkie ronronando na sua axila.

— Ótimo, então prova.

— Oliver! — sibilou Reyna, baixinho.

— Ela e Arthur se aproximaram quando Maddy e eu estávamos conversando sobre o bilhete. Você e Simon estavam na porta. Portanto, se tiver um dispositivo de escuta que ainda não encontramos, está em um deles.

— Ou na Maddy — sugeriu Simon, histérico, a ponto de quase sorrir. — Ou em você. Não conta se for um Lavoy? — Ele bateu os braços dos lados das pernas.

Simon entendia.

— Você está levando isso longe demais — disse Arthur, balançando a cabeça, dando um passo para a frente de Red, como se a estivesse protegendo de Oliver. Uma barricada. — A gente precisa parar e respirar fundo. Todo mundo quer sair daqui, então vamos pensar no que o atirador de fato pediu para fazermos.

— Por que você está se recusando a levantar a camisa? — Oliver o encarou. — Se não tem nada a esconder…

— Tá, beleza, olha. — Arthur agarrou a bainha da camisa de beisebol e a puxou até o peito, os músculos das suas costas se contraindo durante o processo. — Viu? Nada. Isso está saindo do controle. — Ele deixou a camisa cair.

— Agora a Red.

— Não. — Havia um rosnado na voz de Arthur. — Ela não precisa.

— Eu faço também. Olha. — Oliver deu um passo à frente, os dedos se movendo rapidamente pelos botões da sua camisa. Ele chegou ao último e o abriu o tecido cobrindo seus braços como asas. Não havia nada no seu peito, nada além das linhas nítidas do seu abdômen. — Olha. Não tenho nenhum segredo. Estou limpo. — Ele abaixou a cabeça para Red, reabotoando a camisa. — Sua vez.

Ela não queria. Óbvio que não queria. Mas também não queria que os outros pensassem que estava escondendo alguma coisa. Seria muito pior.

— Tá.

Red cerrou os dentes. Sua blusa era larga o bastante para que não precisasse abri-la. Agarrou as pontas, o walkie-talkie ainda em mãos, e puxou a blusa por cima do sutiã, mostrando a pele pálida do peito e da barriga para o restante do grupo. Ela também não tinha segredos, pelo menos não na pele. Red percebeu que Arthur não olhou. Ele não devia gostar dela desse jeito, afinal.

A garota deixou a blusa cair, enfiando a parte da frente na calça.

— Acabou agora?

— Sinto muito, Red — disse Reyna baixinho, como se de alguma forma fosse culpa sua.

— Nenhum fio — disse Simon, uma pontada irregular na voz enquanto ele alisava a própria camisa. — Nenhum dispositivo de escuta. Podemos seguir em frente?

— Ainda não. — Oliver balançou a cabeça. — Só porque não tem nenhum fio, não quer dizer que ninguém esteja, de alguma forma, se comunicando com o cara lá fora.

— Oliver, sério... — implorou Maddy. — Ninguém aqui está trabalhando com o atirador. Ele mataria qualquer um de nós. Matou aquele casal inocente.

Os olhos de Oliver estavam ocupados, revirando algum pensamento. Red temia saber o que era.

— Peguem os celulares — disse Oliver, caminhando até a cozinha e puxando a última gaveta forte demais, fazendo-a balançar. Ele pegou a maior panela que encontrou, com uma tampa de vidro combinando e a puxou para fora, empurrando as outras panelas, que fizeram barulho ao redor dela. — Anda, eu disse para pegarem os celulares. Vamos colocar todos eles aqui.

Ele ergueu a panela.

— Não tem sinal — relembrou Simon. O garoto havia pegado o celular, mas o apertou, como se não quisesse soltá-lo. — Como algum de nós estaria se comunicando com o atirador sem sinal?

— Eu sei lá — disse Oliver, brandindo a panela. — Talvez ainda haja um jeito de se comunicar, algum tipo de aplicativo. Ou talvez um deles tenha sido hackeado, e ele esteja nos escutando. De qualquer forma, se quiserem ter a minha confiança de novo — seus olhos piscaram, e era óbvio com que metade do trailer ele estava falando —, vamos guardar os celulares aqui. Todos nós. Não estou pedindo.

Para provar, Oliver pegou o próprio celular do bolso de trás e o colocou dentro da panela, com um baque surdo.

— Reyna? — Ele estendeu a panela para ela.

A garota assentiu, sem retribuir o olhar, mas pegou o celular e o colocou na panela, em cima do dele.

Maddy se aproximou, deixando cair o dela logo em seguida.

— Simon.

Não era um pedido, afinal.

— Isso é muito idiota — disse Simon, dando dois passos furiosos em direção a Oliver e soltando o celular, o dispositivo deslizando contra os outros para encontrar o próprio espaço.

Oliver não precisou falar com Arthur; ele já estava se inclinando para a frente, o celular em mãos, colocando-o verticalmente em um buraco dentro da panela. Montando guarda sobre os outros.

— Red.

Oliver estendeu a panela, os olhos de todos se voltando para ela. A garota conseguia senti-los, cada um deles, como calor na sua pele; se ficassem ali tempo demais, talvez Red queimasse. Por acaso estavam olhando para ela de um jeito mais severo do que para os demais? Não era um bom sinal. Estendeu a mão para trás, mergulhando-a no bolso largo da calça jeans, os dedos pousando nas bordas frias do seu telefone. Ela o puxou e o segurou diante dos olhos, o celular em uma das mãos, o walkie-talkie na outra. A tela inicial se acendeu. Sem serviço. Agora com 38% de bateria. Eram 3h13 da manhã. Estranho como ela não se sentia nem um pouco cansada.

— Red — repetiu Oliver.

Não era um pedido, lembra? Ele era o líder e estava liderando. Para onde, Red não queria pensar. Ela hesitou, e então deslizou o celular no topo da pilha.

— Ninguém tem um segundo aparelho, não é? — perguntou a garota.

Todo mundo balançou a cabeça, e Oliver assentiu.

Os celulares deslizaram e se moveram quando ele os levou embora, colocando a panela na mesa de jantar e encaixando a tampa de vidro nela. Mas não era o bastante, óbvio. Depois disso, Oliver pegou o rolo de silver tape, agora pela metade, e puxou uma longa tira, cortando-a em pedaços menores com a tesoura de cabelo de Maddy. Prenda os pedaços de fita adesiva da tampa à panela, selando os celulares lá dentro.

Em seguida, a panela estava nas suas mãos de novo, e ele caminhava em direção à cozinha; abriu o forno e guardou a panela ali. A porta do forno foi fechada com um baque que ricocheteou pelo trailer.

Ele deu meia-volta, e Red enrijeceu, encontrando os olhos do rapaz por um instante antes de piscar para afastá-los. Um arrepio a atravessou, escondendo-se logo abaixo da sua pele, muito embora estivesse quente no trailer. Quente demais. Ela estava com medo de Oliver ou com medo em geral? Com medo dessa noite e do homem do lado de fora com uma arma. Devia ser a segunda opção. Ela conhecia Oliver a vida inteira. Um líder tinha que tomar decisões difíceis. Ele só estava tentando fazer com que sobrevivessem. Era só isso, não era?

— E agora? — Simon se endireitou, segurando as mãos ossudas na frente do peito, como se estivesse protegendo seu interior. — Vai fazer a gente tirar a roupa, se curvar e tossir?

— Simon, eu já estou perdendo a paciência! — explodiu Oliver. — Eu sou o único aqui que está usando a cabeça. Estou tentando garantir que a gente sobreviva. Só isso.

— É mesmo? — provocou Simon, apertando as mãos. — Porque acho que você continua evitando a única coisa que sabemos com certeza que vai nos tirar daqui. A razão de estarmos nesse lugar. O segredo que o atirador quer.

— Não todos nós — disse Maddy, mexendo-se desconfortavelmente, uma sombra atravessando seus olhos. — Nem todos nós vamos sair daqui vivos. Ele disse que se contarmos o segredo, vai deixar o *restante* de nós vivo. O que quer dizer que...

Ela não precisava terminar. Red entendeu. Aquele segredo, o que o atirador queria, era uma sentença de morte. Esse era o problema. Mas não era o segredo de Red, não poderia ser. Então, de quem era?

— Bem, por que a gente não se concentra em dar o que ele quer e lida com as consequências depois? — sugeriu Simon, olhando para Maddy, porque Oliver havia começado a andar de um lado para o outro atrás deles. — Talvez ele esteja blefando sobre essa parte.

— Não — disse Oliver de um jeito sombrio. — Não vamos fazer isso, não vamos entrar no jogo dele. Não vou deixar ele matar um de nós. Nenhum de nós.

Os dois lados do trailer eram um só outra vez. Ou então Oliver não queria revelar seu segredo, o segredo que Reyna também sabia. Quão grave poderia ser?

Red observou Reyna, seus olhos dançando pelo chão, um canto da boca tremulando, quebrando seu rosto. A mão de Reyna estava mexendo na sua blusa, puxando-a em um nó cada vez mais apertado no peito. Ela respirou fundo e soltou a mão, o tecido amassado permanecendo no lugar como se seu coração tivesse explodido, escapado das suas costelas e ficado preso ali, na blusa. Ela balançou a cabeça e apertou os lábios, olhando para cima.

— Oliver, a gente tem que... — A garota começou a dizer.

— Não, Reyna, cala a boca — disse ele em um rosnado, parando de repente.

Havia um aviso nos seus olhos. Ele piscou rapidamente.

— Oliver, temos que fazer isso — replicou Reyna, a voz ficando mais séria, um aviso também. — Precisamos. Pode ser por nossa causa. Pelo que a gente fez.

# VINTE E OITO

A estática sibilou, e Red perguntou a si mesma se conseguia vê-la agora, de alguma maneira, salpicando sua visão enquanto tentava observar Oliver.

Havia perigo no movimento dos seus ombros, no quanto os olhos do garoto se arregalaram.

— Nem mais um pio! — gritou ele para Reyna, a respiração soprando nos cabelos pretos da namorada quando o rapaz se aproximou demais.

Reyna não se moveu, não reagiu. Nem Red, mas ela tinha razão, eles estavam escondendo algo, assim como ela. Agora Red entendia por que as últimas horas haviam sido assim: um plano de fuga após o outro, a busca pela escuta e o espião. Era tudo coisa de Oliver, tentando esconder seu segredo. Mas o tempo dele havia acabado.

— Bem, agora é tarde demais — disse Simon. — Todos sabemos que vocês têm um segredo. Não tem volta.

— Oliver? — A voz de Maddy estava baixa, confusa. — O que foi? O que aconteceu?

Ele não respondeu, porque estava olhando para Reyna, que o encarava de volta.

Simon riu, um som falso.

— Você ficou por aí com a sua caça às bruxas, acusando um de nós de ser um espião. E olha só, você sabia o tempo todo que o segredo era seu.

— Não é por causa disso — disse Oliver, os dentes cerrados, os olhos ainda em Reyna.

— Pode ser — replicou ela. — Pode ser a família dele lá fora...

— Para!

— Não, Oliver, não vou parar, caramba! — rebateu Reyna, ganhando vida, os cabelos escuros grudados no suor da testa. — Se isso for por causa do que nós fizemos, precisamos falar! Somos os mais velhos aqui, deveríamos tomar conta deles. São só crianças. Ele falou que deixaria eles irem se a gente contasse. Temos que fazer isso!

E talvez Reyna fosse a líder mais nata, afinal, enfrentando Oliver, sem piscar. O que os dois tinham feito? Algo ruim o suficiente para um homem com um rifle prendê-los ali a fim de arrancar o segredo deles. Dois homens. *Tem dois de nós.* O que era ruim o suficiente para isso? Red só conseguia pensar em uma coisa.

— Oliver — disse Maddy, trêmula. — O que é? O que você fez?

Maddy devia estar pensando na mesma coisa.

— Eu não fiz *nada* — insistiu Oliver, e então, de repente: — Porcaria de mosquito. — E bateu a mão no pescoço suado.

O rapaz parou, encarando o rosto dos amigos, todos os olhos voltados para ele. Ele podia ser Oliver Lavoy, mas eram cinco contra um agora. Seus olhos pousaram em Maddy, e Red viu a mudança, o momento em que ele cedeu, jogou o cabelo para trás com a mão e deu um passo à frente para se sentar no banco, segurando a cabeça.

— Foi um acidente — falou ele, olhando para os outros, desafiando-os a não acreditarem nele.

— O *que* foi um acidente? — pressionou Maddy com gentileza, indo se sentar de frente para o irmão.

— Em janeiro — disse Reyna, escondendo as mãos nas mangas da blusa. — Quando voltamos para a faculdade neste semestre. A gente…

— Eu conto a história — interrompeu Oliver. — Você não sabe contar direito. Não… Eu conto.

Ele se mexeu no banco, o tecido rangendo com o movimento, ou seria o barulho dos seus ossos?

— Continua, Red — pediu Oliver.

— Hein? — indagou ela.

— Os canais. Continua.

Certo. Red olhou para o walkie-talkie, apertando o botão de +, os números aumentando, a estática dando uma pausa breve toda vez que ela clicava.

Oliver esperou até Red passar do canal onze e seguir em frente. Então, limpou a garganta e começou a contar:

— Fomos a um bar certa tarde. Perto da faculdade. Só eu e Reyna. Estávamos assistindo a um jogo, Philadelphia Eagles contra Dallas Cowboys. Reyna não é da Filadélfia, vocês sabem, mas ela entende. Não perde um jogo. — Oliver fungou. — Tomamos umas cervejas, assistindo à partida. Só que eu ia dirigir, então foram só duas. E, durante o jogo, reparei nesse cara que trabalhava lá. Ele não tirava os olhos da Reyna. Acho que ela nem percebeu, mas eu vi.

Reyna se remexeu, os dedos inquietos dentro das mangas.

— E tudo bem, sabe, ela é linda, tudo bem perceberem isso.

Uma contração na boca de Reyna, esticando a pele macia da sua bochecha.

— Enfim, a gente viu o jogo e ficou por mais algumas horas. Nesse ponto, já tinha esquecido o cara. Mas foi anoitecendo, e a gente estava pensando em jantar, então decidimos ir embora. Fomos até o estacionamento, em direção ao meu carro. Não tinha mais ninguém por perto. Aí percebi que tinha deixado o meu cachecol no bar. Então pedi para Reyna esperar no estacionamento e corri de volta para pegar o cachecol.

Reyna sugou o ar pela boca, o barulho da saliva entre seus dentes alto o bastante para Red ouvir. O que estava por vir? O que eles haviam feito?

Simon se sentou no sofá, assistindo ao desenrolar da história, olhando rapidamente de Reyna para Oliver.

— Demorei alguns minutos para encontrar o cachecol. Não estava na mesa em que a gente tinha se sentado, porque outra pessoa já a havia ocupado e entregado para o bar como um item perdido. Então demorou alguns minutos. E, quando saí, vi Reyna parada ao lado do carro. Junto com aquele cara, o que trabalhava no bar.

Oliver fez uma pausa, os dedos batendo na mesa em um ritmo irregular, em descompasso com o coração de Red.

— E o sujeito estava importunando a Reyna — disse ele. — Estava perto do rosto dela, falando com ela. Até a segurava pelo braço. E Reyna tentava se soltar, se afastar.

Uma lágrima silenciosa desceu pelo rosto de Reyna, se acumulando na abertura dos seus lábios.

— Então, óbvio, corri até lá e falei para esse cara dar o fora, para parar de encher o saco da minha namorada. E então ele se virou para a Reyna e perguntou: "Eu estou enchendo o saco?". Ela, óbvio, respondeu que sim.

Red observava Reyna, e talvez estivesse errada, mas pensou ter visto um movimento mínimo na cabeça da garota, um pouco para o lado. Reyna parou quando reparou no olhar de Red.

— Aí puxei a Reyna para longe e disse para ele deixá-la em paz. E o sujeito perdeu o controle. Ele me empurrou, e perguntei qual era o problema. Então ele me bateu, deu um soco bem na minha cara. — Oliver fez uma pausa, concentrando-se em Maddy. — Ele me bateu primeiro, isso é muito importante. Ele me bateu primeiro. Então fiz o que qualquer outro homem na mesma situação faria: soquei de volta. E talvez tenha sido forte demais, sei lá. Mas ele foi nocauteado. Caiu na calçada e, sabe, estava com a respiração pesada como se estivesse inconsciente. Não estava sangrando nem nada. Só estava apagado.

Os dedos de Oliver se contraíram de novo, como se ainda pudesse sentir o rosto do sujeito marcado no seu punho. Reyna chorava, as lágrimas escorrendo e se cruzando com as marcas das outras.

— E a gente pensou em chamar uma ambulância ou voltar para o bar e contar para alguém — disse ele. — Mas foram só alguns segundos, aí os olhos dele se abriram e o cara acordou outra vez. Parecia meio tonto, mas estava bem, até se sentou. Então Reyna e eu decidimos ir embora antes de ele se levantar e tentar atacar algum de nós de novo. Entramos no carro e fomos embora, e ele estava bem. Estava indo embora a pé. A gente viu. Ele estava bem. Estava bem.

Oliver repetiu a frase, como se pudesse mudar o passado e torná-la verdade. Porque o cara não estava bem, e devia ser por isso que Oliver continuava dizendo o contrário.

Ele pigarreou.

— Depois, fomos jantar e não pensamos mais nisso.

O rosto de Reyna se tensionou. Ela havia pensado no ocorrido. Oliver não estava falando por ela, Red conseguia perceber.

— Estava tudo bem.

Tudo bem.

— E aí, dois dias depois, Reyna foi trabalhar no hospital local, em um programa de acompanhamento que a Dartmouth oferece para estudantes que querem obter experiência clínica. — Oliver fez uma pausa e limpou os cantos da boca. — E enquanto estava lá, ficou sabendo de um paciente que tinha acabado de falecer naquela manhã. Era ele. O cara do bar. O nome dele era Jack sei lá o quê. Ele morreu de sangramento no cérebro.

— Hematoma epidural — disse Reyna, a voz embargada e os olhos distantes, não mais no trailer, e sim de volta à memória que só ela podia ver.

Houve um silêncio, apenas o sibilar da estática nas mãos de Red.

— Então... — começou Simon devagar, com cuidado. — Você o matou?

As mãos de Oliver bateram na mesa, fazendo todo mundo pular.

— Eu não matei ele! — berrou o garoto, a voz com picos de intensidade. — Ele atacou a Reyna, e depois me atacou. Bateu em mim primeiro. Eu só estava me defendendo, defendendo a Reyna.

— Vocês contaram para alguém? — perguntou Arthur, a voz baixa e firme. — Depois que descobriram que ele morreu, contaram para alguém?

— Quer dizer, se eu me entreguei? — Oliver olhou para ele, piscando rápido demais. — Não, não contamos para ninguém. Combinamos que nunca falaríamos sobre aquilo de novo, a menos que alguém perguntasse. Acho que não tinha câmeras no estacionamento, porque ninguém nunca abordou o assunto com a gente. Talvez o cara não tivesse comentado com ninguém sobre a briga, talvez ninguém soubesse. Mas deixa eu esclarecer as coisas. — Oliver alongou os ombros. — Não foi culpa minha. Ele me bateu primeiro. Foi legítima defesa. Mas não podíamos ir até a polícia, porque o promotor certo poderia argumentar que foi um caso de homicídio culposo e prestar queixa contra mim.

— Então vocês mantiveram em segredo? — perguntou Maddy, a voz ainda mais baixa do que antes. — Só entre vocês dois.

— Óbvio que mantivemos em segredo — respondeu Oliver. — Ele me bateu primeiro. Por que eu deveria ser punido se ele me atacou, se atacou a minha namorada? E eu não podia fazer isso com a nossa mãe — falou, direcionando as palavras para Maddy. — Ela está prestes a se tornar promotora distrital, e se esforçou tanto para isso. Um filho com uma acusação criminal destruiria a carreira dela. Isso sem falar na minha própria carreira jurídica. Ele me bateu primeiro.

Mas Oliver deve ter batido nele com mais força.

— Então... — disse Arthur, hesitante, tomando cuidado para não irritar Oliver outra vez. — Você acha possível que alguém saiba o que aconteceu ou pelo menos suspeite. O homem lá fora com o rifle pode ser um amigo ou parente? E quer que você admita o que fez, como o Jack morreu?

— Eu sei lá — respondeu Oliver, um pequeno encolher de seus ombros largos demais. — Essa história toda é horrível. Foi um acidente. Não tive a intenção... — Ele parou de falar, o olhar perdido. — Não tive a intenção.

A expressão de Oliver mudou, suavizando entre as sobrancelhas, uma contração no seu lábio inferior, repuxando o queixo. Os olhos vidrados, quase ameaçando lacrimejar, e ele olhou para baixo antes que alguém visse. Mas Red viu, ela estava observando. E conhecia aquele sentimento melhor do que ninguém. A culpa como uma dor física no estômago, se contorcendo, como uma fome que nunca acabava. A sensação de vergonha queimando o rosto. Apesar de tudo, Red não queria que Oliver se sentisse daquela forma, que sentisse o que ela sentia. Ela não desejava aquela sensação para ninguém.

Red deu um passo à frente, parando ao lado de Oliver, e ele ergueu o olhar quando o zumbido da estática se aproximou do seu ouvido.

— Sinto muito, Oliver — disse ela, olhando para baixo, na direção dele. — Eu sei exatamente como você se sente, como se fosse culpa sua alguém ter morrido. E eu...

— Não é culpa minha. — Oliver a cortou, as palavras não ditas presas na garganta dela. — Ele me bateu primeiro. Eu só estava defendendo a Reyna. Ele me bateu primeiro. Não é culpa minha.

O garoto repetia como se fosse importante que ela entendesse. Eles não eram iguais, Red e Oliver, e ela não deveria cometer aquele erro de novo. Foi o que ele quis dizer. Mas Red nem teve tempo de explicar sua fala, explicar quem tinha morrido por causa dela.

Houve uma fungada à sua direita. Reyna ainda estava chorando, limpando o nariz na manga. Ela não parecia aliviada pela história ter vindo à tona, por enfim terem contado.

— Quantos anos ele tinha? — perguntou Maddy, lançando um olhar cauteloso para o irmão.

— Não sei, mais ou menos a nossa idade, acho — disse Oliver.

— Vinte e dois — respondeu Reyna, depois de um segundo.

Oliver encarou a namorada. Red recuou para ele poder vê-la, abrindo o caminho entre os dois.

— Como sabe disso? — perguntou ele. — Do hospital? Você nunca tinha dito antes.

Reyna respirou fundo, olhando ao redor como se houvesse uma guerra acontecendo na sua cabeça, e ali estava ela, presa entre os dois lados. Ela soltou o ar, com os dentes cerrados, a decisão tomada, um lado escolhido. Piscou e observou Oliver; Red estava presa no meio outra vez. A garota recuou para a cozinha. A história não havia terminado, não é? Não estava completa. Reyna evidentemente sabia de algo que Oliver não sabia.

— Desculpa, Oliver — disse Reyna, a voz rouca e triste, uma nova lágrima percorrendo as linhas do seu rosto, entrando e saindo das outras marcas úmidas. — Ele não era um cara qualquer. Eu o conhecia.

# VINTE E NOVE

A boca de Oliver estava escancarada, seu maxilar fazendo movimentos curtos para cima e para baixo, e Red imaginou que conseguia ouvi-lo rangendo, criando o som da estática.

Oliver não disse nada, então Reyna o fez:

— O nome dele era Jack Harvey, não Jack sei lá o quê, e eu o conhecia.

Oliver piscou devagar, os únicos músculos que se moveram em todo o seu corpo.

— Por que não me contou? — questionou ele em um rosnado baixo, a voz presa na garganta. Mas não era a pergunta certa. — E como você conhecia Jack Harvey?

Lá estava, a pergunta certa. A cabeça de Red virou na direção de Reyna, esperando por uma resposta. Assim como todo mundo: Arthur, Simon, Maddy, todos encaravam Reyna, encurralando-a perto da porta do trailer com os olhos.

Reyna abraçou o próprio corpo, mexendo nas dobras das mangas da blusa.

— Eu conhecia o Jack... — disse ela, com cuidado, como se suas palavras talvez causassem uma explosão se as falasse com muita intensidade. E, levando em conta a expressão de Oliver, talvez isso acontecesse mesmo. — Porque estávamos juntos.

Simon soltou o ar, caindo para trás, desajeitado, passando as mãos pelos cabelos desgrenhados.

Reyna mordeu o lábio inferior, no aguardo da explosão. Mas ela não veio.

— Juntos como? — indagou Oliver, enunciando as palavras com muita ênfase, acentuando cada sílaba.

— Juntos, tipo... — A voz de Reyna se acovardou, desaparecendo sob seu fôlego. — Por favor, não me faça dizer.

— Há quanto tempo? — Oliver estava calmo demais, parado demais, e Red estremeceu, os pelos da nuca se arrepiando.

— Eu o conhecia fazia alguns anos. — Reyna fungou. — Foi naquele bar, quando fui com uns amigos.

— Não foi essa a minha pergunta — retrucou Oliver.

Reyna balançou a cabeça.

— Desde setembro. Quando a gente voltou para o semestre de outono.

Os olhos de Oliver giraram, pensando em algo.

— Quatro meses — disse ele. Não era uma pergunta. — Você ficou com ele por quatro meses pelas minhas costas.

— Desculpa. — Reyna chorou. — Eu não devia ter feito isso com você. Sei que é horrível, e sinto muito, muito mesmo.

— E agora está me contando — falou Oliver, ainda calmo demais, um olhar enevoado, as pupilas grandes e escuras como besouros. — Aqui, na frente de todo mundo, na frente da minha irmã.

Maddy se encolheu no banco.

— Desculpa. — Reyna se abraçou com mais força. — Eu queria ter revelado em um momento melhor, quando a gente estivesse a sós. — Ela balançou a cabeça, mechas pretas grudando nas suas bochechas, molhadas por lágrimas e suor. — Não, eu queria que isso nunca tivesse acontecido, para início de conversa. Se não tivesse sido tão covarde, se tivesse... — As palavras falharam, os lábios se apertando enquanto ela tentava recuperá-las.

— Se tivesse o quê? — pressionou Oliver, e Reyna estremeceu, como se ele estivesse apertando seu pescoço.

— Terminado com você — respondeu ela baixinho, quase em um sussurro, encarando Oliver como se não houvesse mais ninguém no trailer.

E, na verdade, não havia. A mente de Red se aquietou pela primeira vez, observando a cena, um sentimento estranho no estômago. Não era culpa, nem vergonha, nem fome, era algo mais antigo. Primordial. Um instinto primitivo dizendo para ela sair do caminho de Oliver. Havia perigo do lado de fora do trailer, e agora havia perigo do lado de dentro também.

Oliver deu uma risada baixa e bateu a mão na mesa, fazendo a faca de cozinha pular e a lanterna rolar em direção a Maddy.

— Como é que é? — indagou ele, um sorriso enorme tomando o rosto, enrugando a pele ao redor dos seus olhos. — Você teria escolhido *aquele cara* em vez de mim?

Outra explosão rápida de som vinda da sua garganta, algo entre uma risada e um grito, o sorriso no seu rosto se contorcendo nas extremidades, tornando-se cruel.

— Me desculpa. Eu amava ele — sussurrou Reyna, um par de lágrimas silenciosas rolando pelo seu rosto.

Red recuou mais um passo. Talvez Reyna não devesse ter dito aquilo, pelo menos não aqui nem agora, mas evidentemente ela ficou segurando aquele segredo por muito tempo. Foi necessário um homem com um rifle para trazer a verdade à tona.

Oliver ainda sorria. Por que continuava sorrindo?

— A gente está junto há dois anos e meio — disse ele.

— Eu sei. — Reyna chorou. — Eu gosto de você, Oliver. Muito. Mas com ele era diferente. Era fácil.

— Fácil, é?

Ainda sorrindo. A mão descansando na mesa onde ele havia batido, os dedos abertos, um pouco perto demais da faca afiada. Red ficou tensa.

— Diferente — explicou Reyna, com uma fungada. — O Jack não se sentia bem com isso, com o que estávamos fazendo. Falei para ele que ia terminar com você, disse que terminaria em breve. — A respiração dela parou no peito. — Eu não sabia que iríamos até o bar naquele dia. Se soubesse, teria tentado fazer com que assistíssemos ao jogo em outro lugar. Sei que esse não é o problema, sou eu, o que fiz… — Ela parou de falar, inspirando mais uma vez para conseguir continuar. — Era isso que ele estava falando para mim no estacionamento. Disse que já tinha esperado tempo demais e que eu precisava escolher. Que precisava terminar com você porque não era justo continuar daquele jeito.

Oliver ainda não havia dito nada, só estava com o mesmo sorriso, piscando para ela continuar falando.

— Aí você saiu e viu a gente, e entrei em pânico. Não queria que tudo viesse à tona com vocês dois juntos. Mas sabia que era o momento, querendo ou não, e que tinha que tomar uma decisão ali. Precisava decidir. E, sei lá… — Ela limpou o nariz na outra manga dessa vez. — Eu amava o Jack, sabia disso, mas naquele momento a minha mente me falou que escolhê-lo não seria uma decisão inteligente ou prática, porque ele trabalhava em um bar e era tudo o que queria para a vida. Enquanto você… — Ela fez uma pausa, ousando olhar para Oliver.

— Eu seria alguém — disse ele, mostrando os dentes naquela última sílaba. — E aí, Reyna, foi uma batalha entre a mente e o coração, é isso? — zombou Oliver, mas Reyna assentiu devagar.

— Fui covarde. — Ela mordeu o lábio. — Tomei a minha decisão e fingi que não o conhecia, que ele era só um cara qualquer que estava me perturbando no estacionamento, como você pensou. E aí tudo aconteceu. — Reyna estremeceu, como se estivesse revendo a cena, repassando-a dentro dos seus olhos vermelhos. — Não tive coragem de escolhê-lo. E ele ficou tão magoado depois, me mandou mensagem naquela noite, disse que não conseguia acreditar que eu tinha fingido que não sabia quem ele era. E depois não tive mais notícias dele, até... até...

— Ela não precisava terminar, eles sabiam o desfecho. — Ele morreu, e a culpa é minha, porque fui covarde e deixei todas essas coisas acontecerem.

Red se mexeu, encolhendo-se quando fez um farfalhar que atraiu os olhos de Oliver, que estava pensando sobre tudo, analisando. Só que Reyna não tinha matado Jack, tinha? Foi Oliver quem deu o soco, quem causou o sangramento lento em seu cérebro. Nenhum deles queria que Jack morresse. Mas ninguém diria que foi Reyna quem o matou, não é? Ela o amava e se culpava por isso, e deveria ser um fardo terrível de carregar. Quase como...

— Sim, Reyna, foi tudo culpa sua — retrucou Oliver depois de uma longa pausa, a voz rouca e sem emoção. — É tudo culpa sua. Você me fez fazer aquilo.

— Eu não, eu não... — Reyna encheu as bochechas de ar para controlar a respiração entrecortada. — Me desculpa. Eu não quis machucar ninguém. — Ela desviou o olhar de Oliver, passando de Maddy para Red, como se as estivesse vendo pela primeira vez, afastando-se daquela horrível e sombria memória para dar lugar à horrível e sombria realidade do trailer.

— Jack tinha quatro irmãos — explicou. — Nunca os conheci, mas podiam ser eles. Certa vez, ele mencionou que um deles gostava de caçar cervos. Talvez tenham visto as nossas mensagens no celular dele e se perguntado por que nunca entrei em contato nem fui ao funeral. Ou talvez suspeitem da história sobre como ele tinha machucado a cabeça, e daquela última mensagem que ele me mandou. Este é o segredo que querem: saber como Jack morreu.

Naquele momento, a estática pareceu ficar mais alta nas mãos de Red, mesmo que fosse impossível. Ela era a guardiã da voz, e será que agora sabiam de quem era a voz esperando por eles no canal três?

Oliver bateu palmas, como o estrondo de um trovão ou o estampido de um rifle. Duas vezes. Dois tiros. O som se infiltrou nos ossos de Red.

Ele se levantou do banco.

— Bem, Reyna, você não precisa se preocupar em ter *coragem* agora. — Ele tossiu, um sorriso ainda estirado nos lábios, dividindo a pele quase vermelha em camadas. — Você e eu acabamos aqui. Eu sempre posso arranjar alguém melhor do que você.

Ela assentiu.

— Desculpa, Oliver. Me desculpa mesmo.

Ele ignorou o pedido de desculpas, desviando o olhar antes que ela terminasse. Reyna não era mais bem-vinda no lado dele do trailer, o *nós* do *nós contra eles*. Um calafrio percorreu a coluna de Red, muito embora estivesse quente ali, o suor pinicando nas costuras da camisa, que apertavam suas axilas. Os seis estavam cozinhando dentro daquela lata. Mas o calafrio tinha um significado, uma preocupação que Red conseguia colocar em palavras. Agora não havia ninguém capaz de controlar Oliver. A menos que Maddy... Red tentou encarar Maddy, mas ela não estava olhando de volta, cutucava a pelinha do dedo com as unhas.

— Se é por isso que estamos aqui — falou Reyna, o olhar passando de Arthur a Simon —, vou enfrentar as consequências. Vou contar a ele o que aconteceu, o que eu fiz. Vou acabar com isso.

— Ah, não vai, não — rebateu Oliver. O sorriso já havia ido embora, mas sua boca não fechava, ficou aberta entre as palavras. As pupilas continuaram dilatadas demais nos seus olhos castanho-dourados. — Você não bateu nele, *eu* bati. Se estão procurando por um assassino, então estão procurando por mim, não por você. E não vou morrer porque você decidiu dar para um bartender, Reyna. — Uma gota de saliva voou com o nome dela. Ele apontou para o walkie-talkie nas mãos de Red. — Não vamos falar nada para ele. A culpa é sua, Reyna, e de mais ninguém. Se alguém deveria sair desse trailer, é você. Mas eu não vou, está me ouvindo?! Não vamos falar nada para eles.

— A gente precisa — insistiu Reyna, um tremor no lábio inferior. Ela o mordeu. — É a coisa certa a se fazer, contar para ele o que ele quer saber. Ele falou que deixaria os outros irem. Talvez também nos deixe ir, se souber que foi tudo um acidente, que Jack não deveria ter morrido.

— Não sei, não — disse Simon, incerto. — Ele matou o Don e a Joyce por nada. Não parece ser do tipo que perdoa.

— Não — rosnou Oliver. Ele passou por Red em direção à cozinha, lançando um olhar para o relógio do forno. — São 3h45. Vamos ficar sentados aqui até o sol nascer, até as seis da manhã, até esse jogo acabar. É isso que vamos fazer.

— Não posso, Oliver — disse Reyna, mantendo o tom firme, arriscando a explosão outra vez. — Talvez alguém leve um tiro. Não posso aceitar isso. Red, me passa o walkie-talkie, por favor?

— Não, Red! — berrou Oliver. — Me dá o walkie-talkie. — Ele estendeu a mão; estava aberta, esperando.

Red olhou de Reyna para Oliver, o walkie-talkie sibilando nas suas mãos em concha, como uma cobra enrolada para o bote, como um aviso.

Ali estava ela outra vez, parada no meio deles, presa entre os dois pontos de vista. Ela apertou o aparelho no peito.

— Red, não seja idiota — disse Oliver, tentando abaixar a voz. — Me dá o walkie-talkie. Eu estou no comando. Você me conhece. Não conhece a Reyna. Nenhum de nós conhece, pelo visto.

— Red, por favor. — A voz de Reyna surgiu no seu outro ouvido. — Estou tentando fazer a coisa certa. Para nos salvar.

Os olhos de Red pularam para os de Maddy, mas não havia resposta alguma ali, apenas o medo, cada vez maior.

— Red?

— Red?

Esquerda ou direita.

Se mexer ou ficar parada.

Reyna ou Oliver.

# TRINTA

— Red?

Os olhos de Oliver queimaram nos dela, atravessando-os e as coisas desconhecidas por detrás deles, como se conseguisse ver seus pensamentos indo pra lá e pra cá, tentando puxá-los a seu favor.

A estática dos alto-falantes chiou nos seus dedos apertados; Red pressionou a língua na parte de trás dos dentes.

Para quem?

Ela tinha que escolher um deles. Tinha que tomar uma decisão agora, era o dever dela. Duas mãos estendidas, no aguardo. Reyna ou Oliver?

O coração de Red batia nas suas costelas, tentando se libertar, para não se envolver nisso. Red conhecia Oliver desde sempre, ele estava certo a respeito daquilo. E ela já o havia escolhido uma vez, quatro horas atrás, voltando para o trailer quando seus instintos e sua mãe a mandaram correr. Ela deveria ter corrido? Onde estaria agora? Don e Joyce ainda estariam vivos?

— Red! — gritou Oliver, agora impaciente, flexionando os dedos e dando um passo em direção a ela.

Os pelos da sua nuca se arrepiaram, e seus instintos a disseram para se mexer, se afastar dele porque havia perigo nos seus olhos. E, dessa vez, Red ouviu. Ela recuou, os olhos ainda em Oliver, dando dois passos em direção a Reyna, perto da porta do trailer. Depressa, antes que pudesse se arrepender ou pensar mais duas ou três vezes no assunto, girou nos calcanhares e empurrou o walkie-talkie nas mãos quentes da garota.

A mão de Reyna se fechou sobre o aparelho, os dedos encostando nos de Red por um momento. Elas compartilharam uma piscadela.

— Não! — vociferou Oliver, avançando, o trailer balançando com seus passos pesados.

Arthur disparou para a frente de Oliver, o corpo bloqueando a passagem dele até elas, uma gota de suor escorrendo pela têmpora.

— Para — disse Arthur, a voz falhando, a boca severa e tensa enquanto segurava o ombro de Oliver, empurrando-o. — É decisão da Reyna contar ou não.

Simon também correu e se juntou à barricada ao lado de Arthur, os ombros colados. Os Lavoy de um lado do trailer, Reyna e Red perto da porta, Simon e Arthur no meio. Maddy agora estava de pé, observando tudo e mordendo o polegar, ansiosa.

— Não é! — Oliver cuspiu as palavras no rosto de Arthur. — A decisão é minha. *Eu* estou no comando. Não ligo para o que a Reyna vai falar para ele, eu é que não vou sair desse trailer! Ninguém vai sair desse trailer!

Uma vibração na sua voz, escondida logo abaixo da raiva. Ele estava apavorado, não estava? Era isso. Debaixo daqueles ombros largos demais, olhos castanho-dourados e pele avermelhada, Oliver estava com medo. Contudo, quando alcançou a superfície, o medo havia se transformado em raiva para ele se proteger.

— Temos que fazer o que ele quer! — gritou Reyna do outro lado da barricada. — Não tem outro jeito.

— Não se atreva a contar para ele, Reyna! — berrou Oliver em resposta, espiando pelo vão entre a cabeça de Simon e Arthur. — Não se atreva a contar a ele o que eu fiz.

A barricada recuou quando Oliver os empurrou.

Reyna respirou fundo e soltou o ar, fazendo os cabelos de Red dançarem, presos no rabo de cavalo. Ela levou o walkie--talkie aos lábios e apertou o botão. A estática cessou.

— Alô? — disse Reyna, a palavra tremendo apenas nas extremidades.

Estática.

— Olá. — A voz crepitou no alto-falante. — Estou aqui.

Estática.

— Reyna, não se atreva, porra!

— Aqui é Reyna Flores-Serrano — anunciou ela, apertando o botão, fechando os olhos com força. — Acho que sei qual é o segredo que você está procurando.

Estática.

— Ah, é? — murmurou a voz sombria e grave, sem deixar escapar qualquer emoção. — Pois então diga.

— Reyna!

Arthur fincou os calcanhares no chão quando Oliver o empurrou.

— Oliver, para! — exclamou Simon, resistindo.

— É sobre o que aconteceu com Jack Harvey em Hanover, em janeiro — disse Reyna, o queixo franzido tremendo, os olhos ainda fechados. — Como ele morreu.

A estática voltou quando Reyna soltou o botão, os olhos tremendo ao se abrir. Ela recuou contra a porta quando viu o rosto de Oliver, a ameaça silenciosa no olhar.

A estática se estendeu por uma eternidade. Universos nasceram e morreram nos segundos enquanto esperavam, escutando o zumbido vazio. Red desejou que a voz voltasse, como havia feito inúmeras vezes antes, uma voz diferente, por um motivo diferente, mas desejar aquilo nunca funcionou antes.

— *Vamos...* — disse Simon, ousando olhar para trás, os olhos focando no walkie-talkie apertado na mão de Reyna.

Um estalo.

A estática sumiu.

Silêncio. Soava estranho nos ouvidos de Red, depois de todo esse tempo.

— Parece uma história comovente — comentou a voz. Ele pigarreou. — Mas não é a que estou procurando.

Um suspiro. De Maddy. Red reconheceu sem precisar olhar. Os olhos de Reyna escureceram, as sombras projetadas pelas suas sobrancelhas se unindo, linhas de confusão atravessando a testa.

— O quê? — sussurrou ela para si mesma, encarando o walkie-talkie, que tinha voltado a crepitar.

A briga no meio do trailer parou, Oliver se afastando, se endireitando, uma nova expressão se formando no seu rosto, as manchas vermelhas retrocedendo devagar sob o colarinho. Seus olhos fizeram o oposto: se iluminaram.

— Não é esse o motivo — disse ele, a voz quase voltando ao normal, rouca apenas as notas mais graves. — Não é por causa do que a gente fez, do que aconteceu. Não é por minha causa.

E, quando disse a última parte, o sorriso voltou a brincar no seu rosto. Dessa vez, não era cruel, só não havia remorso, e ele não tentou esconder. Não precisava mais ter medo.

A barricada se desfez. Arthur se curvou para a frente, respirando com dificuldade, enxugando o suor das mãos na frente da calça jeans. Simon se esticou, enterrando as duas mãos na confusão dos seus cabelos escuros e dizendo:

— Caramba. — Ele deu um assobio baixo.

— Não é pelo que aconteceu com o Jack? — questionou Reyna, a voz subindo no final, mas não era exatamente uma pergunta, ao menos não uma que precisasse de resposta.

Ela não conseguia acreditar, era isso. Tinha tanta certeza; Red conseguia ver nos seus olhos, na curva da sua boca aberta.

— Não é por causa de mim nem da Reyna — disse Oliver com o sorriso, se virando para Arthur, Simon e Red, um de cada vez. — Nós não temos o segredo. É um de vocês.

A respiração ficou presa na garganta estreita de Red enquanto ela analisava o sorriso de Oliver. O trailer estava ficando menor ao redor deles, mais apertado? Era para ter dez metros e vinte centímetros, mas eles nunca haviam medido. E se tivesse nove e meio e estivesse diminuindo? Ah, não, Oliver a observava enquanto ela olhava ao redor. Não podia ser ela. Red tinha um segredo, mas ninguém sabia, essa era a questão. Ela nem queria pensar nisso, para o caso de Oliver de alguma forma conseguir ler o segredo nos seus olhos. Ele não. Ele nunca.

Simon se mexeu, e Arthur escondeu as mãos nos bolsos da frente, olhando para o teto. O trailer estava diminuindo ao redor dele também? Apertando-os. Quente demais. Abafado demais.

— Estou começando a perder a paciência. — A voz estalou de volta à vida. — Tenho mais vinte e quatro balas comigo. — Ele fez uma pausa, deixando aquele número ser absorvido.

E foi absorvido diretamente no estômago de Red, que se agitou com outra sensação de vazio. Vinte e quatro. Quatro buracos mortais em cada um deles.

— Se eu não conseguir respostas em breve, vou começar a atirar no trailer aleatoriamente.

Estática.

*Crec.*

O micro-ondas explodiu.

Maddy gritou.

Simon caiu.

O vidro caiu como chuva em direção ao chão, faíscas brilhando ao redor do novo buraco na parte de trás da máquina, um vislumbre da noite do outro lado.

Havia um buraco combinando na parede do banheiro. Paredes, metal, plástico, vidro, a bala passou por tudo isso mais rápido do que o tempo que Red levou para piscar, se encolher e levar as mãos às orelhas, o walkie-talkie batendo na lateral de sua cabeça.

— Esse foi o primeiro — disse a voz, murmurando bem no ouvido de Red.

Logo em seguida, o aparelho se encheu de estática de novo.

— Bosta! — exclamou Simon, levantando-se do chão e esfregando as pernas. Deu batidinhas no peito como se procurasse por buracos.

Mas ele não estava no caminho, nenhum deles estava. Oliver foi o que ficou mais próximo, e o tiro havia levado algo dele: seu sorriso.

*Crec.*

As mãos de Red estavam prontas, perto das orelhas.

Um buraco se fragmentou na parede logo acima do fogão, mais baixo do que o último tiro, alguns centímetros mais perto de onde os seis estavam. Oliver correu para longe, esbarrando em Arthur no processo, o trailer estremecendo com seus passos. Ele foi ficar ao lado de Maddy na mesa de jantar, uma das mãos no ombro dela.

— Temos que nos proteger! — berrou ele.

— Onde?! — gritou Simon de volta. — Não tem onde se proteger. As balas atravessam tudo!

Simon estava certo; não havia como se esconder. O trailer não era um escudo, não era seguro, era apenas uma ilusão, uma barreira falsa entre o lado de dentro e o pontinho vermelho do lado de fora. Uma lata de sardinhas escaldante, encolhendo, se enchendo de buracos. A noite perfurando novos olhos pelas paredes para vê-los se contorcerem.

— Esse foi o segundo — murmurou a voz, tão próxima ao rosto de Red que era como se ela pudesse sentir sua respiração soprando pelo alto-falante.

Ele tinha mais vinte e duas balas pela frente. Quanto tempo até que uma delas encontrasse carne, osso e coisas piores?

— Me deem o que eu quero — disse a voz, Red segurando-a para todos ouvirem. — Vocês estão quase lá. Sim, é sobre alguém que morreu. Uma pessoa que foi morta, na Filadélfia. Um de vocês sabe quem é.

Estática.

Red abaixou o walkie-talkie, e se virou para o outro lado do trailer e encontrou os olhos de Maddy. Elas sustentaram o olhar uma da outra por dois longos segundos. Havia algo novo lá, uma mudança estranha nas pálpebras de Maddy, algo semelhante ao pânico cruzando-as. Um olhar que Red não reconhecia, e ela conhecia todas as expressões faciais de Maddy. O que havia ali? Red tentou decifrá-la, mas Oliver a interrompeu.

— Uma pessoa que foi morta, na Filadélfia — disse ele, repetindo palavra por palavra do que o atirador falou.

Então definitivamente não era Red. Ela nunca havia matado ninguém, a menos que a mãe dela contassem, e Red não tinha certeza de que aquilo valia. Era sua culpa, sim, tudo culpa sua, e era ela quem a carregava, mas não foi Red quem usou a arma, quem fez a mãe ficar de joelhos. Dois tiros na nuca.

   Simon balançava a cabeça, passando as mãos pelo torso como se ainda estivesse conferindo se havia buracos nele. As mãos de Arthur haviam voltado para os bolsos, ou talvez nunca tenham saído de lá. Red não era a única que estava observando os garotos; Oliver os analisava também.

   — É alguma coisa a ver com o seu tio, Simon? — perguntou Oliver, severo. — Ele mora na Filadélfia também, não é? Já matou alguém?

   — Não. — Simon balançou a cabeça ainda mais. — Ele não faz coisas desse tipo. E se fez, não sei nada a respeito, o segredo não é meu. Juro — disse ele, enfatizando a última palavra.

   Reyna se moveu atrás de Red, e o trailer rangeu com seu peso. Um guincho, não tão diferente daquele estalo abafado, e as mãos de Red estavam prontas, a meio caminho das orelhas. Mas não era isso, não dessa vez. Ela olhou ao redor, para o volante, a mesa de jantar, o sofá-cama — não importava que Maddy também dormisse do lado esquerdo, porque nenhuma delas jamais dormiria nele —, a cozinha com o micro-ondas destruído, os furos na parede do banheiro. Como ela poderia ficar ali, aguentar, sabendo que aquele barulho poderia vir a qualquer momento, e haveria outro buraco atravessando as paredes, os móveis, seu estômago? Sangue era vermelho, assim como seu nome. A cor do casaco favorito da sua mãe, embora Red nunca o tivesse usado para dormir no inverno; não conseguia chegar perto dele para não tirar o cheiro da mãe e substituí-lo pelo próprio. E, de qualquer forma, por que Maddy ainda estava olhando para ela daquele jeito?

   — Arthur. — Oliver se virou, estreitando os olhos, as pupilas dilatadas novamente, sombrias e anormais. — Você é o mais no grupo, não é? — Ele não esperou o garoto responder. — Maddy, há quanto tempo você conhece o Arthur?

Maddy deu um pulo ao ouvir o próprio nome, enfim afastando aquele olhar.

— Hã... — disse ela, olhando desconfortavelmente para o amigo. — Uns seis ou sete meses, talvez. Desde o começo do ano letivo.

Por que ela tinha respondido, por que estava ajudando Oliver? Será que não reconhecia o perigo por trás dos seus olhos? Não o sentia subir pela nuca?

— Mas você frequenta outra escola, não é? — Oliver direcionou a pergunta para Arthur.

— É — concordou Arthur, tirando as mãos dos bolsos, cruzando-as na frente do peito, os quadradinhos desenhados de *SIM* e *NÃO* visíveis numa das mãos, o sinal de visto trêmulo de Red.

Oliver deu um passo na direção do garoto.

—Você não gosta dos seus colegas de escola, então? Ou eles que não gostam de você? Por quê?

— E-eu... — gaguejou Arthur. — Não é bem assim. Eu tenho amigos. Acontece que o Simon é um deles. E a Maddy. E a Red.

Ele disse o nome dela por último, mas a marca de Red estava ali, bem na pele dele, por cima dos ossos se pronunciando conforme ficava tenso.

— O que você está fazendo, Oliver? — perguntou Reyna.

Ele a ignorou.

— Mas você também é da Filadélfia. — Oliver deu mais um passo na direção de Arthur. — E é a pessoa daqui que todo mundo menos conhece. Maddy é amiga da Red desde que elas nasceram, e conhece o Simon desde o fundamental.

— E daí? — questionou Arthur, recuando enquanto Oliver continuava avançando na sua direção.

— E daí que... você é a pessoa com o segredo? — Oliver parou bem na frente dele, os narizes muito próximos.

— Não — respondeu Arthur, erguendo um dedo para ajeitar os óculos.

— Qual é?! Para de nos fazer perder tempo! — Oliver bateu com a mão no balcão da cozinha ao lado dele e então atacou, agarrando a camisa de Arthur e empurrando-o para trás. — Ele pode começar a atirar de novo a qualquer segundo! Qual é o segredo? Quem morreu?!

— Eu não sei! — berrou Arthur de volta, tentando agarrar os braços de Oliver, que o seguravam, enquanto os dois batiam na porta da geladeira.

— Oliver! — Simon disparou para a frente, tentando puxar o Lavoy mais velho para longe, mas Simon era fraco demais e os ombros de Oliver eram largos demais. — Será que a gente pode se lembrar de quem é o verdadeiro inimigo aqui? — implorou, a voz embargada. — É o cara lá fora com a porcaria do rifle. Não um de nós.

— Você já atropelou alguém e foi embora sem prestar socorro? — gritou Oliver na cara de Arthur, os tendões aparecendo sob a pele novamente, na parte de trás do pescoço exposto.

— Não! — exclamou Arthur, lutando contra o punho de ferro de Oliver.

— Vendeu drogas para alguém? Uma pessoa que teve uma overdose?

— Não, eu nunca machuquei ninguém!

Arthur resistiu, chutando a geladeira, se contorcendo.

Oliver foi mais forte e empurrou-o para trás, o antebraço apertando o pescoço de Arthur.

— Eu não sou assim! — murmurou Arthur, o ar saindo do seu peito, passando pela garganta apertada.

— Oliver, para com isso! — gritou Reyna.

Mas será que Reyna não sabia? Ela não podia mais controlá-lo, ninguém podia. Ele estava à solta e agia com violência.

— Uma pessoa foi morta na Filadélfia! — vociferou Oliver no rosto dele. — Você deve saber quem foi.

— *Oliver!*

Era Maddy. Ele também não deu ouvidos a ela.

— Não fui eu, a gente acabou de confirmar isso! — exclamou Oliver, pressionando com mais força. O rosto de Arthur estava ficando vermelho. — Não é o que eu e a Reyna fizemos. E não é pelo caso do Frank Gotti, então não tem nada a ver comigo ou com a Maddy!

Os olhos de Arthur dispararam para Red, tensos, sofrendo enquanto ele lutava contra a força de Oliver. Ela precisava ajudá-lo.

— Oliver, deixa ele em paz! — gritou Red, ousando avançar.

Era inútil, Oliver não estava ouvindo, focado demais no rosto de Arthur, a centímetros do seu.

— Só me diz o que é! — proferiu Oliver. — Não vou morrer nessa porra de trailer!

— Me-meu ir-irmão. — Arthur conseguiu sussurrar em uma voz rouca e fraca.

— Seu irmão? Seu irmão o quê, filho da mãe?

Arthur encarou Red novamente, os olhos arregalados e desesperados.

Red precisava ajudá-lo. E eles tinham aquele acordo, do que Arthur não sabia: ele não precisava falar sobre o irmão desde que ela não precisasse falar sobre a mãe. Só que, por algum motivo, sua mãe não estava deixando-a em paz naquela noite.

A mão livre de Oliver estava ao lado dele, os dedos se fechando em punho. Não. *Nãonãonão*. Eles tinham acabado de ouvir o que aconteceu depois que Oliver deu um soco em Jack. Jack podia ter batido primeiro, mas Oliver respondeu com mais força, e só precisou disso. Um sangramento fatal no cérebro. Oliver não iria bater em Arthur, iria? Então por que seu polegar estava se enfiando sob seus dedos, formando um punho que não se desfazia?

Não, Red não podia deixar isso acontecer. Mas o que poderia fazer? Oliver era o mais forte, o líder nato, o com maior valor. Red não tinha o segredo. Não era sobre o que aconteceu com Jack Harvey, nem tinha a ver com o caso Frank Gotti, que ela conhecia de cabo a rabo, e Oliver tinha acabado de dizer aquilo. Não era. A voz havia confirmado: Maddy e Oliver não estavam sendo mantidos como reféns pelo nome da testemunha. Então o que ela poderia fazer?

Mas aquela pista: uma pessoa que foi morta na Filadélfia. Aquilo se aplicava a duas pessoas que Red conhecia. Sua mãe, assassinada de joelhos há cinco anos em uma usina elétrica abandonada. Dois tiros na nuca. E outra, mais recente, era... a menos que... a menos que essa coisa toda não fosse para pegar o nome da testemunha, como Oliver tinha pensado inicialmente, fazendo ele e Maddy de reféns. E se eles já soubessem o nome? Não, não podia ser... Aquela era toda a questão — era impossível, não era? Oliver disse que acontecia o tempo todo. O que significava que...

— Oliver, para! — Simon puxou a camisa dele. — Você está enforcando ele!

Red tinha que ajudar Arthur, precisava, a respiração dele agora era um chiado na garganta, um assobio baixo aterrorizante, o punho de Oliver se erguendo ao seu lado. Red tinha que ajudá-lo, e agora sabia como. Eles já tinham o nome, não é? Era isso. Por que ela não compreendeu mais cedo? Por que havia seguido as ordens de Oliver sem questionar? Talvez parte dela tivesse percebido, mas quis mantê-lo consigo, como Oliver com seu segredo. Era óbvio. Agora ela entendia, impassível e inevitável. Era tudo por causa dela. Por causa do plano. Se ela desistisse agora, perderia tudo. Mas precisava ajudar Arthur.

— Para! — gritou Red, o som cortando a garganta. — Oliver, deixa ele! Sou eu!

Oliver se afastou de leve, soltando a garganta de Arthur. Sua cabeça se virou por cima do ombro, e ele encarou Red.

— O que você disse? — perguntou ele.

Arthur tossiu, curvando-se quando Oliver enfim o soltou, se afastando dele.

Red olhou para Oliver e soltou o ar.

— O segredo é meu.

04:00

# TRINTA E UM

Red pestanejou. Seu coração estava na garganta, grotesco e inchado, tampando suas vias aéreas enquanto ela observava Oliver se virar para encará-la, o peito dele subindo e descendo. Arthur estava mais para trás, curvado, tossindo.

— O que você disse? — perguntou Oliver novamente.

A garota conseguia sentir os olhos dele perfurando os seus. Red não gostava disso; ele a encarava de forma tão intensa que talvez deixasse uma marca.

— O segredo é meu. Sou eu — respondeu ela, a voz quase falhando.

Todos a encaravam, e Red olhou ao redor. Havia uma expressão de choque no rosto de Maddy. Espera aí, era choque ou aquele mesmo olhar estranho de antes?

A estática zumbia nas suas mãos, e Red levou o walkie-talkie para perto do peito, fazendo com que ronronasse na sua caixa toráxica vazia, porque o coração continuava subindo, agora para seus ouvidos.

Ela precisava colocar aquilo para fora.

— E o que é? — vociferou Oliver, as cordas de marionete puxando sua cabeça para o lado, fazendo com que pendesse torta sobre seu pescoço.

— Você está bem? — Simon falou por cima dele, dando tapinhas nas costas de Arthur quando o garoto enfim se endireitou.

— Estou — respondeu Arthur, afastando Simon a fim de encarar Red.

A pergunta nos seus olhos era a mesma de todos os outros.

— E então? — Oliver deu um passo à frente. — O que é?

— R-Red? — disse Maddy com timidez, tropeçando na palavra.

Red soltou o ar. Seu coração havia saído pela sua cabeça, estava solto em algum lugar do trailer agora, fugindo daquele olhar de Oliver.

— Sou eu — afirmou ela, cada palavra proferida com cuidado, escolhendo as corretas. — Eu sou a testemunha. — Fez uma pausa. — A testemunha protegida do caso do Frank Gotti.

Os olhos de Oliver se arregalaram, primeiro em choque, depois em descrença.

— Não. — Ele balançou a cabeça. — Não pode ser você.

E seria tão mais fácil concordar com ele. Mas Red não podia.

— Sou eu — repetiu com cuidado, do jeito que Reyna havia feito, como se andasse na ponta dos pés ao redor das minas terrestres presentes no olhar de Oliver. — Eu sou a testemunha do caso. — Ela respirou fundo mais uma vez e começou a explicar. — Estava andando num parque à beira do rio, o Washington Avenue Green. Foi em agosto passado, 28 de agosto. Eram nove da noite, ainda não estava tão escuro, mas o céu tinha começado a ficar azul-escuro. Estava indo para o ponto de ônibus na Columbus Boulevard, tinha passado na papelaria mais cedo pra comprar o material escolar. Decidi ir pelo parque em vez de andar na rua. Era um caminho mais legal.

Red fez uma pausa, mas não precisava. As palavras haviam sido ensaiadas tantas vezes que sequer precisava pensar nelas.

Elas saíam da boca da garota na ordem pré-estabelecida, assim como seu depoimento. Da maneira como ela teria dito tudo na conferência pré-julgamento dali a duas semanas e no julgamento propriamente dito depois. Estava pronta. Manteria o rosto sério e a história alinhada. Todos os detalhes inclusos.

— Eu estava seguindo a trilha, passando pelos fundos do complexo industrial de lá. O mapa diz que era para metalúrgicos — explicou ela. — Mas, na hora, eu não sabia disso. Não tinha ninguém ali além de mim naquele horário. E aí… — Red precisava fazer essa pausa para conferir se os outros estavam ouvindo, se Oliver não havia se aproximado ainda mais enquanto ela falava. — Ouvi dois tiros. Um seguido do outro. *Umdois*. Só que tinha sido perto. Perto de verdade. Em algum lugar nos fundos do estacionamento, próximo às lixeiras. Eu não queria correr para o caso de começarem a alguém atirar em mim também, então me escondi em um dos arbustos por lá. E esperei.

Red engoliu em seco.

— Continua com a história — disse Oliver, como se ela precisasse da permissão dele e o rapaz a estivesse concedendo.

— Ouvi passos na calçada, olhei pra cima e o vi. Ele não percebeu que eu estava ali, passou direto por mim. Um homem branco na casa dos cinquenta anos. Cabelos escuros e cacheados. Casaco longo e bege, embora estivesse fazendo calor. Mais tarde, o reconheci pelas fotografias. Era Frank Gotti — disse ela. — Com certeza. Não tinha mais ninguém por perto depois que a arma disparou. Saí cerca de dez minutos depois, quando notei que ele havia ido embora. Tentei me esquecer disso. Mas liguei para a delegacia dois dias depois, após ficar sabendo sobre o corpo que encontraram lá naquela noite. Joseph Mannino. Dois tiros na nuca. Eu teria ligado antes, mas não sabia que tinham atirado em alguém até ver a notícia na TV.

Ouvi Frank Gotti matá-lo, vi ele deixando a cena do crime. Eu sou a testemunha.

Ela terminou de falar, ousando erguer os olhos para os outros. Arthur encarava o chão, mordendo o lábio inferior com um curto aceno de cabeça, como se não pudesse acreditar. Oliver olhava diretamente para ela, Red conseguia sentir; tentou evitar o olhar dele para não cair naquela armadilha. Reyna a observava, as lágrimas já no passado, um curto movimento de simpatia na boca — não um sorriso, mas quase. Simon estufou as bochechas e soltou o ar, sem encontrar os olhos de Red. Por que ele não olhava para ela, por que evitava seu olhar como ela fazia com Oliver? Maddy estava atrás; Red não conseguia vê-la; portanto, Maddy também não enxergava a amiga — ainda bem. Era metade da história, metade do plano. Mas a única metade de que precisavam saber. Red não poderia revelar o resto, não ali, bem na frente deles.

— Por que nunca me contou? — resmungou Maddy, e agora Red se virou para encarar a amiga, perto da mesa.

Havia apenas um metro e meio entre elas, mas, de alguma forma, parecia uma distância maior; eram lados diferentes do trailer.

— Eu não tinha permissão, Maddy — disse Red, encolhendo um dos ombros. — Anonimato total foi parte do meu acordo para testemunhar no tribunal. Tive que assinar um monte de documentos. Era para a minha própria segurança, foi o que disseram. Ninguém sabe, essa é a questão. Nem o meu pai.

Red havia feito dezoito anos na primeira semana de setembro, quando tudo começou. Agora, ela era adulta aos olhos da lei, não precisava contar a ele. Não que o pai a compreenderia, de qualquer forma. Ele não assimilava mais nada, mal sabia se

Red estava indo ou vindo, dentro ou fora de casa. Talvez nem notasse como a casa deles ficava fria no inverno.

Oliver pigarreou, os olhos pra lá e pra cá, como se estivesse passando a limpo a história dela, analisando os detalhes. Afinal, ele estava estudando direito, não era?

— Por que foi numa papelaria tão longe? — perguntou ele.

— Tem uma perto da nossa casa.

Red estava preparada para qualquer pergunta a respeito do seu depoimento, incluindo aquela. Repassava as respostas como exercícios e as memorizava para que pudesse fazê-las soar naturais quando questionada.

— Às vezes, vou até a orla, perto do cais — respondeu ela, com um pigarro, fazendo a pausa no lugar apropriado. — Porque é perto de onde a minha m... — Ela respirou fundo, e isso não fazia parte da atuação; ainda era difícil articular aquelas palavras, a culpa revirava seu estômago junto ao medo e ao pavor. — Onde a minha mãe morreu.

Ninguém reagiu, todos os rostos inexpressivos como um favor para Red. Ninguém a não ser Maddy; um farfalhar quando ela se mexeu lá atrás, uma respiração que quase soou como um suspiro. Talvez Red estivesse proibida de dizer a palavra também. Desculpa, Maddy.

Oliver ergueu a cabeça, outra pergunta se formando nos seus lábios.

— Quais são as chances de ter sido você a principal testemunha da acusação e a nossa mãe, a principal promotora?

Só que aquela não era uma pergunta, pelo menos não uma que Red soubesse responder.

— Oliver — disse Maddy, dando um passo à frente, a voz mais assertiva. — Você não entendeu? Provavelmente foi por isso que nossa mãe lutou tanto para pegar o caso, para garantir que não fosse julgado no tribunal federal. Era para poder proteger a Red. Garantir que o nome dela estivesse fora de todos os documentos do tribunal, que permanecesse completamente anônima. Ela devia querer estar no comando de tudo isso, pela Red.

Maddy estava certa, sua mãe havia feito tudo aquilo. Red havia se encontrado com Catherine Lavoy diversas vezes nos últimos seis meses, não como Red e a mãe da sua melhor amiga, ou a melhor amiga da sua mãe morta, mas como assistente da promotoria e sua principal testemunha ocular em um caso eminente. Durante os encontros, repassavam os fatos e o depoimento de Red, treinando para o julgamento. Ela estava segura, era o que Catherine dizia. Seu nome nunca seria divulgado, prometeu. Contudo, agora havia sido, apesar da promessa.

Oliver assentiu, compreendendo o que Maddy acabara de dizer.

— É — disse ele, só para confirmar. — Sim, é o que ela teria feito. Para deixar Red em segurança, em anonimato. Garantir que ninguém nunca descobrisse que era você. Só que ... — ele fez uma pausa, um músculo rebelde se mexendo na bochecha — ... alguém descobriu. Sabem que você é a testemunha. Essa situação toda é por causa disso.

Ele gesticulou para o trailer, girando aqueles ombros largos demais. Red acompanhou seus dedos enquanto ele os traçava no ar, apontando para os buracos de bala nas paredes e nos móveis.

— Eu disse... bem no começo, não foi?... que isso tinha cheiro de crime organizado. É o que eles fazem. — Oliver ficou parado por um momento, olhando diretamente para ela, através dela. — Estão aqui para matar você, para garantir que você não possa testemunhar no julgamento.

Simon pareceu chocado, talvez não pelo que Oliver disse, mas por ter mesmo dito aquilo. Ainda assim, Red sabia que o rapaz estava certo, e o restante deles também devia saber. O homem lá fora com o rifle sabia que ela era. E aquele pontinho vermelho era para Red, sempre foi para ela.

— Oliver — sussurrou Reyna, na tentativa de lhe dizer algo com os olhos, mas Oliver piscou e afastou seu olhar do dela, mirando de volta em Red.

— Por que você não contou tudo isso há três horas, quando o atirador falou que sabia quem éramos, que estava atrás de um segredo? — Os olhos de Oliver ficaram sombrios, e o coração de Red reagiu como se houvesse uma ligação direta entre eles, causa e consequência, acelerando no seu peito. — Devia saber que ele estava falando de você.

Mas ela não soube, de verdade. Ela não soube, porque havia ouvido Oliver outra vez, mais do que seus próprios instintos.

— Não — disse Red. Ela deu um passo para trás, afastando-se de Oliver, em direção a Maddy. — Não sabia. Não achei que houvesse alguma forma de saberem que eu era a testemunha. Sua mãe me disse que ninguém conseguiria descobrir o meu nome ou qualquer coisa que me identificasse, essa era toda a questão. E aí você me confundiu. — Red balançou a cabeça. — Disse que estavam mantendo você e Maddy como reféns para pegar o nome da testemunha com a sua mãe. E achei que você devia ter razão, e obviamente não queria que eles conseguissem o nome, porque saberiam que era eu, então segui os seus planos de fuga. Eu estava errada, mas você também.

Aconteceu em meia respiração, no tempo de um zumbido nas suas mãos. Oliver mudou, sua expressão se refazendo ao redor daqueles olhos autoritários. Contornos severos e dentes à mostra.

— Você devia ter falado para a gente desde o início! — berrou ele, dois dedos apontados para ela, como uma arma feita de carne e osso. — Você sabia que era por sua causa. Guardou seu segredo, fez a gente ficar aqui por horas além do necessário! Egoísta, Red! Idiota. E aquelas duas pessoas lá fora.

Red apostava que ele já havia esquecido os nomes de Joyce e Don.

— Elas estão mortas, e a culpa é sua! — Cuspe voou da boca dele. — Você podia ter acabado com isso horas atrás!

Não, mais culpa não, Red não conseguiria aguentar. Ela havia implorado para Oliver não passar aquele bilhete para Joyce e Don. Foi ele, não Red. Por favor, diga que não foi ela.

— Você também não tinha contado o seu segredo até então — interveio Arthur, a voz bruta e áspera. Ele estava bravo ou era porque Oliver ficou apertando seu pescoço? — Poderia ter sido por sua causa, e você guardou segredo, você e a Reyna. Só falou quando a Reyna te forçou.

— Cala essa boca! — gritou Oliver, sem tirar os olhos de Red, prendendo-a ali, no seu olhar.

Ela não devia ter olhado para ele, agora estava presa, as pernas se fundindo ao chão.

— Se você morrer, o Frank Gotti sai impune — disse Oliver, a voz mais baixa, mas a ameaça permanecia. — É isso que eles querem. Estão aqui para matar você.

— Ela sabe disso, Oliver — falou Simon, encarando as costas dele. — Você não tem que ficar repetindo.

Oliver piscou, e Red deu mais um passo para trás, diminuindo a distância entre ela e Maddy. O trailer não era seguro, mas Maddy Lavoy era. Maddy cuidava dela, assim como Catherine. Às vezes, pagava o almoço de Red quando a amiga não tinha dinheiro, embora Red nunca tivesse feito esse pedido.

Ajudava Red a procurar coisas quando ela as perdia, a lembrava de tudo como uma lista de tarefas ambulante. Havia organizado aquela viagem inteira só para que Red conseguisse participar da semana de férias. Maddy se importava.

— Red — chamou Oliver, com uma entonação severa, tornando o nome dela feio na sua boca. — Você precisa sair do trailer.

Ninguém falou nada por dois segundos, ficou apenas a estática efervescente que se instalara na cabeça de Red.

— Como é que é?! — esbravejou Maddy, a voz logo atrás de Red, atravessando-a. — Oliver, do que você está falando?

— Ela tem que sair do trailer! — Oliver lançou um olhar para a irmã, como se Red já tivesse ido embora e não fizesse mais parte da discussão. — Eles querem Red. Ela está colocando a gente em perigo ao ficar aqui. Olha, o homem vai continuar atirando no trailer até conseguir o que deseja. Alguém vai acabar levando um tiro. Alguém vai acabar morrendo. Precisamos dar a ele o que ele quer, e ele quer a Red!

— Não! — gritou Arthur dessa vez, a voz sombria e perigosa para combinar com a de Oliver. Ele se endireitou e ergueu o queixo para olhar nos olhos de Oliver. — A Red não vai sair do trailer.

— Você não pode estar falando sério — disse Simon. — O atirador vai matar ela!

Oliver não respondeu Simon; em vez disso, olhou para Red como se tivesse sido ela quem havia falado. Seu coração batia rápido no peito, rápido demais, sabia o que viria a seguir, e ela também, os dois se despedaçando. Red não queria morrer. Não estava pronta. E, ai, meu Deus, ela sabia o que estava por vir, assim como sua mãe soubera; arrependimentos, e culpa, e raiva, e ódio naqueles segundos derradeiros. Entretanto, o mundo de ninguém desabaria sem ela, pelo menos havia esse ponto positivo. Doeria ou seria um alívio quando a bala finalmente abrisse um buraco nela? Qual seria seu último pensamento? Por favor, que não fosse a porcaria da estampa das cortinas — por que ela não conseguia parar de pensar nisso? Deveria estar pensando na morte. Não queria morrer. Não, isso não podia estar acontecendo. Maddy, socorro.

— Você já devia saber — disse Oliver, a voz estranha e instável como se estivesse tentando controlá-la, tentando soar racional quando a razão já havia desaparecido horas atrás. Contudo, seus olhos o traíram, selvagens e focados demais. — De alguma forma. Devia saber que era uma possibilidade quando concordou em ser testemunha, Red. Quer dizer, estamos falando da máfia da Filadélfia, o que você achou que aconteceria?

Não isso. Jamais. Ninguém nunca iria descobrir o nome dela, foi o que Catherine lhe falou.

— Mas ela não fez nada de errado — argumentou Simon, recuando para ficar mais perto de Red. — Só viu um homem deixando a cena do crime, não deveria ter que morrer por isso. — Seus braços se tensionaram ao lado do corpo, o logotipo dos Eagles ondulando nas costas da sua blusa, a boca da águia abrindo e fechando como se estivesse sussurrando silenciosamente para Red. — Quer dizer, Oliver, você de fato *matou* alguém e não estava pronto para sair do trailer.

— Isso não é da sua conta, Simon — retrucou Oliver, sombrio, tentando disfarçar ainda mais.

— É, sim! — Simon aumentou a voz. — É da conta de cada um de nós. "Ninguém vai sair desse trailer", foi o que você disse quando achou que era o seu segredo que queriam. Já entendi que as regras são diferentes para você! Não vamos expulsar a Red!

— Você quer morrer? — Oliver deixou seu olhar recair em Simon, e o garoto se encolheu sob o peso dele.

— Ninguém quer morrer, é disso que estou falando — respondeu Simon, tentando enfrentá-lo.

— Ela não vai a lugar algum — disse Arthur, flanqueando Oliver do outro lado, o reflexo das luzes nos óculos.

Oliver ignorou os dois, voltando-se para Red.

— Red, presta atenção — disse ele, suavizando a voz, que não estava nada suave, estava rígida, farpas e espinhos no fim das palavras. — Você precisa aceitar o que está acontecendo aqui. Não há nada que qualquer um de nós possa fazer. Você sabe disso, não é? Sabe que precisa sair do trailer para salvar a gente. Pra proteger a Maddy. Ela não é a sua melhor amiga? Vocês não se conhecem desde sempre? Salve a Maddy.

O queixo dele se moveu para cima e para baixo com as últimas três palavras, enfatizando-as.

— Oliver, não! — choramingou Maddy. — Para com isso, por favor. Só para!

— Vocês estão pensando a mesma coisa. — Oliver encarou todos eles, abandonando Red porque ela não importava mais. Ainda havia dois lados do trailer, mas, dessa vez, era Red contra todos os outros. Uma equipe de uma pessoa só. — Não finjam. Nenhum de nós quer morrer.

— Nenhum de nós quer jogar a Red lá fora — disse Arthur em resposta, e ele afiou as palavras, devia ter aprendido com Oliver.

Oliver até estremeceu e deu um passo para trás.

— Sei que estão protestando porque acham que precisam fazer isso na frente de Red — insistiu ele. — Porque se importam com ela. — Seus olhos deram outra volta no trailer. — Vamos fazer uma votação, então. Com votos secretos, assim vocês podem votar no que quiserem e ninguém nunca vai saber.

O ar também estava cheio de espinhos agora, infectado pelas palavras de Oliver; eles picavam a pele de Red e a superfície dos seus olhos. O trailer não estava mais quente, estava fervendo, e o suor se acumulava no topo do lábio, mas havia um calafrio na nuca, os pelos se eriçando. Ela não queria morrer. Não queria morrer.

— Uma votação? — perguntou Reyna, quebrando o silêncio, as sobrancelhas se juntando na testa.

A estática sibilou, fazendo as mãos em concha de Red recuarem.

Oliver assentiu apenas uma vez, era o suficiente e respondeu:

— Uma votação para Red ficar ou sair do trailer.

# TRINTA E DOIS

Votação.

A mente de Red fez aquilo de novo, uma palavra tão simples e mundana, mas que perdeu todo o significado ao passar pela sua cabeça, ficando irreconhecível, distorcida e disforme. Como se pronunciava mesmo? O que significava? Rimava com *anotação*, *escrivão* e *citação*? Todas palavrinhas bobas quando se parava para pensar nelas, porque pensar nelas era mais fácil do que analisar o que aquela votação significava.

— Não. — Arthur balançou a cabeça, mostrando os dentes, horrorizado. — Não vamos fazer isso. Não vamos votar para a Red viver ou morrer. Você perdeu a noção?

— É a forma mais justa. — Oliver o ignorou. — É assim que a democracia funciona, como a lei e a justiça funcionam. Cada um de nós tem um voto e a maioria vence. É justo.

Era mesmo? Talvez a compreensão de Red fosse distorcida, porque não parecia nem um pouco justo sua vida estar na mão de outras cinco pessoas. Mas quando a vida foi justa com ela? E por que a morte seria diferente?

— Não podemos fazer isso — disse Reyna baixinho, as mãos desaparecendo dentro das mangas. — Não pode ser real. Não podemos fazer isso.

— A Red fica ou sai? — reiterou Oliver, estabelecendo as regras, os limites, os dois lados.

Ficar ou sair, mas, na verdade, ele deveria ter dito *A Red fica ou morre?*, porque era isso que estavam decidindo, não era? Se ela saísse do trailer, o pontinho vermelho a encontraria e ela iria morrer. O homem com o rifle estava ali para matá-la, matá-la para impedi-la de ser a testemunha. O plano não valia tudo isso, valia?

— E você vai dar ouvidos? — perguntou Reyna para Oliver, os olhos afiados ao encontrar os dele. — Vai respeitar o resultado da votação? É a única maneira de ser justa.

— É óbvio — rebateu Oliver, franzindo o cenho. — Por isso vamos votar, Reyna. — Dessa vez, ele disse o nome da menina de uma forma diferente, fria, vaga, como se só se lembrasse de metade dele.

— A Red vai votar também? — perguntou Maddy, a voz grave ao segurar as lágrimas.

Red conhecia aquele tom de voz, conhecia todos os tons de voz de Maddy, mas ainda não conhecia aquele olhar estranho que ela mostrara antes.

— É óbvio que a Red não vai votar. — Ele balançou a cabeça, como se a ideia fosse ridícula.

— Não vou participar de uma coisa dessas. — Arthur cruzou os braços, o olhar duro e incrédulo ao encarar a nuca de Oliver. — Não mesmo.

— Aí você abre mão do seu voto — disse Oliver sem olhar para ele. — Maddy. — Ele estalou os dedos na direção da irmã. — Tem mais canetas?

— Hã, sim, tenho — respondeu ela, limpando o nariz enquanto forçava os pés em direção à mesa de jantar e ao banco.

Sua bolsa estava enfiada embaixo da mesa, no lado em que Maddy ficou sentada enquanto as duas jogavam Vinte Perguntas, cem vidas atrás. Ela se curvou e remexeu lá dentro. Voltou com quatro canetas esferográficas apertadas na mão. Deixou-as cair, plástico batendo em plástico, ao lado da caneta que já estava sobre a mesa.

— Cinco — disse ela, a palavra vazia na boca.

— Ótimo, bom trabalho, Maddy — elogiou Oliver, sufocando um bocejo com o punho.

— Isso é loucura — falou Simon para si mesmo. — É loucura.

Red abraçou o walkie-talkie no peito, as vibrações da estática zumbindo no seu coração acelerado enquanto Oliver se aproximava.

— Red, você fica na cozinha — disse ele, dando-lhe um empurrão no ombro. — Não pode ver o papel de ninguém quando estivermos votando.

Óbvio que não, isso não seria *justo*, não é? Mas ela o fez, se mexeu, as pernas seguindo as instruções de Oliver antes de o cérebro concordar totalmente com aquilo.

Passou por Simon e Reyna a caminho do balcão da cozinha, os dois cabisbaixos. Já se sentia separada, de alguma forma, ela contra eles, embora fosse Oliver quem estivesse dividindo o trailer, mais ninguém. Ela passou por Arthur, que não a evitou, retribuindo o olhar assustado da garota.

De costas para o grupo, Red colocou o walkie-talkie sobre o balcão, as laterais e os cantos pontiagudos marcados na sua mão direita para sempre, novas linhas e entalhes em meio às que já existiam. Será que deveria seguir em frente, até o quarto dos fundos, para gritar no travesseiro de novo? Não sabia se conseguiria, de qualquer forma, seus sentimentos ultrapassavam a barreira do grito. Nada daquilo era real.

Ela girou nos calcanhares devagar, e então fechou os olhos para poder fingir que estava em qualquer lugar, menos ali. Qualquer lugar era melhor do que aquele trailer. Até o funeral. O aperto forte da mão de Catherine Lavoy no seu ombro, os ossos se comprimindo sob a rajada de tiros de rifle, as notas tristes e agudas da gaita de foles. Ou debaixo do seu edredom, cobrindo o corpo inteiro, de pijama, suéter e casaco, luvas e três pares de meias, e ainda assim sentindo frio. Menos nas bochechas, porque ela chorava, amaldiçoava a mãe por tê-los deixado e por ter deixado o mundo desabar sem ela. Amaldiçoava a si mesma, na verdade, pois a mãe não estaria morta se não fosse por ela. A culpa era de Red. Ela desmontou o mundo, tirou sua mãe dele, e não soube como juntar as peças depois. O que a mãe diria para a filha agora? Ela costumava consertar tudo; encontrava as chaves de Red quando ela as perdia, desenhava carinhas bobas no espelho para fazê-la rir em uma manhã ruim. Red quase conseguia ouvir a voz da mãe agora, a forma como enfatizava a palavra *querida*, quente e viva, mas ela a afastou sob a estática de todas aquelas memórias ruins. Tudo a levava de volta à mãe, de alguma forma, mas Red não podia arrastá-la para isso. Ela não pertencia a esse lugar, a esse momento. Sua mãe estava morta. E agora os outros decidiriam se Red morreria também.

Alguma coisa tocou sua mão, na escuridão da parte de dentro das suas pálpebras, o brilho amarelo das luzes do teto as atravessando. Pele, dedo, entrelaçados aos dela. Red abriu os olhos, piscando na nova luz, e lá estava Arthur. Não sua mãe.

A mão de Arthur agarrou a dela, as caixinhas riscadas na pele dele para combinar com as dela. Uma marcada e outra desmarcada. Coisas deixadas de lado e não ditas. Ela nunca iria ligar para a operadora, não é?

— Beleza — disse Oliver, arrancando uma nova folha de papel do bloco sobre a mesa.

Ele a dobrou ao meio, depois em quartos, depois em oitavos, pressionando a unha ao longo dos vincos. Abriu a página de novo e começou a rasgar o papel nas linhas marcadas. Um som horrível.

— Cada um de nós vai receber um pedaço de papel e uma caneta — explicou ele, concentrando-se em rasgar os pedaços. — Se quiser votar para a Red sair do trailer, escreva *SIM* no papel, está bem? — Ele se virou para conferir se todos estavam ouvindo, os olhos se fixando ao encontrar as mãos de Red e Arthur, que ainda estavam dadas. Oliver pigarreou. — E se quiser votar para a Red ficar no trailer, escreva *NÃO*. Todo mundo entendeu?

Ninguém respondeu.

— *SIM* para sair, *NÃO* para ficar.

*NÃO* para viver, *SIM* para morrer.

Oliver pegou cinco dos pequenos retângulos de papel pautado em uma das mãos, as canetas na outra. Ele os ofereceu primeiro para Maddy. Ela estendeu a mão, o papel tremendo ao pegá-lo. Suas pernas tremiam também, Red percebeu quando a amiga se sentou no banco.

Em seguida, Oliver entregou uma caneta e um pedaço de papel para Simon, encaminhando o garoto para a frente do trailer.

— Precisamos ficar longe uns dos outros, assim ninguém vai ver os nossos votos. Vá para a porta, Reyna — disse Oliver, deixando a caneta e o papel caírem na mão da garota, garantindo que sua pele não tocasse na dela.

Os objetos caíram no chão, a caneta com um ruído baixo, o papel flutuando leve como uma pluma no ar. Reyna pegou os dois e se endireitou.

— Arthur — chamou Oliver, segurando o pedaço de papel em branco de Arthur e a caneta. — Você vai votar ou não?

Outro olhar para suas mãos entrelaçadas.

Houve uma contração na bochecha de Arthur, seus olhos percorrendo o trailer, parando em cada pessoa. Será que ele estava tentando descobrir o voto de todos, contando-os, os *a favor* e os *contra*? Será que seu voto era necessário?

Sua mão se soltou da de Red, molhada com o suor dos dois, e ele a estendeu, pegando a caneta e o papel com Oliver.

— Ali. — Oliver apontou para o sofá-cama.

Arthur se afastou, deixando-se cair pesadamente no sofá, encarando o retângulo minúsculo de papel em branco.

— Com licença, Red — disse Oliver, empurrando-a ao se inclinar para abrir a segunda gaveta embaixo do balcão.

Ele pegou uma tigela de cereal, com estampa azul e branca, e fechou a gaveta com o joelho.

— Ok. — Ele levou a tigela consigo para a mesa de jantar, sentando-se em frente à irmã. A caneta e o papel estavam prontos nas suas mãos. — Todo mundo sabe o que tem que fazer? — perguntou, alto demais, os outros se encolhendo em resposta. — *SIM* para sair, *NÃO* para ficar.

Era a imaginação de Red ou ele tinha mesmo dito a primeira parte mais alto e murmurado na segunda? De qualquer forma, ela sabia o voto de Oliver, todos sabiam. Ele votaria para ela morrer.

— Assim que acabarem, dobrem o pedaço de papel duas vezes e depois coloquem o voto de vocês nessa tigela aqui — disse ele, sacudindo-a, a borda batendo na mesa. — Certo. Agora votem.

Maddy destampou a caneta, o som oco e agudo subindo pela coluna de Red enquanto ela observava.

Em seguida, seus olhos dispararam para Reyna, que escrevia alguma coisa, encostada na sua perna levantada. Red não conseguia saber pelo movimento da caneta se ela estava desenhando o pingo do i ou um til.

Arthur já havia terminado, então colocou a caneta de lado e dobrou o papel cuidadosamente, pressionando-o com os polegares, aquele músculo da bochecha se contraindo outra vez.

A caneta de Simon estava em sua boca, os olhos no teto, o pedaço de papel pronto para ser usado no banco do motorista.

A mão de Maddy estava em concha ao redor do seu pedaço de papel enquanto ela rabiscava algo, a caneta balançando para a frente e para trás na mão, traçando as linhas da palavra escolhida.

Red não conseguia aguentar o arranhar das canetas. Ela mordeu o lábio inferior para impedi-lo de tremer, os olhos se movendo tão rápido que começaram a lacrimejar.

Agora Simon estava escrevendo, e terminou em menos de dois segundos, guardando a caneta no bolso para dobrar seu voto.

Red percebeu que não era a única observando, analisando os outros. Oliver também fazia isso, mas então se voltou para o próprio voto. Ele se inclinou sobre o papel e apertou a caneta, movendo-a para cima e para o lado em linhas irregulares. Depois, pousou a caneta com cuidado na superfície da mesa, endireitando-a para que ficasse paralela à lateral. Dobrou o voto uma, duas vezes.

— Na tigela, gente — disse ele, colocando o próprio papel lá dentro.

Maddy se inclinou sobre a mesa, depositando seu voto em seguida. Ela não voltou a se sentar; em vez disso, ficou em pé, andando até a frente do trailer e passando por Simon.

Simon se aproximou assim que Arthur se levantou do sofá, o couro falso rangendo. Eles depositaram os votos juntos, ao mesmo tempo, e os papéis pousaram em uma lufada.

Reyna foi a última, teve que atravessar o trailer lá da porta, os olhos fixos à frente. Ela estendeu a mão e soltou o voto, que caiu na tigela, mas não leve como uma pluma dessa vez.

Ela recuou, o sofá encostando na parte de trás das suas pernas, puxando-a para baixo.

Simon e Arthur estavam naquele espaço intermediário entre a cozinha e a porta do trailer; Red continuava atrás do balcão, afastada de todo mundo. Maddy, lá na frente.

Oliver se levantou, um osso estalando em algum lugar sob sua pele. Ele se esgueirou para fora do banco, parando na frente da mesa. Estendeu a mão para deslizar a tigela, arrastando-a na madeira e nos ouvidos de Red. Alto demais, cada barulho era alto demais e cada respiração era forte demais, suas costelas se dobrando, uma a uma.

Era isso.

Ela viveria ou morreria?

Eles não poderiam ter votado para ela morrer, não é? Eram seus amigos. Simon, que sempre conseguia fazê-la rir, mesmo naquela noite terrível e interminável. Maddy, sua Maddy. Arthur, que não era seu, mas que talvez pudesse ter sido. Reyna e aquele entendimento entre elas, os olhares de compreensão.

Oliver pegou a tigela e a sacudiu, os pedaços de papel deslizando uns sobre os outros, sussurrando e sibilando. O que eles sabiam que Red não sabia? Oliver colocou a tigela de volta na mesa e assentiu. Pelo menos ele foi gentil o bastante para não ficar sorrindo.

Sua mão se moveu para dentro do pote, folheando os papéis. Puxou o primeiro voto, segurando-o entre o indicador e o polegar.

Desfez a dobra dupla, os olhos passando rapidamente pela palavra escrita ali.

— Não — anunciou ele.

Não. O coração de Red deu um salto para a garganta. Não. Um voto para ela viver. Suas mãos tremiam, mas precisava delas; esticou o polegar da mão direita para contar. Um voto para viver.

Oliver estava cavando para pegar o próximo voto e o puxou para fora. Seus lábios se tensionaram.

— Sim.

O coração de Red afundou de novo, caindo no ácido do seu estômago, onde zumbiu sem parar como um rádio bidirecional. Sim. Um voto para ela morrer. Mas ela sabia que isso estava por vir. Sabia que Oliver votaria sim, não precisava ficar com medo. Mas seu coração não a ouviu, afundando até lá embaixo. Red esticou o polegar da mão esquerda para contar. Um voto para cada.

Oliver pegou o próximo pedaço de papel dobrado, separando-o dos outros.

— Não — anunciou ele, largando o voto aberto na mesa, ao lado dos demais.

Não. Obrigada, obrigada. Red esticou o dedo indicador da mão direita. Mais um voto para ela viver. Dois contra um. Eles já tinham pegado o voto de Oliver, o resto seria *NÃO* enchendo a mão direita dela.

Os olhos de Red secaram, ásperos e brutos, encarando de um jeito muito intenso as mãos de Oliver, os dedos mergulhando na tigela para pegar o quarto voto. Ele o puxou e desdobrou.

Oliver respirou fundo, segurando o ar por tempo demais.

— Sim.

Não, não, não.

A garganta de Red se contraiu, cortando sua respiração pela metade. Aquilo não deveria acontecer. Mais um voto para ela morrer. Não era mais só medo, era? Era o sentimento de terror, seu corpo se remodelando em torno dele. Mas quem? Quem mais votou sim? Seus olhos se arregalaram, em pânico, saltando de Maddy para Arthur, então para Reyna e, por fim, para Simon. Qual deles havia sido? Quem queria forçá-la a sair do trailer, para o nada a céu aberto? Quem estava em paz com o fato de ela morrer lá fora? Todos pareciam surpresos, com medo, infelizes. Red não sabia quem foi. Mas alguém não estava surpreso de verdade, o voto pertencia a um deles.

Ela levantou outro dedo na mão esquerda. Dois votos para cada. Viver ou morrer.

— Último voto — disse Oliver, pescando o único pedaço de papel restante na tigela.

O voto decisivo. Viver ou morrer.

Ele o torceu nos dedos, demorando demais. Desfazendo a primeira dobra, depois a segunda.

Oliver girou o pedaço de papel.

Pigarreou.

# TRINTA E TRÊS

— Não.

Oliver amassou o pedaço de papel no punho.

Aquele peso esmagador saiu de cima do peito de Red, ou pelo menos aliviou um pouco. Ela podia respirar novamente, então o fez. Não. O último voto era negativo. Três *não*, dois *sim*. O que significava que não iriam expulsá-la do trailer, não iriam mandá-la para a morte. Ela estava a salvo.

Arthur suspirou, fechando os olhos.

Maddy apertou as mãos nas bochechas, o lábio inferior ameaçando se curvar para baixo.

Simon assentiu, a boca apertada, e Reyna olhou para o teto, esticando o pescoço.

Oliver manteve o voto na mão, o punho cerrado ao redor dele, esmagando-o.

Algo se revirou nas tripas de Red, além da fria onda de alívio, algo quente e indesejável. Duas pessoas votaram para que ela morresse. Oliver ela já esperava, afinal, a ideia havia sido dele. Mas dos quatro restantes — Maddy, Arthur, Reyna e Simon —, alguém havia votado para ela sair. Aquilo doeu mais do que ela conseguiria expressar, o sentimento revirava-a por dentro, criando um lar ao lado da culpa e da vergonha, aqueles sentimentos quentes e vermelhos. O que era pior, saber ou não saber quem foi?

— Graças a Deus. — Maddy soltou o ar e correu para a frente passando pelos outros. Ela se aproximou de Red e a envolveu em um abraço apertado, prendendo os braços da amiga ao lado do corpo. — Graças a Deus — repetiu, e apertou sua bochecha contra a de Red, sem soltar.

Red conseguia sentir o coração de Maddy, batendo acelerado no peito.

— Está tudo bem — disse Red quando Maddy enfim se afastou. — Eu estou bem.

Maddy recuou e analisou o rosto da amiga, os olhos cheios de lágrimas.

— Tem certeza? — indagou ela.

Não, Red não estava nada bem, poderia marcar novamente o quadradinho de *NÃO* na mão de Arthur. Ela não estava bem, mas estava viva, e, na verdade, vivia nesse estado o tempo todo.

Arthur encontrou os olhos de Red do outro lado. Ergueu o queixo, piscando devagar para ela, as mãos entrelaçadas na frente dele, apertadas, como se fosse a mão dela que ele estivesse segurando.

Red apertou de volta, as mãos em punhos nas laterais do corpo.

— O que fazemos agora? — questionou Simon, falando para o vazio do trailer, apenas as respirações deles e a turbulência da estática sempre presente.

Ninguém respondeu, ninguém sabia a resposta. Muito menos Red. Por acaso ela deveria agradecer por não terem a mandado lá para fora. Era isso que estavam esperando? Agradecer a três deles, pelo menos. Como ela iria parar de pensar a respeito disso?

Red pressionou os cotovelos no balcão e se apoiou neles, tirando o peso dos pés. Estava muito cansada. Cansada e assustada da cabeça aos pés. Quando aquela noite terrível terminaria?

Oliver soltou todo o ar que estava preso na sua boca, as bochechas latejando enquanto os lábios tremiam. Ele se virou, recolheu os votos desdobrados da mesa e jogou-os de volta um a um na tigela. Dois *SIM*, três *NÃO*. Tinha sido por um triz. E se mais uma pessoa tivesse mudado de ideia?

O garoto pegou a tigela e caminhou em direção ao balcão da cozinha, em direção à Red.

Colocou a tigela no balcão, fazendo-a girar em torno da sua borda inferior, a cerâmica batendo na superfície antes de parar.

Red observou o objeto e depois Oliver. Então ele encontrou os olhos da garota, sombras escuras sobre os dele.

— Desculpa, Red — disse ele, a voz estável demais, normal demais para um lugar e um momento tão anormais.

Foi tudo tão rápido.

Oliver se lançou sobre ela, envolvendo sua cintura, seu aperto firme como ferro, prendendo os braços da garota.

— Oliver, não! — gritou Red.

Ele tirou os pés dela do chão, o corpo apoiado no dele enquanto Oliver cambaleava até a porta do trailer.

— *Não!* — esbravejou Maddy, um grito desumano, o som entrando e saindo dos ouvidos de Red enquanto ela se contorcia no aperto de Oliver.

Ela não conseguia mexer os braços, mas chutou, tentando alcançar a parede a fim de empurrá-lo para longe.

Seus pés escaparam.

Oliver esticou um braço, batendo o cotovelo na maçaneta e chutando a porta.

— *Oliver, não!* — vociferou Arthur.

Passos marchando.

Gritos.

O trailer balançou.

Mas era tarde demais.

A porta estava aberta para o nada a céu aberto lá fora. A noite sombria, pronta e aguardando.

Os braços de Oliver a esmagavam; até que não mais. Ele havia soltado Red, empurrado-a para a frente, pela porta aberta.

Red caiu em cima de um tornozelo nos degraus. Tropeçou devido ao impulso.

Rolou e bateu o quadril no último degrau. O impacto a mandou para a estrada.

Ficou estirada, com o rosto para baixo, assim como as palmas das mãos, apoiadas na terra e no cascalho. Cuspiu para limpar a boca.

A porta do trailer se fechou atrás de Red.

Estava sozinha.

Do lado de fora.

Na verdade, não estava sozinha, pensou ela ao erguer a cabeça, terra e areia na língua, raspando nos dentes.

Lá estava Don, a poucos metros de distância, dobrado para trás de uma maneira que as pessoas não deveriam se dobrar. Olhando para a esposa, mesmo na morte. A parte de trás da cabeça do senhor estava desfeita, uma bagunça de sangue e osso, pedaços de carne e massa encefálica na estrada.

Só os sapatos, era tudo que Red conseguia ver de Joyce. O restante dela desaparecia além do canto do trailer, os feixes de luz dos faróis esculpindo um caminho através da escuridão da noite, árvores acenando ao longe.

— *Oliver, sai!*

Red ouviu um grito através da porta fechada.

Batidas.

Briga.

Ela ficou de joelhos.

Olhou para o matagal, examinando a escuridão. A grama falou com ela, balançando ao vento, o frio nas suas bochechas.

O atirador estava lá fora, escondido na noite. Ela não conseguia vê-lo, mas ele podia vê-la.

— *Sai da frente, Oliver!*

Onde estava o pontinho vermelho agora? Bem na sua testa, em algum lugar entre seus olhos? Os últimos segundos de um rosto.

Seus olhos se voltaram para Don, aqueles minúsculos pedaços de carne, crânio e cérebro que formavam o quebra-cabeça que era sua cabeça quebrada. Que parte do cérebro dizia onde você havia colocado as chaves e o celular? Red já devia tê-la perdido. E onde é que aqueles sentimentos vermelhos, a culpa e a vergonha, ficavam guardados? Red torcia para que essa fosse a primeira parte a explodir, deixando-a com alguns fragmentos bons, as melhores lembranças.

Ela esperou o estalo, o último barulho que ouviria.

Não haveria tiros de rifles em seu funeral. Nenhuma gaita de foles tocando "Amazing Grace".

— *Simon, me ajuda!*

Seus joelhos estavam molhados na estrada, o cheiro doce e enjoativo de gasolina impregnando sua calça.

Não, não. Ela não podia morrer assim. De joelhos, como a mãe. Sabendo o que estava por vir.

Tentou se levantar, mas toda a sua força havia se esvaído, toda a sua resiliência havia desaparecido.

Red olhou para as pernas. Por que não estavam funcionando?

E então o viu.

O pontinho vermelho.

Circulando ali, no peito dela.

Subindo e descendo as linhas da sua blusa xadrez. Escondido nos botões.

Era isso.

Logo haveria um buraco ali, onde ficava o coração.

Era isso.

Red fechou os olhos.

Que pensamentos deveriam ser seus últimos?

Os mesmos que os da mãe? Raiva. Ódio. Repassando a última briga quando tudo acabasse, assim viveria por toda a eternidade naquele momento horrível, presa na repetição. Sua mãe morreu e levou tudo consigo. Como pôde ter feito isso com Red? Ela morreu de joelhos, e era tudo culpa de Red, e a garota iria morrer de joelhos também, e era tudo culpa da sua mãe. Culpa o bastante para se multiplicar várias vezes até que fosse demais, e Red não conseguisse mais aguentar. *Leve esses sentimentos embora, apague-os da minha cabeça.*

A garota esperou.

Esperou.

Red abriu os olhos, estava tão escuro lá fora quanto dentro de si.

Já fazia muito tempo. Tempo demais. Vidas em segundos. Mas foram mais do que segundos, não? Já haviam se passado minutos.

Por que o homem não atirou? O pontinho vermelho estava bem ali no peito dela, pronto. Por que Red ainda estava viva?

Havia algo martelando nos seus ouvidos, mas não era o coração. Estava vindo do trailer atrás dela. Gritos, berros, batidas e...

O som da porta se abrindo, chocando-se na lateral de metal.

Três passos.

Braços ao redor da sua cintura novamente.

— Te peguei, Red — disse Arthur no seu ouvido, levantando-a e arrastando-a escada acima, o corpo dela pressionado no dele.

O pontinho vermelho escorregou do seu peito, desceu por uma perna e desapareceu na noite.

Arthur tropeçou no último degrau, as pernas deslizando no chão ao puxá-los de volta para dentro do veículo, os dedos marcados entre as costelas de Red enquanto ele a arrastava.

— Maddy, a porta! — gritou ele no ouvido de Red.

Maddy saltou sobre eles no chão, avançando para agarrar a corda de blusas amarrada à porta. Ela puxou, pegando a maçaneta assim que voltou ao seu alcance.

A porta se fechou com um baque.

Red desabou sobre Arthur, olhando para baixo, procurando no próprio peito o pontinho vermelho, um buraco, uma gota de sangue.

Alguém estava gritando.

Era ela.

# TRINTA E QUATRO

Arthur deitou a cabeça de Red para trás, afastou o cabelo rebelde dos seus olhos e limpou a sujeira e a areia do seu rosto.

— Você está bem. — Suas palavras soaram na parte de trás da cabeça de Red, quentes, propagando-se. Uma das mãos permaneceu na sua testa. — Você está bem.

Estava quente ali dentro, mas Red tremia, tremia tanto quanto em uma noite-de-inverno-sem-aquecedor. Mais do que isso. Seus músculos vibravam incontrolavelmente sob a pele, os dentes batiam, triturando os últimos pedaços de terra em sua boca.

Sua respiração estava rápida demais, assobiando ao entrar e sair do peito enquanto ela agonizava. Por que havia dor em todos os lugares? Ela estava viva, e era dolorido estar viva.

— Ele não atirou — disse Arthur, acariciando a nuca de Red, porque ela ainda tinha uma. — Você está bem, não foi atingida. Está em estado de choque. Só respira.

Maddy se curvou na frente dela, rastros vermelhos no rosto devido ao choro, quase tão profundos quanto arranhões, como se unhas tivessem marcado suas bochechas, não lágrimas.

— Você está bem, Red — disse ela, agarrando a mão da amiga, apertando-a.

— Aqui.

Um copo d'água apareceu na frente de Red. Reyna o segurava, seu cabelo fora do lugar, embolado como se tivesse sido agarrado. Mas Red não conseguia pegar o copo, estava tremendo muito, o ar estremecendo ao seu redor.

— Ele não atirou em você.

A voz de Oliver, distante.

Red se virou, apoiada no peito de Arthur, procurando a origem da voz. Oliver estava parado na frente do banco do motorista. Mantinha um braço sobre a barriga, curvado sobre ele. Havia uma marca vermelha na sua bochecha, o olho lacrimejando daquele lado.

— Ele não atirou — repetiu Oliver, a confusão no olho que não estava vidrado. — Eu bloqueei a porta. Você ficou lá fora por pelo menos três minutos. E ainda assim ele não atirou. Por quê? — perguntou para Red, como se ela pudesse, de alguma forma, saber por que ainda estava viva.

Red se levantou, afastando-se de Arthur e se apoiando sobre os pés instáveis. Suas mãos ainda tremiam, atrapalhando-a quando pegou impulso no chão.

Arthur também se endireitou, mais rápido do que ela, segurando o cotovelo de Red para guiá-la. Ela olhou para o ponto de contato. Outra coisa marcava a sua mão agora, não apenas os quadradinhos e o *VOCÊ TÁ BEM?*. Sangrando em carne viva, havia um arranhão que atravessava três nós dos dedos. E logo à direita deles, no chão, a tigela branca e azul quebrada em pedaços, os votos desdobrados e espalhados.

— Por que ele não atirou em você, Red? — questionou Oliver, endireitando-se com uma careta, a voz encontrando equilíbrio novamente.

— Oliver, não — disse Reyna em tom de advertência, um rosnado logo abaixo da superfície da voz.

Mas Oliver não podia ser impedido. Ele não estava arrependido. Pediu desculpas antes de jogar Red para fora do trailer, mas não foram sinceras. Não podiam ser.

Ele deu um passo à frente.

— Você é a testemunha anônima no julgamento do Frank Gotti, todo o caso depende de você, então por que não atiraram? — indagou ele, balançando a cabeça. — Ele teve a oportunidade. Você ficou bem ali. Por três minutos. Por que ele não atirou em você, Red?

— Eu sei lá! — gritou Red de volta, a raiva revirando seu estômago, tomando conta de todos os outros sentimentos vermelhos. Era mais forte, mais quente. — Não sei por que ele não atirou em mim, caramba!

Ela não sabia. Quase desejou que o atirador tivesse feito seu trabalho, ajoelhada na terra lá fora. Agora o terror estava diminuindo, saindo dos seus dedos e dos seus membros para voltar ao estômago, e ela estava tão confusa quanto Oliver. Tudo aquilo devia ser por causa dela, por causa do julgamento. Era a única explicação que fazia sentido.

— Ele não atirou em você — repetiu Oliver, como se falar aquilo fosse revelar as respostas, arrancando-as de dentro das palavras. — Por que você é imune? Ele matou aquele casal de idosos lá fora. Atirou no reflexo do Simon. Atiraria em qualquer um de nós se tentássemos sair do trailer, mas não atirou em você, Red. E só tem um motivo para isso.

— Qual? — questionou Red, porque também queria saber.

— Você está trabalhando com eles, não é?

— Oliver — disse Arthur, a voz grave e perigosa.

— Red é a espiã — explicou Oliver, encontrando os olhos de Arthur. — Será que vocês não veem? É a única coisa que faz sentido. Eles não vão matar um dos seus.

— Mas ela é a testemunha do julgamento — disse Maddy, a voz diminuindo no final, quase fazendo uma pergunta, semeando a frase com dúvida.

Sim, Red era a testemunha do julgamento de Frank Gotti, isso era verdade, mas, de repente, ela não conseguia se defender. Como conseguiria? Sua garganta se estreitava cada vez mais, um bloqueio, sufocando as palavras antes que elas se formassem.

— Foi ela quem nos conduziu por essa estrada, falou para a Reyna seguir em frente — disse Oliver, levantando o polegar, marcando pontos como Red havia feito antes. — O atirador sabe de coisas que não poderia saber a menos que alguém aqui estivesse contando para ele. Nossos planos de fuga, o bilhete para chamar a polícia. Red ficou segurando o walkie-talkie esse tempo todo, ela quem falou que o aparelho não estava grampeado. Aliás, como ela sabe tanto sobre walkie-talkies? Red ficou lá fora por três minutos, é a testemunha, a pessoa que estão aqui para matar, e, ainda assim, não atiraram. Talvez ela não seja a testemunha, talvez tenha mentido. Porque está trabalhando com eles.

Mas Red *era* a testemunha. Podia até ser uma mentirosa, mas aquilo era verdade. *Então por que o atirador não matou você?*, perguntava a vozinha na sua cabeça. Ela já deveria estar morta. Deveria ser isso que queriam, a razão de tudo.

— Por que ela estaria trabalhando com eles? — indagou Reyna, e ficou evidente de que lado ela estava.

Ela não tinha sido o outro *SIM*, não é? Mas aquilo deixava como alternativa Simon, Arthur ou Maddy, o que seria ainda pior.

— Sei lá — retrucou Oliver. — Dinheiro? Todo mundo sabe que a Red precisa de dinheiro.

Red piscou. Todo mundo sabia, é?

— Mas o que o atirador quer, se não for o segredo de que Red é a testemunha? — perguntou Simon, movendo as mãos para cima e para baixo como uma balança, lançando a Red um olhar simpático para que ela soubesse que era apenas uma hipótese.

Será que ele tinha sido o outro *SIM*? Não, Simon não faria isso com ela.

— Não sei. Mas quer saber? Não importa mais, de verdade. — Os olhos de Oliver brilharam. — Porque agora a gente... Espera, calma aí um segundo. Red, levanta as mãos em algum lugar que eu consiga ver. Levanta, agora!

Red hesitou, olhando ao redor do trailer para o resto dos amigos. Não, de novo não. Estavam se voltando contra ela novamente? Não, ela não deveria pensar assim. Era o Oliver, tudo coisa do Oliver. Os outros não estavam do lado dele, brigaram com ele para que Arthur pudesse buscar Red, devia ser isso que tinha acontecido, lendo os sinais. E, no entanto, havia perigo nos olhos de Oliver, e Red não queria provocá-lo outra vez, o terror agitando-se nas suas entranhas.

Ela colocou as mãos na altura da cabeça, as palmas abertas, os braços dobrados, olhando para o balcão da cozinha, para o walkie-talkie que sibilava em cima dele. Seu trabalho, sua responsabilidade.

— Fica com as mãos aí — disse Oliver, avançando, mas ele passou por ela, em direção à cozinha.

Red olhou de volta para Arthur, que balançava a cabeça.

Oliver foi até o forno, abriu-o e enfiou a mão lá dentro, voltando com a panela, a tampa fechada com fita adesiva. Levou-a até o balcão e começou a remover os pedaços de silver tape.

— Oliver — chamou Maddy.

Ele a silenciou com um *shh*, o som áspero como se uma cobra tivesse entrado na sua garganta.

Oliver deslizou a tampa e enfiou a mão lá dentro. Agarrou o próprio celular, debaixo dos outros, e o puxou para fora.

Levantou um dedo, exigindo silêncio do restante deles, enquanto se virava para sua mochila no balcão, colocando a mão livre nela, que ressurgiu agarrada a um alto-falante Bluetooth, preto e redondo, pontilhado de buracos em formato de favo de mel.

Ele o ligou com um bipe de boas-vindas e, em seguida, desbloqueou o celular para conectá-los.

Red o observou percorrer o aplicativo de música outra vez, selecionando uma playlist chamada *Rock clássico*. Deu play em uma música e deslizou a barra de volume para o máximo.

A guitarra começou, ensurdecedora, subindo e descendo. Em seguida, a bateria, sacudindo o trailer e os ossos de Red.

Ela olhou para a tela do celular de Oliver antes de ele colocar o aparelho de volta na panela, fechando a tampa. A música era "Paranoid", do Black Sabbath, e Red devia estar enlouquecendo, porque quase achou aquilo engraçado, parada ali com as mãos erguidas como uma fugitiva. Tudo porque não morreu.

Oliver pegou o walkie-talkie, colocando-o bem ao lado do alto-falante, que estava alto demais. Ele ainda achava que estava grampeado, não achava? Ou não queria arriscar o atirador ouvir o que quer que tivesse a dizer em seguida em voz alta. Oliver se afastou, gesticulando silenciosamente para os outros se reunirem ao redor dele, perto da mesa. Eles o fizeram. Devem ter ficado com medo do perigo nos seus olhos também. Arthur parou ao lado de Red, o tecido da sua blusa roçando nas mãos erguidas da garota.

— Red — disse Oliver, e ela mal conseguia ouvi-lo em meio à música alta. — Deixa as mãos onde eu possa vê-las ou vou prendê-las com silver tape atrás das suas costas.

— Isso é desnecessário — vociferou Arthur.

Os braços de Red já estavam doendo, os cotovelos caídos, mas ela os manteve erguidos, rangendo os dentes.

Os olhos de Oliver circularam pelo grupo, passando por Red.

— É o seguinte: seja lá qual for o segredo que o atirador quer, não interessa mais. Porque agora temos uma vantagem.

Ele fez uma pausa, esperando que os vocais voltassem à música.

— Sabemos que não vão atirar na Red! — gritou Oliver, a voz ainda meio encoberta. — Ela é imune, independente do motivo, por ser uma espiã, ou por ser a testemunha, ou... Não importa. O que importa é que não vão atirar nela. E agora sabemos disso. E podemos usar essa informação.

— Do que você está falando? — berrou Reyna, as palavras quase perdidas sob o barulho.

— Estou falando que a Red pode sair do trailer sem levar um tiro! — respondeu Oliver. — Ela é imune. Podemos usar isso para escapar.

— Você está sugerindo a Red sair e ir buscar ajuda? — gritou Simon, as mãos em concha nos ouvidos.

— Não, não a Red! — respondeu Oliver, lançando um olhar na direção dela, que ergueu as mãos um pouco mais alto. — Não confio nela. Ela pode ser a espiã, pode estar trabalhando para eles.

— Eu não sou a espiã! — esbravejou Red bem no fim da música, um silêncio abrupto e retumbante após o último acorde.

Com aqueles olhos terríveis, Oliver fez todos se calarem, esperando a próxima música começar. E então começou, três notas rápidas dedilhadas na guitarra, seguidas por outras. Red conhecia essa música; sua mãe e seu pai costumavam cantá-la sempre que passavam pela rodovia I-95. "Highway to Hell", do AC/DC, e dessa vez Red não pôde deixar de rir quando a bateria começou a tocar. Ninguém mais podia ouvir seu riso a não ser ela, e, sim, ela devia ter finalmente perdido a cabeça, assim como perdera todas as outras coisas. Refaça seus passos, Red. Onde viu sua cabeça pela última vez?

— Tem evidências suficientes para sugerir que Red é a espiã, não podemos confiar nela! — disse Oliver junto com os vocais, mostrando muitos dentes.

— E aí, qual o seu plano, então? — berrou Simon.

Plano, plano... Red já teve um plano. Havia um arranhão na pele de Simon também, revelado quando ele tirou os cabelos dos olhos, afastando-os do suor.

Oliver se virou para a irmã.

— Maddy! — gritou ele quando o refrão começou. — Você e a Red têm a mesma altura. O cabelo de vocês é praticamente da mesma cor. Se vestir as roupas da Red, o atirador não conseguiria saber a diferença. Do ponto de vista dele, vão parecer a mesma pessoa. — O garoto deu um passo à frente, pairando sobre Maddy. — Ele vai achar que você é a Red e não vai atirar. Você pode sair do trailer e vai ficar bem.

— Eu não...

Os lábios de Maddy formaram as próximas palavras, mas ela não as disse alto o bastante para serem ouvidas.

— Ele vai pensar que você é a Red. Por algum motivo, ela é imune; ele não vai atirar. Pode andar devagar até a caminhonete lá fora, entrar, dar a volta e ir embora. Leva alguns celulares com você e, assim que encontrar sinal, chama a polícia. Ou assim que encontrar uma casa, pede pra usar o telefone fixo.

Maddy se afastou do irmão, tropeçando no banco do motorista. Sua expressão mudou, dando lugar ao medo: uma fresta entre os lábios, escancarando a boca, um espaço branco acima e abaixo da íris, os olhos arregalados demais. Ela balançou a cabeça.

— Acho que não consigo! — gritou Maddy, em meio à música.

Oliver acenou com a cabeça em resposta, fazendo-a ficar imóvel.

—Você é a única que consegue! — replicou ele. — Não pode ser a Reyna, nem eu, nem o Arthur, nem o Simon. Você é a única que se parece com a Red. Tem que ser você. Vai ficar tudo bem. O homem não atirou na Red. Ela ficou lá fora por três minutos e ele não atirou nela. Tudo que tem que fazer é pegar aquela caminhonete ali, ir embora e pedir ajuda.

— Oliver, é arriscado demais — disse Reyna. — Não sabemos por que ele não atirou na...

— Mãos para o alto, Red! — esbravejou Oliver.

Red apoiou os cotovelos nos quadris, mantendo as mãos, com as palmas para a frente, na altura dos ombros. Se ela enlouqueceu, então Oliver devia ter ficado maluco horas atrás. Como ele podia pedir para a irmã mais nova fazer aquilo? Sair do trailer, ficando totalmente à mercê do atirador? Era loucura.

— Você não tem que fazer isso, Maddy! — gritou Red, encarando Oliver em vez de olhar para a amiga. — Não tem que fazer o que ele diz!

Mas Red não estava sendo hipócrita? Porque olha só para ela, parada ali com as mãos para cima só porque ele havia ordenado. A música mudou outra vez, para uma que Red não reconhecia, mais guitarras berrando nos seus ouvidos, mais baterias batendo nas suas costelas.

Maddy olhou para o irmão, nervosa.

— Não sei, não — disse ela por cima da música.

Ele deu um passo à frente.

— Você tem que fazer isso, Maddy. É a única que pode. A única que pode pedir ajuda. Você não acha que eu iria se as circunstâncias fossem diferentes? — Ele enfiou um dedo no meio do próprio peito. — Se eu fosse o único que pudesse salvar a gente, eu iria. Mas as coisas não são assim. Você é a única que pode fazer isso. A única que pode garantir a nossa sobrevivência.

— Essa é uma ideia horrível — disse Arthur bem alto. — Maddy, você não deveria...

— Cala a boca, Arthur! — Oliver rosnou para ele, o rosto suavizando de novo ao se virar para a irmã. — Vai funcionar, Maddy. Acha que eu mandaria a minha irmãzinha lá fora se pensasse que havia qualquer chance de você se machucar? Óbvio que não. Eles vão pensar que você é a Red, e, por algum motivo, ela é imune. Então vão te deixar ir.

Oliver assentiu, e Maddy também, não exatamente em sintonia com ele.

— Tá bom — concordou ela, a voz vacilando, perfurada pelos gritos das guitarras. — Acho que consigo.

— Muito bem. — Oliver deu um passo à frente, plantando um beijo no topo da cabeça dela, apertando seu ombro com força. — Simon. — Ele se virou. — Onde você disse que estava a chave da caminhonete?

— Ainda estão nas mãos do Don — respondeu o garoto, olhando para Maddy.

— Ok, você só tem que andar até o Don, com calma, devagar, como se soubesse que não vão atirar em você porque você é a Red. — Oliver estava com as duas mãos nos ombros de Maddy agora, falando bem no rosto dela. — Pega a chave, você consegue, só não olha para a cabeça dele. Aí anda até a caminhonete, entra, liga o motor, faz o retorno e dá o fora daqui. Entendeu? É simples.

Maddy ainda assentia, nunca parou, mas Red percebeu que ela não queria fazer isso. A garota estava aterrorizada, quase vibrando com o sentimento. E Red não sabia se Maddy estava com mais medo do homem lá fora com o rifle ou daquela expressão no rosto do irmão.

— Eu consigo — repetiu Maddy, os olhos marejados ao observar todos eles. — Eu consigo — disse. — Vou trazer ajuda, prometo.

Seus olhos se fixaram em Red e mudaram. O que aquilo significava? Outro olhar que Red não compreendia. Ela queria que Red interviesse, impedisse aquilo de acontecer?

— Maddy, você não precisa...

— Red! — Oliver se virou para encará-la. — Tira a roupa!

— Maddy está com medo, ela não quer fazer isso! — A garota berrou de volta.

Oliver deu um passo à frente, mas Red também o fez, diminuindo a distância. Dane-se, os dois estavam malucos, poderiam mergulhar de cabeça nessa juntos. Oliver não a ouviu da última vez, a respeito do bilhete, e duas pessoas morreram. Ele a ouviria agora. Era Maddy, e ela era importante demais.

— Por que está obrigando a Maddy a fazer isso, Oliver? Você não sabe se vai funcionar. Não sabemos por que me deixaram viva naquela hora, mas não é porque eu estou trabalhando com eles. Eu não estou! Não ligo se acredita em mim ou não, mas nós dois nos importamos com a Maddy! Ela não é dispensável, só um peão para você usar em um dos seus planos. Quantos planos que você fez hoje à noite deram certo? Ah, é verdade, nenhum! Não pode mandá-la lá para fora, sob a mira de um rifle. Se a Maddy não quer fazer isso, então ela não precisa, e você não pode manipulá-la ou intimidá-la. Ou jogar ela pela porta, igual fez comigo!

As palavras de Red também ficaram mais afiadas, navalhas se arrastando pela sua garganta enquanto ela as atirava na direção de Oliver. Ele a fez pensar seus últimos pensamentos, de joelhos, e ele não faria o mesmo com Maddy. Não. Já chega. Os olhos de Oliver brilhavam, mas os dela também, o maxilar cerrado, as mãos ainda erguidas, mas agora em punhos.

— Red, tira a roupa! — guinchou Oliver.

— Oliver, para com isso! — vociferou Reyna.

— *Red?!*

— Não — disse Red. — Não vou tirar. Não vou mais dar ouvidos a você.

Se Maddy não conseguia contrariar o irmão, então Red poderia fazê-lo pelas duas. Ela conseguiria. Maddy cuidou dela, e agora era a vez de Red.

As narinas de Oliver se dilataram, os olhos pulando entre Red e Maddy, a cabeça inclinada. Círculos escuros nos seus olhos, como besouros enormes, as pernas subindo pelos cílios. Red deu um passo à frente outra vez, e Oliver recuou, as pernas batendo na mesa. Dessa vez, ele ouviria, ele…

Oliver olhou para trás, para cima da mesa. Logo em seguida, se lançou para pegar alguma coisa.

Red não conseguiu ver, não até ele se virar com a faca de cozinha em uma das mãos. Afiada. Refletindo o rosto distorcido de Oliver. Fios de suor escorrendo por sua pele.

Maddy gritou. Simon recuou.

Oliver levantou a faca e apontou para a garganta de Red.

— Só vou falar mais uma vez! — gritou ele, e a faca refletiu a luz na direção de Red. — Tira logo essa roupa!

# TRINTA E CINCO

— Abaixa essa faca, Oliver! — exclamou Reyna, a voz mais alta do que as guitarras estridentes e as batidas estrondosas da bateria que pareciam sons de rifle.

Red ergueu o queixo, a ponta da faca, que tremia na mão de Oliver, a apenas alguns centímetros do pescoço. Os olhos dele estavam selvagens, havia preto demais, vermelho demais onde deveria estar branco, injetados onde o suor escorria.

Ela não se mexeu, as mãos ainda erguidas. Red conhecia Oliver desde sempre, mas não essa versão dele, a pessoa em que o rapaz se transformou por causa do pontinho vermelho, que o levou ao limite. Mas aquele Oliver devia ter estado sempre ali, em algum lugar lá dentro. Dormente, esperando até ser necessário. Ele nem parecia mais consigo mesmo fisicamente: os cabelos oleosos com o suor, jogados para trás em mechas caóticas, a pele vermelha e manchada, aquelas cordas de marionete fazendo sua cabeça pender inclinada novamente ao encarar Red.

Os olhos da garota percorreram a faca na mão dele. E o problema era o seguinte: Red não tinha certeza. Não tinha certeza de que era apenas um blefe para persuadi-la a fazer o que ele queria. Havia uma faca na mão dele, e parte de Red acreditava que Oliver a usaria se fosse preciso. Afinal, ele a jogara para fora do trailer para se salvar. Red era dispensável para Oliver, descartável. E na mente do rapaz, ela estava entre ele e sua sobrevivência. Não havia escolha.

— Tá bom — disse Red de uma maneira sombria, não alto o bastante para sobrepor a música, mas, de qualquer forma, Oliver leu os seus lábios.

Ele mostrou os dentes em um sorriso vacilante que não combinava com seu rosto. Havia ganhado outra vez.

— Agora! — gritou, a faca se movendo para cima e para baixo com sua voz.

Red respirou fundo.

— Posso pelo menos pegar algumas roupas para me trocar primeiro?

Ela indicou o armário acima do sofá com a cabeça, a maleta de Maddy lá dentro com as coisas das duas.

— Não, você não! — vociferou Oliver. — Você pode usar isso como distração para se comunicar com o atirador de alguma forma. Deixe as mãos onde eu possa vê-las.

— Eu não estou trabalhando com o atirador, Oliver — retrucou Red. — Eu sou a testemunha, estão aqui para me matar.

— Mas não mataram, não é? Quando tiveram a oportunidade. — Os olhos de Oliver desviaram dela por um segundo. — Simon, vai lá. Pega umas roupas da Red dentro da mala.

Simon enrijeceu, lançando um olhar para Red.

— Tudo bem. — Ela assentiu, os braços ainda levantados.

A garota ainda não sabia se conseguia senti-los. Estavam formigando, como se fossem feitos de estática, e Red sentia falta do zumbido silencioso do walkie-talkie.

Simon deu três passos até o sofá e subiu em cima dele, o couro rangendo sob seu peso quando abriu o armário, abaixando a cabeça para escancarar a porta. Ele estendeu a mão para cima, provocando o barulho de uma vespa raivosa ao puxar o zíper da bolsa de Maddy.

— As coisas da Red devem estar bem em cima — avisou Maddy.

Simon ergueu um dedo para avisar que tinha ouvido. Enfiou a mão lá dentro e puxou uma calça, uma das pernas sacudindo para cima e se enrolando no seu braço.

— Jeans preto! — gritou Simon, a voz quase inaudível, presa dentro do armário.

Bem, Red só havia trazido um short e duas calças, e estava usando uma delas naquele momento. Ficou feliz por Simon não ter escolhido o short; por mais quente que estivesse no trailer, a pele exposta pareceria um alvo, brilhando na noite.

Simon enfiou a outra mão na mala, o ombro se mexendo enquanto ele revirava a bolsa, pegando uma peça que Red não conseguia ver, balançando a cabeça e a colocando de volta para escolher outra. Ele se afastou, fechou a porta do armário com o cotovelo e pulou para o chão.

— Aqui — falou para Red, aproximando-se, e entregou as roupas.

— Não — interveio Oliver, bloqueando Simon com o braço. — No chão.

Simon verificou com Red. Ela assentiu, que outra escolha tinha? Havia uma faca no seu pescoço.

Simon deixou a calça preta rasgada cair aos pés da garota, e, em seguida, a outra peça que havia escolhido: uma camiseta velha de manga comprida em um tom vermelho marsala. Era da sua mãe antes de pertencer a ela.

— Vermelho é a sua cor — disse Simon a Red por cima da música, um sorriso desajeitado no rosto, sem mostrar os dentes.

Ele estava tentando fazê-la se sentir melhor com o sorriso? Ou mascarava alguma outra coisa, também achava que ela era a espiã? Não, não era possível que Simon achasse isso. Ele a conhecia. E, ainda assim, podia ter votado para ela morrer. Mas ela não estava morta, e esse era o novo problema.

— Red, vai logo! — gritou Oliver, abaixando a cabeça para indicar as roupas no chão.

— Pelo menos deixa ela ir ao banheiro para se trocar. — Arthur deu um passo à frente, os tendões se projetando sob a pele bronzeada do pescoço. Não exatamente como cordas de marionete, mas quase.

Red sabia que ele estava bravo. Ou assustado. Ou ambos. Não era possível que Arthur pensasse que ela tinha alguma coisa a ver com tudo aquilo, não é? Não, ele havia ficado ao lado dela a noite inteira. Arrastou-a para longe do pontinho vermelho, abraçou-a quando o choque se instalou.

Oliver apontou a faca para Arthur até ele recuar um passo.

— Não — disse Oliver. — Se a deixarmos sozinha, ela pode enviar uma mensagem para o atirador de alguma forma. Ela precisa ficar onde eu possa vê-la.

— Tudo bem, Arthur! — gritou Red, os dedos suados e inchados demais desabotoando os botões superiores da sua blusa e descendo para os próximos. — Tudo bem!

A faca voltou para a direção dela, seguida pelos olhos de Oliver. Que palavra ridícula aquela. *Bem*. Red se despia sob a ponta de uma faca, e havia um atirador do lado de fora, e ela devia ter morrido. Mas estava *bem*, sabe?

Arthur balançou a cabeça. Ele sabia que não estava tudo bem, mas recuou mesmo assim. Diminuindo a intensidade. A tensão se dissipou ligeiramente nos ombros de Oliver ao observar Red desabotoar o restante dos botões.

— Aqui, Maddy — disse Red enquanto tirava a blusa de flanela azul e amarela dos braços, ficando só de sutiã e calça jeans.

Ela jogou a roupa por cima da cabeça de Oliver, e Maddy a pegou, apertando-a contra o peito.

Red pegou a blusa do chão e a vestiu pela cabeça. Estendeu os braços até as extremidades das mangas e puxou o tecido fino por cima da barriga.

— A calça! — vociferou Oliver. — Vai logo, anda. Antes que ele se pergunte o que a gente está fazendo.

Red tirou os tênis, usando um pé para tirar o sapato do outro. Oliver se inclinou para a frente, a faca ainda erguida, e pegou os tênis com uma das mãos, passando-os para Maddy, que começou a tirar os próprios sapatos.

Red abaixou os olhos, desabotoou a calça e abriu o zíper.

Puxou a peça para baixo, as manchas escuras de gasolina grudadas nos joelhos, agarradas à pele pálida. Mas fez força, e a roupa cedeu, caindo em um montinho ao redor dos seus tornozelos. Ela se livrou da calça.

Red ficou ali, no trailer, de calcinha e meias, e olhou para os outros. Não estava envergonhada por estar de calcinha. Red sabia o que era vergonha de verdade. Vergonha de verdade era matar sua mãe e ter que conviver com isso, sabendo que ela morreu e a última coisa que disse para ela era que a odiava. Se Red sobreviveu àquilo, conseguia sobreviver a isso. Ela encarou todos no trailer, desafiando-os a olhar, nos seus olhos. Será que eles conseguiriam impedir aquilo? Se Arthur, Reyna e Simon se pronunciassem, conseguiriam impedir Oliver de obrigar Maddy a seguir com o plano? Eles estavam em três. Mas era Oliver quem estava com a arma. E provavelmente era o único que a usaria. Ou talvez esse não fosse o motivo. Talvez também não confiassem nela, talvez pensassem que Red estava trabalhando com o atirador. O que Red esperava? Ela *ainda* estava mentindo para eles, afinal.

Oliver pegou a calça azul-clara e a passou para Maddy.

— Vai se trocar no banheiro — disse à irmã, por cima de uma nova música que começava.

As notas da canção subiam continuamente em trio, entrando pelos ouvidos de Red, espetando seus nervos e suas pernas expostas.

Maddy fechou a porta do banheiro ao entrar. A última coisa que Red viu foi o olhar entorpecido de surpresa da amiga. Iam mesmo fazer isso?

Red pegou a calça jeans preta do chão e a vestiu. Havia rasgos em um joelho e na coxa da outra perna; a peça não veio de fábrica daquele jeito, era só velha. Foi Catherine Lavoy quem comprou essa calça para ela.

— Os sapatos da Maddy! — gritou Red para Oliver.

Ela não havia trazido mais nenhum.

Ele chutou os tênis brancos da irmã, e Red enfiou os pés lá dentro, sem precisar desamarrar os cadarços. Maddy odiava quando a amiga calçava os sapatos daquele jeito. *Você vai quebrar a parte de trás*, era o que sempre dizia, mas Red não achava que ela se importaria dessa vez.

A música aumentou, as notas agudas da guitarra cascateando ao seu redor. E então aumentando de novo, subindo na escala.

—Você está bem? — perguntou Reyna para ela, apenas com o movimento dos lábios, do outro lado do trailer.

Red assentiu de leve para que Oliver não visse. A faca não estava mais tão próxima, mas continuava na mão dele, apontada para seu pescoço. As pessoas desabavam quando seus pescoços eram cortados, não? Mas também não importaria em que lugar um tiro de rifle acertasse. Independente da parte do corpo, a pessoa se desmancharia, como as partes que formavam a cabeça de Don.

A porta do banheiro se abriu silenciosamente, o barulho coberto pela música, e Maddy saiu de lá vestindo a blusa de flanela e a calça jeans de Red, com manchas escuras nos joelhos. Ela também estava com os tênis da amiga, os cadarços bem amarrados, com nós duplos.

— Ótimo. — Oliver acenou para ela. — Beleza, você tem um elástico de cabelo? — gritou ele no ouvido da irmã. — Precisa amarrar o cabelo igual ao da Red, em um rabo de cavalo da mesma altura.

Maddy sempre andava com um elástico reserva no pulso, às vezes até mais de um. Red vivia pegando-os emprestado, mas nunca devolvia porque, de alguma forma, todos se perdiam.

Maddy puxou a manga da camisa de Red, revelando um elástico preto que marcava a pele do pulso. Ela ajeitou o elástico entre a base do polegar e os dedos, e, virando-se para analisar o cabelo de Red, juntou o seu e puxou as mechas para o alto da cabeça. Ela passou o elástico em volta do rabo de cavalo uma, duas, três vezes, e depois puxou o cabelo para deixá-lo bem preso.

Oliver olhou de uma para a outra, Red e Maddy, freneticamente, estreitando os olhos.

— Está meio diferente! — gritou ele. — O seu cabelo é muito longo.

Com a faca ainda na mão, Oliver recuou até a mesa e pegou a tesoura. Não pediu nenhuma permissão para Maddy. Fez a irmã se virar, a palma das mãos nos ombros dela, e agarrou o rabo de cavalo com a mão que segurava a faca. Abriu a tesoura, posicionando-a cerca de oito centímetros acima das pontas do cabelo de Maddy, e cortou. Não foi um corte suave, que deslizou facilmente; ele teve que abrir e fechar a tesoura várias vezes até as pontas serem cortadas. Estava desigual, mas Oliver parecia satisfeito.

Partes do cabelo castanho-claro de Maddy se espalharam pelo chão. Elas brilhavam, não tanto quanto o vidro havia brilhado horas antes, mas ainda refletiam a luz.

Oliver a girou para analisá-la de frente, deixando a tesoura cair.

A tesoura. Era uma arma também. Será que Red conseguiria pegá-la? E depois o quê? Não seria capaz de machucar Oliver Lavoy. Poderia ameaçar, mas ele saberia que a ameaça era um blefe. E a dele talvez não fosse. Não era *pedra, papel, tesoura*; era *tesoura, faca, rifle*. Nesse jogo, a tesoura sempre perdia.

— Seu cabelo está muito certinho! — exclamou Oliver. — O cabelo da Red é uma bagunça. Consegue puxar uns fios na frente e alguns montinhos no topo?

Maddy assentiu e começou a puxar os fios finos para emoldurar seu rosto como a franja de Red. Puxou as mechas do rabo de cavalo para que ficassem em cima da cabeça.

— Bem melhor! — gritou Oliver, e o sorriso estava de volta, aquele que não combinava com seu rosto. — Perfeito. — Ele deu uma sacudida nos ombros de Maddy. — Você consegue, sabe que sim.

O garoto não deu brecha para que a irmã discordasse. Passou por Red, segurando a faca com força, e circulou o balcão da cozinha, onde a música estava mais alta. Abriu a tampa da panela e pegou dois celulares, um com uma capinha laranja que imitava mármore. Ele olhou as telas, provavelmente conferindo o nível de bateria.

— Certo! — berrou ele por cima do barulho. — Pega o seu celular e o da Reyna. Na verdade, leva o do Simon também, a operadora dele é diferente. — Oliver agarrou um terceiro celular. — Continua dirigindo até encontrar uma casa e alguma ajuda, ou até a primeira barrinha de sinal aparecer em um desses telefones.

Ele juntou os iPhones em uma das mãos e se aproximou, passando-os para Maddy. Ela assentiu e colocou dois nos bolsos traseiros e um no da frente. Oliver estava diante dela; portanto, Red não conseguia ver o rosto de Maddy nem seus olhos, mas dava para imaginar o medo neles. Aquilo aconteceria mesmo?

— Olha para mim, Maddy! — vociferou Oliver, estendendo a mão livre e batendo um dedo sob o queixo dela. — Você consegue! Sai devagar pela porta e vira de lado assim que puder, é o ângulo em que você e a Red se parecem mais, de perfil. Vai até o Don, pega as chaves da mão dele e entra direto na caminhonete. Fecha a porta, liga o motor, dá a ré, faz o retorno e depois se manda daqui. Um pouco devagar enquanto ainda estiver à vista. Mas assim que passar por aquelas árvores, pisa fundo, entendeu? Dirige o mais rápido que puder até encontrar sinal ou uma casa com telefone fixo. E quando ligar para a polícia, se lembra de dizer para eles que tem um atirador e que precisam mandar alguém agora. Sabe para onde mandar eles virem?

Oliver se mexeu, e Red enfim conseguiu ver Maddy. Ela parecia congelada, colada ao chão do trailer. Um tremor no seu lábio inferior enquanto procurava a resposta certa no rosto do irmão.

— McNair Cemetery Road. — Foi Simon quem respondeu. — Foi nessa estrada que viramos para chegar até aqui. Eu me lembro. Vão nos encontrar se disser isso para eles. Fala para procurarem os faróis.

Maddy assentiu, sugando o lábio inferior, os olhos vidrados de terror, como se sequer conseguisse ouvir, como se palavras fossem apenas barulhos atingindo seus ouvidos.

— Maddy! — Era Arthur quem falava agora, se sobrepondo à música. — Eu realmente acho que você não deveria fazer isso. Não mesmo. É arriscado demais. Deve ter outro jeito. Red? — Arthur olhou para ela, lá atrás, o desespero no rosto.

Red balançou a cabeça, lágrimas nos cantos dos seus olhos ao ver Maddy tão assustada. Sua Maddy.

— Não vá — disse ela. — Não faz isso, você não é obrigada.

— Calem a boca, os dois! — esbravejou Oliver ao se virar para Maddy. — Não dê ouvidos a eles, eles não entendem. Vai dar certo, tá bom? Maddy... Madeline, olha para mim. Vai dar certo, e você vai ficar bem. Vai nos salvar. Você. Você vai nos salvar. Vai funcionar. É um plano igual aos da nossa mãe, ganhar ou ganhar. — A voz de Oliver estava rouca de tanto gritar, falhando nas beiradas, assim como seu sorriso. — Sai daqui e pede ajuda. E assim que estiver em segurança, podemos falar para o atirador que ainda estamos com a Red. Isso vai nos proteger por um tempo. Ela obviamente tem algum valor para eles.

E para mais ninguém, evidentemente. Red costumava achar que Oliver pensava nela como uma irmã sobressalente. Só que ela tinha se enganado em relação à primeira palavra, a que importava.

— Não faz isso, Maddy! — disse Arthur, e havia lágrimas nos seus olhos também. — Não faz isso! Red?!

Ela estava tentando. Mas Maddy só ouvia Oliver, e ele tinha uma faca.

— Maddy! — gritou Red, chorando.

— Oliver, podemos pensar nis... — Reyna começou a dizer.

— Está tudo bem! — gritou Maddy, a voz se sobressaindo às outras e à música, a cabeça assentindo rápido demais, os olhos trepidando. — Está tudo bem, pessoal. Eu consigo. Vou buscar ajuda para vocês, prometo. Eu consigo! Posso salvar todo mundo!

— Você não precisa fazer isso! — exclamou Red. — Só porque o Oliv...

Oliver se virou para ela, brandindo a faca.

— Ela já se decidiu, Red, para de tentar manipulá-la!

— Está tudo bem, Red — disse Maddy, olhando diretamente para a amiga, os olhos fixos nos dela. — Eu consigo. Quero fazer isso. Confio no Oliver. Vou salvar todos nós. Eu consigo. Não estou com medo.

Mas estava. Ela estava com tanto medo. Red nunca quis ver aquele olhar no rosto da sua melhor amiga, e agora provavelmente nunca iria esquecê-lo.

— Beleza! — gritou Oliver por cima da música. — Vou desligar o som e quero o resto de vocês no mais completo silêncio. Não deem um pio! Red, fecha o bico e deixa as mãos onde eu possa vê-las. Maddy, pegou os celulares? Está pronta?

A garota assentiu.

Arthur balançou a cabeça.

— Ok! — berrou Oliver. — Fica perto da porta.

Maddy assim o fez, os pés se arrastando no chão, como se ela esperasse que o trailer ganhasse vida e a prendesse lá dentro para que não precisasse ir. Mas ela havia feito uma escolha, e havia optado por Oliver, assim como Red fizera inúmeras vezes aquela noite. Ele era o líder nato, seu irmão mais velho, e Red não podia competir com isso.

Maddy esperou na porta, os dedos erguidos acima da maçaneta, tremendo, e ela se parecia com Red; era como se a garota estivesse vendo a si mesma em um daqueles espelhos de provador, em que você consegue se ver por trás. O cabelo de Maddy era apenas um ou dois tons mais escuro, mas a noite esconderia aquilo. Tinha que esconder. Porque se Maddy ia realmente fazer isso, então precisava funcionar; Oliver tinha que estar certo, e Red, errada. Precisava estar.

Será que Red deveria se despedir? Falar para Maddy que a amava, só por desencargo de consciência? Ela já havia dito suas últimas palavras para alguém uma vez, e se arrependia delas todo santo dia. Poderia fazer o certo agora. Não. Não, porque não eram suas últimas palavras, e Maddy também não podia pensar nisso. Tinha que funcionar. Maddy sairia dali e ficaria bem. Ela pegaria as chaves na mão de Don, entraria na caminhonete e salvaria todos eles.

Maddy olhou para trás, por cima do ombro, e Red lhe disse tudo que pôde com um olhar.

Oliver pegou seu celular da panela e mexeu nele.

A música foi cortada, o ar sibilando com a ausência de som.

Não, era a estática, enfim de volta, que preenchia os ouvidos de Red. Ela respirou fundo.

Oliver contornou o balcão da cozinha, parando entre Maddy e Red, a faca ainda em mãos.

Ele olhou para a irmã e acenou com a cabeça. Só uma vez.

— Red? Red? — disse Oliver bem alto, sem olhar para ela. — Aonde você vai?

Em seguida, assentiu para Maddy outra vez.

Os lábios dela haviam sumido, sugados para dentro do seu rosto. A garota empurrou a maçaneta e a porta se abriu, convidando a noite escura a entrar.

— Não — sussurrou Red, e Oliver lhe lançou um olhar, a faca erguida.

Maddy se virou, abaixou a cabeça e desceu as escadas, a noite levando-a embora. Chegou até a estrada, seus passos esmagando o cascalho, e então fechou a porta do trailer.

— Vem — sussurrou Oliver, agarrando o cotovelo de Red, arrastando-a consigo para a frente do trailer. — Aonde é que a Red foi, porra? — gritou, a voz áspera na sua garganta e no ouvido de Red.

Os outros se juntaram atrás deles. Havia apenas cinco pessoas agora. Simon saltou em cima do banco do motorista para ver. Arthur se apertou do outro lado de Red. Os músculos no seu rosto tremiam, uma expressão torturada nos olhos ao encarar a garota pelo para-brisa. Ele se inclinou para a frente, as mãos inquietas nas pernas, as unhas se cravando ali. *Vai funcionar*, Red queria dizer para ele. Tinha que funcionar, porque a alternativa era impensável. Eles estavam errados, Oliver estava certo.

Precisava estar certo, segurando o cotovelo de Red, a faca na outra mão, os olhos focados à frente.

Red percebeu um movimento pelo canto do olho e se virou, encarando a noite pelo para-brisa.

Lá estava Maddy.

A blusa azul e amarela brilhando à luz dos faróis.

Ela estava andando em direção à caminhonete, para a porta do motorista. Devagar, cada passo comedido e calmo, pressionando a terra da estrada.

Havia algo pendurado na mão esquerda de Maddy. As chaves. Ela estava com as chaves. Iria funcionar. Red estava errada, estava errada e não precisou ter dito suas últimas palavras, porque o plano funcionaria.

Seu coração estava na garganta, batia tão forte que ela não conseguia mais ouvir a estática.

Ela estava errada; funcionaria.

Maddy estava a apenas alguns metros da caminhonete. Um movimento no seu pescoço, o rabo de cavalo balançando quando olhou para cima.

— Continua — sussurrou Oliver, tentando incentivá-la.

Maddy parou.

Estendeu a mão para a maçaneta da porta.

*Crec.*

05:00

# TRINTA E SEIS

Maddy se dobrou para a frente.

Caiu na estrada, como se fosse uma marionete e suas cordas tivessem se rompido de uma só vez.

— *Não!* — gritou Red, empurrando os cotovelos para baixo a fim de afastar Oliver. — Não, Maddy!

Ela bateu os dedos e a testa no vidro gelado do para-brisa, os olhos fixos no amontoado de roupas lá fora, roupas que eram suas, no rabo de cavalo de Maddy, mais escuro do que o seu.

Reyna chorava. Arthur também, as mãos cobrindo o rosto.

Oliver não deu um pio. Nem um pio.

Red gritou outra vez, e sua respiração embaçou a janela em uma nuvem que encobriu Maddy. Continuou a gritar, e o vidro ricocheteou o som, fazendo-o ecoar pelo trailer.

Não, espere. Red engoliu o grito, forçando a boca a se fechar. A névoa se esvaiu, mas o eco não se foi, abafado, mudo, vindo de outro mundo. Alguém estava gritando. Do lado de fora.

Era Maddy.

— Ela está viva! — berrou Red, observando o amontoado do lado de fora se mexer, o rabo de cavalo caindo no outro ombro. — Ela está viva! — esbravejou, voltando-se para os outros, para Oliver e seu rosto pálido, não mais áureo.

Os cinco se encararam por meio segundo, os olhos arregalados, o som do grito de Maddy martelando nas janelas. Ela estava ferida. Havia levado um tiro. Alguém precisava resgatá-la. Os olhos de Red se fixaram nos de Oliver, mas ele desviou o olhar.

— Eu vou! — disse Red, empurrando Oliver e Simon para fora do caminho.

Saiam da frente, caramba. Ela havia ficado lá fora por três minutos e o homem não atirou. Como Oliver disse, ela era imune, por qualquer razão que fosse. Era ela quem tinha que buscar Maddy. Sua Maddy.

Red avançou pelo trailer até a porta. Quando estendeu a mão para a maçaneta, aquela vozinha de dúvida surgiu, como um sussurro no seu ouvido. Mas Maddy estava vestida como Red, e ele havia atirado. Talvez ela não fosse imune, afinal, ou talvez o atirador de alguma forma soubesse que era Maddy ali. Porém, de uma forma ou de outra, não importava, porque Maddy estava lá fora, gritando. Ela precisava de Red, e Red iria. Não havia tempo para dúvidas.

Ela puxou a maçaneta e abriu a porta, que bateu na lateral de metal do trailer quando Red desceu os degraus.

— *Socorro!* — O grito de Maddy havia tomado forma, demorando-se além dos limites da palavra. — *Socorro!*

— Estou indo, Maddy! — Red gritou de volta, as solas dos tênis batendo na estrada de terra enquanto corria na direção da amiga e dos faróis.

Ela saltou por cima da forma amassada de Don.

Era uma corrida. Ela contra o pontinho vermelho. Não pense nele, não pense nele agora.

— Estou aqui! — anunciou Red, caindo de joelhos ao lado de Maddy, a poeira pairando em torno das duas, iluminada pelas luzes dos faróis.

Maddy estava caída, apoiada em um cotovelo, o rosto em agonia. Red olhou para ela, e foi então que viu. A nova mancha na sua calça. Crescendo cada vez mais. Em volta daquele buraco enorme ali na coxa. Um borbulhar de sangue jorrando, acumulando-se no tecido ao redor. Já havia muito sangue pingando na estrada, derramando-se no mesmo ritmo do coração de Red, que batia nos seus ouvidos.

— Droga — sussurrou Red, a mão pairando sobre a ferida, vermelho brilhante transbordando, escurecendo ao se espalhar pela calça. — Droga.

— Não me abandona, Red — choramingou Maddy, olhando para ela.

— Não vou te abandonar. — Red abaixou o rosto para que ficassem bem próximas. — Não vou te abandonar, está bem, Maddy? Eu prometo. Nunca.

— Tá bom. — Maddy chorava de dor, as lágrimas caindo na boca aberta. — Ele atirou em mim. Foi feio, não foi?

A cabeça de Red balançou, algo entre um aceno e um tremor.

— Foi feio, mas a Reyna pode te ajudar. Preciso arrastar você para dentro do trailer, tá? Não posso fazer nada por você aqui.

— Ok — concordou Maddy, a palavra engolida por um grito terrível quando tentou se sentar.

— Vai doer muito, mas preciso mover você rápido, tá?

Red ficou de pé.

— Não me deixa sozinha! — berrou Maddy.

— Não vou deixar, Maddy! — Red se agachou atrás dela, onde Maddy não conseguia vê-la. — Estou bem aqui, você vem comigo.

Red encaixou os braços sob as axilas da amiga, avançando até que seus cotovelos estivessem presos.

— Não quero morrer! — gritou Maddy em meio ao choro, sua respiração raspando na garganta.

—Você não vai morrer — disse Red.

Mas ela não podia prometer isso, não tinha como saber. Já havia muito sangue.

— Beleza, três, dois, um... vai.

Red ergueu Maddy, as pernas dobradas ao ser arrastada. Maddy gritou sem parar, os pés deslizando na terra.

— Para! — berrou ela, o pior som que Red já havia ouvido. — Para, Red, está doendo muito!

— Desculpa, não posso! — disse Red no seu ouvido, conferindo o caminho atrás delas, por cima do ombro.

Não havia muita luz, e Don estava bem ali, mas Red precisava seguir em frente.

Ela passou por cima dele, seu tênis pisando na mão vazia do cadáver, mais dura do que carne humana deveria ser. Os pés de Maddy se enroscaram nos dele quando Red a arrastou por cima do corpo.

— Red, para! — implorou Maddy. — Só um minuto!

— Não posso! — berrou ela em resposta, apertando-a com mais força. Ela não sabia se Maddy teria mais um minuto. — Preciso levar você lá pra dentro!

As mãos de Maddy agarraram os braços de Red, as unhas se cravando neles.

O calor fazia as bochechas de Red formigarem. Será que era pelo esforço de arrastar a melhor amiga, que não parava de sangrar, ou por causa do pontinho à espera, e ela conseguia, de alguma forma, senti-lo na pele?

Red checou atrás do seu ombro. Os degraus estavam bem ali, a alguns metros de distância. Ela olhou de volta para Maddy, que gritava sem proferir palavras, uma longa faixa vermelha manchando a estrada, seguindo-as aonde quer que fossem. Caramba, era muito sangue.

— Peguei, Red! — A voz de Arthur surgiu atrás dela, descendo os degraus. — Agarra os pés dela.

As mãos de Arthur assumiram o controle, deslizando sob os braços de Maddy enquanto Red corria para os tornozelos. O sangue havia encharcado todo o caminho até ali, molhando os dedos de Red. Não parava de sangrar. Quanto sangue Maddy poderia perder?

— Vai — disse Arthur, levantando Maddy e subindo o primeiro degrau. A cabeça de Maddy foi para trás, e ela gritou.

Red a empurrou, segurando os pés, a metade superior de Maddy indo com Arthur, que agora passava pelo último degrau. Red os seguiu, levando as pernas da amiga para dentro.

— Aqui — chamou Reyna, apontando para o chão na frente da geladeira. Ela estava com uma toalha de praia pronta em mãos. — Coloca ela aqui.

Simon disparou para a frente e fechou a porta do trailer quando Red cruzou a passagem.

— Porra — disse ele ao ver a perna de Maddy, e Red olhou novamente também.

Então era isso o que uma daquelas balas fazia com carne e osso. Abria um buraco.

Red deu a volta com Arthur, deitando Maddy cuidadosamente no chão, fazendo-a se sentar, as costas apoiadas na geladeira. Ela ainda gritava, a cabeça em um ângulo pouco natural no pescoço. Porque as cordas foram cortadas.

— Preciso colocar pressão na ferida, Maddy — disse Reyna, a voz firme, mas uniforme, caindo de joelhos ao lado dela e pressionando a toalha no buraco de bala que jorrava.

Maddy gritou com mais exasperação.

— Você está bem — disse Red para ela, porque Maddy tinha dito o mesmo para a amiga antes, e talvez fosse essa a coisa que deveria ser dita para pessoas que não estavam bem.

Ela recuou, a fim de abrir espaço para Reyna, e observou. As mãos de Red flutuaram até seu rosto para impedi-lo de desmoronar. Uma das mãos estava molhada. Sangue. Uma marca do sangue de Maddy na sua bochecha.

Alguém a agarrou e a girou. O rosto pálido de Oliver estava muito próximo ao dela, seus olhos inchados e vermelhos, entrando e saindo da sua visão como um pesadelo.

— Como ele sabia que não era você, Red? — bradou Oliver, sacudindo o corpo inteiro da garota na tentativa de arrancar respostas dela. — Como ele sabia?

— Não sei! — Red lutou contra ele, deixando outra marca do sangue de Maddy na camisa dele ao empurrá-lo.

— Agora não, Oliver — disse Reyna. Ela não gritou, não foi necessário. Seu olhar foi o bastante. — Tenho que parar o sangramento. Alguém aí tem um cinto?

Reyna encarou o grupo, os olhos frenéticos agora que Maddy não conseguia vê-los.

— Para fazer um torniquete? — perguntou Simon, puxando a camisa para cima.

— Sim. — Reyna se virou para ele. — Você...?

— Eu tenho — disse ele. Então abriu a fivela e, em seguida, deslizou o cinto de couro preto para fora dos passadores na sua calça.

Simon entregou o cinto para Reyna, que explicou:

— Certo, Maddy, isso vai doer um bocado. Preciso amarrar em cima da ferida, o mais apertado possível, ok? Deve diminuir o sangramento.

Reyna segurou o cinto com as duas mãos, movendo a toalha.

— Ok. — Maddy conseguiu dizer, os dentes cerrados.

Sua pele começava a ficar pálida, um tremor no maxilar.

Reyna empurrou um lado do cinto por baixo do joelho de Maddy, depois o deslizou para cima, por cima do ferimento. Deu a volta ao redor da perna da garota e passou o cinto pela fivela alguns centímetros acima do buraco de bala que ainda jorrava sangue, e aí apertou.

Maddy gritou, mais fraco dessa vez, começando a soluçar.

— Para, por favor — implorou ela.

Reyna puxou, os músculos dos braços e do pescoço tensos. Mais apertado, fincando na calça e na pele de Maddy. Mas aquela cachoeira vermelha estava diminuindo, borbulhando em vez de jorrar, enquanto Reyna prendia o torniquete.

— Simon, vem cá — chamou ela.

Ele o fez, caindo de joelhos.

— Aperta essa toalha direto na ferida. — Reyna mostrou para ele, e as mãos de Simon substituíram as dela. — Mais forte — falou. — Mais pressão. Mais. Mais. Isso, assim.

Reyna se levantou, trêmula, enxugou o suor e tirou o cabelo dos olhos, uma mancha rosada do sangue de Maddy na testa. Aproximou-se de Oliver e de Red, e estava evidente no seu rosto, nos seus olhos voltados para baixo e no formato da sua boca.

— Ela está sangrando muito — disse baixinho, sob o choro de Maddy ao fundo. — Pode ter rompido a artéria femoral, não tenho certeza.

— O que isso quer dizer? — resmungou Oliver.

— Quer dizer que precisamos levá-la a um hospital o mais rápido possível, ou ela pode sucumbir pela hemorragia.

O coração de Red despencou até o estômago, mergulhando no ácido e na vergonha.

Maddy Lavoy não podia morrer. Isso não tinha a mínima possibilidade de acontecer. Red não deixaria.

— Vou impedir o sangramento o máximo que puder — disse Reyna. — Mas ela precisa ir para o hospital.

Oliver assentiu e, pela primeira vez, não devia ter planos. Sua irmã estava morrendo, e foi ele quem a mandou lá para fora. Será que sentia essa culpa ou estava deixando tudo para Red? Ela devia ter se esforçado mais para detê-lo. Talvez Oliver não tivesse usado a faca. Por que Red não se esforçou mais?

Reyna voltou para Maddy, assumindo o lugar de Simon, pressionando o ferimento com todo o seu peso.

Plano. Plano. Pense em um plano para fugir, para levar Maddy ao hospital. Red olhou ao redor do trailer, captando a estampa das cortinas, ela e Maddy sentadas ao lado delas há apenas sete horas, jogando Vinte Perguntas, Red perdendo o foco, se esquecendo de quem era sua *pessoa*, seu *lugar* ou sua *coisa*. E agora Maddy estava morrendo ali no chão, e Red tinha que fazer alguma coisa. Pense. Quanto mais se esforçava, mais difícil ficava. E lembre-se de que ela havia perdido a cabeça há algum tempo.

Oliver se afastou, em direção ao sofá, e se deixou cair, o rosto escondido nas mãos.

Red respirou fundo, soltou o ar e tentou ouvir os próprios pensamentos, mas tudo o que encontrou foi um silvo vago. Estática. A estática. Ela se virou, o walkie-talkie esperando por ela no balcão. Red caminhou até ele, pegou-o, o peso familiar nas suas mãos. Seu trabalho, sua responsabilidade. E agora também tinha outra: salvar Maddy.

Eles não encontraram nenhuma interferência a noite toda, mas a manhã estava se aproximando, talvez alguém tivesse acordado e começado a trabalhar em uma fazenda próxima ou algo assim... qualquer coisa. *Por favor*, implorou Red para o dispositivo. Não havia mais nada que pudesse fazer para ajudar Maddy, esse era seu único trabalho, a única coisa que ela sabia fazer. Apertou o botão de +, passando pelo canal três, pelo quatro e pelo cinco, implorando para a estática ir embora, para lhe dar uma voz. Qualquer voz. *Por favor.*

Era tudo culpa dela. Maddy estava sangrando no meio do trailer, e era culpa de Red. Era por causa dela, do seu segredo. Ela era a testemunha no julgamento de Frank Gotti, e agora Maddy morreria por causa daquela decisão. Os homens com rifles estavam para matar ela e mais ninguém. Então por que não a mataram? Red se perguntava isso enquanto passava pelos canais, a estática surgindo conforme apertava o botão. Por que não atiraram nela quando tiveram a chance? Por que ela ainda estava lá, e não sangrando na estrada? Por que Maddy, e não ela? Red não sabia, não dava para entender. Queriam o segredo dela, e o tinham, era ela. Por que não a mataram?

A menos que... Um pensamento surgiu na sua mente, desaparecendo quando os olhos de Red se voltaram para Maddy, a toalha de praia ficando cada vez mais vermelha na sua perna. Red desviou o olhar e procurou o pensamento, trazendo-o de volta. A menos que ela por si só não fosse o segredo. Não o fato de ser a testemunha. Porque ela *era* a testemunha ocular no caso do Frank Gotti, aquilo era verdade. Mas não era a história inteira, era? E se o segredo que queriam não fosse apenas Red, mas o que Red sabia, a outra parte do plano? Talvez não a quisessem, só ela. Queriam a outra pessoa envolvida, não era? O nome que não tinham, mas que Red conhecia. Era por isso que não podiam matá-la, pelo menos não ainda? Por ela não ter dito o nome para eles? Será que era o que queriam, depois de todas aquelas horas, dos planos de fuga, das duas pessoas mortas do lado de fora e de Maddy sangrando, será que queriam arrancar o nome de Red antes de matá-la?

Tudo se encaixava, havia sentido onde antes não havia.

O coração de Red estava de volta, molhado pelo ácido, martelando na parte de trás dos seus dentes. O que ela deveria fazer? Já havia desistido do plano havia muito tempo, dissera adeus a ele e a tudo que lhe traria. Mas jurou que nunca contaria a ninguém, jurou, e como poderia dizer isso aqui, bem na frente de todos? Causar-lhes mais dor e deixá-los mais confusos do que já estavam. Mas será que Red tinha escolha? Maddy estava sangrando, certamente isso tudo mudava todas as regras do plano, não é? Ela faria a mesma escolha, certo?

E se era aquele segredo que o atirador queria, será que deixaria os outros irem embora? Red teria que ficar para trás, ela entendia isso, mas será que os outros poderiam colocar Maddy naquela caminhonete e levá-la a um hospital?

Precisava tentar. Por Maddy. Ela entenderia, a perdoaria.

Red tinha ido até o canal treze, mas agora mudou de direção, passando rapidamente pelos canais, a caminho do três. Entregaria o nome para ele, tinha que fazê-lo, se era isso que salvaria a vida de Maddy. É o que todos iriam querer.

A estática zumbiu nos seus ouvidos, na parte de trás dos olhos, sob a pele da ponta dos dedos.

Voltando pelo canal dez.

Nove.

Red inspirou.

Oito.

Estática.

Sete.

Seis.

A estática foi cortada antes que o polegar apertasse o botão.

— ... conferir, câmbio.

Uma voz rompeu o burburinho.

Estática.

— O que foi isso? — perguntou Simon, parado perto da porta. — O atirador?

— Não — respondeu Red, encarando o walkie-talkie. — Estou no canal seis.

A estática foi cortada.

— Sim, a equipe tirou o caminhão, e a torre de celular não parece tão ruim. Mas algumas das antenas estão danificadas, então vamos chamar os engenheiros aqui o mais rápido possível, agora que está tudo limpo. Câmbio.

Estática.

A respiração de Red ficou presa na garganta.

Interferência.

Pessoas estavam falando em rádios bidirecionais, e ela as havia encontrado, ela as encontrara, e antes de perdê-las, tinha que...

Red levou o walkie-talkie aos lábios e apertou o botão para falar.

— Socorro, chamem a polícia! Tem um atirador na McNair Cemetery Road, e um de nós foi bal...

Uma mão surgiu do nada, colidindo com o walkie-talkie, tirando-o de Red.

Ele caiu no chão, se desfazendo em pedaços.

A estática se foi com ele.

Os olhos de Red ficaram lá embaixo com o walkie-talkie quebrado, sem olhar para o culpado. Porque ela conhecia aquela mão, a que surgiu do nada. Conhecia o sinal de visto e os quadradinhos desenhados em preto próximo aos nós dos dedos, combinando com os dela.

Era Arthur.

# TRINTA E SETE

O olhar de Red subiu do sinal de visto na mão de Arthur pela manga da sua camisa até chegar ao rosto, a poucos centímetros do seu. Olhos arregalados e infelizes por trás dos óculos, a boca aberta e a respiração pesada, os ombros se movendo com ela.

— Não — sussurrou Red, balançando a cabeça. — Você não.

Arthur piscou, lenta e dolorosamente, e isso foi resposta o bastante.

— Como é que é?! — Oliver estava de pé agora, avançando, os olhos saltando entre o walkie-talkie quebrado e Arthur. — É você! — rugiu ele, agarrando a camisa de Arthur e empurrando-o para trás. — Você é o espião. Eu vou te matar, seu filho da mãe!

Em um movimento rápido, Oliver prendeu os braços de Arthur atrás das costas. O garoto não resistiu, apenas deixou acontecer, observando o desenrolar da cena na escuridão dos olhos de Red.

— Simon, revista ele! — vociferou Oliver, segurando Arthur. — Revista ele!

— O que está acontecendo? — questionou Simon, aproximando-se, manchas rosadas do sangue de Maddy nos seus antebraços. — Por que fez isso, Arthur? Não estou entenden...

— Ele está trabalhando com o atirador — disse Oliver. — Ficou tirando com a nossa cara o tempo todo. Revista ele. Deve ter um microfone em algum lugar. Rápido, Simon!

O rosto de Simon desmoronou com a traição, a cabeça balançando. Ele fez o que Oliver pediu, passando as mãos nas laterais da camisa de Arthur, movendo-se para verificar os bolsos de trás da sua calça jeans. E então na frente, deslizando a mão em cada bolso.

— Achei uma coisa — anunciou ele, puxando um pequeno dispositivo redondo de plástico, segurando-o para Oliver ver.

— Sabia que o atirador estava ouvindo, sabia que tinha uma escuta — resmungou Oliver, soltando Arthur com um empurrão e pegando o dispositivo.

— Não é um microfone — disse Arthur, mas Oliver já estava em movimento, andando pelo trailer até a janela atrás do sofá.

Ele puxou um canto do colchão.

— Não, não faz isso! — exclamou Arthur.

Oliver girou o braço em arco e lançou o aparelho lá fora, na escuridão daquela noite sem fim. Mas tinha que acabar em algum momento; a manhã estava a caminho.

Oliver se virou.

— Agora podemos conversar — disse ele de maneira sombria — sem o seu amiguinho lá fora escutando.

— Ele não estava escutando — replicou Arthur. — Não era um microfone.

— O que era, então? — Foi Simon quem perguntou dessa vez, dando um passo para trás, afastando-se de Arthur e ficando ombro a ombro com Oliver. — O que era?

A respiração de Arthur ficou presa na garganta, um som seco e rouco.

Ele fitou os olhos de Red antes de responder.

— Era um botão — explicou ele. — Um controle remoto. Para uma luz que coloquei em cima do trailer mais cedo.

Red se lembrou dele lá em cima, enquanto observava a lua cruzar o céu. Ela o vira subir a escada e, sim, havia algo no seu bolso, não? Tinha pensado que era um celular. E não só isso. Também se lembrava de como os dedos dele ficaram mexendo nos bolsos da frente da calça jeans a noite toda. Arthur não estava inquieto porque sentia medo; na verdade, estava conversando com o atirador. Não, aquilo não podia estar acontecendo. Não o Arthur. Não ele.

— Com uma luz? — perguntou Oliver, os olhos se estreitando. — Era assim que você se comunicava com os atiradores?

— O atirador — corrigiu Arthur. — Somos apenas nós dois.

Um atirador. Uma arma. Um pontinho vermelho. E um mentiroso. Esse tempo todo. Red olhou para ele, mas o garoto parecia uma pessoa diferente agora.

— E sim — falou Arthur —, com a luz. Um código que criamos. Morse, se precisássemos de mais detalhes.

— Você mandou ele matar o Don e a Joyce? — perguntou Simon, uma sombra cruzando seus olhos enquanto analisava o amigo. Quem ele achou ser seu amigo.

Red não conseguia se mexer. Estava próxima demais de Arthur e queria se afastar dele, ir para o outro lado do trailer, com Oliver e os demais, mas não conseguia se mexer.

— Não, não — respondeu Arthur desesperadamente, a voz falhando nas extremidades. — Falei para ele que você ia passar um bilhete chamando a polícia. Achei que ele atiraria nos pneus e no tanque, para que eles ficassem presos aqui também. Nunca pensei que... Não pensei que fosse matá-los. Ele não deveria ter feito isso.

— Você mandou ele atirar na Maddy? — perguntou Red, sem conseguir olhar para Arthur.

— Não! — Sua voz estava frenética agora. — Falei para ele que não era você, Red. Falei para dar um tiro de aviso. Pensei que atiraria na frente dela, a assustaria e faria ela voltar para o trailer. Maddy não deveria ter se machucado. Desculpa, Maddy. — Ele olhou para ela, a voz falhando. — Tentei impedir você de sair, porque não confiava nele depois do que fez com o Don e a Joyce. Eu tentei, Red, de verdade. Mas o Oliver a forçou a sair, e eu não tive escolha. Não queria que isso acontecesse, nada disso. Ele não deveria ter atirado nela! — exclamou, e os olhos ficaram vidrados novamente, os músculos na boca tremendo.

Maddy choramingou quando Reyna pressionou mais a ferida, observando a cena se desenrolar na frente dela.

— E quem é *ele*? — questionou Oliver, os olhos apontando para a lateral do trailer, na direção do atirador. — Quer saber, deixa isso pra lá. Quem é *você*?

Arthur sugou um bocado de ar pelos dentes cerrados, os olhos indo de um lado para o outro enquanto pensava na resposta. Red sabia disso, porque conhecia seu rosto, a mudança nos olhos quando estava pensando profundamente, a curva da boca quando sorria. Aquele olhar que só usava com ela. Mas ele não era real. E nem qualquer um daqueles momentos curtos e não tão curtos entre os dois. Red olhou para o sinal de visto na mão dele e não sentiu um pequeno fogo de artifício, apenas um calafrio subindo pela nuca. Quem era ele? Seu nome era mesmo Arthur? Será que isso havia sido planejado desde o princípio, quando ele fez amizade com Simon e o restante do grupo? O que queria com eles?

— Meu nome é Arthur — respondeu ele, fazendo uma pausa, os olhos disparando para Red, focando nela. — Arthur Gotti.

Simon suspirou, e a boca de Oliver se escancarou. O coração de Red deu um pulo, jogando-se contra seu peito. Ela se dobrou, os braços envolvendo as costelas para impedir que o coração saísse pelas frestas.

— Você é filho do Frank Gotti? — indagou Oliver, mas não era uma pergunta de verdade. Porque era óbvio que sim. — Então, isso é por causa da Red? Ela é a testemunha no julgamento do seu pai, e você está aqui para matá-la?

Arthur balançou a cabeça.

— Não, é por...

— Por que você não matou Red do lado de fora da casa dela? — indagou Oliver. — Por que arrastar todos nós para essa história?

Arthur o ignorou, a cabeça girando e o corpo seguindo o movimento ao se virar para Red.

— Tentei manter você a salvo — murmurou ele. — Tentei esse tempo todo. Falei para eles que conseguiria tirar a informação de você, se me tornasse seu amigo, se fizesse parte da sua vida. Ninguém precisava se machucar. Mas você não abria o bico, Red. Ainda não abriu o bico, mesmo depois de tudo que aconteceu esta noite. Sempre que eu chegava perto de alguma coisa real, você se fechava e mudava de assunto. Toda vez. E aí a data do julgamento estava chegando, e o meu pai disse que a gente teria que pressionar. Não entendo por que você não diz quem é. Basta isso. As coisas nunca precisariam ter chegado até esse ponto, eu não queria que isso acontecesse. — Seus olhos se arregalaram, implorando para ela, uma das mãos encostada nas dobras da sua camisa. — Por que você não diz? Não dá para entender. Falei para eles que não achava que você revelaria a informação sob tortura, se ameaçássemos apenas você ou até mesmo o seu pai. Mas a Maddy está aqui, a pessoa com quem você mais se importa no mundo. Seus amigos. Ela está sangrando bem ali, e você ainda não falou nada. Não consigo entender, Red! Por quê? *Por quê?*

— O que foi, Red? — A voz de Maddy estava tensa, em *staccato*, respirando fundo para aguentar a dor. A pele pálida tinha aparência de cera.

— Eu... — Red começou a dizer, mas Oliver a interrompeu.

— Revelar o quê? — perguntou ele. — Ela é a testemunha da acusação contra o seu pai, do que mais você precisa?

— Não, não é — replicou Arthur, a voz baixa e firme apesar do tremor na sua garganta. — Ela não é, porque o meu pai não matou Joseph Mannino. Ele não estava lá naquele dia, na orla. E nem a Red.

Red fechou os olhos por um instante. Não, ela não esteve lá. Não viu Frank Gotti, não ouviu arma alguma. Até então, nunca sequer tinha pisado naquele parque, mas havia caminhado por lá muitas vezes desde então, memorizando cada detalhe para caso fosse necessário no depoimento.

— Do que ele está falando? — questionou Simon, olhando para Red.

— A Red não estava lá — disse Arthur. — Mas alguém está pagando para ela falar que estava, para incriminar o meu pai por um assassinato que ele não cometeu. É isso, não é? — indagou. Como sua voz ainda soava gentil, seus olhos continuavam simpáticos? — Alguém pagou você para fazer isso, para jurar que viu o meu pai lá, para poderem prendê-lo.

Red piscou, os olhos transbordando, lágrimas quentes de vergonha escorrendo pelas bochechas. Sim, era isso. O plano. Ninguém jamais deveria descobrir. Ninguém. Red precisava do dinheiro — para pagar suas dívidas, conseguir ajuda de verdade para o pai, ligar o aquecedor no inverno, talvez até pensar em ir para a faculdade algum dia. Mas o dinheiro havia ido embora há muito tempo, o plano acabou no momento em que contou para os amigos que era a testemunha. Essas eram as regras.

— É verdade?! — perguntou Oliver, analisando o rosto de Red, com nojo das suas lágrimas. — Isso é crime, Red. É perjúrio. No que diabos você estava pensando? Não é possível que esteja tão desesperada assim por dinheiro!

— Eu... — Ela começou a dizer.

— Quem é, Red? — indagou Arthur, e sua voz se mantinha suave, enquanto a de Oliver soava irregular e espinhosa. — É só falar para mim que tudo isso acaba. Quem está pagando você para testemunhar? Me fala o nome.

— Eu...

Red hesitou, os olhos passando rapidamente para Oliver, seguindo as manchas de sangue até Maddy, e então para Reyna e Simon. Todos a observavam, encurralando-a. Ela esteve prestes a fazer isso momentos antes. Iria dizer o nome no walkie-talkie antes de encontrar aquela interferência. Por que parecia tão mais difícil agora, com todos olhando para ela. Agora que tinha certeza de que era essa a razão de tudo? Red não sabia se seria capaz de falar. Culpada se dissesse, culpada se ficasse calada. Uma traição de qualquer maneira.

— Red? — A calma na voz de Arthur sumiu, o maxilar tenso. — Por que não me diz? Quem é? Um dos caras do Mannino? Os russos? Uma das famílias de Nova York, por causa de Atlantic City? Tommy D'Amico? Quem é?

A voz dele ecoou no silêncio do trailer, silêncio de verdade agora que a estática havia ido embora, perdida em algum lugar no quebra-cabeça desfeito que era o walkie-talkie quebrado aos seus pés. Sua garganta estava apertada, sentia uma mão invisível ao redor do seu pescoço, pressionando-o de todos os lados.

Red verificou os olhos de Oliver e o perigo que espreitava ali, os dentes à mostra, no aguardo. Ele não estava com a faca em mãos, pelo menos isso. E Maddy, Red olhou para ela, pálida e trêmula, mordendo o lábio vacilante, os olhos focando e desfocando enquanto a encarava. A revelação não poderia doer mais do que aquele buraco na perna, não é? Sangue por todos os lados, marcando todos eles.

— Red?! — gritou Arthur, a voz áspera e desesperada.

Ela respirou fundo.

— É a Catherine Lavoy.

## TRINTA E OITO

Oliver a encarava, olhares idênticos de choque no rosto dele e no de Maddy.

— Como é que é? — esbravejou o rapaz, caminhando em direção a Red. — O que foi que você disse?

— Foi a sua mãe — afirmou Red, olhando diretamente para Oliver. — Foi ela quem me pediu para fazer isso, quem armou tudo.

Oliver se endireitou, e Red esperou pela explosão, pela mina terrestre nos seus olhos ativar, destruindo todos eles. Ela não esperava o que de fato aconteceu em seguida. Oliver bufou, o rosto enrugando quando um sorriso perverso se estendeu pela sua pele, curvando-se para baixo nas beiradas. Ele riu, o barulho estranho e inadequado no trailer, que estava quieto demais.

— Não seja ridícula — falou ele, batendo no próprio peito. — Minha mãe não é uma criminosa.

Mas ela era, e Red também. Todos eram, de alguma forma, não? Será que Oliver tinha se esquecido de que agora sabiam do seu segredo? Que ele havia matado alguém quatro meses atrás? Como o que ela e Catherine fizeram poderia ser considerado pior do que aquilo?

— Ela se encontrou comigo em agosto passado, um dia depois que Joseph Mannino foi morto, e me pediu para afirmar que eu estava lá no parque, que ouvi os tiros e que vi Frank Gotti sair andando da cena do crime.

— Não seja ridícula. — Oliver riu de novo, balançando a cabeça. Mas Red não sorria. E então veio a mudança nos olhos dele. — Red, para de mentir! — Ele apontou o dedo para o peito dela, formando uma cratera ali. — Para de mentir. Ela não faria isso!

— É a verdade! — exclamou Red, erguendo os olhos do chão. — É a verdade, Maddy.

Maddy não falou nada, estremecendo quando Reyna se mexeu, a toalha ensanguentada sob os dedos.

— Cala a boca, Red!

— Deixa ela falar! — Arthur gritou para Oliver, alongando os ombros ao encarar o outro garoto. — Catherine Lavoy — disse ele, virando-se para Red. — E ela trabalha no Ministério Público? É ela quem está liderando a acusação contra o meu pai? — Seus olhos se estreitaram em confusão.

— Sim — respondeu Red.

— Não — argumentou Oliver por cima da resposta dela. — Não dê ouvidos a ela. Red é uma mentirosa. Acho que a essa altura todos nós sabemos que você é uma mentirosa!

— Continua, Red — pediu Arthur.

— Não, cala a boca!

Oliver avançou e empurrou Red de encontro ao balcão da cozinha, a ponta dos seus dedos marcando os braços dela.

— Oliver, para! — berrou Maddy, o som mais frágil do que antes. — Deixa ela falar. Por favor.

Oliver refletiu por um momento, encarando os olhos de Red, as unhas se cravando mais fundo, então ele a soltou e recuou.

Red passou as mãos pelos braços e colocou os dedos sobre os vestígios deixados por Oliver, grandes demais para ela.

— Você está bem? — perguntou Arthur.

— Você não se importa — retrucou ela.

Ele pareceu magoado com aquilo, fez um movimento com a boca.

— Continua, então — disse Oliver, a cabeça pendurada no pescoço. — Vamos ouvir o resto dessa merda.

Red tossiu, sem saber para onde olhar. Reyna era segura. Simon era seguro.

— Catherine me disse que Frank Gotti era um cara horrível. Que ele matou ou foi o mandante da morte de muita gente. Ela falou que tinha certeza de que ele atirou no Joseph Mannino, mas que não havia evidências suficientes para provar isso no tribunal. Portanto, precisava de uma testemunha ocular.

— E o que você ganhava com isso? — perguntou Simon.

Ele parecia esgotado, sem energia, mas não havia uma zona de guerra nos seus olhos, diferente de todos os outros, então Red focou nele.

— Ela falou que me pagariam pelo risco — respondeu Red, fungando. — Depois do julgamento, se conseguissem a condenação, ela me daria vinte mil dólares.

Simon assobiou.

— Não seja ridícula — rebateu Oliver. — Minha mãe não tem vinte mil dólares sobrando.

Mas tinha. Os Lavoy tinham. E muito mais. Catherine havia prometido para ela. Disse que poderia lhe dar o dinheiro em espécie.

— Mas não era só isso — prosseguiu Red, se virando para Reyna, que não estava olhando, que encarava a toalha e a cor da pele de Maddy. — Sim, eu precisava de dinheiro. Como vocês ficaram falando, todo mundo sabe que eu preciso do dinheiro.

Simon se mexeu, desconfortável.

— Mas havia outra questão. Joseph Mannino levou dois tiros na nuca. É assim que eles executam as pessoas, a Catherine me contou. — Ela olhou para Arthur. Como a família dele executava as pessoas. Agora fazia sentido ele não querer se juntar aos negócios da família. Não vender casas, mas sim corpos, drogas. Ele havia tentado lhe falar a verdade, de pequenas maneiras. Red fez uma pausa, se preparando para o soco no estômago. — Foi assim que a minha mãe foi morta, cinco anos atrás. Dois tiros na nuca enquanto estava de joelhos. Ela foi executada. Em uma estação de energia abandonada à beira-mar no sul da Filadélfia, bem perto de onde Joseph Mannino foi morto. A polícia nunca descobriu quem matou a minha mãe, o caso não foi resolvido. Mas a Catherine... a sua mãe... — disse ela, seus olhos encontrando os de Maddy. — Sua mãe me disse que, embora não pudessem provar, provavelmente havia sido alguém daquela família, alguém da máfia, que a matou. Era o estilo deles. E a minha mãe estava investigando a família, examinando a rede de crimes justo na época em que morreu, então fazia sentido. Talvez ela tivesse descoberto alguma coisa e foi morta por isso.

E se fosse culpa de Frank Gotti que sua mãe morrera, então não seria mais culpa de Red. Só que ainda era, não é? Havia lacunas o bastante para Red preencher com a própria culpa. Eles nunca seriam capazes de provar quem cometeu o crime, foi o que Catherine disse, e ela sabia dessas coisas. Mas Red precisava do dinheiro, e precisava culpar outra pessoa, e ali estava Catherine, oferecendo-lhe as duas coisas. Exatamente o que ela precisava para consertar tudo. Mas agora o plano já era, só funcionaria se ninguém soubesse.

Maddy estremeceu, cerrando os dentes, um gorgolejo agudo na garganta.

Arthur balançou a cabeça, as sobrancelhas franzidas, confuso.

— Que foi? — perguntou Red para ele.

O garoto suspirou.

— Meu pai nunca mataria uma policial. Ele não é idiota. Era uma das regras do John D'Amico: nunca matar policiais. Isso mantinha o perigo afastado. Sua mãe era comandante de um distrito policial. — Arthur a encarou. — Ninguém teria encostado ela.

— M-mas... — gaguejou Red. Não, não tire isso dela, por favor. — Mas a sra. Lavoy disse...

— Ela trabalha no Ministério Público, não é? — perguntou Arthur, franzindo ainda mais as sobrancelhas, digerindo um pensamento silencioso.

— Ela é assistente da promotoria — respondeu Oliver, estalando o pescoço. — Logo, logo vai ser promotora, e nunca faria nenhuma das coisas que Red está falando. Minha mãe não é uma criminosa. Red está mentindo, não acredite nela. Não é esse o nome que você quer. Não foi a minha mãe. E o que ela ganharia usando a Red para armar para cima do Frank Gotti?

Os olhos de Oliver estavam em chamas, queimando nos dela. Ela não estava mentindo, não estava.

— Bem... — interveio Simon. — Você mesmo falou antes, não foi, Oliver? Disse que era um caso histórico, e que, se ela conseguisse a condenação, com certeza seria votada para se tornar promotora. — Ele deu de ombros. — Ela quer ser promotora, não é? É o que ela ganharia.

— Não seja ridículo. — Oliver se virou para ele agora, fogo suficiente nos olhos para compartilhar com outras pessoas.

Mas Red observava Arthur, uma sombra cruzando seu rosto enquanto ele olhava para baixo, pensando enquanto mordia a parte de dentro da bochecha.

— Que foi? — perguntou ela, e o garoto voltou a si, olhando para os cantos do trailer como se o veículo estivesse enfim se encolhendo ao seu redor, em contagem regressiva para esmagar todo mundo.

— É que... — Ele hesitou, engoliu em seco e começou de novo. — Minha família tem um contato no Ministério Público. Há anos, talvez uma década. Só que ninguém nunca soube quem era, sempre se contataram anonimamente, por mensagens criptografadas em um celular descartável. A pessoa só falava com John D'Amico, mas quando ele começou a adoecer, entraram em contato com o meu pai e o meu tio Joe... quer dizer, Joseph Mannino.

Oliver o encarou, horrorizado.

— Tem um informante no Ministério Público? — perguntou ele. — Trabalhando com o crime organizado?

Arthur assentiu.

— Faz anos. Era assim que descobríamos a identidade das testemunhas em casos contra a família ou a localização de membros da máfia que haviam virado a casaca e estavam cooperando com a polícia. Informações sobre julgamentos e outros casos criminais contra os nossos concorrentes. Às vezes, o informante conseguia retirar as acusações. Avisava de carregamentos de armas ou drogas apreendidas como provas que poderíamos interceptar. Tudo vinha dessa pessoa lá dentro do Ministério Público. Pagávamos pelas informações, em uma conta no exterior, mas nunca soubemos quem era. Até... — Arthur olhou para Red, um movimento desajeitado nos seus ombros, um brilho no olhar. — Foi assim que conseguimos a sua identidade, Red. Apenas dois dias depois que as acusações contra o meu pai foram feitas, soubemos que havia uma testemunha ocular, embora não pudesse haver, porque o meu pai não tinha matado o tio Joe. Meu pai falou para o meu irmão mandar uma mensagem para esse contato, perguntando quem era a testemunha.

— E? — indagaram Red e Oliver ao mesmo tempo, e ela não gostou disso.

Não, não estavam do mesmo lado. O trailer havia se dividido novamente, mas Red não sabia mais a que lado pertencia. Ao de Oliver, que a jogou para fora do trailer, em direção à morte, que colocou uma faca no seu pescoço, que forçou Maddy a aceitar seu plano e agora estava morrendo ao seu lado por isso? Ou ao de Arthur, que mentiu para ela desde o momento em que se conheceram no último mês de setembro? Porque ele precisava conhecê-la, para seu próprio plano. Óbvio que demonstrara interesse por ela, ria das suas piadas, oferecia caronas, encantava-a com palavras gentis e olhos mais gentis ainda: ela era seu alvo. Que idiota Red foi ao pensar que havia algum sentimento ali. Ele queria obter informações dela e matá-la, só isso. E, ainda assim, Red se aproximou dele e se afastou de Oliver, porque o perigo estava nos olhos do Lavoy e de mais ninguém.

— E a pessoa nos disse que precisava de um ou dois dias para obter as informações — respondeu Arthur, olhando para Red, não para Oliver. Ele havia obviamente escolhido um lado. — Quando elas chegaram, no começo de setembro, não vieram da forma usual, por meio do celular descartável. Meu pai recebeu um e-mail com o nome da Red, seu número de identidade e o endereço residencial. E o e-mail que enviou isso tudo pertencia a Mo Frazer, que trabalha no Ministério Público.

— Ah, é claro que era o Mo Frazer — retrucou Oliver. — Faz todo o sentido. Então ele está colaborando com o crime organizado, hein?

Arthur balançou a cabeça, incerto.

— Bem, presumimos que ele devia ter sido o contato esse tempo todo, que talvez tivesse cometido um deslize naquela ocasião. Mas nunca engoli muito essa história. Ele havia mandado as informações pelo e-mail de trabalho, o nome logo ali no remetente, deixando um rastro no servidor que a polícia poderia encontrar. Era tão diferente de todos os contatos que já tivemos com ele antes. Descuidado.

— Ele acabou relaxando — disse Oliver. — Sempre fazem isso.

— Ou… — Arthur mordeu o lábio. — Ou não foi ele quem mandou, porque Mo Frazer não é o contato. Era alguém tentando atribuir o vazamento da identidade de Red a ele. Outra pessoa no Ministério Público.

Seus olhos encontraram os de Red, fixando-se neles.

— Catherine Lavoy? — sussurrou ela, a voz ficando aguda no final, transformando o nome em uma pergunta.

Não, não poderia ser. Mas algo estava se mexendo no seu estômago, quente, afiado, atravessando-a e subindo pela coluna para sussurrar no seu ouvido: *Catherine traiu você, Catherine revelou o seu nome há meses.* Não, Catherine não podia ser a pessoa que revelou seu nome poucos dias depois de se encontrar com Red e pedir para ela ser a testemunha. Catherine sabia o que significaria entregar o nome de Red; que eles a matariam. Era o resultado inevitável. E Catherine não faria isso com ela, independente de ser o contato do crime organizado ou não. Ela era a mãe da sua melhor amiga, a melhor amiga da sua mãe. Impossível.

Então, o que era aquela sensação nas suas entranhas? Sólida de alguma forma, impossível de ignorar, afundando cada vez mais enquanto Red lutava para entendê-la.

Oliver bufou, esticando os braços, seus olhos parecendo um campo de batalha, oscilando entre a garota e Arthur.

— Deixa eu ver se entendi direito — disse o rapaz, brincando com o queixo. — Primeiro, Red, você está *alegando* que a minha mãe foi até você e se ofereceu para pagar vinte mil dólares para você dizer que testemunhou Frank Gotti cometendo um assassinato. Tudo para ela conseguir a condenação e se tornar promotora — falou, assentindo para Simon, zombando da sua teoria. — E agora, Arthur, você está alegando que a minha mãe é a mesma pessoa que vem vazando informações para a sua família há dez anos, aceitando subornos. E que deve ter sido ela quem revelou o nome de Red, mas tentou fazer com que parecesse que Mo Frazer era o informante. Isso não faz o menor sentido! — vociferou, avançando a passos largos, os olhos arregalados ao passar por cada um deles. — Essas duas coisas se contradizem completamente. Por que a minha mãe pediria para Red ser a testemunha e imediatamente entregaria o nome dela, sabendo que Red provavelmente seria morta e o julgamento nunca aconteceria? Não faz sentido. Qual é?! Raciocinem um pouco. Vocês precisam pensar antes de soltar acusações infundadas sobre a minha família. — Ele apertou um dedo do lado da cabeça, com força demais, os olhos selvagens de novo, a estranha calma antes da explosão. — Isso é tudo besteira, essa porcaria toda. Minha mãe não é o contato, ela processa criminosos como você. — Ele apontou o mesmo dedo na direção de Arthur, como se fosse uma faca. — Suas histórias sequer fazem sentido. Minha mãe não poderia ter feito as duas coisas: pedir para Red mentir para ganhar o julgamento e depois entregar o nome dela para que o caso nunca chegasse a julgamento. Como isso funcionaria?

Mas a mente de Red estava girando ao redor de algo, girando e girando, revirando as horas daquela noite muito, muito terrível. Talvez houvesse uma maneira de aquilo fazer sentido, talvez houvesse uma forma de aquilo apontar para Catherine Lavoy, controlando tudo nos bastidores. Red não conseguia acreditar, ela conhecia Catherine desde que se entendia por gente, e até mesmo antes disso, mas também não conseguia crer no verdadeiro Oliver que conhecera aquela noite, o perigo oscilando dentro dos seus olhos. Se ele havia feito tudo o que fizera naquela noite, então era possível que Catherine tivesse usado Red, que a tivesse traído. Afinal, filho de peixe peixinho é. Qual era a frase que estava procurando? Red olhou para Maddy e Oliver, tentando extraí-la dos seus olhos, aquela expressão que os Lavoy que sempre usavam e que fazia Red ter certeza de que nunca seria um deles. Vasculhou os lampejos daquela noite sem fim, o sangue de Maddy no seu rosto, o quebra-cabeça que era a cabeça aberta de Don, o zumbido da estática, os faróis piscando, o pontinho vermelho no seu peito, o sinal de visto na mão de Arthur combinando com o sinal na mão dela, os gritos, o cheiro de gasolina. Dissecou cada parte horrível até encontrar o que procurava. Logo ali, esperando por ela no fundo da sua mente, na voz entrecortada de Oliver.

Red pigarreou.

— Um plano precisa ter duas partes — disse ela, repetindo as palavras de Oliver, que, por sua vez, repetia as da mãe. — Para garantir que vai funcionar a seu favor de um jeito ou de outro.

Arthur olhou para ela, uma mudança de compreensão nos seus olhos.

— É ganhar ou ganhar — completou ele, parafraseando o que Maddy disse antes.

E aquele sentimento nas entranhas de Red se contorceu, sugando tudo ao seu redor. Ela não queria acreditar, mas estava lá, estava tudo bem ali, e Red tinha que aceitar aquilo. O plano nunca pertenceu a Red, elas não estavam juntas nessa; era um dos planos de ganhar ou ganhar de Catherine, e Red tinha sido apenas um peão, jogado fora como se fosse dispensável, descartável. Por quê? Por que ela? Será que Catherine realmente não se importava nem um pouco com a filha da sua amiga? Ela não via a mãe da garota quando olhava para Red? Não via o fantasma de Grace Kenny lá também? Como pôde fazer isso?

— Do que vocês estão falando? — retrucou Oliver.

— Faz sentido — disse Red para ele, sua voz encontrando força naquele sentimento horrível que se retorcia no fundo do seu estômago. — Faz total sentido. O plano dela tinha duas partes. No primeiro cenário, eu testemunho no julgamento, e Frank Gotti é considerado culpado. Por causa do julgamento bem-sucedido, sua mãe é eleita promotora. E a segunda parte: ela entrega o meu nome quando pedem, e a família do Frank Gotti me mata, aí o julgamento nunca vai adiante. Mas quando investigam de onde veio o vazamento, encontram o e-mail que Mo Frazer enviou. Vai parecer que ele entregou o meu nome. Ele seria removido do cargo, acusado de seja lá qual for esse crime. Você mesmo disse, Oliver. Mo Frazer é o maior concorrente da sua mãe para o cargo de promotor, o *único* competindo com ela. Se me matassem, isso tiraria ele da disputa. Em qualquer cenário, sua mãe ganha, se torna promotora. — Red prendeu a respiração. — Ganhar ou ganhar — disse de maneira sombria, porque em uma dessas alternativas ela estaria morta, e, de alguma forma, Catherine não se importava nem um pouco com isso.

Oliver Lavoy a havia colocado para fora do trailer para morrer, e Catherine Lavoy havia revelado seu nome, com cinquenta por cento de chance de ela morrer, usando isso a seu favor.

Mentirosa. Catherine Lavoy era uma mentirosa. Arthur também era um mentiroso, assim como quem quer que tivesse votado aquele segundo *SIM*, mas Catherine era uma mentirosa ainda maior. E Arthur dissera que estava tentando manter Red viva, que esse era seu último recurso. Será que era mentira também?

Red sentiu a bile subir pela garganta, e engoliu enquanto evitava olhar nos olhos de qualquer um deles, enxugando uma linha de suor do lábio superior. Seis pessoas naquele trailer, e pelo menos cinco eram mentirosos, incluindo Red. Mas ela não estava mais mentindo, havia colocado tudo para fora, não havia mais nada.

— Isso é ridículo — disse Oliver, porque ele evidentemente não tinha outra palavra para descrever a situação. — Nada disso é verdade. Minha mãe não faria nada disso. Você conhece ela, Red, como pode acusá-la dessas coisas?

— Não estou acusando — respondeu Red, e aquele sentimento distorcido se transformou em raiva, e a raiva era vermelha, assim como a vergonha. Ela sentiu o calor em suas bochechas. — Estou afirmando. Foi ela quem me ofereceu dinheiro para ser a testemunha, me disse que provavelmente Frank Gotti foi o homem que assassinou a minha mãe. Ela me manipulou e depois entregou o meu nome para eles.

— Cala a boca, sua menininha burra! — rebateu Oliver, voltando o olhar para Arthur. — Não dê ouvidos para Red, ela obviamente se enganou. Minha mãe não é a pessoa que você está procurando. Não é ela! Não dê ouvidos!

— Oliver, para! — resmungou Maddy, a cabeça encostada na porta da geladeira, como se estivesse fraca demais para aguentar seu peso.

— Não! — Oliver olhou para a irmã, mas Maddy não recuou; não havia para onde ir. — Red está mentindo! — berrou ele. — Ela vai fazer a nossa mãe ser morta porque está mentindo!

— E se ela não estiver mentindo? — questionou Maddy, estremecendo, as palavras falhando na sua garganta. — Talvez seja verdade.

E por mais fraca que Maddy estivesse, sangrando ali no chão, a pele macia como sempre apesar de estar muito pálida, ela ainda estava cuidando de Red. Seu trabalho, sua responsabilidade, embora Red nunca tivesse pedido isso a ela. Maddy não era como Oliver nem como a mãe deles. Maddy era honesta, gentil e boa. Se pudesse se levantar, estaria do lado de Red do trailer, não é? As duas contra Oliver. E Red não conseguia decifrar onde Arthur se encaixava nessa história toda.

— Talvez seja verdade?! — gritou Oliver, a saliva espumando nos cantos da boca. — Você acha que é verdade que a nossa mãe tem trabalhado com um grupo de crime organizado por uma década? Sendo paga para arquivar casos e passar informações para eles? Você acha que isso parece coisa da nossa mãe, Madeline? Acha que ela inventaria um caso contra Frank Gotti, pagaria Red para ser a testemunha, tudo para se tornar promotora? Você acha que isso parece coisa da nossa mãe? — perguntou. — Alguma parte disso?

— Sei lá — respondeu Maddy, fechando os olhos com força.

— Não sabe?! — Oliver se inclinou sobre ela. — Você acha que isso parece coisa da nossa mãe? A mesma mãe que ainda corta sanduíches em triângulos para você? Que diz *eita nós* sempre que deixa alguma coisa cair? Ela parece uma criminosa para você, Maddy?

Red conseguia ver as manchas vermelhas subindo pela nuca de Oliver enquanto ele avançava para cima da irmã, a cabeça caída naquele ângulo estranho, e sabia agora que era um sinal de alerta. Uma explosão estava prestes a acontecer.

— A mãe que personalizou toques de celulares para a família inteira com base em doces lembranças, você acha que ela é uma criminosa? Acha que a mulher que tem um toque de celular de campainha para você porque quando você era criança, pensava que tinha que tocar a campainha antes de entrar e depois de sair de casa, acha que a mulher que faria uma coisa fofa dessas é uma criminosa?

Algo chamou a atenção de Red, que agarrou aquela informação.

— Como é que é? — indagou ela, olhando para a nuca de Oliver. — O toque da sua mãe para Maddy é uma harpa.

Red esteve com Catherine Lavoy muitas vezes nos últimos seis meses, encontrando-se com ela em segredo, repassando seu depoimento, bolando o lugar onde ela poderia ter estado antes e depois do assassinato sem ser flagrada pelas câmeras, caso a equipe de defesa de Frank Gotti as verificasse. Maddy ligou para a mãe algumas vezes, e Red ouviu o toque de harpa, subindo e descendo. Provavelmente uma piada da época em que Maddy tinha quinze anos e insistiu que queria aprender harpa para impressionar um menino na orquestra, mas desistiu na segunda aula porque *nenhum garoto vale tanto esforço*. Red tinha certeza daquilo.

— O toque da sua mãe para Maddy é uma harpa — repetiu ela.

Oliver olhou para Red, a explosão adiada por enquanto.

— Tá — disse ele, a respiração pesada. — Agora é, acho. Mas quando a Maddy ganhou o primeiro celular, foi uma campainha por um tempão, porque essa é a história favorita da nossa mãe sobre a Maddy. Acho que ela mudou há alguns anos.

— Campainha? — questionou Red, a palavra saindo dos seus lábios como se não fosse uma palavra, apenas um aglomerado de sons sem sentido.

Campainha.

Um dos sons da sua vergonha, que vivia dentro dela, bem no fundo das suas entranhas. O som que ela ouviu ao fundo daquela última ligação com a mãe. Duas vezes. O estranho "Olá" da mãe depois de ouvi-lo. Só que era impossível, a polícia disse para ela, ela devia ter imaginado, ou talvez estivesse confusa. Sua mãe foi encontrada naquela estação de energia abandonada, sem estradas residenciais por perto, sem casas, sem campainhas. Não era possível. Mas Red havia ouvido, ela havia escutado o barulho e nunca o esqueceu, assim como nunca se esqueceu daquela última ligação, nem um segundo dela.

— Toque de campainha — falou ela, sondando a possibilidade, as memórias mudando, encaixando-se em novos lugares.

— Do que você está falando? — perguntou Oliver, os olhos brilhando.

Red não sabia, ainda não sabia, mas havia uma terrível sensação tentando arrastá-la para baixo. Ela resistiu ao sentimento, os pés saindo do chão ao disparar para o balcão da cozinha, para a panela com celulares esperando lá dentro. Red levantou a tampa e olhou, em busca do próprio celular. Puxou o aparelho, a tela inicial informando que tinha 12% de bateria, ainda sem sinal. Isso porque os engenheiros estavam apenas começando a trabalhar na torre de celular quebrada.

Será que a ouviram no walkie-talkie antes de Arthur quebrá-lo? Não havia como saber se tinham ouvido. Se alguém tivesse apertado o botão ao mesmo tempo, então a voz de Red teria se perdido na noite agonizante, nunca teria sido encontrada, nunca teria sido ouvida.

Foco, foco na campainha. Alguma coisa dentro dela estava dizendo que aquilo era importante. Maddy talvez estivesse morrendo, a polícia talvez estivesse a caminho, mas a campainha era importante.

Red desbloqueou o celular e clicou no aplicativo de configurações. Seu polegar se moveu para a opção *Som e Tato* no menu, e ela clicou para abrir. Rolou para baixo até a seção intitulada *Padrões de Sons e Vibração*, em seguida clicou para abrir todas as opções de toque.

Seus olhos percorreram a lista, passando por *Coruja Noturna*, *Irradiar* e *Sencha*, o polegar deslizando pelas palavras em um borrão. Não, não era ali. Bem na parte inferior havia outro menu, intitulado *Clássicos*. Red clicou, e uma nova lista apareceu na tela. *Alarme, Ascendente, Blues, Boing.* Os olhos de Red continuaram passando pela lista até chegar na letra *C*, e ali estava. *Campainha*, logo acima de *Crescente* na lista. Red aumentou o volume do dispositivo para o máximo e, em seguida, pressionou o polegar no toque da campainha, o coração na boca como se já soubesse a resposta.

Seu celular tocou, um padrão alto de toque duplo, subindo e descendo. Red apertou de novo. E de novo.

Era isso.

A campainha. *A* campainha.

O som exato que ela ouviu durante a última ligação com a mãe, a ligação que mudou tudo, que destruiu o mundo. Era isso.

Não era uma campainha, porque a polícia estava certa; não tinha como ser. Era um toque. O toque de Catherine Lavoy.

— O que você está fazendo? — perguntou Oliver, olhando para o celular nas mãos de Red.

— Sua mãe... — disse Red, sua voz falhando, partindo ao meio. — Acho que a sua mãe estava lá.

— Onde? — Os olhos de Oliver se estreitaram.

Red tentou falar, se atrapalhando com a própria respiração, rápida demais, a garganta se fechando.

— Com a minha mãe. Quando ela foi morta.

# TRINTA E NOVE

Red desejou o som da estática para encobrir o terrível silêncio no trailer, e aquele zumbido agudo nos seus ouvidos, em dois toques, como uma campainha. Será que alguém mais conseguia ouvir? Outra pessoa também estava tendo dificuldade para respirar?

— Do que você está falando? — perguntou Oliver, as sobrancelhas se juntando e fazendo sombra nos olhos, escondendo o fogo neles.

— Ela estava l-lá — afirmou Red. — Eu a ouvi. Talvez não saibam disso, mas a minha mãe me ligou, dez minutos antes de ser morta, foi o que a polícia falou. — Sua respiração estava alta demais, como um vendaval preso na sua cabeça, empurrando a parte de trás dos seus olhos. Ela não disse nada disso em voz alta por anos, viveu sozinha com a culpa e a vergonha desde então. — Minha mãe tentou me contar alguma coisa naquela ligação, me pediu para falar alguma coisa para o meu pai. Mas nós estávamos brigadas, eu estava brava com ela, tão brava, e agora nem consigo me lembrar do motivo. Mas desliguei na cara dela. Falei que a odiava e desliguei na cara dela. Foi a última coisa que eu disse para ela, para a minha mãe, e aí ela morreu. Foi culpa minha, porque a coisa que ela precisava me dizer talvez pudesse salvá-la. Ela ainda estaria viva se eu não tivesse...

Aquela não era a parte da história que Red deveria estar contando, mas não conseguia evitar, estava dentro dela havia tanto tempo, apodrecendo, como um órgão de que precisava para continuar viva, para lembrá-la todos os dias do que fez. Dela e somente dela, sua responsabilidade.

Mas agora o restante deles também sabia, todos os olhares nela, e o mundo não poderia quebrar mais do que já havia se quebrado. Chega de segredos, nem mesmo esse, a pior coisa que ela já fez.

Red piscou, e uma lágrima escapou antes que pudesse impedi-la.

— E, naquela última ligação, ouvi uma campainha ao fundo. Duas vezes, antes de parar. — Ela fungou. — A polícia me disse que era impossível, porque a minha mãe foi encontrada naquela usina abandonada à beira-mar, longe de qualquer casa. Mas eu sempre soube que tinha escutado. Era isso. — Ela gesticulou com o celular, erguendo-o. — Era um toque, o toque da sua mãe para Maddy. Ela estava lá, atrás da minha mãe. Minha mãe disse "Olá" para ela, e eu desliguei antes que ela pudesse me dizer do que precisava. — Os olhos de Red recaíram em Maddy, sua expressão mudando. — Sua mãe estava lá. Você deve ter ligado para ela quando ela estava lá. Por que Catherine nunca contou que estava lá? Minha mãe morreu dez minutos depois, então a sua mãe... eu não...

A cabeça de Simon caiu nas suas mãos, e ele sugou o ar por entre os dedos.

Arthur encarou Red, os olhos arregalados atrás dos óculos, o braço se movendo ao lado do corpo como se quisesse estender a mão para envolvê-la, escondê-la.

— O quê? — Oliver bufou, quebrando o silêncio, o sorriso perverso de volta ao rosto. Será que Catherine dava sorrisos assim? Red tentou imaginar. — Agora está tentando me dizer que foi a minha mãe quem matou a sua? Elas eram melhores amigas, Red. Larga mão de ser idiota. E com base em que evidência? Um barulho que você acha que ouviu quando tinha treze anos, quando era uma pirralha? Você está errada. A polícia falou que você estava errada. Minha mãe não estava lá.

— Minha mãe estava investigando um grupo de crime organizado quando morreu — disse Red, as palavras saindo enquanto pensava nelas. — Sua família, Arthur. Talvez ela tenha percebido que havia um informante dentro do Ministério Público, talvez tivesse descoberto o que a Cather...

— Você está se ouvindo?! — esbravejou Oliver, e, sim, ela estava, não ficaria mais pisando em ovos por causa daquele olhar. Porque se estivesse certa, se estivesse certa... — Minha mãe não estava lá! — berrou ele.

Red estava prestes a falar, a retrucar, as palavras logo ali na garganta, lutando contra seu coração fora do lugar. Mas um novo som a deteve. Um uivo, miserável e rouco, vindo de Maddy, seu rosto se partindo enquanto lágrimas escorriam dos olhos, rápidas e livres.

— Que foi? — perguntou Reyna, mantendo a pressão sobre a ferida. — Está doendo?

Mas Maddy não estava olhando para ela, e sim para Red. Ela gritou de novo, os ombros curvados, os dentes à mostra, lágrimas escorrendo para dentro da boca aberta.

Oliver olhou fixamente para a irmã.

— Maddy — chamou Red, caminhando em direção a ela.

— Foi ela — confirmou Maddy em meio ao choro, a cabeça assentindo em movimentos minuciosos, encostando na geladeira. — Eu... Eu, ela... ela não estava em casa naquela noite. Por isso liguei para ela. Liguei para ela, que não atendeu, e a ligação foi para a caixa postal depois de dois toques. — Sua mão estremeceu ao erguê-la para enxugar um dos lados do rosto, deixando ali uma nova mancha de sangue, misturada com as lágrimas. — Meu pai e o Oliver estavam viajando, tinham ido para um dos campeonatos de xadrez do Oliver. Cheguei em casa depois da aula de violino, e a minha mãe não estava lá. Não estava. Ela só chegou em casa depois das 20h30, e disse que ficou trabalhando até tarde. Eu já tinha comido as sobras do fim de semana.

Maddy chorou ainda mais alto, as palavras graves e disformes na sua boca.

Red não conseguia se mexer. O que Maddy quis dizer com *foi ela*? A garota observou a melhor amiga sem conseguir se mexer, sem conseguir respirar, caso isso fizesse com que fosse verdade ou mentira, e Red não sabia o que era pior.

— E eu lembro, a minha mãe disse que não tinha comido, mas eu lembro, lembro que falei pra ela: "Mas derrubou molho na camisa." — Maddy se engasgou com as palavras. — Era uma mancha minúscula, mas ela foi se trocar assim que eu falei aquilo. Nunca mais vi aquela camisa, ela deve ter jogado fora.

A garota parou de falar, balbuciando em meio às lágrimas que continuavam vindo enquanto contava a história, cinco anos de lágrimas não choradas.

— E aí, no dia seguinte, soube do que aconteceu com a sua mãe, Red. Que ela havia sido morta. A tiros. Eu sinto muito, muito mesmo. E depois... — A voz dela falhou. — Ficou tudo tão confuso. Porque a minha mãe estava dizendo que chegou em casa às sete horas da noite, que fez o jantar para nós duas. Ela não fez, não foi o que aconteceu, mas continuava dizendo isso para mim, para o meu pai. Mas não foi o que aconteceu. Eu liguei para ela. A chamada não atendida estava bem ali, no meu histórico de ligações. Por que eu ligaria às sete se ela estivesse em casa comigo? — Maddy estremeceu, enxugando o outro lado do rosto. — Mas verifiquei de novo alguns dias depois, e a ligação tinha sido excluída do registro. Não estava lá. E a minha mãe continuava dizendo a mesma coisa várias e várias vezes. Que chegou em casa às sete, bem na hora em que voltei da aula de violino. Fez jantar para nós duas, e assistimos à TV. Que foi uma noite normal. Eu não conseguia entender por que ela estava mentindo. Mas aí comecei a pensar que talvez eu estivesse errada, talvez eu estivesse confusa a respeito de que dia era, porque ela parecia tão certa, e por que mentiria? E a ligação não estava mais no meu celular. Ela me confundiu, Red.

Maddy pestanejou, tentando fitar a amiga com os olhos vermelhos e inchados.

— Eu não tinha certeza. Não tinha certeza, mas fiquei com um pressentimento muito, muito ruim o tempo todo de que alguma coisa aconteceu naquela noite. Mas talvez eu estivesse errada, confusa. Metade de mim queria acreditar nela. Me desculpa, Red. Me desculpa mesmo.

A última palavra se desfez quando Maddy berrou, um terrível barulho que parecia anunciar o fim do mundo, o coração se partindo ao meio, os olhos fechados em meio às lágrimas.

Red a observou. Ela não se mexeu, presa no lugar pelo ar quente demais daquela lata de metal.

Foi Catherine Lavoy. Catherine Lavoy tinha matado sua mãe. Fez ela ficar de joelhos. Atirou duas vezes na sua nuca com a arma da própria Grace. Foi Catherine. A melhor amiga da sua mãe.

Red sentiu os dedos no seu ombro, apertando com força, mas não havia ninguém lá, porque era Catherine, vestida de preto, segurando ela enquanto os rifles explodiam ao redor delas no funeral, partindo o céu.

Catherine.

E Maddy... Maddy sabia. Aquele tempo todo. Desde o dia em que aconteceu, o dia em que o mundo ruiu ao seu redor, em 6 de fevereiro de 2017. Maddy sabia e nunca disse nada, em cinco longos anos.

Agora tudo fazia sentido, tudo mesmo. A forma como Maddy se encolhia sempre que a palavra *mãe* era dita na frente de Red. Porque ela sabia o que havia acontecido. Podia ter dúvidas, mas, lá no fundo, sabia quem havia levado a mãe de Red embora. Maddy sempre cuidava de Red, pagava seu almoço, encontrava suas coisas perdidas, tantas coisas perdidas ao longo dos anos, vigiava a amiga, porque sabia. Seu trabalho, sua responsabilidade.

Esse era o olhar estranho de Maddy antes, o olhar que Red não conseguia reconhecer. E era o seu segredo, aquele pelo qual ela pensou que alguém poderia matá-la.

Maddy sabia.

— Me desculpa. — Maddy soluçou, repetindo as palavras várias vezes, até que Reyna teve que segurar a garota. — Me desculpa.

O rifle devia ter disparado, porque havia um buraco no peito de Red, uma poça de sangue se derramando na sua camiseta vermelho marsala. Mas não. Ela olhou para baixo. Não havia nada. Seu corpo não acreditou nela, desmoronando ao redor do ferimento, costela por costela. Red se curvou, agonizando quando seus ossos se partiram ao meio, perfurando sua pele, cada peça do quebra-cabeça se desfazendo. Maddy estava uivando outra vez, mas não, o som estava mais perto. Era ela. Um barulho vermelho e gutural na garganta, empurrando os olhos para fora.

— Não! — Red chorou, e estava acontecendo tudo de novo, sua mãe morrendo mil vezes a cada meio segundo, o mundo explodindo e se juntando do jeito errado. — Não!

Red gritou, as mãos se fechando, os nós dos dedos pontudos pressionando seu rosto, marcando sua pele. Cinco anos sem saber, sem saber quem matou sua mãe, de forma que só poderia ter sido Red, assassinando-a com aquelas últimas palavras. Mas agora ela sabia. Tinha a resposta. E estava destruída.

Red cambaleou para o lado, uma perna cedeu. Alguém a segurou.

Arthur.

As mãos dele sob os cotovelos dela, mantendo-a de pé. Ele a olhou nos olhos, piscando devagar, lágrimas idênticas escorrendo pelo rosto.

— Red — chamou ele baixinho, com a voz suave, quase suave demais para cortar o ar do trailer. — Olhe para mim.

Ela estava olhando para ele.

— Não foi culpa sua — disse Arthur.

— O quê? — Red fungou.

— Não foi culpa sua que a sua mãe morreu.

Red fez uma pausa, prendendo a respiração.

— Eu sei — disse ela categoricamente.

Não era culpa dela, era de Catherine Lavoy. Eles acabaram de descobrir isso juntos.

— Red — repetiu Arthur, os dedos gentis contra todos os seus ossos quebrados e a pele rachada. — Não foi culpa sua.

Red piscou.

— Eu sei — disse ela devagar, as palavras tremendo por ter tentado colocá-las para fora com muita força.

O que Arthur podia ver? O que conseguia ler nos seus olhos?

— Red — falou ele com gentileza, sem desviar o olhar.

Então Red o fez, desviou o olhar, para qualquer lugar, menos para ele. Para a estampa das cortinas logo ali, por favor, será que poderia enfim descobrir o que era? *Pense.* Ou para outra pessoa, mas não Maddy, nem Oliver, nem Simon, nem Reyna. Uma distração, qualquer coisa, para não pensar na culpa e na vergonha, para não despejar tudo ali, bem na frente de todo mundo.

— Red — disse ele novamente, trazendo os olhos da garota de volta aos seus.

— Para, Arthur — sussurrou ela.

— Não foi culpa sua.

Essa última tentativa funcionou. Red sentiu uma mudança no seu estômago, algo se desenrolando, enfim se soltando. Seu rosto se contraiu, e lágrimas vieram. Ela gritou, o som estremecendo na garganta. Caiu para a frente, para os braços de Arthur, que a esperavam, a cabeça contra o peito dele, e Red chorou e deixou tudo se esvair.

Não foi culpa dela.

Ela não sabia o que aconteceria depois daquela ligação. Não odiava a mãe, e sua mãe devia saber disso, ali de joelhos no fim de tudo, enquanto Catherine apontava a arma para sua nuca. A mãe era o mundo de Red, seu mundo inteirinho, e devia saber disso, devia ter sentido de alguma forma, porque era assim que o amor funcionava.

Não foi culpa de Red.

Ela tinha substituído a mãe pela culpa, pela vergonha, pelo remorso. Eles haviam se tornado parte dela, um membro, um órgão, uma corrente no seu pescoço. Red pensou que precisava deles para viver, mas não precisava, porque não era culpa dela, e não precisava mais disso. Chorou, e não foi só por causa de Maddy ou de Catherine e da verdade. Chorou porque finalmente conseguiu perdoar a mãe por morrer, e perdoar a si mesma também.

Arthur passou a mão pelo cabelo dela, até a ponta do seu rabo de cavalo.

— Não é verdade. — A voz de Oliver irrompeu. — Nada disso é verdade. Maddy, do que você está falando, caramba?

Red se afastou de Arthur, enxugando o rosto. Oliver reapareceu, caminhando em direção a ela.

— Minha mãe não fez nada disso! — gritou ele. — É tudo mentira! Tudo. Não sei que jogo vocês duas pensam que estão jogando. — Ele olhou para Red, e depois para a irmã, morrendo no chão. — A minha mãe não fez nada.

— Fez, sim — disse Red, endireitando-se para encarar o garoto. — Ela fez tudo isso. E espero que morra de joelhos, com medo e sozinha, como fez com a minha mãe.

— Cala essa boca! — berrou Oliver.

Ele se lançou para a frente, mas não estava indo na direção dela, estava indo para a mesa, pegar alguma coisa. Deu a volta, com a faca em uma das mãos e o isqueiro na outra. O brilho no metal dos dois objetos combinava com os dentes arreganhados do garoto.

— Para, Oliver, acabou — disse Arthur, erguendo as mãos e recuando. — Já era. Tenho a resposta que viemos pegar. Red não vai depor no tribunal a favor da mulher que matou a mãe dela. Posso usar isso para convencer o meu irmão, ele vai me ouvir. Deveríamos pegar a resposta e depois matar a Red, foi isso que nos mandaram fazer, mas ninguém precisa se machucar aqui. Mais ninguém. — Ele lançou um olhar para Maddy, que agora tremia, vibrando nas mãos de Reyna. — Não tenho como me comunicar como o meu irmão agora, porque você jogou o controle remoto lá fora, e o walkie-talkie está quebrado.

Mas posso ir lá fora. — Arthur fungou. — Vou até ele explicar o que aconteceu, falar para ele parar. Vou garantir que ele pare, prometo. E aí o resto de vocês pode entrar naquela caminhonete e levar Maddy para o hospital. Ela precisa de um hospital. Acabou, Oliver. Por favor, deixa as coisas terminarem aqui.

— Você não vai a lugar nenhum — rosnou Oliver. — Não com todas aquelas mentiras sobre a minha mãe. Eu sei o que vocês fazem, são animais. Não vou deixar matarem a minha mãe! Nada disso é verdade. Você não vai lá fora contar para o seu irmão o nome dela. Isso não vai acontecer. — Ele ergueu a faca, apontando-a para Arthur. — Vai ficar bem aqui.

— Oliver — implorou Reyna, a toalha manchada de vermelho nas mãos. — Precisamos levar a Maddy para um hospital. Ela não vai aguentar. Por favor, vamos fazer o que o Arthur está dizendo.

— Não! — vociferou Oliver, a faca indo agora na direção de Reyna. — Não posso deixá-lo sair. Não posso deixá-lo falar com o irmão.

— Maddy não vai sobreviver, Oliver. — Red insistiu. — Ela está sangrando. Arthur está nos dando uma possibilidade de sair daqui. Agora.

— Eu não vou escutar você, porra — disse Oliver, a voz sombria e áspera. — Você é uma mentirosa! Vai matar a minha mãe.

— E você vai matar a Maddy! Temos que ir!

Os olhos dele correram de um lado para o outro, porque era uma escolha, de certa forma, entre sua mãe e sua irmã mais nova. Uma vida por outra. Mas Oliver Lavoy não gostava de tomar decisões difíceis. Ele tinha tudo e mais um pouco.

— Talvez as pessoas com os walkie-talkies tenham te ouvido, Red — disse Simon, os olhos arregalados e em pânico, observando a faca nas mãos de Oliver. Tinha acabado, mas ainda não, porque o perigo estava bem ali, preso lá dentro com eles, e todos sabiam disso, inclusive Simon. — Talvez tenham chamado a polícia, talvez estejam a caminho.

Red expirou.

— Não tem como saber com certeza. Se alguém estivesse falando ao mesmo tempo, minha interferência não teria chegado até eles.

— E se alguns de nós sairmos pelo outro lado? — sugeriu Reyna, gesticulando com a cabeça para o lado esquerdo do trailer, para a janela ao lado do volante. — Agora sabemos que não tem um segundo atirador. Alguém pode sair e buscar ajuda. Vou ficar aqui com a Maddy.

— Ninguém sai! — gritou Oliver. — Ninguém sai até eu decidir o que fazer.

O que fazer. Um plano. Oliver estava tentando pensar em um plano que pudesse salvar a mãe e a irmã. Ganhar ou ganhar. Assim como sua mãe. Mas Red não conseguia imaginar uma vitória certa para ele ali, e não queria que ele ganhasse, porque, se Oliver ganhasse, então Catherine ganharia, e Red não podia deixar isso acontecer.

— O atirador — disse Simon, virando-se para Arthur. — Ele é seu irmão?

Arthur deu um breve aceno de cabeça.

— Você tem alguma outra forma de se comunicar com ele?

Arthur virou a cabeça, balançando-a.

— Só o controle remoto da luz e o walkie-talkie.

— Merda — murmurou Simon. — Estava pensando que, se tivesse outra forma de se comunicar, você poderia dizer para ele se afastar que todos nós iríamos entrar na caminhonete. Oliver, você nos deixaria sair desse jeito? Se o Arthur viesse com a gente, antes de contar tudo para o irmão. Aí você poderia pensar no seu plano no caminho, enquanto levássemos a Maddy para o hospital.

Oliver estreitou os olhos, ponderando. Levantou o queixo e assentiu somente uma vez.

Aquilo ele permitiria.

— Mas não tenho uma forma de me comunicar com ele — disse Arthur. — Posso ir lá fora e procurar o controle remoto, mas nunca vou achar nessa escuridão.

— Não. — O queixo de Oliver despencou outra vez, os olhos brilhando. — O Arthur não vai sair deste trailer.

— Oliver! — Reyna estava chorando agora, os braços tremendo. — Temos que salvar a Maddy!

Os olhos de Maddy estavam fechados, não reabriram desde a última vez que Red a encarou.

— Maddy? — guinchou Red, dando um passo em direção à amiga, os sapatos estalando ao pisar em alguma coisa.

— Estou acordada — murmurou ela, os lábios tão pálidos que se misturavam com o restante do rosto. — Estou acordada — repetiu. — Só estou descansando os olhos, prometo.

O nó se afrouxou no peito de Red, mas não totalmente. Maddy estava morrendo, Red iria vê-la morrer se não conseguisse tirá-la dali. Maddy sabia, sempre soube o que havia acontecido com a sua mãe, mas era sua melhor amiga, sua Maddy, e Red estava farta da culpa e do remorso. Tinha que salvá-la.

Seus olhos se dirigiram a Oliver. Será que conseguiriam dominá-lo? Será que ela, Simon e Arthur conseguiriam tirar aquela faca das suas mãos e contê-lo? A faca refletiu as luzes do teto, cegando-a. A lâmina era tão afiada. Tão irregular e afiada. Aquela faca poderia fazer alguém ter uma hemorragia também, outra pessoa morrendo no chão ao lado de Maddy. E

Red não tinha dúvidas de que Oliver a usaria; ele estava encurralado, precisava lutar ou fugir, e ela sabia qual escolha o rapaz faria.

Oliver Lavoy era o perigo, sempre foi. E agora ele não os deixaria salvar Maddy a menos que encontrassem uma forma de se comunicar com o atirador, dali, de dentro do trailer.

Red se moveu, e algo estalou sob seu sapato, o tênis de Maddy. Ela olhou para baixo. Era o walkie-talkie. Em pedaços. Plástico, metal e fios. Os olhos de Red se estreitaram, saltando pelas peças, encaixando-as na sua mente, consertando-as. Seu trabalho, sua responsabilidade.

— Eu consigo — disse ela, e sabia que conseguia agora, sem abrir margens para dúvidas, sem tempo para isso.

Ela tinha remontado um walkie-talkie tantas vezes antes que o processo estava gravado na sua mente. Inútil, como um monte de coisas na sua cabeça, mas não agora: naquele momento, poderia salvar uma vida.

— O quê? — perguntou Simon.

— Consigo remontar o walkie-talkie.

# QUARENTA

Era um quebra-cabeça, só isso. Não como a cabeça de Don lá fora, mas um que Red conseguia consertar, um que ela havia feito e desfeito antes. Pela sua mãe. Agora poderia fazer por Maddy. Ela se abaixou para coletar as peças do walkie-talkie quebrado, apoiando-as na mão aberta.

Levou o montinho até a mesa de jantar, passando por Oliver no caminho. Ele a deixou passar, mas apertou a faca com mais força quando a garota se aproximou. Estava quente ao redor dele, o calor o seguia, assim como o cheiro de suor estagnado. Os pelos da nuca de Red se arrepiaram quando ela ficou perto demais de Oliver, avisando-a para manter distância.

Red deixou as peças escorregarem das mãos para a mesa, espalhando-se ali. Ela as analisou.

— Você consegue? — perguntou Simon.

Red soltou um suspiro.

— Se alguma coisa estiver quebrada, posso tirar o rádio do trailer. Eles têm muitas partes iguais.

Ela se aproximou do walkie-talkie desmontado. A placa de circuito verde estava rachada no meio, ainda se segurando nas conexões soldadas. Faltava um pedaço da caixa preta na frente, perto da grade do alto-falante, mas não importava. O disco de plástico do alto-falante estava quebrado, não dava para consertar, a parte que transformava ondas de rádio em vozes. Mas tudo bem, Red conseguiria criar um novo com o papel que Maddy trouxera. Nada mais parecia quebrado, nem os capacitores, nem os amplificadores, nem o sintonizador, nem os transformadores, nem o ímã, nem a bobina dentro do alto-falante quebrado. Ela só tinha que juntar tudo de novo, remontar o alto-falante e reconectar aos fios.

Red assentiu.

— Consigo.

— Precisa do rádio? — perguntou Arthur para ela, movendo-se em direção à cabine onde estava o rádio nacional sem fio. Ele se sentou no banco e foi para o lado, ficando ao lado dela. O mesmo lugar onde estava sentada quase oito horas atrás, olhando para os carros minúsculos na estrada, Maddy tagarelando na sua frente.

— Fica acordada, Maddy. — A voz de Reyna dançou no ar. — Você tem que ficar acordada.

— Eu estou. — As palavras saíram ásperas da garganta de Maddy. Secas e frágeis.

Aquele som assustou Red mais do que os gritos. Eles a estavam perdendo.

— Simon, pega um pouco de água para ela.

— Pode deixar. — Ele correu até a cozinha.

Red estendeu a mão para pegar a tesoura, os fios do cabelo castanho-claro de Maddy ainda agarrados às lâminas. Ela puxou uma nova folha do bloco, movendo o papel enquanto cortava um círculo completo, mais ou menos do mesmo tamanho da parte de plástico quebrada do alto-falante.

— Maddy, pode beber isso, por favor? — pediu Reyna. — Pode abrir a boca?

— Estou com frio — resmungou Maddy.

Estava quente ali, sufocante. Red enxugou uma linha de suor da têmpora com as costas da mão enquanto se concentrava, borrando o *Ligar para a operadora*.

Simon e Arthur estavam de pé ao redor dela, observando. O que Oliver estava fazendo? Red não conseguia vê-lo, e isso a virou para Arthur, seus olhos ficando sombrios ao olhar para o amigo. Mas eles não eram amigos, não eram. Havia apenas sido a porta de entrada para Arthur se aproximar de Red. — Você e o seu irmão não vão ficar atrás dela?

— Dou a minha palavra — disse Arthur, sustentando o olhar, recusando-se a largá-lo. — Nunca quis que qualquer mal acontecesse com ela, com ninguém. Eu tentei, juro, tentei evitar tudo isso. Não acredito em matar pessoas. Me recuso a fazer isso. Por tudo nesse mundo. É por isso que o meu pai diz que vou cuidar da contabilidade, dos negócios legítimos, porque ele não confia em mim na rua, como um soldado. Não como o meu irmão. — Ele fez uma pausa. — Mas eles vão me ouvir, os dois, vou fazer com que me escutem. Nada de ruim vai acontecer com a Red, nunca. Prometo.

— Está bem.

— Me desculpa, Simon. Por ter mentido para você.

Simon deu de ombros.

— Sempre achei que você era péssimo no basquete — disse ele, com um risinho minúsculo na voz. — E, ei, pelo menos nunca mais vou sentir medo na vida depois dessa noite. Contar aos meus pais sobre a faculdade de teatro não parece mais tão assustador. Mas tem uma coisa que não entendi. — O risinho desapareceu. — Por que você não disse que era o segredo da Red horas atrás? Por que o seu irmão simplesmente não perguntou quem estava pagando para ela ser testemunha logo no começo, quando encontramos o walkie-talkie?

Red não conseguia ver o rosto de nenhum dos dois, estava concentrada na sua tarefa, enrolando um fio, reconectando-o às baterias.

— Foi ideia do meu pai — respondeu Arthur. — Se a gente não falasse de quem era o segredo, talvez descobríssemos mais do que só as informações que precisávamos da Red. Descobrir coisas que ninguém quer que você saiba te dá certo poder. É assim que o meu pai trabalha. E poderíamos usar esses segredos para chantagear vocês para ficarem calados, se o meu disfarce fosse descoberto. E... — Ele parou de falar. — Bem, agora é tarde demais, vocês sabem quem eu sou. Já era.

Red olhou para cima, para o rosto abatido de Arthur, que manteve o olhar no chão. A vida dele nunca mais seria a mesma depois daquela noite também, não é? Todos eles mudaram, por causa do trailer, por causa uns dos outros. Ele havia mentido para ela, era um mentiroso, mas Red também era. E o pior de tudo era que ela não queria odiá-lo. Talvez até quisesse segurar a mão dele, a que combinava com a dela. Sua mente dizia que ela era uma idiota, mas, às vezes, era melhor não seguir o cérebro; às vezes, era melhor confiar nos seus instintos. Red havia aprendido isso com Reyna.

— Como está indo, Red? — perguntou Simon.

— Ok — respondeu ela, virando-se para o alto-falante, mexendo no ímã e na bobina.

— Fica acordada, Maddy. — A voz de Reyna estava mais alta agora, assustada.

Maddy murmurou, um resmungo fraco.

— Oliver, qual é?! Por favor — disse Simon, passando as mãos pelo cabelo, puxando o couro cabeludo. — Ela não vai sobreviver. Deixa o Arthur sair e falar com o irmão dele para a gente poder ir embora. Eu confio nele.

— Eu, não — rosnou Oliver. — Ele provavelmente vai se juntar ao irmão e tentar matar todos nós, agora que sabemos quem eles são.

— E a Red? — Simon apontou para a garota. — Ela pode sair, não pode, Arthur? Seu irmão ainda não sabe o nome de que precisa dela, então não pode atirar na Red.

Arthur assentiu.

— Até eu dizer que conseguimos o nome, a Red é intocável. Ele não atiraria nela.

— Você deixa a Red sair, Oliver? — implorou Simon. — Deixa a Red sair do trailer para falar com ele? Pedir para ele nos deixar ir embora?

— Não. — Oliver mostrou os dentes, brandindo a faca. — A Red também não vai sair! Ela é uma mentirosa. Está tentando matar a minha mãe!

— Luzes — murmurou Maddy.

Red desviou o olhar do walkie-talkie a fim de focar na amiga. Seus olhos estavam entreabertos, quase fechados. Um braço estava levantado, dobrado no cotovelo, o dedo indicador tremendo ao apontar.

— Luzes. — A palavra saiu da sua boca de novo.

— Como é, Maddy? — indagou Reyna, inclinando-se para mais perto.

— Luzes — disse Simon, virando-se para o para-brisa.

Os olhos de Red o seguiram.

Luzes.

Luzes azuis e vermelhas piscando na escuridão da noite agonizante. Piscando através do vidro, dentro do trailer.

— A polícia está aqui — disse Simon, incrédulo, como se não ousasse acreditar. — A polícia está aqui! Red, devem ter ouvido você falar no walkie-talkie. Chamaram a polícia. Estão aqui!

Red se levantou da cabine, o walkie-talkie inacabado na mão.

Simon estava correndo para o para-brisa, Arthur atrás dele, Oliver em seguida.

Red os seguiu, espiando pelos espaços entre os ombros dos garotos.

Havia uma viatura preta indo na direção deles na estrada, luzes vermelhas e azuis girando no teto, iluminando o nada a céu aberto. Mas não estava mais escuro como breu lá fora, o leve rosa do alvorecer começava a surgir no céu.

A viatura da polícia avançou, atraída pelos faróis, as rodas estalando na estrada.

— É a polícia, Maddy! — gritou Simon por cima do ombro, a voz embargada, falhando. — Vamos te levar para o hospital já, já.

O carro parou, bem sob as luzes dos faróis deles, antes de alcançar a traseira da caminhonete branca.

— Arthur — chamou Red, sua respiração na nuca do garoto.

Ele se virou para olhá-la.

— Seu irmão mataria alguém da polícia? — perguntou ela.

Os olhos de Arthur ficaram sombrios, a boca se tensionou enquanto ele procurava a resposta dentro de si.

— Não sei — respondeu ele. — Ele não deveria, nós não deveríamos. Mas o Mike não deveria ter matado ninguém hoje à noite, só você. Não achei que ele atiraria no Don, na Joyce ou na Maddy. Então... sei lá. Ele é imprevisível. É um soldado. Ele sabe qual é a missão: pegar o nome e te matar. E não deixaria nada atrapalhar isso.

— Então, talvez ele mate? — indagou Red, olhando para além de Arthur, vendo a porta da viatura se abrir.

— Não sei — respondeu Arthur, rápido, virando-se quando uma policial começou a sair do carro.

Seu cabelo escuro estava raspado, o rosto era pálido; vestia uma camisa azul, e o distintivo brilhava no peito, refletindo a luz. Ela estava sozinha, encarando o trailer, uma das mãos agarrada na porta do carro, a outra no rádio no seu ombro.

Seus olhos encontraram os de Red por um instante, e Red sabia o que precisava fazer.

Não havia tempo para pensar nisso. Foi quase um instinto, algo no seu estômago, onde a vergonha costumava morar.

Não poderia deixar aquilo acontecer. A mulher lá fora talvez tivesse uma filha esperando por ela em casa. Talvez tivessem brigado na noite anterior por causa do dever de casa, por causa do estado do quarto da filha. Quais teriam sido suas últimas palavras uma para a outra? Red não poderia deixar aquilo acontecer com outra garotinha, perder a mãe e seu mundo inteiro, da mesma forma que ela havia perdido. Morta no cumprimento do dever. Uma mãe que nunca voltou para casa, que nunca piscou os faróis nas janelas da sala, nunca mais fez caretas pelo espelho atrás da mesa do café da manhã. A bandeira no caixão, a salva de tiros, "Amazing Grace" na gaita de foles.

Red não deixaria isso acontecer.

Como o walkie-talkie despedaçado estava em uma das mãos, Red atacou Oliver com a outra. Bateu com o punho no pulso dele. Ele não estava olhando para ela, não estava esperando. A

Sua cabeça se virou para o trailer.

Arthur estava descendo os degraus para a estrada, seus olhos na garota, que permanecia ali, sem se mover.

Mas havia uma silhueta escura atrás dele, iluminada pelo brilho amarelo do trailer. Sem rosto, ombros largos.

Oliver estava logo atrás de Arthur, saltando para a estrada também.

Agora que os dois estavam do lado de fora, Red conseguia ver algo novo nos olhos de Oliver, algo definitivo. A explosão devia ter acontecido, por fim: seu rosto estava desfigurado pela raiva, os olhos sombrios e vazios, não mais castanho-dourados. E ela conseguia ver outra coisa também, a faca na sua mão enquanto ele avançava para cima de Arthur.

— Oliver, não! — Reyna apareceu do lado de fora também, agarrando o outro braço de Oliver, puxando-o para trás no mesmo momento em que ele brandiu a faca.

Acertou o pescoço de Arthur, cortou sua pele.

Não tão fundo quanto Oliver pretendia, por causa de Reyna.

As mãos de Arthur dispararam para o corte, o sangue escuro escorrendo pelos dedos. Mas ele estava em pé, ainda estava em pé.

Oliver percebeu isso também, corrigindo sua postura.

Empurrou Reyna para longe.

Ela bateu na lateral do trailer, caindo na estrada.

Oliver preparou a faca, avançando na direção de Arthur para terminar o serviço.

*Crec.*

Oliver foi lançado para trás. Uma rajada de sangue o seguiu, respingando nas laterais esbranquiçadas do trailer.

Ele caiu na estrada, primeiro de joelhos.

Era instintivo.

As mãos de Red pularam para as orelhas com o barulho do rifle, seus olhos passando rapidamente de Oliver, caído imóvel na estrada, para Arthur, segurando o pescoço, até a policial na frente dela.

Mas a mulher não estava olhando para Red. Estava olhando para o formato escuro do walkie-talkie na mão dela.

Deve ter sido instintivo para ela também.

Sua arma brilhou. Um pequeno fogo de artifício.

Algo beliscou o peito de Red, rompendo-o.

Ela cambaleou para trás.

Outra palma, outro fogo de artifício nas mãos da policial. Um segundo golpe, mais abaixo, nas costelas.

Red piscou.

Sua mão se espalhou no peito, pressionando a camiseta vermelho marsala. Seus dedos se afastaram, e o vermelho veio com suas mãos.

E então a dor, um tipo úmido de dor, se acumulando em torno dos dois buracos no peito. Mas não durou muito, uma dormência fria tomou conta quando as pernas de Red cederam.

Ela caiu para trás, na estrada. As pernas esticadas, os braços ao seu lado. Um barulho gorgolejante enquanto tentava respirar.

Um bipe. Um silvo de estática.

— Tiros disparados — disse uma voz feminina através do zumbido, alta e em pânico. — Dez-trinta-e-três. Dez-trinta-e-três. Solicitando reforços imediatos!

— *Red, não!* — Arthur gritava, a voz estranha e distante, mas ele devia estar perto, Red conseguia sentir.

— Para trás! — ordenou a policial. — Não se aproxime!

Outro disparo.

O barulho de passos na estrada; alguém fugindo.

— Um deles está correndo. Dez-trinta-e-três. Solicitando reforços imediatos. Temos fatalidades. Minha nossa! O que aconteceu aqui?

Red piscou para o céu. O amanhecer estava surgindo, tons pastéis de amarelo e rosa dissolvendo a escuridão, afastando a noite. Mas as estrelas permaneceram, elas ficaram, piscando para ela.

Red não conseguia sentir o sangue borbulhando no seu peito, a estrada, a terra e o cascalho duro nas suas costas. Não sentia nada, apenas o plástico frio do walkie-talkie, que ainda segurava.

Ela moveu a cabeça, mandou seus olhos fitarem o aparelho. Estava desfeito, inacabado, quebrado. Mas ela piscou uma, duas vezes, e o walkie-talkie ganhou vida, a tela verde acendendo, um brilho no seu rosto.

Um silvo de estática que na verdade não existia, porque o dispositivo estava quebrado, mas ainda assim o ouvia, ela conseguia ouvi-lo. Aquele sibilar metálico. Seu lar.

O walkie-talkie não se encontrava ligado, mas estava sintonizado no canal seis.

O canal delas.

Red não conseguia se mexer, não conseguia apertar o polegar no botão para falar, mas não precisava. Porque a própria voz vinha do alto-falante, a Pequena Red, de uma década atrás, escondida detrás da porta enquanto brincava de Polícia e Polícia.

— Atenção, atenção — disse Red, a voz baixa e séria. — Policial ferida. Policial ferida, solicitando reforços. Câmbio.

A estática sibilou, enchendo sua cabeça.

E então ela ouviu, nitidamente, pela primeira vez em anos...

A voz da sua mãe.

— Ah, não, policial Kenny — disse a mãe, com a melodia de que Red tanto sentia falta no fim das suas palavras. — Você foi atingida?

— Mãe, você tem que dizer câmbio.

— Desculpa. Câmbio.

Red sorriu, observando o walkie-talkie morrer e ganhar vida, entre o passado e o presente.

— Sim, fui atingida — respondeu Red. — Me pegaram.

— Ah, querida, docinho... — disse a mãe. — Reforços estão a caminho para administrar beijinhos de melhoras. Câmbio.

Red tossiu, seu peito fazendo um barulho estranho. Mas havia algo mais também, algo que não se encaixava.

E ali estava, a prova de que ela esteve errada por todos aqueles anos. Red sabia o que estava por vir, assim como sua mãe devia saber, de joelhos no concreto, Red de costas na estrada. Mas ela não sentia ódio, nem arrependimento, nem culpa, nem remorso. Esses sentimentos não existiam mais, não ali, naquele lugar, entrando e saindo de foco. Ela não pensava em últimas palavras, pensava em todas as palavras, todas as memórias. Era amor: espinhoso e complicado, triste e feliz. Mas era um sentimento vermelho também.

— Ah, aí está você, policial Kenny — disse a mãe, rompendo a estática inexistente. — Parece que cheguei bem a tempo. Você vai sair dessa.

Red riu, as ondas de rádio carregando sua voz através do tempo enquanto sua mãe a jogava no chão, cobrindo-a de beijos.

— Mãe, para!

Ela riu sem parar. As duas riram.

— Te amo, Red.

— Te amo, mãe.

Red piscou, sorrindo para o nada a céu aberto, e uma lágrima escorreu.

O tempo devia retroceder naquele lugar intermediário, porque a noite estava voltando, a escuridão retomando o céu, levando Red embora. Mas sua mãe ficou ao seu lado, bem ali na sua mão, no fim de tudo.

Sua mãe permaneceu, assim como as estrelas.

06:00

**Transcrição do Rádio da Polícia do Departamento Policial do Condado de Chesterfield, Carolina do Sul**
Data: 10/04/2022
Hora: 06:06

**POLICIAL 1:** Qual a sua posição?

**POLICIAL 2:** Descendo a Bo Melton Loop. Estaremos com você em alguns minutos, aguente firme, ▇▇▇▇▇. Você está em perigo imediato? Diga o que está acontecendo por aí.

**POLICIAL 1:** Não tenho certeza. É um trailer, tem uns jovens. Temos fatalidades aqui. Três mortos. Tiros, parecem de rifle. Duas pessoas em estado crítico, não estão bem. Precisam de assistência médica urgente.

**POLICIAL 2:** Estamos enviando assistência médica agora mesmo. Consegue preservar a vida? Iniciar uma RCP?

**POLICIAL 1:** … Outras duas pessoas também estão aqui. Lesões superficiais. Estão em estado de choque, não conseguem me dizer o que aconteceu. Meu Deus, tem sangue por todos os lados.

**POLICIAL 2:** Policial ▇▇▇▇▇, continue falando comigo. Estamos chegando à sua localização agora, você conseguirá nos ouvir em breve. Os outros estão a caminho.

**POLICIAL 1:** Tinha mais uma pessoa aqui também. Ele estava sangrando no pescoço. Correu para longe, partiu para o leste em direção às árvores.

**POLICIAL 2:** Despachante, ouviu isso?

**DESPACHANTE:** Entendido.

**POLICIAL 1:** Fui eu, eu atirei nela. Ela correu na minha direção. Ouvi um tiro. Achei que ela estivesse com uma arma na mão. Mas não. Não era uma arma, meu Deus, o que foi que eu fiz?

**POLICIAL 2:** Aguente firme, chegaremos aí a qualquer momento.

**POLICIAL 1:** … O que foi que eu fiz?

**POLICIAL 3:** Policial ███████, esteja ciente de que acabamos de encontrar alguém perto da sua localização. Um homem branco, vinte e poucos anos. Ele estava correndo pela estrada. Estava com um rifle de caça e um tripé. Nós o cercamos e ele se rendeu. ███████ fez a prisão. Sem ferimentos. Estamos tentando identificá-lo agora. Você acha que esse é o seu suspeito? Nós o pegamos.

**POLICIAL 1:** O que foi que eu fiz?

# NEWSDAY

≡ MENU

EUA > PA > Filadélfia > Notícias > Crimes

## Assistente da promotoria distrital Catherine Lavoy morta a tiros em frente a hospital na Carolina do Sul

👍 💬 ↗

JOHN HOLLAND 11 de abril de 2022

Nesta manhã, Catherine Lavoy, de 49 anos, que trabalhava no Ministério Público da Filadélfia, foi morta a tiros na entrada principal do Hospital Geral de Chesterfield. Acredita-se que ela tenha sido baleada na cabeça por um rifle de longo alcance e morrido instantaneamente na cena do crime. Policiais e seguranças particulares a acompanhavam no momento.

O departamento policial local confirmou em um comunicado que provavelmente foi um assassinato planejado. O atirador estava posicionado nos prédios residenciais em frente ao hospital. O autor do crime não foi detido e acredita-se que ainda esteja foragido. As autoridades estão apelando para que as testemunhas relatem qualquer atividade suspeita que possam ter visto. O hospital segue em isolamento.

Lavoy foi visitar a filha, Madeline, de 17 anos, que permanece em estado crítico após um incidente ocorrido da noite de sábado até a madrugada de domingo, em uma pequena estrada rural perto de Ruby, na Carolina do Sul. Os detalhes da noite de 9 de abril ainda não estão claros, mas a polícia confirmou que houve várias vítimas. Os residentes locais Donald Wright, de 71 anos, e Joyce Wright, de 68 anos, foram dados como mortos no incidente. O filho de Catherine Lavoy, Oliver, de 21 anos, também foi morto. Um homem foi preso, mas as acusações ainda não foram feitas contra o suspeito, e a polícia se recusou a dar mais detalhes.

    A estrada onde o incidente ocorreu foi isolada, mas um caminhão de reboque foi visto retirando um trailer do local sob custódia da polícia. Uma testemunha ocular contou ao *Newsday* que o veículo estava com os quatro pneus furados e crivado de balas, além de vidros quebrados. Outra disse que era possível ver sangue dentro e fora do trailer. Mais detalhes serão informados conforme o desenrolar da história.

    Ainda não se sabe se algum desses incidentes tem relação com o trabalho de Lavoy como promotora estadual ou com algum dos seus processos criminais em andamento. A carreira de Lavoy estava progredindo com um caso de homicídio de grande repercussão contra Frank Gotti, de 55 anos, que deve ir a julgamento em algumas semanas. Lavoy havia declarado publicamente sua intenção de concorrer como procuradora distrital nas eleições deste ano, começando com as eleições primárias do Partido Democrata em maio.

Seu colega, o assistente da promotoria distrital Mo Frazer, disse o seguinte quando questionado a respeito do assassinato de sua colega de trabalho: "Eu mesmo acabei de ficar sabendo. Estou absolutamente devastado. Com o que aconteceu com os filhos dela, e agora isso... não dá para entender. Catherine era uma mulher maravilhosa, uma promotora brilhante e uma mãe incrível. Não sei quem iria querer fazer isso com ela, mas nosso escritório trabalhará incansavelmente para levá-los à justiça. Catherine deixa para trás uma saudade enorme, e meus pensamentos e orações vão para o restante da família."

*Querida Red,*

*Sou eu. Nunca escrevi uma carta antes, acho. Não desde que fizeram a gente treinar na escola. Agora parece que é a única coisa que posso fazer. Preciso escrever tudo isso, tirar da minha cabeça. Mesmo que ninguém leia.*

*Porque tem muita coisa que preciso te dizer, Red. Começando com um pedido de desculpas.*

*Me desculpe por tudo isso. Pelas mentiras que contei. Por me intrometer na sua vida e tentar me aproximar de você. Me desculpe pelo nosso plano e pelo seu. Sinto muito por todos nós termos sido jogados nessa confusão, por causa dos nossos pais e de tudo que aconteceu entre eles. Sinto muito pela sua mãe e por você ter descoberto quem a matou daquela forma. Sinto muito por tudo que Catherine Lavoy fez com você. Por tudo que Oliver Lavoy fez com você. Pelas mortes de Don e Joyce — eu devia ter sido mais insistente ao tentar impedi-las. Sinto muito por Maddy ter levado um tiro. Sinto muito por tudo que Mike fez. Me desculpe por toda a dor que te causei. Me desculpe por não ter me esforçado mais para te proteger. Me desculpe por nunca ter te contado. Por nunca ter te beijado. Por estar escrevendo esta carta e ser tarde demais. Me desculpe por ter te deixado lá, sangrando na estrada. Me desculpe.*

*Pensei que você estivesse morta. Ela atirou em você duas vezes, e pensei que estivesse morta. Me desculpe por ter fugido, eu deveria ter ficado e segurado a sua mão. Deveríamos ter sido você e eu no final.*

*Levaram você para o hospital, com a Maddy, e descobri que estava passando por uma cirurgia e depois que estava em coma. Ouvi um médico falando sobre você. Não esperavam que sobrevivesse. Seu pai estava a caminho, em um voo. Pensei que ele perderia a chance de se despedir, como perdi a minha.*

*Por isso atirei, Red. Sempre jurei que nunca mataria ninguém. É difícil quando se cresce em uma família como a minha. É a coisa que o meu pai mais odeia em mim. Mas você disse que queria. Não sei se foi por causa da raiva, porque o Oliver estava lá, mas você disse que queria que ela morresse de joelhos, com medo e sozinha, como ela fez com a sua mãe. Pensei que você fosse morrer, Red. Voltei para pegar um dos rifles do Mike, onde os havíamos escondido. Não precisei praticar, era fácil com aquele pontinho. Um tiro e fui embora antes que viessem me procurar. Foi o meu adeus, acho, minha forma de consertar as coisas, tirando ela do mundo, assim, pelo menos, se você morresse, ela também estaria morta. Queria que você soubesse, mas você não acordava. Não fiz isso pelo meu pai, Red. Ela não merecia viver depois de tudo que fez com você. Me desculpe se fiz a escolha errada, me desculpe se não era o que você queria. Sinto muito por qualquer um de nós ter precisado fazer escolhas difíceis, para começo de conversa.*

*Mas você não morreu. E também não acordou. Fiquei por perto, esperando. Eu mesmo dei pontos na ferida* do meu pescoço, que ficou infeccionada por alguns dias. Maddy sobreviveu, eu vi no jornal. Mas você não foi mencionada no jornal. Queria ir te ver, sabia que você estava desacordada e nunca saberia que eu a visitei, mas queria ir te ver. A polícia estava em todos os cantos do hospital, depois que Catherine Lavoy morreu ali na entrada. Mesmo assim, eu entrei, eles não sabiam que estavam procurando por mim. Não sei o que a Reyna e o Simon contaram para eles sobre aquela noite, sobre mim, mas ninguém me flagrou. Ninguém sequer olhou para mim. Reyna salvou a minha vida naquela noite, espero poder agradecer algum dia. Espero que isso a tenha ajudado também, de alguma forma, me salvar de Oliver, do jeito que ela queria ter conseguido salvar Jack Harvey. Ela e Simon não devem ter contado para a polícia nada ao meu respeito, pelo menos não até aquele momento, quando entrei no hospital. Espero que isso signifique que Simon me perdoou, do jeito dele. Fiquei bem na porta do seu quarto, do lado de fora. Dava para te ver lá dentro, com tubos e fios. Adormecida. Só estava dormindo. Ouvi que tiveram que remover uma parte do seu pulmão. Mas você já tinha outra visita. Abri a porta e vi Maddy dentro do quarto. Ela ainda estava em uma cadeira de rodas, usando uma camisola hospitalar. Olhamos um para o outro. Ela devia saber que fui eu, que fui eu que atirei na mãe dela. A polícia estava por todos os cantos, ela poderia ter gritado, dito para eles que fui eu. Mas não o fez, Red. Olhamos um para o outro, e ela assentiu. Me deixou ir. Apesar disso, nunca consegui te visitar, segurar a sua mão. Não cabe a mim dizer o que é melhor ou não, mas espero que você a perdoe, Red.

E então aconteceu. Você acordou. Foi transferida para um hospital na Filadélfia, seu pai viajou com você o tempo todo e eu te segui de volta para casa. Não sei quanto tempo você vai ficar aí. Dias, semanas? Você vai encontrar esta carta quando voltar do hospital. Espero que leia, mas tudo bem se não ler. Desculpe por ter entrado no seu quarto, é tão bagunçado quanto pensei que seria.

Também tem outra coisa. O meu pai. Ele insistiu em fazer isso, depois que contei para ele tudo o que aconteceu. Sei que seu pai não tem convênio. Você vai encontrar o dinheiro para cobrir todas as despesas hospitalares e mais um pouco escondido naquela caixa de sapato no fundo do seu guarda-roupa, onde você guarda os cartões de aniversário antigos que ganhou da sua mãe. É tudo dinheiro de trabalho legítimo. Insisti nisso. Por favor, use-o para pagar as contas e para qualquer outra coisa que precisar para se recuperar. É seu e somente seu. Você não nos deve nada por isso, já fez o suficiente.

Parece que as acusações contra o meu pai estão sendo retiradas. Ele vai estar livre em breve. Talvez você já tenha contado a eles o que Catherine te mandou fazer, que você não o viu lá, não sei. Eles pegaram o Mike. Não sei se sabe disso. Eles o pegaram naquela noite — ou manhã, melhor dizendo. Ele foi acusado de assassinato em primeiro grau por Oliver, Don e Joyce, e tentativa de homicídio pela Maddy. Meu pai contratou um bom advogado, mas não sei do que adiantaria, o Mike fez essas coisas. Não devia ter feito. O Oliver eu entendo, porque ele estava prestes a me matar, mas os outros? Talvez Mike fique melhor na cadeia do que aqui. A vida inteira dele foi uma guerra, isso mexe com a cabeça da pessoa. Mexeu com a minha.

Acho que, quando estávamos listando os trabalhos ao ar livre que eu poderia fazer, não pensamos em fugitivo. Mas é isso que sou agora. Devem estar me procurando, devem saber que participei de tudo. Consegui escapar, mas não sei quanto tempo isso vai durar. De toda forma, eu de fato passo muito tempo ao ar livre, se for para ver o lado bom da coisa. E você está viva, essa é a melhor parte. É tudo que eu queria, que você sobrevivesse. Mas sinto muito, espero que você saiba disso também. Acho que nenhum de nós — os cinco sobreviventes — será o mesmo depois daquela longa noite. Quer dizer, você dormiu por duas semanas depois dela. Não foi uma piada engraçada, desculpa.

Não sei para onde vou em seguida, o que vou fazer. Parece estranho, tenho toda uma vida pela frente e agora não faço ideia de como ela vai ser. Mas sei como a sua vida vai ser daqui em diante, Red. Você é a pessoa mais forte que conheço. Quem mais se recupera depois de levar dois tiros no peito? Você ainda está viva depois de tudo que passou. Aliás, você salvou aquela policial. Ela está bem. Tem uma filha de doze anos. Fui verificar isso, porque sabia que seria importante para você. Você é incrível. Não acho que pessoas o suficiente te disseram isso, e sinto muito por isso também. Você pode fazer o que quiser, ser o que quiser, e independente do caminho que escolher, Red, sei que a sua mãe ficaria orgulhosa.

Desculpe por esta carta estar tão longa. Pode parar de ler se quiser, mas tem uma última coisa. Não

sei quanto tempo vai demorar até você se recuperar. Mas eu espero. Dia 8 de maio, às oito da noite, estarei no Pier 68, esperando por você. Para dizer adeus, ou o que quer que tenhamos para dizer um ao outro. Posso me desculpar por tudo pessoalmente, se você permitir. Entendo se não quiser aparecer, se não quiser me ver depois do que aconteceu. Também vou entender se entregar esta carta para a polícia, se um esquadrão de policiais aparecer na hora marcada para me prender. Vou entender. Isso é com você. A escolha é sua, Red.
   Mas estarei lá, prometo.
E você?

SIM □
NÃO □

   Seu,
   Arthur

# agradecimentos

Meu primeiro e maior agradecimento vai para os leitores. A página em branco e o cursor piscando foram ainda mais intimidantes dessa vez, sem a rede de segurança e a familiaridade da minha série *Manual de assassinato para boas garotas*. Obrigada pelo apoio fenomenal que vocês deram para essa trilogia, e obrigada ainda mais por me acompanharem em outra aventura, abandonando Little Kilton, Buckinghamshire, por uma estrada remota e assustadora na Carolina do Sul. Espero que tenham gostado das oito horas intensas que se passaram naquele trailer.

Um enorme agradecimento, como sempre, ao meu agente, Sam Copeland, que teve que admitir que realmente gostava deste livro. Obrigada pela sua bravura — deve ter sido bem difícil para você.

Agradeço também à Emily Hayward-Whitlock por todas as coisas que você faz e por cuidar de forma tão competente dos meus mundos fictícios.

É difícil expressar minha imensa gratidão à equipe da Delacorte Press por tudo o que fazem, por pegarem as minhas histórias e os meus personagens e transformarem-nos em livros de verdade.

Queria que houvesse mais sinônimos para as palavras "agradeço" e "obrigada", mas, infelizmente, aqui está uma longa lista de agradecimentos e obrigadas para todas as pessoas que ajudaram a trazer *Os cinco sobreviventes* à vida. Ninguém faz nada sozinho, e nós todos certamente não caberíamos em um trailer ao mesmo tempo!

Um agradecimento enorme à minha editora superestrela, Kelsey Horton, que é a melhor parceira do crime (fictício) e que trabalha incansavelmente planejando tudo para garantir que os meus livros atinjam as suas melhores versões. Obrigada por confiar em mim quando desapareci por meses para escrever um *vago livro de assassinato em um trailer*. Fico feliz por termos encontrado um título melhor para ele! E um agradecimento gigantesco para Beverly Horowitz — estou tão feliz por *Os cinco sobreviventes* ter encontrado um lar perfeito nesta equipe!

A Casey Moses, mais uma vez, por ser uma designer genial e por dar a *Os cinco sobreviventes* uma capa tão legal e incrível. Não sei como você faz isso. À Christine Blackburne e suas proezas fotográficas. Fico muito feliz pelo fato de que a primeira coisa que os leitores vão ver do livro é o trabalho de vocês duas. A Kenneth Crossland, por garantir que o interior do livro ficasse tão bonito quanto o exterior! A Colleen Fellingham e Tamar Schwartz, por sua superatenção aos detalhes e por terem que ler o livro tantas vezes! A Tim Terhune, pelo trabalho árduo de *literalmente* trazer o livro à vida.

A Lili Feinberg, Caitlin Whalen e Elizabeth Ward, por seu trabalho incrível de líderes de torcida e defensoras deste livro, criando burburinho habilidosamente e certificando-se de que a população leitora tenha ouvido falar dele. A Becky Green, Joe English e Kimberly Langus, do departamento comercial, por tudo que fazem, trabalhando tanto para garantir que o livro chegue às mãos dos leitores e aos seus novos lares — sou muito grata. E a Keifer Ludwig, por cuidar deste livro no cenário internacional!

Às minhas famílias, Collis e Jackson, por serem as primeiras pessoas a ler, por comemorarem cada vitória comigo e por me tirarem dos mundos inventados na minha cabeça quando preciso! Um antiagradecimento ao meu cachorro, Dexter, sem o qual eu teria escrito este livro muito mais rápido. E por último, mas nunca menos importante, a Ben, por compartilhar cada reviravolta da vida real comigo.

# Conheça a série best-seller de Holly Jackson

Livro 1

Livro 2

Livro 3

Prelúdio

A série completa de *Manual de assassinato para boas garotas* também está disponível em um box exclusivo

Saiba mais

- intrinseca.com.br
- @intrinseca
- editoraintrinseca
- @intrinseca
- @editoraintrinseca
- editoraintrinseca

|  |  |
|---:|:---|
| *1ª edição* | JULHO DE 2023 |
| *reimpressão* | MARÇO DE 2025 |
| *impressão* | LIS GRÁFICA |
| *papel de miolo* | LUX CREAM 60 G/M² |
| *papel de capa* | CARTÃO SUPREMO ALTA ALVURA 250 G/M² |
| *tipografia* | UTOPIA |